낙 落
화 花
유 流
수 水

낙화유수 落花流水 1

김다함 장편소설

초판 1쇄 찍은 날 | 2021년 07월 02일
초판 1쇄 펴낸 날 | 2021년 07월 09일

지은이 | 김다함
발행인 | 이진수
펴낸이 | 황현수

펴낸곳 | 주식회사 카카오페이지
등록번호 | 제2015-000037호
등록일자 | 2010년 8월 16일
주소 | 경기도 성남시 분당구 판교역로 221 6(일부)층

제작·감수 | KW북스
E-mail | cl_production@kwbooks.co.kr

ⓒ 김다함, 2021

ISBN 979-11-385-0001-2 04810
      979-11-385-0000-5 (set)

낙화유수 落花流水 1

김다함 장편소설

目次

序章 서장

나는 태어나면서부터 내가 특별하다는 것을 알았다. 아홉 살 어린 아이가 으레 갖곤 하는 귀여운 착각이 아니었다.

나는 어머니의 배 속에 있을 때부터 전생의 기억을 갖고 있었다. 솔직하게 말하자면 그것이 정말 전생의 기억인지, 아니면 우습기만 한 꿈에 불과한지는 알 수 없었다. 그럼에도 내 속에는 스물여덟 대한민국 한의사 '김소진'으로서의 기억이 있었다.

하지만 사람들은 지금 나를 '연우희'라고 부른다. 이곳은 대한민국이 아닌 고구려고, 나는 한의사가 아닌 절노부의 어린 소녀에 불과하다. 고사리처럼 작은 내 손과 드라마 세트장 같은 주변의 풍경을 바라보고 있노라면 머릿속에 품고 있는 기억들이 그저 우스운 상상처럼 느껴지고는 했다.

김소진은 불우하게 태어나 불우하게 죽었다. 태어나자마자 버려져 고아원에서 자랐고, 돌봐 줄 사람이 없어 이를 악물고 공부해 한의사가 되었다. 머리는 제법 좋아 유능한 한의사로 이름을 날렸지만 그뿐이었다. 결국 화재 사고로 죽고 말았으니까. 막 꽃이 피기 시작하려는 찰나에 찾아온 죽음이라니. 여러모로 불행한 삶이었다.

꿈인지 진짜인지 모를 기억 속 대한민국에 비하면 이곳 고구려는 불편하기 그지없는 세상이다. 나의 무료함을 달래 주었던 휴대전화나 컴퓨터는 말할 것도 없고, 어두운 밤을 밝힐 전등조차 없다. 물을 한 번 마시려면 우물에서 힘들게 길어 와야 하고, 더러워진 옷은 멀리 냇가에 나가 세탁해야 한다. 다행인 것은 그 모든 일들이 나의 몫이 아니라는 사실이다.

나는 고구려 귀족 가문의 한 축을 자랑하는 절노부(絕奴部) 연씨 가문의 딸로 태어났다. 절노부 연씨 가문은 계루부(桂婁部) 고씨가 왕위를 세습하기 시작한 뒤부터 쭉 왕비를 배출해 낸 유서 깊은 집안이라고 한다.

절노부의 땅은 고구려의 수도 북쪽에 있다. 하여 북부라는 이름으로 불리기도 했다. 북쪽에서도 북쪽. 그렇지 않아도 추운 겨울이 얼마나 매서울지는 말하지 않아도 분명했다. 대한민국과는 비교도 안 될 정도로 매서운 한겨울 바람을 마주할 때마다 나는 이 세상이 얼마나 다른 곳인지를 실감한다.

모든 것이 낯선 미지의 세상. 이번 생을 나는 어찌 살아야 할까.

오늘도 고구려 소녀 연우희로서의 생, 그 하루가 흘러간다.

第一章

국내성

무료한 고구려 생활에서 그나마 재미있는 일이라면 말을 타고 활을 쏘는 것이었다. 고구려는 무예를 사랑하는 나라답게 여자아이들에게도 기마와 궁도를 가르쳤는데, 한문으로 가득 찬 서책을 읽는 것보단 이쪽이 성미에 더 맞았다. 공부라면 전생에서 질리도록 했으니 이번 생에는 미처 경험하지 못했던 색다른 것을 해 볼 참이었다.

그런 나의 마음과 달리 아버지는 걱정이 태산이었다. 매양 밖으로 쏘다니는 나를 보며 귀한 막내딸이 까막눈이 될지도 모른다고 생각한 것이다.

아버지의 걱정이 무색하게도 내 배움은 빠른 편이었다. 전생의 기억 덕분이었다. 한의학을 공부하며 자연스레 익혔던 한문과 동양 사상이 죽고 난 후 다시 태어난 '연우희'의 인생에 도움이 된다니. 어려운 책들과 씨름했던 지난 생의 기억이 새삼 고마워졌다.

오늘도 나는 들판에 나와 활쏘기에 매진하고 있었다. 나의 활 선생은 어려서부터 네 살 터울의 오라버니 제신이 도맡았다. 활 수업뿐만이 아니었다. 제신은 겨우 네 살밖에 많지 않으면서 무슨 일이 있을 때마다 오라버니 노릇을 톡톡히 했다. 멋진 오라버니가 되기 위해 갖은 노력을 하는 소년이라니. 전생의 기억이 있는 내게는 귀엽게 보일 수밖에 없었다.

"팔에서 힘을 빼라니까? 활시위는 힘으로 당기는 게 아니라고 했잖아. 힘이 아니라 요령으로 당겨야지! 너처럼 했다간 활 두어 번만 쏴도 팔이 나가겠다."

배움은 가까운 사람에게 얻는 게 아니라더니.

올해 열여섯 살 난 제신이 쉴 새 없이 나를 타박하며 속을 긁어 댔다. 그 잘난 입을 꾹 다물게 하려면 제신의 말처럼 '요령으로' 당겨야 하겠으나 몸이 생각만큼 잘 움직여 주지 않았다.

"그러니까 그 요령을 알려 줘야지. 무작정 힘을 쓰지 말라고 하면 알아듣겠어?"

"그건 진즉에 알려 줬잖아? 힘 빼고 가볍게 당기면 돼. 이렇게."

제신은 자신의 말처럼 가볍게 활시위를 당겨 살포시 놓았다. 활을 떠난 화살은 그림처럼 아름답게 날아가 과녁의 한가운데 꽂혔다.

오라버니는 저렇게 쉽게 하는 걸 왜 나는 못 해?

멍하니 그 모습을 보고 있다가 부들거리는 팔로 활을 겨우 지탱하니 활시위가 금세 손아귀에서 빠져나갔다. 화살은 어설픈 파공음과 함께 세 걸음 앞에 곤두박질쳤다. 그 모양을 가만히 지켜보던 제신이 결국 한숨을 쉬며 고개를 내저었다.

"우희. 내 보기에 넌 이번 생에 활쏘기는 글렀다. 매번 알려 줘도 늘 실력이 그대로니…. 그냥 너 잘하는 책이나 읽어라. 사람은 잘하는 게 다 있다고 하잖니. 활은 네 재능이 아닌 게지."

"책보다 활이 더 좋단 말이야. 나도 멋지게 매 한 마리 잡고 싶은데."

난 그렇게 말하며 지난번 근처로 사냥을 나갔던 아버지와 제신이 잡아 왔던 매 한 마리를 떠올렸다.

"이게 정말 매라고요? 이렇게 큰데?"

매는 내 생각보다 훨씬 컸다. 상상치 못한 크기에 한동안 얼이 빠져 같은 말을 반복하는 나를 보며 제신이 혀를 끌끌 찼었다.

"먼 하늘에서도 그렇게 잘 보일 정도인데. 당연히 이렇게 크지!"

가끔 제신은 너무 맞는 말만 해서 나를 민망하게 만들 때가 있다. 지금도 마찬가지였다.

"매? 코앞의 과녁도 못 맞히면서 매?"

제신은 한껏 우습다는 얼굴로 코웃음을 쳤다. 제법 진심이 묻어나는 비웃음이었다. 아니라고 항변이라도 하고 싶었으나 세 걸음 앞에 힘없이 나뒹구는 화살을 보자니 딱히 반박할 말도 떠오르지 않았다.

올림픽 중계를 보면 우리나라 사람들은 다 활을 잘 쏘던데, 왜 내게는 그 유전자가 오지 않은 거야? 원래 우리 민족은 전부 다 활을 잘 쏘는 거 아니었어?

맘처럼 따라 주지 않는 팔을 한껏 노려보며 다시 한번 활시위를 당겨 보았지만, 여전히 팔이 후들거리며 활의 중심이 잡히지 않았다.

"분명 내 팔인데, 왜 이놈의 팔은 내 말을 안 듣지?"

결국 나는 활을 내던지며 바닥에 주저앉았다. 산만하게 흩어진 옷자락과 함께 재작년 생일에 제신이 직접 박달나무를 깎아 만들어 준 활도 바닥을 뒹굴었다.

"그게 문제라니까. 팔만 쓰는 게 아니라 온몸으로 쏴야 한대도."

"그러니까 그게 무슨 말인지 모르겠다니까."

"그걸 왜 모르지? 몸이 영 둔한 것도 아닌데 말이야. 생각해 보면 기마는 나보다 네가 더 낫잖아?"

제신이 떨어진 활을 주워 살피며 고개를 갸웃거렸다. 그의 말처럼 기마 실력만은 내가 한 수 위였다.

사실 기마라면 제신뿐만 아니라 절노부의 그 어떤 아이들보다 더 잘할 자신이 있었다. 그걸 보면 운동 신경이 나쁜 몸은 아닌데 이상하게도 활 쏘는 것만은 나아지질 않았다.

"아무래도 선생을 잘못 고른 것 같아."

"이 녀석이 열심히 가르쳐 준 오라버니 성의도 모르고."

들으라고 한 푸념에 제신이 가볍게 내 이마를 쳤다.

힘이 실리지 않은 손길에 배시시 웃음을 흘렸더니 제신의 얼굴이 묘해졌다. 왜 그런가 싶어 빤히 제신의 얼굴을 바라보니 그가 내 옆에 주저앉으며 입을 열었다.

"그런데 넌 왜 이렇게 활을 배우고 싶어 하느냐?"

"왜라니?"

"우리 고구려가 아무리 무를 숭상한다고는 해도…… 넌 굳이 활을 안 배워도 되는 입장 아니냐. 오히려 아버지께선 네 손에 굳은살이 박일까 걱정을 하시는데."

확실히 아버지는 다른 사람들이 보기에 과하다 싶을 정도로 나를 싸고도는 면이 있었다. 내가 바라는 모든 것을 들어주고자 했지만 험하고 힘든 일에 나서려 하면 단호하게 고개를 저었던 것이다.

불만스러워하는 나를 앞에 두고 아버지는 항상 같은 말을 했다.

"그러다 어디 하나라도 부러지면 어찌하느냐?"

겨우 활을 쏘고 검을 휘두르는 일에 왜 뼈가 부러진단 말인가. 처음에는 황당했지만 주변을 둘러보니 금세 이해가 되었다. 이곳의 사내아이들은 모두 어찌나 체격이 크고 골격이 단단한지 비슷한 또래의 여자아이는 비할 바가 아니었다. 개중에서도 우리 가문 사람들은 특히 체격이 큰 축에 속했다. 아버지며 오라버니 모두 일반 사람들에 비해 키가 크고 몸이 단단했다. 백부님과 숙부님 등 가까운 친척들도 마찬가지였다. 오로지 여자아이인 나 하나만 빼고.

이상하게도 우리 연씨 가문의 이번 대에는 딸이 귀해 가까운 친척 중에서 여자아이 찾기가 힘들었다. 아주 먼 친척 중에 둘이 있다는 소리를 들었지만 왕래를 할 만큼 가까운 사이는 아니어서 아직 얼굴을 본 적은 한 번도 없었다.

상황이 이러하니 늘 크고 건장한 사내아이들만 보던 아버지 눈에 내가 얼마나 약하게 보일지는 뻔했다. 지금 하는 활쏘기 수업도 제신이 몰래 짬을 내 봐 준 것이라, 아버지의 귀에 들어가면 한바탕 난리가 날 테다.

그런 것을 뻔히 알면서도 활을 배우려고 하는 이유는 단순했다. 이곳이 고구려기 때문이다.

사실 처음 활을 배우려 했던 건 단순한 흥미 때문이었다. 전생에서는 한 번도 해 보지 못한 일인 데다 아버지며 오라버니며, 집안 남자들이 죄 활을 쏘니 자연스레 흥미를 느끼게 된 것이었다.

하지만 시간이 지나며 이 세상을 알게 된 이후로는 목적이 바뀌었다. 고구려는 크고 작은 전쟁이 잦은 나라였다. 북으로는 후연(後燕:중국의 오호십육국 중 하나로 선비족이 세운 나라)이, 남으로는 백제가 백성을 괴롭혔고 나라 안에도 외진 곳에는 도적들이 판을 쳤다. 사람의 목숨이 파리의 목숨처럼 쉽게 날아가는 곳. 고구려는 그런 곳이었다.

"혹 다시 전쟁이 일어나면…… 그때 내 몸 하나 정도는 지킬 수 있어야 할 것 같아서 그래."

내 대답에 제신이 묘한 얼굴을 했다. 그는 대수롭지 않은 것처럼, 하지만 무척이나 신경이 쓰이는 얼굴로 내게 질문을 던졌다.

"작년 후연과의 전쟁에서 아버지가 큰 부상을 입으신 일에 충격을 받았던 것이냐?"

지난해에는 후연과 큰 전쟁이 두 번이나 있었다. 초여름 고구려가 먼저 현도성을 쳐 포로 일만 명을 데려왔고, 이를 보답하기라도 하듯 겨울에는 후연이 대군을 끌고 와 고구려를 쳤다. 아버지는 그 두 전쟁 모두에 참전했고 마지막 전투에서 훈장 같은 상처를 안고 돌아왔다. 왼쪽 눈에 화살을 맞아 시력을 잃은 것이다.

한의사로서 많은 환자들을 보아 왔지만 피를 흘리고 목숨이 경각에 달한 사람을 본 적은 없었다. 그런 환자를 다루는 공부는 하지만 그들을 치료하는 일은 내게까지 돌아오지 않았다.

세상이 바라는 한의사는 허준 같은 명의가 아니었다. 나는 다이어트에 도움이 되도록 식욕을 떨어트리는 약을 짓고, 피부가 맑아지는 데 도움을 주는 침을 놓았다. 의술을 다루는 사람으로서의 사명감이나 목적의식을 생각할 기회조차 없었다. 내가 그렇게 살아도 대한민국은 아무런 문제 없이 돌아갔다. 굳이 내가 나서지 않아도 아픈 사람을 도와줄 사람은 많았다.

그러나 이 세상은 완전히 달랐다. 피를 흘리고 다치는 것이 일상이고 도처에 죽음이 깔려 있었다. 환자를 돌볼 의원의 수도 적었고, 치료 기술이며 지식도 현대에 비할 바가 아니었으며, 무엇보다 전쟁으로 죽는 것을 너무도 당연하게 여겼다. 전쟁과 죽음이 일상인 세상. 이런 시대에서 자기 몸을 지킬 수 없다면 기다리는 것은 개죽음뿐이다.

이미 나는 화재 사고로 허무하게 삶을 마감한 적이 있었다. 다시 시작된 이번 생마저 슬픈 죽음으로 끝낼 수는 없다. 그러자면 스스로를 단련해야 했다. 하지만 제신의 생각은 다른 것 같았다.

"그리 걱정할 거 없다. 전쟁이라고 해 봐야 국경 근처에서나 일어나는 일 아니냐. 게다가 넌 나와 아버지가 지켜 줄 테니 마음 놓고 있으면 된다."

"하지만 가만히 지켜보는 건 싫어."

가족이 없었던 지난 생과 달리 이번 생에는 아버지와 오라버니가 있었다. 어머니는 나를 낳다가 돌아가셨지만 아버지와 오라버니의 입을 통해 어떤 사람인지는 많이 들었다. 두 번째 생에서야 어렵게 얻은 가족이 위험한 전쟁터를 누비는데 나 홀로 마음 편히 뒤쪽에 물러나 있을 수는 없었다. 도움은 되지 못할지라도 짐은 되고 싶지 않았다.

"기특한 생각을 하는구나."

제신은 꽤 놀란 눈치였다. 내가 이런 생각을 하고 있을 줄은 몰랐던 듯했다. 하지만 따뜻한 눈으로 나를 바라본 것도 잠시뿐이었다.

"하지만 활 쏘는 실력이 이래서는 영……."

그의 시선이 바닥을 뒹굴고 있는 화살로 향했다.

"역시 그렇지?"

금세 시무룩해지는 얼굴에 제신이 씨익 웃으며 내 머리를 흐트러트렸다.

"싸우는 데 꼭 무력만 필요한 건 아니지. 네가 잘하는 걸로 도움이 되는 건 어때?"

무슨 소리인가 싶어 제신을 바라보니 그가 하얀 천이 감긴 왼손을 들어 보였다. 전생의 기억을 살려 그를 치료해 준 흔적이었다. 검을 배우다 베였다며 피를 철철 흘리고 있기에 지혈을 하고 약초를 얹어 주었더니 그가 제법 감탄을 했었다.

"넌 어릴 때부터 이런 재주가 있었지? 두통이나 감기 기운이 있을 때 네가 준 약초를 먹으면 금세 낫곤 했다. 아버지께서도 눈이 아플 때마다 네가 우려낸 차를 마시면 통증이 씻은 듯이 사라진다고 좋아하시던걸."

통증이나 감기 기운을 다스리는 것쯤이야 식은 죽 먹기였다. 약재 두어 개로 간단하게 다스릴 수 있는 문제를 안고 끙끙 앓고 있기에 그냥 지나칠 수 없어 도와주었는데, 고구려에는 의원이 흔치 않아 이런 능력이 귀하게 느껴지는 모양이었다.

"그런데 넌 이런 걸 어디서 알게 된 게냐? 약초를 쓰는 법은 승려 중에서도 소수나 아는 거라 하던데."

"서책들에 적혀 있던 것을 보고 대충 따라 한 것뿐인걸."

"서책? 대충 보고 따라 하는 것만으로도 이리 효과가 좋단 말이야?"

"뭐, 그거야……."

핵심을 찌르는 제신의 말에 난처하게 눈을 굴리고 있으니 때마침 멀리서 우리 두 사람을 부르는 소리가 들려왔다.

"도련님! 아가씨!"

오라버니 또래의 몸종 달래였다. 멀리서부터 허겁지겁 달려온 달래가 우리 앞에 멈춰서 숨을 고르며 겨우 말을 내뱉었다.

"어르신께서 찾으십니다. 고추가(古鄒加)께서 오셨어요."

고추가는 왕족이나 귀족의 높은 사람을 부르는 칭호였다. 달래가 말하는 고추가는 절노부 연씨 가문의 수장 연호인데, 아버지의 큰형님으로 내게는 백부가 되었다.

"백부님께서? 지난달에 본가에 들러 인사를 드리지 않았느냐. 어찌 백부께서 여기까지 오신단 말이야?"

제신의 물음에 달래가 고개를 휘휘 저었다.

"저야 알 도리가 없지요. 다만 어르신과 고추가께서 심각한 얼굴로 이야기를 나누시더니 두 분을 찾아오라 하셨습니다."

"심각한 얼굴로?"

백부가 심각한 얼굴로 우리 집을 찾을 일이라면 몇 없었다. 좋은 이유보다는 나쁜 이유들이 먼저 떠올라 절로 얼굴이 어두워졌다.

"혹, 다시 전쟁이 난 걸까?"

"아닐 거다. 전쟁이 끝난 지 한 해도 지나지 않았는데……."

내 말을 부정하는 제신의 얼굴도 어두웠다. 걱정을 애써 마음속으로 누르며 우리는 집으로 발걸음을 서둘렀다.

❖ ❖ ❖

달래의 말처럼 아버지와 백부는 심각한 얼굴로 마주 앉아 있었다. 그 틈에 끼게 된 나와 제신은 어쩔 줄 몰라 서로의 눈치만 살필 뿐이었다.

'역시 네가 사고를 친 거지?'

'그러는 오라버니가 무슨 잘못을 저지른 거 아냐?'

그런 눈짓을 주고받고 있으니 한참 입을 다물고 있던 백부가 입을 열었다.

"올해 제신이 네 나이가 몇이냐?"

"열여섯입니다."

"우희는?"

"저는 열둘이 되었지요."

우리 나이를 몰라서 하는 질문이 아닐 것이다. 백부는 이와 똑같은 질문을 올해 초 본가에서도 했었다. 당연히 우리의 대답도 그때와 똑같았다. 몇 달 전과 똑같은 답을 듣고서도 백부는 한참을 고민하더니 아버지의 안색을 살피며 다시 입을 뗐다.

"이번에 나와 서가 국내성(國內城)으로 가게 되었다. 하는 여기 남아 절노부를 지킬 것이고. 나와 서는 아마 한동안 북부를 떠나 있을 것 같구나."

서는 백부의 둘째, 하는 첫째였다. 하는 나보다 나이가 여섯 살이 나 많아 서먹한 감이 있었지만 동갑내기인 서와는 죽이 잘 맞아 사이가 제법 좋았다. 하지만 친한 것은 친한 것이고, 지금의 이야기는 전혀 다른 문제였다. 우리 앞에서 자신들의 계획을 말하는 까닭을 몰라 백부와 아버지를 번갈아 보니 이번에는 입을 꾹 다물고 있던 아버지가 나섰다.

"그 길에 제신이와 우희도 함께 가거라."

"예? 저와 우희도요?"

제신이 놀라서 되물었다. 아버지는 놀란 우리 표정을 보면서도 차분하게 고개를 끄덕였다.

"그래. 이번에 가면 서와 함께 태학(太學)에서 공부하게 될 게다."

익숙한 이름에 나는 대한민국에서의 기억을 떠올렸다. 태학이라면 소수림왕이 만든 교육기관이지? 거기다 율령을 반포하고, 불교를 들여오고……

고등학교 때 공식처럼 열심히 외웠던 것이 등장하니 괜히 반가운 마음이 들었다. 수능에 고구려에 관한 내용이 많이 출제되지 않아 자세히 공부하지는 않았지만, 그래도 기본적인 내용 정도는 알고 있었다.

나는 가만히 지금의 상황과 과거의 기억들을 조합해 보았다. 이곳이 고구려라는 것을 알게 된 후 나는 아버지께 선대왕의 시호를 물은 적이 있었다. 내가 살아가는 시대가 언제쯤인지 알 수 있을까 싶어서였다. 아버지는 선대왕의 시호가 '소수림'이며 지금의 왕은 그의 아우라고 했다. 소수림왕에게 자식이 없어 그의 동생이 왕위에 올랐다는 것이다.

지금의 왕이 누구인지까지는 잘 기억이 나지 않지만 다음 왕이 광개토대왕인 것만은 분명히 알고 있었다. 광개토대왕은 대한민국 사람들에게 인기가 많은 왕이었다. 그를 주인공으로 한 소설이나 드라마도 많았기 때문에, 다른 고구려 시대에 비해 친숙한 느낌이 있었다.

"우희 너도 태학에 관심이 있느냐?"

아는 이야기가 나와 반가운 기색이 얼굴에까지 번졌는지 백부가 웃음을 터트리며 말했다.

태학이라고 해 봐야 학교인데, 대한민국 정규교육을 온전히 마친 사람이라면 다시 학교로 돌아가고 싶은 마음이 들 리가 없었다. 하지만 그렇게 말할 수는 없는 노릇이지.

"그럼요. 내로라하는 귀족 자제들은 모두 거기서 공부를 하지 않습니까. 책도 읽고 무예도 단련한다고 들었습니다."

"그래. 선대 태왕께서 교육의 중요성을 통감하고 태학을 만드셨다. 계루의 귀족 자제들은 죄 그곳에서 공부하지. 하니 우리 절노 아이들도 질 수는 없지 않겠느냐."

"저도 그곳에서 공부할 수 있나요?"

태학은 남자만 교육하는 줄 알았는데? 혹시라도 태학에서 공부하라고 할까 봐 걱정스럽게 물었더니, 내가 진심으로 태학에 가고 싶어하는 줄 알았는지 백부가 안타까운 얼굴로 고개를 저었다.

"아쉽게도 태학은 사내놈들만 받는다는구나. 우희는 그곳에서 공부하기가 힘들겠다."

"참으로 아쉽습니다. 열심히 공부해서 백부님처럼 훌륭한 사람이 되고 싶었는데……."

"뭐라고? 아하하."

호탕하게 웃는 백부의 웃음소리를 들으며 제신이 질린 얼굴로 나를 쳐다보았다.

제신은 그 또래 아이들답게 활이나 좀 쏠 줄 알았지 사람 대하는 요령이 영 없었다. 그 때문에 평소에는 제멋대로 굴다가도 어른들 앞에서는 살랑거리는 나를 보며 여우라고 혀를 내두르곤 했다. 하지만 전생에서 이십팔 년, 이번 생에서는 십이 년. 도합 사십 년째를 살고 있는 내가 아닌가. 이런 처세를 못 해서는 살아온 시간이 아깝지.

"그런데 태학에 가는 것이 아니면…… 저는 왜 국내성에 갑니까?"

태학에 가지 않아도 되는 것은 다행이지만 그렇다면 굳이 나까지 국내성에 갈 이유가 없었다.

"그건……."

내 질문에 백부가 평소답지 않게 말을 잇지 못했다. 그것은 아버지도 마찬가지였다. 두 분이 모두 벙어리가 된 연유를 알 수 없어 고개를 갸웃거리니 백부가 서둘러 말을 정리했다.

"우희 네가 국내성에 가 보고 싶다 노래를 부르지 않았더냐. 그곳에 거처를 얻어 한동안 지낼 터이니, 너도 이번 기회에 함께 가면 좋겠다고 생각한 것이지."

그간 국내성 구경을 하고 싶다며 아버지를 졸랐던 건 사실이다. 그 대단하다는 고구려의 수도가 궁금했기 때문이다. 절노부가 자리 잡은 북쪽은 평범한 시골 마을인데, 국내성에 몇 번 다녀온 제신의 말에 따르면 수도는 완전히 다른 세상이라고 했다.

하지만 아버지는 단 한 번도 나를 국내성에 데려간 적이 없었다. 매년 시월 수도에서 수확을 기념하여 동맹제가 열리는데 그 재미있는 구경에 제신만 데려갔다. 제신이 '여우 같다'고 하는 말로 아버지를 열심히 구슬려 보았지만 전부 소용없었다.

그런데 백부의 말 한마디에 이렇게 쉽게 국내성 나들이가 성사되다니? 말도 안 되는 일이다. 아마 이것은 단순한 나들이가 아닐 것이다. 이번 국내성행에는 무엇인가 목적이 있다. 나로서는 아직 알 수 없는 어떤 목적.

나는 백부의 눈치를 살피며 아버지를 바라보았다. 이유가 영 의심스러웠지만 아버지가 내게 나쁜 일을 허락했을 것 같지는 않았다. 그렇다면 지금은 아이처럼 기쁘게 웃으며 나들이를 떠나면 되는 거겠지.

"기대됩니다! 출발은 언제 합니까?"

밝게 웃는 나를 보며 백부가 안도의 한숨을 내쉬는 것이 보였다.

"우희 네가 좋아하니 내 마음이 편하구나. 출발은 닷새 뒤다. 날에 맞춰 사람을 보낼 터이니 준비를 해 두거라."

"예, 백부님."

"내 할 말은 다 전했으니 이만 돌아가마. 닷새 후에 보자."

백부가 마지막으로 인사하며 자리를 떠났다. 떠나는 백부를 향해 예의 바르게 인사한 제신이 그가 사라지는 것을 확인하고서야 아버지의 앞에 마주 앉았다.

"아버지, 갑자기 이게 무슨 일입니까? 태학은 무엇이고, 우희는 또 왜요?"

"네가 들은 그대로다."

"하지만 이상하잖습니까. 이제 와서 제가 무슨 태학입니까? 많이 양보해서 저야 그렇다 쳐도 우희까지 함께라는 건……."

"제신아."

아버지가 제신을 불러 그의 말을 막았다.

"고추가께서 정한 일이다. 그분께서 우리 집안과 고구려의 앞날에 해가 될 일을 하실 분이더냐?"

"아닙니다."

"한데 어찌 의문을 가져. 집안 어른들의 말씀에 따르면 될 일이다."

단호한 아버지의 말에 제신은 불만스러운 표정을 하면서도 더 이상 말을 잇지 못했다.

"우희야."

이번에는 아버지의 시선이 내게 향했다.

"여기서는 천방지축인 네 행동을 나무라는 사람이 없었지만 국내성은 다르다. 그곳은 고구려 가장 높은 귀족들이 모여 나라의 운명을 결정하는 땅이지. 네게 향하는 시선도, 평가하는 말도 많을 것이야. 매사에 행동을 조심하거라."

"국내성을 오가는 사람이 얼마나 많은데요. 저 같은 촌뜨기 꼬마는 눈에 들어오지도 않을 겁니다. 너무 걱정하지 마셔요."

"그러면 좋겠다만……."

나를 바라보는 아버지의 얼굴이 복잡했다.

"네 생각과는 상황이 많이 다를 것이야. 최대한 눈에 띄지 않게 조용히 지내야 한다."

아버지가 이렇게까지 걱정을 하니 나로서도 더 이상 모른 척할 수가 없었다.

"아버지, 왜 그렇게 걱정을 하세요? 단순히 나들이를 가는 것이 아닙니까?"

내 질문에 아버지가 입을 꾹 다물었다. 그는 무엇인가 말하려는 듯 몇 번이나 입을 오물거리다 결국 고개를 저었다.

"아니다, 내 걱정이 과해서 그런 게지. 넌 마음 편하게 나들이 다녀온다 생각하거라."

'너는 그렇게 생각하라'니. 사실은 그게 아니라는 뜻이었다. 아무래도 나의 첫 국내성 나들이에는 쉽게 말하기 힘든 대단한 이유가 있는 모양이었다.

모든 의문은 국내성, 그곳에서 해결될 것이다.

의문과 함께 국내성으로 가는 날이 다가왔다.

북부에서 국내성으로 가는 길은 굽이굽이 산길이었는데, 길이 보통 험한 것이 아니었다. 다행히 백부께서 편의를 봐 주신 덕에 마차에 몸을 실었지만 흔들림이 심해 차라리 말을 타는 것이 나을 지경이었다. 이럴 때면 어쩔 수 없이 편안한 승차감의 자동차가 그리워진다. 아니, 승차감 좋은 자동차까지는 바라지도 않는다. 덜컹거리는 버스라도 지금의 마차보다는 낫겠다 싶었다.

문명의 이기를 그리워하며 헛구역질을 하는 내가 보이지도 않는지 서는 잔뜩 들떠 있었다. 국내성에 도착하는 길이 얼마 남지 않았기 때문이었다.

"이제 조금만 더 가면 도착이야. 곧 성문이 나오는데 그게 얼마나 큰지 모를 거다. 아마 넌 놀라서 나자빠질걸!"

수도에 몇 번 가 봤다고 출발부터 젠체하던 서는 국내성 도착을 앞둔 순간까지 신이 나서 떠들어 댔다. 사람 좋은 제신이 몇 번 맞장구를 쳐 주었더니 더욱 신이 났다. 서의 수다를 아는 백부는 말이 편하다며 마차를 떠났고, 서를 부추긴 제신도 백부를 외롭게 할 수 없다며 슬그머니 그를 따랐다. 결국 나만이 서와 마차에 남아 수다의 늪에 빠지게 된 것이다.

"그래? 성문을 처음 봤을 때 넌 놀라서 나자빠졌나 봐?"

"내, 내가? 무슨 말도 안 되는 소릴. 말이 그렇다는 거지."

심드렁하게 대꾸했더니 정곡을 찔린 서가 말을 더듬으며 입을 다물었다.

나이 차이가 꽤 나는 하와 백부의 사랑을 잔뜩 받으며 자란 탓에 서는 아직까지도 많이 어린 편이었다. 결국 내가 다루기 쉬운 녀석이라는 뜻이었다. 물론 남들 눈에는 나와 서 모두 코흘리개 어린애일 뿐이겠지만.

이 심드렁한 일굴을 어른들이 본다면 웬 애늙은이 같은 표정을 짓고 있냐며 웃을 것이 분명했다.

"도련님, 아가씨. 이제 성문입니다."

서가 입을 다물고 얼마 지나지 않아 마차를 몰던 마부가 문 너머로 속삭였다. 작게 난 문을 열고 창밖을 살피니 과연 성벽의 규모가 어마어마했다. 높이가 적어도 5, 6미터는 될 것 같았다.

서가 말하던 것처럼 뒤로 나자빠지지는 않았지만 기계도 없이 이런 건축물을 만들어 냈다니 놀라운 일임은 분명했다.

"도착하면 시장 구경부터 가자! 맛있는 주전부리랑, 장난감도 사고……."

서는 벌써부터 시장 구경을 갈 생각으로 들떠 있었다. 이럴 때 한번 찬물을 부어 그를 진정시키는 것이 내 역할이었다.

"너와 제신 오라버니는 바로 태학에 간다던데? 정식으로 공부하기 전에 태학박사께 미리 인사를 드려야 한댔어."

"뭐? 그게 정말이야?"

들떠 있던 서는 한순간에 절망에 빠져들었다.

"어휴, 태학엔 왜 가라 하시는지 모르겠어. 차라리 형님을 보내시지."

"하 오라버니는 이미 출중하신걸. 굳이 태학에 갈 필요가 없잖아."

"그럼 난 모자라서 태학에 간다는 거야?"

"그렇게 들렸어?"

"그래!"

"우리 서, 어느새 눈치가 많이 늘었구나?"

"으으, 연우희!"

서가 버럭 소리를 지름과 동시에 열린 문 사이로 백부가 나타났다. 한참 앞서가더니 속도를 조금 늦춘 모양이었다.

"서 네 목소리가 저 앞에서도 다 들린다."

"그건 우희가……."

"백부님, 이제 다 도착했나요?"

투덜거리려는 서의 말을 재빨리 자르며 웃는 낯으로 묻자 백부가 곧장 내게로 시선을 돌렸다.

"그래. 외성 문을 지나면 시장이 나오고, 더 가면 궁이 있지. 태학도 그곳에 있다. 아이들과 함께 공부는 못 하겠지만 구경은 할 수 있으니 같이 가련?"

태학을 다니는 건 달갑지 않지만 궁을 구경하는 건 환영이었다. 고구려의 궁궐을 구경할 기회가 또 언제 있겠어?

"예!"

말이 끝나기 무섭게 고개를 끄덕이는 나를 보며 백부가 웃음을 터트리고는 다시 멀어졌다. 그 모습을 서가 불만스러운 얼굴로 주시하고 있었다.

"아버지는 널 너무 좋아하셔. 우리 앞에서는 저렇게 웃질 않으신다니까."

"무뚝뚝한 아들만 둘 두셔서 딸이 예쁘게 보이시는 게 아닐까? 네가 한번 살갑게 굴어 봐. 그럼 좋아하실 것 같은데."

"으으, 사내대장부가 돼서 어떻게 살살거리란 말야?"

"아버지를 기쁘게 해 드리는 데 아들딸이 어딨어?"

일부러 눈을 동그랗게 뜨고 물으니 서가 입을 뻐끔대다 부루퉁하게 볼을 부풀렸다.

"……항상 느끼는 거지만, 넌 사람 말문을 막히게 하는 데 큰 재주가 있어."

"칭찬 고마워."

"칭찬 아니거든!"

입을 비죽이던 서가 곧 창밖에 펼쳐진 풍경에 밖으로 목을 뺐다.

"시장이다!"

이번 외침에는 나도 관심을 가질 수밖에 없었다. 조르르 다가가 서의 옆으로 목을 빼니 사람으로 가득 찬 시장이 눈앞에 펼쳐졌다. 빽빽하게 들어찬 건물, 다급하게 움직이는 사람들, 좌판에 늘어선 물건들. 드라마에서나 보던 풍경이지만 그보다 현실감이 있었다.

"진짜 국내성이다."

"진짜 국내성이지!"

나의 혼잣말을 서가 신이 나서 따라 했다.

태학은 제법 학교 같은 태가 났다. 연무장에서는 각양각색의 아이들이 자유롭게 검을 단련하거나 활을 쏘았고, 건물 안에서는 태학박사의 선창에 맞춰 책을 읽는 앳된 목소리들이 들려왔다. 고대나 현대나 배움의 현장은 크게 다를 바가 없는 모양이다.

백부가 제신과 서를 데리고 박사께 인사를 간 터라 나는 홀로 연무장 구석에 남겨졌다. 백부는 자신이 돌아올 때까지 내가 이 자리에 얌전히 앉아 있으면 시장에서 맛있는 과편(果片:젤리와 비슷한 전통 음식)을 사 주겠다고 했다. 스물여덟의 김소진이라면 그 말에 코웃음을 쳤겠지만, 열둘의 연우희에게는 아주 매력적인 제안이었다.

나는 스스로를 어른으로 생각하고 있었다. 내 안에 있는 기억이 늘 그렇게 속삭이기 때문이다. 하지만 주변 사람들은 나를 어린아이로 대한다. 그들의 기대에 부응하며 살아온 것이 벌써 십이 년째. 나는 어느새 어린아이처럼 행동하고 생각하는 데 익숙해졌다. 그렇다고 전생의 행동 양식이 모두 사라진 것도 아니다.

그 결과 나는 조금 어른스러운 아이, 혹은 조금 아이 같은 어른이 되어 있었다. 그러니까 겨우 과편 하나에 넘어가 여기 멍하니 앉아 있는 게 그리 이상한 일은 아닐 것이다. 아마도.

지루한 시간을 견디는 가장 쉬운 방법은 사람을 관찰하는 것이다. 흥미로운 대상이 있을 때는 더욱 그렇다.

나는 연무장 한구석에서 묵묵히 활을 쏘는 소년을 보고 있었다. 온몸을 사용해서 활을 쏘라는 제신의 말을 아직까지 이해할 수 없었지만, 내가 보고 있는 소년의 자세가 아주 바르다는 것은 확실했다.

과녁의 중앙에 수북하게 꽂힌 화살을 제하고서라도 그의 자세는 군더더기 없이 깨끗하고 예뻤다. 가볍게 활시위를 당겨 물 흐르듯 손을 놓으면 바람을 가르고 날아간 화살이 강하게 과녁에 꽂힌다. 멋진 자세였다. 소년의 뒤통수만 보일 뿐인데도 나는 그가 꽤 마음에 들었다. 자세가 바른 사람치고 나쁜 사람은 없다는 게 내 철학이다.

하지만 나와는 달리 태학의 다른 동료들은 그를 좋아하지 않는 모양이었다. 삼삼오오 모여 훈련을 받고 있는 아이들 사이에서 소년은 혼자였다.

이거 참, 왕따는 시대와 공간을 뛰어넘는 문제로군.

그렇게 생각하는 순간 활을 내려놓고 돌아서는 소년과 눈이 마주쳤다. 여태까지 바라보던 걸 눈치챘는지 그의 얼굴이 미미하게 찌푸려져 있었다. 확실히 다른 사람의 구경거리가 되는 건 기분 나쁜 일이지. 미안함을 담아 어색하게 웃어 보였지만 소년의 얼굴은 나아지지 않았다.

그가 여전히 불만스러운 얼굴로 활과 화살을 챙겨 연무장을 떠났다. 괜히 잘 연습하고 있던 사람을 쫓아낸 기분이라 멋쩍게 머리를 긁적이는데, 소년이 있던 자리에 떨어진 작은 주머니 하나가 눈에 들어왔다.

나는 멀어지는 소년과 땅에 떨어진 주머니를 황급히 번갈아 보았다. 빨리 쫓아가면 주머니를 전해 줄 수도 있을 것 같았다.

소년, 주머니, 과편. 세 가지가 머릿속에서 빙빙 맴돌았다. 결론은 금방 내려졌다.

백부님이 오시기 전에 돌아오면 되지 뭐!

결정을 내리자마자 나는 연무장으로 뛰어 들어가 주머니를 주웠다.

"뭐야? 웬 꼬마야?"

"어디서 튀어나온 거야?"

갑작스런 여자아이의 등장에 연무장에서 훈련 중이던 아이들이 놀라서 호들갑을 떨어 댔다. 나는 그들에게도 훈련을 방해한 것에 대한 미안함을 담아 웃어 보이고는 그대로 소년이 사라진 방향으로 몸을 돌렸다. 하지만 미처 걸음을 떼기도 전에 뒤편에서 찢어질 듯한 비명 소리가 들려왔다.

"악!"

고개를 돌려 보니 검을 들고 대련을 하고 있던 소년들 중 하나가 발목을 붙잡은 채 바닥을 뒹굴고 있었다.

"괜찮아?"

"일어설 수 있겠어?"

소년들이 우르르 몰려들어 넘어진 소년을 일으켰다. 하지만 주변의 도움을 받아 겨우 자리에서 일어섰던 소년은 땅에 발이 닿자마자 다시 비명을 지르며 바닥에 주저앉았다.

"한눈을 파니까 그렇지! 대련 중에 다른 곳을 보면 어떡해?"

갑작스러운 내 등장에 놀라 발목을 제대로 접질린 모양이었다. 상황을 파악하자마자 나는 손에 든 주머니를 품속에 넣고 넘어진 소년 쪽으로 빠르게 걸음을 옮겼다. 나 때문에 벌어진 일이니 수습 정도는 해 줘야 할 것 같았다.

"제가 살펴봐도 될까요?"

넘어진 소년은 아프다고 구르느라 내 말을 들을 정신이 없었고, 주변에 모여든 소년들은 불쑥 자신들 틈에 끼어든 내가 못 미더운지 쉽게 결정을 내리지 못했다.

대답 기다리다가 한나절이 다 지나겠네. 나는 작게 한숨을 내쉬며 넘어진 소년을 향해 몸을 숙였다.

"신발 벗길게요."

빠르게 신발을 벗겨 발목을 확인했지만 아직 부기가 심한 상태는 아니었다. 부러졌다면 다치자마자 발목이 부어올랐을 테니 골절은 아닐 가능성이 높았다.

"발목 움직일 수 있어요? 한번 움직여 보세요."

정신없는 와중에도 내 말을 듣기는 한 모양인지 소년이 발을 서서히 까딱였다. 붓는 속도도 느리고, 움직이는 것도 가능하다면 역시 단순 염좌라는 확신이 섰다.

염좌에도 정도가 있다. 관절이나 인대의 손상 정도에 따라 치료법과 회복 기간도 달라졌다. 부상 정도를 가장 확실하게 진단하는 방법은 엑스레이를 찍는 것이다. 그러나 전기도 없는 이런 시대에 그런 기술을 기대할 수는 없었다. 그러니 그저 지켜보는 수밖에 도리가 없지.

겉으로 드러나는 증상에 대처하며 변화하는 환자의 상태를 관찰해 원인을 찾아내는 것. 그것이 한의학의 기본이었다.

염좌가 어느 정도로 심하든 초기 대처는 동일했다. 다친 부위에 무리가 가지 않도록 붕대로 단단히 고정하는 것이었다. 하지만 갑작스러운 상황이라 상처를 고정할 붕대가 준비되어 있지 않았다.

어떡하지. 쓸 만한 것이 딱히 눈에 보이지도 않고……

주변을 둘러보며 잠시 고민하던 나는 머리를 묶고 있던 푸른빛 끈을 풀었다. 폭이 좁긴 하지만 길이가 넉넉하니 임시로 쓸 정도는 될 것 같았다. 나는 머리끈을 팽팽하게 당겨 소년의 발목을 감쌌다. 그 손길이 제법 능숙해 보였던지 주변에서 걱정스럽게 수군대던 소년들이 한층 조용해졌다.

"다행히 뼈가 부러지진 않은 것 같지만 얼마나 심하게 다친 건지는 시간이 조금 더 지나야 알 수 있어요."

"뼈가 부러진 것도 아닌데 이렇게 아프단 말이야?"

조금 정신을 차린 소년이 코를 훌쩍이며 나를 바라보았다. 커다란 덩치에 맞지 않는 엄살에 피식 웃음이 흘러나왔다.

"부러졌으면 움직이지도 못해요. 곧 다친 부위가 부어오를 텐데 먼저 냉찜질을 해서 내부 출혈을 막아 주고, 부기가 조금 가라앉았다 싶으면 그때부턴 온찜질을 하세요."

붕대를 감는 힘에 소년이 미간을 찌푸리며 고개를 끄덕였다. 나는 붕대에 집중하며 계속 말을 이었다.

"아, 가장 중요한 건 다친 곳을 보호하는 거니까 최대한 발목에 무리가 가지 않도록 고정하고 있어야 해요. 부상이 심하지 않으면 닷새, 심하면 보름 정도 걸릴 거예요. 불편하겠지만 그렇다고 그냥 두면 회복이 느려지니……."

"그런데 넌 누구냐? 궁에 이렇게 어린 의원이 있다는 건 들어 보지 못했는데."

붕대의 매듭을 짓고 습관처럼 설명을 이어 가던 중간에 누군가 얼빠진 목소리로 물었다. 어쩌면 당연한 물음에 끈을 묶던 손이 멈칫했다. 슬쩍 고개를 들어 보니 소년들의 눈에 의아함이 가득했다.

"어, 저는……."

순간 말문이 막혔다. 지금의 나는 연우희였다. 절노부의 어린 소녀, 귀하게 자란 귀족 가문의 아가씨. 소진일 때의 나는 당당하게 의술을 쓸 수 있었지만 우희는 달랐다. 이곳에서의 나는 의원이 아니었다. 가족들이야 내 능력을 쉽게 이해해 주었지만, 다른 사람들에게도 대충 책이나 보면서 공부했다는 내 말이 통하지는 않을 터였다.

"도와줬으면 고맙다는 말이 먼저 아닌가?"

곤란함에 우물거리고 있으니 소년들 뒤에서 누군가의 목소리가 들려왔다. 내 얼굴에 박혀 있던 모두의 시선이 순식간에 목소리가 들려온 뒤쪽으로 향했다. 시선이 닿은 곳에는 멋진 자세로 활을 쏘았던 소년이 있었다. 그의 등장에 소년들의 얼굴이 굳어졌다.

"모르는 얼굴이기에 물은 것일 뿐입니다."

"그렇다고 추궁부터 한 것이 잘한 일은 아니지."

소년들의 변명을 가볍게 무시한 그가 이번에는 나를 바라보며 손을 내밀었다. 눈앞에 디밀어진 손은 아이의 것답지 않게 곳곳에 굳은살이 박혀 있었다.

손이 이렇게 될 때까지 활을 쏜 거구나. 그래서 그렇게 활을 예쁘게 쏜 거였어.

멍하니 손을 바라보며 감탄하는 사이 소년이 나를 재촉했다.

"줘."

"응?"

"달라고, 내 주머니."

"아."

그제야 소년의 주머니를 품속에 넣어 둔 것을 기억해 냈다. 나는 서둘러 품을 뒤져 소년에게 주머니를 건넸다.

"여기 있어."

내가 주머니를 찾아 소년에게 건네는 사이 주변이 조용해졌다. 모두 자리를 피한 것이다. 가만히 주변을 살피니 다친 소년까지 동료의 부축을 받아 절뚝거리며 멀어지고 있었다.

나는 다시 한번 고구려 왕따 문제의 심각성을 깨달았다. 태학에는 왕족과 귀족 자제들이 모여 교육을 받는데, 집안의 힘이 약한 가문의 아이들은 종종 그 속에 어울리지 못하고 겉돈다고 했다. 아마 이 소년도 그런 쪽인 것 같았다.

"잘난 집안 애들이 왜 그렇게 유치한 짓을 하는지 모르겠다니까. 출신으로 사람을 구분하다니 얼마나 편협해?"

은근슬쩍 편을 들어 주며 어색하게 웃었더니 그가 놀란 얼굴로 나를 바라보았다.

"너 내가 누군지 몰라?"

'너 내가 누군지 몰라'라니. 이쪽 세상에 연예인이 있는 것도 아니고 꼭 얼굴을 알아야 할 유명인이 누가 있단 말인가.

"알아야 해?"

"아니, 뭐, 그런 건 아니지만……."

의아한 얼굴로 고개를 갸웃거렸더니 소년이 얼떨떨한 표정을 했다. 마치 뒤통수를 거하게 한 대 맞은 얼굴이었다.

나는 곤란한 상황에서 도와준 소년에게 먼저 인사를 건넸다.

"난처했는데 도와줘서 고마워. 의원도 아니면서 왜 나선 거냐고 할까 봐 걱정했거든. 난 연우희야."

"연씨?"

반갑게 인사했더니 소년의 눈이 커졌다.

"그럼 네가 오늘 고추가와 함께 국내성에 온다던 그 절노부의 아이 였어?"

"그렇긴 한데…… 내가 여기 오는 게 그렇게 유명한 일이었니?"

"절노 사람들은 북방을 지키는 걸 명예롭게 여겨 국내성에 잘 머무르지 않잖아. 안쪽에 숨어 사는 걸 수치스럽다고까지 하지. 그런데 고추가께서 수도에 머물겠다고 공언을 하셨잖아. 그러니 모두가 주목하고 있다고. 게다가 넌……."

"게다가 난 뭐?"

"너 아무것도 몰라?"

"그러니까 뭘 말하는 건데?"

되물었지만 소년은 말이 없었다. 잠시 말을 고르는 듯 주머니를 매만지던 그가 길게 한숨을 내쉬며 고개를 저었다.

"모른다면 됐어."

소년이 주머니를 받아 가볍게 흔들었다.

"아무튼 나도 네 덕에 주머니를 찾았으니, 서로 하나씩 주고받은 셈이네. 감사 인사는 그걸로 대신하자."

"그거, 중요한 주머니였어?"

"중요하다면 중요하겠지. 아버지께 드릴 약초가 들어 있거든."

"약초? 아버지가 편찮으셔?"

소년의 입에서 꽤 관심이 가는 주제가 흘러나왔다. 내가 되물을 줄은 몰랐던지 소년이 조금 머뭇거리며 고개를 끄덕였다.

"건강이야 항상 안 좋으셨지. 근데 최근 몇 년간 계속 문제가 터지는 바람에 더 나빠지셨어. 부디 몸을 아끼셨으면 좋겠는데."

중얼거리는 소년을 보며 주머니를 만졌던 손에 남아 있는 향기를 맡아 보았다. 특유의 짙고 강한 향 덕분에 손쉽게 약초의 정체를 알 수 있었다. 수리취였다.

"아버지께서 토혈을 자주 하시니?"

내 말에 주머니를 매만지던 소년의 손이 멈추었다.

"그걸 어떻게 알았지?"

놀라움과 경계심이 동시에 섞인 목소리였다. 나는 어깨를 으쓱거리며 소년의 손에 있는 주머니에 코를 가져갔다.

"그거 수리취잖아? 수리취는 지혈해야 하거나 부종이 있을 때 쓰는 약초거든. 토혈하는 사람에게 먹이기도 하고. 네 아버지는 다친 게 아니라 건강이 안 좋다고 했으니 토혈을 하시는 게 아닐까 생각했을 뿐이야."

"역시 넌…… 의술에 대해 잘 아는 건가?"

"관심이 있어서 이것저것 찾아보는 편이야. 가족들이 툭하면 다치고 아파서 말이야."

소년이 곤란한 부분을 물어 와 나는 서둘러 말을 돌렸다.

"그런데 향이 강한 걸 보면 막 따 온 것 같은데. 네가 직접 구해 온 거야?"

내 질문에 소년이 머뭇거리며 고개를 끄덕였다. 그 말에 이번에는 내가 놀라서 눈을 크게 떴다. 수리취는 양지바른 산지에서 자란다. 귀족 소년이 홀로 가서 채취해 오기는 힘든 약초였다.

"의원에게 맡기지 않고? 수리취는 토혈이라는 증상을 완화해 주는 약초야. 그 원인까지 고치진 못한다는 뜻이지. 의원을 불러서 치료를 받는 편이 좋을 텐데."

"의원은 부를 수 없어."

설마 돈이 없어서 의원을 못 부르는 건가? 나는 빠르게 소년의 행색을 살폈다. 예상외로 옷은 제대로 갖춰 입었지만 내 생각은 이미 한쪽으로 기울어졌다. 태학의 다른 소년들에게 따돌림을 당하는 것도 집안 사정이 좋지 않아서인가 봐.

고아라서 무시받고 돈 때문에 전전긍긍했던 전생의 김소진이 떠올라서였을까. 주머니를 만지며 우울함에 빠진 소년의 얼굴을 보니 마음이 약해졌다.

"음…… 내가 조금 도와줄까?"

내 말에 멍하니 주머니를 바라보던 소년이 고개를 번쩍 들었다.

"그렇게 대단한 실력은 아니지만, 의원을 부를 수 없는 상황이라면 내가 조금 도움을 줄 수 있을 것 같아. 물론 내가 못 미덥다면 거절해도……"

"정말 도와줄 수 있어?"

말이 채 끝나기도 전에 소년의 목소리가 닿았다. 바라보는 눈에는 망설임이 없었다. 그 눈에 오히려 내가 의아해졌다.

"날 믿어?"

"믿지 못할 건 뭐야?"

"아니, 난 어리고, 의원도 아닌데……."

"하지만 도와줬잖아. 사람이 다쳤다는 걸 알고 망설임 없이 나서서 필요한 조치를 해 줬어. 그런 사람이라면 믿을 수 있어."

망설임 없이 나섰던 건 나로 인해 벌어진 일을 수습하겠다는 가벼운 마음이었지, 내가 가진 능력에 대단한 사명감이 있어서가 아니었다. 어쩐지 민망한 기분이었다.

"그런 대단한 생각으로 나선 게 아니야."

"나선다는 건 어려운 거야. 넌 그걸 했고. 난 널 믿어 볼래."

거짓 없는 소년의 눈에 가볍게 꺼낸 '도와준다'는 말이 진심이 되어 버렸다. 나는 의지를 담아 고개를 끄덕였다.

"최선을 다해서 도와줄게."

내 대답을 기다리던 소년이 옅게 웃으며 고개를 끄덕였다.

"그럼……."

"우희야! 어디 있느냐!"

소년이 무어라 말을 꺼내려는 순간 멀리서 백부의 부름이 들려왔다. 잊고 있던 그와의 약속이 떠오르자 얼굴이 순식간에 사색이 되었다.

"큰일 났다. 백부님이 저기서 꼼짝 말고 기다리라고 했는데."

과편은 이미 날아갔군. 나는 울상이 된 얼굴로 소년에게 외치고 뒤돌아섰다.

"나 지금 가 봐야 할 것 같아! 나중에 절노부 연씨가 머무는 곳으로 찾아와서 우희를 찾아!"

"우희. 알았어."

소년이 고개를 잊지 않겠다는 듯 내 이름을 입안에서 몇 번 굴렸다.

◆　◆　◆

　서둘러 원래의 자리로 돌아가니 세 사람이 이곳저곳을 기웃거리며 나를 찾고 있었다. 멀리서 봐도 얼굴에 걱정이 가득했다.

　"백부님!"

　나는 일부러 밝은 목소리로 백부를 부르며 그의 곁으로 뛰어갔다. 그는 달려오는 내 얼굴을 확인하고서야 안도의 한숨을 내쉬었다.

　"그사이를 못 참고 자리를 비웠느냐? 우희 너는 어른스러운 것 같다가도 이렇게 한 번씩 사람을 놀라게 하는구나."

　"무엇이 그리 걱정이세요? 국내성에서 제일 안전한 곳이 바로 이곳, 태왕께서 계시는 궁인걸요. 가만히 앉아 있자니 엉덩이가 아파 잠시 주변을 둘러보았을 뿐입니다. 태학박사를 뵈러 가신 일은 잘 끝났습니까?"

　엄하게 꾸짖는 백부의 말을 요령 좋게 흘려버리니 그가 눈을 가늘게 떴다. 내 속셈을 알지만 넘어가 주겠다는 눈이었다.

　"그래. 선생이 너를 궁금해하더구나."

　"저를요?"

　의외의 말에 놀라서 눈을 크게 뜨니 옆에 있던 제신이 말을 거들었다.

　"백부님께서 박사께 네 이야기를 하셨다. 총명한 조카가 있는데 여자아이라 태학에 들지 못해 안타깝다 하셨어. 제대로 공부하면 웬만한 사내아이들은 따라오지도 못할 거라고 말이야. 백부님께서 칭찬에 인색하신 건 고구려 사람들이 죄 아는 사실이니 당연히 박사께서 너에 대해 궁금해하지 않았겠어?"

"어휴, 이제 저는 부끄러워서 박사를 뵙지 못하겠습니다. 잔뜩 기대하셨다가 부족한 저를 보면 실망하실 것이 분명하니 열심히 피해 다녀야겠습니다."

"겸양이 지나치구나. 네가 이미 웬만한 유학 경전들을 모두 독파한 것을 우리 북부 사람들이라면 다 알고 있거늘."

어린 나이에 그런 서책들을 읽을 수 있었던 건 전생에 그 책들을 본 적이 있기 때문이다. 개인적으로 동양 사상에 관심을 가지고 공부했던 까닭도 있지만, 꼭 그렇지 않더라도 대한민국에는《논어》나《맹자》같은 사서삼경을 교양서로 엮어 낸 책들이 많았다. 내용이 얼마나 친절한지 원문에 주석과 다양한 해석까지 달려 있었다.

그때의 기억으로 별생각 없이 경전들을 읽어 내렸더니 글 선생이 깜짝 놀라 호들갑을 떨어 댔다. 평생을 공부해도 소학 하나 못 떼는 사람이 수두룩한데, 나는 이 어린 나이에 그 어려운 책들을 모두 독파했다는 것이다. 특히 고구려는 태학을 설립하고 난 이후에야 유학을 널리 가르치기 시작했기 때문에 나처럼 높은 수준의 경전을 다 익힌 자가 손에 꼽을 정도라고 했다.

의도치 않게 하늘이 낳은 수재가 되어 버린 나는 여러모로 머쓱한 기분이었다. 전생에서 쌓은 지식으로 수재 소리를 들으니 부당한 찬양을 받는 것 같았다. 진짜 수재는 한 번 본 서책을 줄줄 외는 사촌 오라비 하나 생각지도 못한 해석을 내놓곤 하는 제신이었다. 그런데 그들보다 더한 수재 소리를 듣고 있으니 민망할 뿐이었다. 굳이 따지자면 나는 시간을 오래 들여 악으로 깡으로 해내는 노력파 쪽이었다.

"그냥 책을 읽은 것뿐입니다. 그 뜻을 모두 알고 실천에 옮길 수 있어야 진정 총명한 사람이지요. 저는 아직 그 경지에 이르지 못했으니 그런 칭찬은 이릅니다, 백부님."

진심으로 칭찬을 거절했더니 백부가 흐뭇하게 웃으며 내 머리를 쓰다듬었다.

"아직 자신이 부족하다는 사실을 알고 있으니 총명하다고 하는 게지."

옆에서 그 모습을 지켜보던 서는 단단히 뿔이 났다.

"누가 보면 제가 아니라 우희가 아버지 자식인 줄 알겠습니다. 어찌 아들을 곁에 두고 우희를 더 예뻐하십니까?"

"이리 총명하고 겸손한 아이가 어찌 예쁘지 않겠니? 이참에 우희를 내 딸로 데려올까 싶다."

농담임이 분명한 백부의 말에 제신의 얼굴이 굳었다. 그것은 서도 마찬가지였다.

"네에? 우희가 제 동생이 된다니 저는 절대 싫습니다!"

"나도 너와 형제가 되고 싶은 마음은 눈곱만큼도 없으니 걱정하지 마라. 그리고 왜 내가 네 동생이니? 혹 우리가 형제가 된다면 당연히 내가 손위 누이가 되지 않겠어? 내가 너보다 한 달이나 먼저 태어났는걸."

"먼저 태어난 것이 뭐가 중요해? 난 나보다 작은 사람은 손윗사람으로 안 친다."

"아이고, 그럼 넌 노윤에게 형님이라 부를 거야?"

노윤은 우리의 또 다른 사촌 형제였다. 나이는 이제 겨우 열 살이지만 벌써부터 제신과 키가 비슷했다. 당연하게도 서보다는 훨씬 컸다.

"으…… 그, 그건 다른 문제라고! 아무튼 난 너한테 누님이라고 안 할 거야!"

변명거리를 찾으려는 듯 눈을 이리저리 굴리던 서가 결국 소리를 버럭 지르며 고개를 돌렸다. 제신이 웃으며 그런 서의 어깨를 토닥였다.

"어차피 일어나지도 않을 일로 왜 이리 소리를 높여? 걱정 마라. 우희는 내 누이니, 네 누이가 되지 않는다. 그렇지요, 백부님?"

제신의 시선이 백부를 향했다. 그의 시선을 받은 백부는 한동안 말이 없더니 곧 웃으며 고개를 끄덕였다.

"그래. 우희는 네 누이다. 무엇을 걱정하는 게냐?"

"걱정은요. 사실이 그렇다고 말하는 것뿐입니다."

백부와 제신 사이에 긴장감이 감돌았다. 별 이상할 것도 없는 이야기에 왜 이렇게 날을 세우는 것일까? 의아한 기분에 두 사람을 빤히 바라보니 눈치 없는 서가 불쑥 끼어들었다.

"아버지, 언제까지 예서 이러고 있을 거예요? 어서 시장에 가요. 얌전히 태학박사와 만나고 오면 주전부리를 사 주마 하고 약조하셨잖습니까."

서의 칭얼거림에 긴장감이 연기처럼 허공으로 흩어졌다. 백부는 언제 제신과 기 싸움을 벌였냐는 양 미소를 지었다.

"그래. 내가 그런 약조를 하였지. 서는 얌전히 선생의 말을 경청하였으니 약조한 대로 주전부리를 사 주마. 한데 우희는 나와의 약조를 어겼으니…… 이를 어쩐다?"

"백부님께선 제가 과편을 먹지 못해 온종일 우울하길 바라십니까?"

"녀석, 이제 이 백부를 협박할 줄도 아는구나."

그렇게 말하면서도 기분 나쁜 기색이 아니었다. 백부는 웃는 낯으로 나와 서를 바라보다 제신에게로 시선을 돌렸다.

"나는 잠시 태왕을 뵈어야 하니, 제신이가 아이들을 데리고 시장 구경을 시켜 주거라. 어두워지기 전에는 거처로 돌아와야 할 것이야."

"예. 걱정 마십시오. 제가 잘 챙기겠습니다."

"그래. 그럼 거처에서 다시 만나자."

우리는 멀어지는 백부님께 인사를 한 뒤 왔던 길을 거슬러 궁을 나섰다.

동맹제 때 국내성을 와 보았던 제신은 익숙하게 길을 찾아 우리를 시장에 데려다주었다.

예상보다 큰 규모에 입이 떡 벌어졌다. 시장에는 없는 것이 없었다. 먹거리는 물론이고 옷이며 생활용품들이 도처에 널려 있었다. 대한민국의 대형 마트가 부럽지 않은 풍경이었다.

"형님! 저쪽에 떡이 있습니다!"

마차에서부터 주전부리를 먹겠다고 벼르더니 서는 제대로 물을 만난 고기처럼 신이 났다. 저자에 닿자마자 좋아하는 떡을 발견하고는 제신의 팔을 끌었다. 힘이 얼마나 강했는지 그 큰 제신이 서에게 끌려갈 정도였다.

"알겠다. 알겠으니 천천히 가자."

제신이 서를 어르며 나를 바라보았다. 어서 따라오라는 눈빛이었다.

나는 고개를 끄덕이며 천천히 두 사람의 뒤를 쫓았다. 그때 장신구 좌판을 벌인 상인 하나가 나를 붙잡았다.

"꼬마 아가씨, 여기 머리 장식 좀 보고 가세요."

장신구라니. 예쁜 것을 보고 그냥 지나치면 여인이 아니다. 나는 홀린 듯이 상인에게 이끌려 좌판 앞에 섰다. 산골인 절노부에는 이렇게 예쁜 것을 파는 상인이 없었다.

"와아."

햇빛을 받아 반짝이는 장신구들을 보자니 절로 감탄이 나왔다.

머리 장식뿐만 아니라 반지며 목걸이, 팔찌가 당당하게 아름다움을 자랑하고 있었다.

"요즘 국내성에는 홍옥이 박힌 머리꽂이 비녀가 유행이랍니다. 뽀얀 몸체는 은으로 만들었지요."

넋을 놓고 좌판을 구경하는 내게 상인이 설명을 늘어놓기 시작했다. 가만히 그 소리를 듣고 있자니 상인이 추천하는 장신구를 꼭 사야 할 것만 같은 기분이 들었다.

"그럼 이걸……."

나는 홀린 듯이 손을 뻗어 상인이 열변을 토한 비녀를 집었다. 아니, 집으려고 했다. 비녀의 머리를 잡은 내 손 아래로 비녀의 아랫부분을 잡은 다른 손이 있었다.

나는 고개를 들어, 나와 동시에 비녀를 집은 사람의 얼굴을 바라보았다. 전체적으로 복장이 화려한 소년이었다. 옷차림뿐만 아니라 얼굴도 번지르르한 것이 척 보아도 귀족인 태가 났다. 잘 꾸미지 않는 북쪽의 사내들과 달리 수도의 귀족들은 사내들도 꾸미는 것을 좋아하는 모양이었다.

익숙하지 않은 자태를 빤히 살피자 소년이 예쁘게 미소를 지었다. 예쁘긴 했지만 사무적인 웃음이었다. 그는 웃음과 함께 비녀를 집은 내 손을 떼 내고는 상인에게 비녀를 내밀었다.

"이거 얼마지?"

좌판 앞에 먼저 선 것도, 비녀를 먼저 집은 것도 나인데 이렇게 당당한 태도는 뭐란 말인가. 나는 상인 앞에 들이밀어진 비녀에 다시 손을 얹었다.

"제가 먼저 집었어요."

"그래서?"

"그래서라뇨. 제가 먼저 집었으니 우선권은 저한테 있죠."

"그런 걸 누가 정했는데? 돈 먼저 내는 사람이 임자야."

무례하고 뻔뻔한 행동에 입이 떡 벌어졌다. 소년은 다시 한번 내 손을 털어 내고 주머니 속에서 은전 한 닢을 꺼내 상인에게 내밀었다.

"은전 한 닢, 맞지?"

"예에…… 그 가격이 맞기는 합니다마는……."

상인이 난처한 얼굴로 나와 소년을 번갈아 바라보았다. 어떻게든 이 어린 귀족들이 상황을 정리해 주길 바라는 눈치였다.

사실 꼭 사야 하는 건 아니었다. 소년이 먼저 이 비녀가 사고 싶으니 양보해 달라고 말했다면 순순히 그에게 넘겨주었을 것이다. 그런데 소년의 무례한 대처를 보고 있으니 그럴 마음이 깨끗하게 날아가 버렸다.

"그렇게 나오겠다고요?"

나는 헛웃음을 흘리며 주머니를 뒤져 상인에게 은전을 쥐여 주었다. 순식간에 벌어진 일에 상인도 얼떨결에 내가 내미는 은전을 받아 들었다.

"자, 이제 계산도 내가 먼저 했으니 할 말 없죠? 그 비녀 주세요."

"흐응."

당당하게 턱을 치켜들고 손을 내밀었더니 소년이 눈을 가늘게 뜨며 묘한 웃음을 흘렸다. 그는 한참을 내 손바닥을 바라보다 그 위에 손을 뻗었다. 하지만 내 손 위에 올라온 건 비녀가 아닌 은전이었다.

"그럼 내가 너한테 이 비녀 살게."

"그쪽한테 팔 생각 없습니다."

"하지만 이미 돈 받았잖아?"

"이게 받은 겁니까? 억지로 쥐여 준 거면서."

"그쪽도 저 사람한테 이런 식으로 돈을 줬잖아."

구구절절 맞는 말에 말문이 턱 막혔다. 생긴 건 허술하게 보였는데 의외로 만만치 않은 상대였다. 하지만 순순히 물러날 수는 없었다.

"돈 다시 받으세요."

그의 손에 억지로 돈을 쥐여 주고 말을 이으려는데 뒤쪽에서 누군가가 내 어깨를 붙잡았다.

"무슨 일이야?"

고개를 돌려 보니 의아한 얼굴의 제신과 떡 하나를 입에 물고 잔뜩 신이 난 서가 있었다.

"아니, 이게 누구야?"

갑자기 등장한 제신을 보며 맞은편의 소년이 반가운 얼굴을 했다. 제신과 안면이 있는 사이인 것 같았다. 소년의 알은체에 그의 얼굴을 확인한 제신이 놀란 눈으로 그에게 물었다.

"운이 너도 수도에 와 있던 거냐?"

운이라면 제신의 입에서 종종 나오는 이름이었다. 그의 가장 친한 친구인 소노부(消奴部) 해씨 집안의 장남이라고 했다.

이 사람이 해운이라고? 제신과 친하다기에 그와 비슷한 사람일 줄 알았는데 영 느낌이 달랐다. 진중하고 착실한 제신과 달리 운은 가볍고 불량한 유형의 사람처럼 보였다.

"몰랐어? 여기 온 것이 벌써 석 달 전이다. 아버지께서 태학에서 공부하라고 어찌나 성화신지…… 못 이기고 결국 여기로 끌려왔다는 거 아니냐. 너와 서도 이번에 태학에서 공부한다며?"

그가 친근하게 서의 이름을 불렀다. 제 이름이 나오자 서가 운을 향해 가볍게 고개를 까딱여 인사를 했다.

"안녕하십니까."

"그래. 오랜만에 얼굴을 보는구나."

두 사람도 이미 서로를 알고 있는 모양이었다. 인사를 나누는 그들을 보며 제신이 운을 재촉했다.

"나와 서의 소식은 또 어찌 알았어?"

"태학에 벌써부터 소문이 자자하다. 북방에서 움직일 줄을 모르던 절노부 아이들이 온다고 말이야. 그리고……."

제신을 향해 웃으며 말하던 운의 시선이 내게 돌아왔다. 여전히 웃는 낯이었으나 제신을 바라보던 따뜻한 미소가 아니라 어쩐지 장난기가 묻어나는 웃음이었다.

"이쪽이 네 누이인가 보다?"

"아, 두 사람은 처음 보지? 우희야, 이 녀석이 오라비의 오랜 친구인 운이다. 소노부 해씨 집안의 도련님이지. 생긴 건 이래도 그렇게 나쁜 녀석은 아니야."

아니, 생긴 것처럼 나쁜 녀석이던데?

마음속으로 그런 말이 흘러나왔으나 그걸 입 밖에 꺼낼 수는 없었다. 나는 불만스러운 얼굴로 내키지 않는 인사를 했다.

"……오라버니께 이야기는 많이 들었습니다. 연우희입니다."

"나도 네 이야기를 많이 들었다. 과연 듣던 대로 재미있는 애로구나. 그림을 그린 것처럼 고운 미인이라는 소문은 과장된 것 같지만 말이야."

위아래로 훑는 시선에 괜히 얼굴이 붉어졌다. 내가 미인이라는 헛소문이 돈 것은 모두 딸 자랑을 아낄 줄 모르는 아버지 때문이었다. 전쟁터에 나가 매일같이 '귀여운 딸'에 대해 떠들어 댄 탓에 귀족들은 물론이고 병사들까지 절노부의 아가씨를 궁금해한다고 했다.

"아직은 미인이라기보단 귀엽다는 말이 더 잘 어울리는 외모인걸? 이 머리꽂이는 너에게 한참 이르다."

눈앞에서 비녀를 흔들며 비죽 웃는 운을 불만스럽게 보고 있자니 제신이 나섰다.

"운, 내 동생을 너무 놀리지 마라. 그러다 혼쭐이 날걸? 이 녀석, 보통내기가 아니니까."

"보통내기가 아닌 건 이미 알고 있다. 그렇지 않아도 한 방 먹은 참이거든."

"우희가 널 한 방 먹였다고?"

제신이 의아한 얼굴로 고개를 갸웃거렸지만 운은 그저 웃음만 흘릴 뿐이었다.

"뭐, 그럴 일이 좀 있었다. 그보다도 내가 재미있는 이야기를 들었는데, 너희 백부가 국내성에 오신 이유가……."

"잠깐. 그건 우리 둘이서 따로 이야기하자."

제신이 운의 말을 막으며 나와 서를 힐끗거렸다. 우리 둘에게는 들려주고 싶지 않은 이야기라는 뜻이었다.

하지만 그것이 나에게는 큰 실마리가 되었다. 내가 이미 알고 있는 이야기라면 제신이 이렇게 과민 반응을 하며 운의 말을 막을 필요가 없었다. 역시 백부가 국내성에 온 것은 단순히 제신과 서의 공부 때문이 아니라는 거구나.

생각에 빠져 고개를 숙이고 있는 내 머리 위로 제신과 운이 대화를 마무리하는 소리가 들렸다.

"네가 그렇게 말한다면야……. 앞으로 만날 날은 많으니, 그때 더 이야기 나누자."

"그래, 그리하자."

제신과 인사를 마친 운이 가볍게 걸음을 옮겨 사라졌다. 멀어지는 그의 뒷모습을 보며 한참 말없이 떡을 먹고 있던 서가 고개를 휘휘 저었다.

"형님은 어찌 저 사람과 가까이 지내세요?"

"왜? 운이가 싫으냐?"

"매양 사람을 놀리지 않습니까."

"저 녀석은 자기 마음에 드는 사람에게만 장난을 건다. 다 네가 좋아서 그러는 거야."

"……그런 삐뚤어진 애정은 싫습니다."

서가 오랜만에 맞는 말을 했다. 나는 얼른 그의 말에 동조하며 고개를 주억거렸다.

"맞습니다. 좋아하면 아껴 주어야지 어찌 놀려 댄단 말입니까…… 아아앗!"

나는 태연하게 서의 말에 맞장구를 치다가 두 손이 허전하다는 사실을 깨닫고는 절규했다.

돈도 비녀도 모두 내 손에 없었다! 죄 운의 손에 쥐여 주고는 그가 떠나는 걸 멍하니 바라만 보고 있었다니!

"내 비녀! 내 돈!"

서둘러 운이 사라진 곳을 살폈지만 그의 흔적은 이미 찾을 수가 없었다.

◆　◆　◆

국내성에 마련된 연씨 가문의 거처는 본가에 비해 그리 크지 않았다. 동맹제가 있거나 태왕의 부름이 있을 때만 잠시 머무르는 임시 거처였으니 애초에 거대할 필요가 없었다. 하지만 그마저도 일반 백성이나 웬만한 귀족들의 집에 비하면 어마어마한 규모였다. 잘 관리된 정원과 소담한 연못, 큰 창고와 마구간까지 갖춘 집은 국내성에 많지 않았다.

백부님은 내게 문을 열면 곧장 정원과 연못이 보이는 좋은 방을 내주었다. 하지만 좋은 방을 얻고도 내 기분은 그다지 나아지지 않았다. 허무하게 날려 버린 은전과 비녀가 눈앞에 아른거려 분함을 누를 길이 없었던 것이었다.

"다음에 운이를 만나면 네 비녀를 꼭 받아 주마."

제신은 뿔이 난 나를 달래느라 제법 애를 썼다. 내가 평소 좋아하는 과편을 수북이 쌓아 두고 직접 내밀기까지 했으나, 머리에 열이 올라 먹을 것이 눈에 들어오지 않았다.

"그 사람이 순순히 주겠어? 그럴 거였으면 떠나기 전에 나한테 줬겠지."

"갑자기 나를 만나 정신이 없었던 거겠지. 다음에 만나면 꼭 줄게. 만약 운이가 순순히 내주지 않으면 내가 한 대 때려서라도 가져올게."

"정말이지?"

"그럼. 내가 언제 네게 거짓말을 하던?"

나는 고개를 휘휘 저으며 과편을 하나 집어 들었다. 입 밖으로 꺼낸 이상 제신은 무슨 수를 써서라도 운에게 '내' 비녀를 받아 올 것이다.

오물거리며 과편을 먹는 내 모습에 제신도 빙긋 웃었다.

"그럼 오라버니, 그것도 솔직하게 말해 봐."

"뭘 말이냐?"

"몰라서 물어? 우리가 국내성에 온 진짜 이유 말이야."

내 물음에 제신이 잠시 멈칫하더니, 곧 태연함을 가장한 채 과편 하나를 입에 가져갔다.

"나와 서의 공부 때문이지 무슨 다른 이유가 있겠니."

"나한텐 거짓말 안 한다며?"

"거짓말 아니라니까."

"그럼 왜 내 눈은 못 마주쳐?"

탁자 위에 가득 쌓인 과편만 바라보는 제신의 시선을 지적하니 그가 길게 한숨을 내쉬었다.

"알아야 좋을 것도 없는 이야기다. 어차피 벌어질 일도 아니고."

"그러니까 무슨 일인데? 백부님의 행동이 영 이상하시던걸. 오라버니도 뭔가를 감추고 있는 사람처럼 초조해했고. 서 그 녀석만 신이 나서는 헬렐레하더라니까?"

"아직 아버지와 백부님밖에 모르시는 이야기다. 나는 떠나기 전 아버지께 인사를 드리러 갔다가 우연히 두 분의 대화를 들어 버렸어. 아버지께서 단단히 입단속을 시키셨는데…… 네게 거짓말을 하기가 힘들구나."

제신이 머리를 긁적이며 난처한 얼굴을 했다. 비로소 진실을 말하게 되어 속이 시원하면서도 아버지와의 약속을 지키지 못해 미안한 모양이었다.

"아버지께는 디 안 닐게. 아무것도 못 들은 것처럼 조용히 있으면 괜찮을 거 아냐."

나의 재촉에 제신이 길게 한숨을 내쉬었다. 한참의 머뭇거림 끝에 그의 입이 조심스럽게 열렸다.

"우리 연씨 가문이 대대로 왕가와 각별한 사이였다는 건 알고 있지?"

대대로 절노부 연씨 가문은 혼인을 통해 계루부 고씨 가문과 인연을 이어 갔다. 이를 통해 계루부는 북부를 지키는 절노부의 군사력을 얻었고, 절노부는 중앙에서의 발언권을 얻었다. 서로에게 나쁘지 않은 거래였다. 고구려 사람이라면 누구나 계루부와 절노부의 관계를 알고 있었다. 그러니 이러한 관계가 비밀이 될 이유는 없었다.

내가 의아한 얼굴로 고개를 끄덕이자 제신이 엷게 웃으며 말을 이었다.

"한데 지금 태왕의 상황이 그다지 좋지 않다."

"어떤 의미로?"

"여러 가지 의미로 모두 나빠. 선대 태왕께서 후사 없이 돌아가시는 바람에 궁 밖에서 사시던 지금의 태왕께서 왕위에 오르셨는데, 갑작스레 왕위에 오르신 터라 준비가 많이 되어 있지 않았다. 군주로서의 교육은 물론이고 기본적인 귀족 문화에도 익숙하지 못해서. 이걸 빌미로 소노부가 태왕을 흔들고 있다."

"소노부가 왕을 흔드는 건 하루 이틀이 아니잖아? 예전엔 소노부 해씨에서 왕을 내다 그것이 계루부 고씨로 넘어갔으니…… 소노부에서 늘 이에 대한 불만을 품고 있다고 글 선생이 말하던걸."

"그래. 하지만 이번엔 그 정도가 심하다. 태왕께서 올해 정월, 아드님이신 담덕 님을 태자로 올렸는데 아직까지 이를 두고 불만을 표하고 있다더구나. 하여 태왕께서 백부께 도움을 청하신 거야. 절노부의 고추가가 국내성에 머물러 자신을 지지해 준다면 소노부도 함부로 움직일 수 없을 테니까."

하지만 공식적으로 그 이유를 내걸고는 국내성에 올 수 없었을 것이다. 소노부가 이를 눈 뜨고 볼 리 없기 때문이다. 제신과 서의 교육은 소노부가 감히 반발할 수 없는 좋은 핑곗거리임이 분명했다.

"그런데 나는? 내가 왜 여기 온 거야? 그런 이유라면 오라버니와 서만 왔어도 됐잖아."

"그건……."

내 질문에 지금껏 이야기를 술술 이어 가던 제신이 입을 꾹 다물었다.

"으으, 제신 오라버니!"

답답해져 그의 이름을 크게 불렀더니 그가 다시 한번 길게 한숨을 내쉬며 머리를 헤집었다.

"우희야. 우리가 계루부와 어찌 좋은 관계를 유지하고 있느냐?"

"그거야 혼인을 통해서……."

혼인. 그 말을 입 밖으로 꺼내는 순간 불길한 예감이 머리를 스쳤다. 차마 말을 잇지 못하고 제신을 바라보니 그가 일그러진 얼굴로 나를 내려다보고 있었다.

"설마 그것 때문이야? 나를 시집보내실 작정인 거야?"

제신은 말이 없었다. 내 예상이 맞는다는 뜻이었다. 이제야 백부가 나를 딸로 삼아야겠다며 너스레를 떤 이유를 알 수 있었다.

"백부님은 딸이 없으시지. 그래서 날 양녀로 삼아 왕가와 혼인을 시키려고 한 거구나. 그래서 날 여기로……."

헛웃음을 내뱉으며 먹던 과편을 내려놓으니 제신이 재빨리 내 말을 막으며 손을 저었다.

"아직 확실치는 않다. 소노부의 반발이 심하지 않다면 굳이 태자와 널 혼인시키지 않을 거야."

"반대로 말하면 상황이 나빠졌을 땐 내가 태자와 혼인을 해야 한다는 거네?"

"그거야……."

날카로운 지적에 제신이 말을 잇지 못하고 입을 오물거렸다.

혼인이라니! 열두 살의 나이에 혼인이라니! 게다가 그 혼인 상대가 얼굴 한 번도 못 본 사람이라고? 이런 말도 안 되는 상황이 어디 있단 말인가.

대한민국 사람으로서의 기억을 가진 내게 열두 살은 혼인에 적합한 나이가 아니었다. 세상에서 가장 큰 고민이 집에 가는 길에 뭘 사 먹을까 하는 것이고, 세상에서 제일 싫은 사람은 숙제를 많이 내주는 날의 담임 선생님일 나이. 그게 열두 살이었다.

고구려 사람으로 다시 태어났으니 이곳의 문화를 따라야 한다. 그것은 분명했다. 하지만 이곳에서도 이렇게 어린 나이에 정략혼을 하는 건 흔치 않았다. 많지는 않아도 연애로 부부가 되는 사람들도 있었고, 부모님께서 연을 이어 주는 경우도 십 대 중후반은 되어야 이야기가 나왔다.

나는 귀족가의 귀한 딸로 아버지께 갖은 귀염을 받고 자랐다. 그랬던 터라 아버지께서 내가 원하는 때에, 내가 원하는 사람과 혼인하도록 도와주실 거라고 굳게 믿고 있었다. 그런데 모든 것이 내 착각이었다.

"아버지께서 내게 이러실 줄은 몰랐어."

"아버지를 너무 원망하지 마라. 평소 그리 존경하던 백부님께도 네 문제로 언성을 높이셨다. 네가 아직 어린 데다 혼인은 원하는 사람과 하게 해 주고 싶다고 말이야. 끝까지 널 국내성에 안 보내려고 하셨는데, 가주의 말을 어찌 거역하겠니. 아버지께서도 많이 슬퍼하고 계신다."

제신의 위로도 도움이 되지 않았다. 내가 국내성에 온 것이 혼인을 위해서라니? 갑자기 겨우 비녀 하나로 화를 내던 것이 우스워졌다.

第二章

태자 담덕

국내성에 온 진짜 이유를 알게 된 후 나는 한동안 두문불출했다. 백부는 내가 갑자기 우울해진 이유를 아는 듯했지만 굳이 그것을 내색하지 않았다. 쉽게 상황을 타개할 수 없다는 걸 아는 제신도 함부로 나를 위로하지 못했다.

사정을 모르는 서만 내 기분을 풀어 주려 야단이었다. 그는 태학에서 공부를 마치고 올 때마다 매번 밖으로 놀러 가자고 나를 구슬렸다. 내가 좋아하는 과편과 장신구를 사러 가자며 법석이었으나 그다지 밖으로 나설 기분이 나지 않았다.

"아가씨, 밖에 손님이 오셨는데요."

방 안에 틀어박혀 멍하니 창밖을 보고 있자니 절노부에서부터 나를 따라온 달래가 의아한 얼굴로 나를 찾아왔다.

"손님? 국내성에 날 찾아올 사람이 어딨니?"

"저도 그것이 이상한데…… 아가씨를 찾아온 것이 확실하답니다. 수리취 얘기를 하면 알 거라 하시면서요."

"아. 그 수리취 소년."

그라면 기억에 남아 있었다. 아버지께서 편찮으신데 의원을 부를 수 없어 직접 약초를 캤다는 소년이었다. 며칠간 소식이 없어 다른 방법을 찾은 줄 알았는데 아직 내 도움이 필요한 모양이었다.

나는 자리에서 벌떡 일어섰다. 그렇지 않아도 우울한 생각에서 벗어날 무언가가 필요하던 시점이었다.

"손님은 어디로 모셨니?"

오랜만에 생기 넘치는 내 모습에 달래가 조금 놀란 얼굴을 했다.

"대문 밖에 계세요."

"대문 밖? 왜 안으로 들이지 않았어?"

"저는 안에 들어와 기다리시라 했지요. 그런데 극구 사양하시고는 말만 전해 달라고 하셨습니다. 대문 앞에서 기다리시겠다고요."

"그래?"

나는 고개를 갸웃거리며 방을 나섰다. 오랜만의 외출이었다. 우울하게 방 안에 늘어진 날 보며 전전긍긍하던 달래가 화색을 하며 내 뒤를 따랐다. 마음은 고마웠지만 그녀가 따라오는 것은 곤란했다.

"음…… 달래야."

"네. 아가씨."

"넌 굳이 따라올 필요 없다."

"예? 혼자서 나가시겠다고요? 그러다 일이 생기면 어쩝니까? 절대 안 됩니다."

달래가 질색하며 손을 휘휘 내저었다. 익숙한 절노부라면 모를까 낯선 것이 가득한 국내성에서는 절대 나를 홀로 둘 수 없다고 했다.

하지만 모종의 사정으로 의원을 집에 들일 수 없는 소년의 사연을 생각하면 달래를 데려갈 수는 없었다. 무슨 일인지 알기 전까지 최대한 소년의 사정을 아는 사람이 적은 게 좋을 것 같았다.

"국내성 지리쯤은 처음 온 날 모두 익혔어. 내가 누군지 잊었니? 그

복잡한 절노부 산골에서도 난 길 한 번 잃은 적 없다."

"제가 길 잃을까 봐 걱정하는 줄 아십니까? 그 손님이 누군지도 모르는데 어찌 아가씨를 혼자 보냅니까?"

"내가 잘 아는 사람이니 괜찮아."

"언제는 국내성에 아가씨를 찾을 사람이 없다면서요!"

꼭 이럴 때는 날카롭다니까.

나는 달래의 경계심을 무너트리기 위해 착한 미소를 지으며 말했다.

"그거야 잠시 깜빡 잊은 것이고. 확실히 아는 사람이니 걱정하지 마라. 오라버니도 아는 사람이야."

"도련님도 아시는 분이라고요?"

달래가 눈을 크게 떴다. 거짓말은 아니었다. 그 소년도 태학에 다니고 있었으니 당연히 제신을 알 것이다.

"그렇다니까? 못 믿겠으면 나중에 오라버니께 확인해도 좋아. 그때 오라버니가 그 애를 모른다고 하시면 앞으로 한 달간 네 말은 무조건 들으마."

내가 이렇게 강경하게 나오니 달래의 기세도 조금 줄어들었다. 무엇보다 제신과 나를 찾아온 손님이 아는 사이라는 점이 그녀를 안심시킨 것 같았다. 달래는 제신의 말이라면 팥으로 메주를 쑨대도 믿을 정도로 그를 신뢰했다.

"금방 돌아올게. 백부님과 오라버니가 돌아오기 전까지 꼭."

제신과 서는 태학에 공부하러 갔고, 백부는 알 수 없는 이유로 이른 아침부터 외출한 상태였다. 내 말에 달래가 가늘어진 눈초리로 나를 바라보았다.

"참말이시지요?"

"참말이지, 참말! 그렇지 않아도 오늘 할 일이 많다고 하지 않았어? 새로 맞춘 나와 오라버니의 옷을 찾으러 간댔잖아."

"어머나, 내 정신 좀 봐!"

슬쩍 할 일을 읊어 주니 달래가 난처한 얼굴을 했다. 해가 중천에 뜨기 전까지 시장의 포목점에 주문해 둔 옷을 찾으러 가야 한다며 종알거리더니 그새 그걸 깜빡한 모양이었다.

"그러니까 달래 넌 거길 다녀와. 그사이에 난 손님을 만나고 돌아올 게. 그럼 되잖아?"

"예, 예! 금방 돌아오셔야 합니다!"

달래가 초조한 얼굴로 고개를 끄덕이고는 그대로 하인들이 드나드는 쪽문을 향해 내달렸다. 나는 달래가 완전히 사라지는 것을 확인하고서야 대문을 향해 걸음을 옮겼다.

집주인인 백부가 자리를 비운 탓에 집 안은 조용했다. 나는 보는 사람이 없다는 것을 확인하고는 조심스럽게 대문을 열었다. 고개만 빼꼼 내밀어 주변을 살피니 오른쪽 담벼락에 기대어 선 소년이 보였다. 그는 고개를 푹 숙인 채 무심히 발을 구르고 있었다.

"얘!"

나는 조용히 대문을 빠져나와 소년을 불렀다. 내 목소리에 바닥을 향해 있던 고개가 번쩍 들렸다. 얼마 전 보았을 때보다 핼쑥해 보이는 얼굴이었다.

"혹시 상황이 더 안 좋아졌니?"

걱정스럽게 묻자 소년이 고개를 저었다.

"좋지도, 나쁘지도 않아. 그냥 평소랑 똑같으셔."

"네가 한동안 오질 않기에 일이 잘 풀린 줄 알았어."

"바로 오고 싶었는데 빠져나오기가 힘들었어. 오늘도 겨우 틈을 내 빠져나온 거다."

"아, 그러고 보니 너도 태학을 다니잖아? 지금 공부할 시간 아니야?"

갑작스레 든 생각에 물으니 소년이 머쓱한 얼굴로 머리를 긁적였다.

"모두 성실하게 태학을 다니는 건 아니야."

불성실한 학생의 변명에 웃음이 터졌다. 내 웃음소리에 소년이 헛기침했다.

"우선 자리를 옮기자. 우리 집 사람들이 보면 이것저것 묻고 피곤해질 거야."

나는 그대로 소년의 손을 잡아끌어 집 근처를 벗어났다.

"너희 집은 어느 쪽이야?"

"우리 집?"

방향을 잡기 위해 소년의 집 위치를 물었더니 그가 난처한 듯 말을 잇지 못했다.

"설마 그것도 말 못 하는 거야?"

"……응."

"넌 왜 이렇게 곤란한 게 많아? 의원을 부르는 것도 곤란해, 우리 집에 들어오는 것도 곤란해, 너희 집이 어디 있는지 말하는 것도 곤란해. 어휴, 곤란한 것투성이네."

비밀도 많고 안 되는 것도 많은 소년이었다. 답답함에 멈춰서 그를 바라보니, 그가 어색한 얼굴로 붙잡힌 팔목을 빼냈다.

"너희 아버지를 살피려면 집으로 가야 하잖아."

"그렇긴 한데, 네가 우리 집에 들어가긴 힘들어서…… 아버지를 밖으로 모셨어."

"뭐? 아버지를? 편찮으신 분을 밖으로 모셨다고?"

"사실 아버지는 네가 아픈 걸 봐 줄 거라는 사실을 모르셔. 내가 친하게 지내는 친구가 있다고 하니 그 아이를 만나보고 싶다고 하셔서……."

"잠깐. 그렇게까지 해야 하는 이유가 뭐야? 그냥 아픈 걸 봐 줄 사람이 있다고 하면 되잖아."

"아버지의 건강 상태는 절대, 누구에게도 알려져선 안 돼. 누군가에게 몸 상태를 보인다는 걸 아셨다면 아버지께선 절대 나오지 않으셨을 거야."

나의 질문에 소년이 진지한 얼굴로 고개를 저었다. 어린 티가 나는 얼굴에 순간 어른과 같은 근엄함이 스쳐 갔다. 그 기세에 나 역시 덩달아 진지해졌다.

"그렇게 비밀스러운 일인데…… 내겐 왜 도움을 청한 거야?"

"네가 절노부 연씨니까."

"……도무지 이해가 안 되네."

나는 머리를 부여잡으며 소년을 바라보았다. 그는 아무런 말도 할 수 없다는 듯 입을 꾹 다물고 있었다. 나는 길게 한숨을 내쉬었다.

사람이 아프다는 걸 알았고, 그가 치료를 거부하고 있다는 걸 알았고, 왜인지는 몰라도 내 도움은 받을 수 있다. 이해할 수 없는 상황이지만 결론은 하나뿐이었다.

"그러면 너와 난 지금부터 친한 친구라는 거지?"

"도와주는 건가?"

나는 길게 한숨을 내쉬며 고개를 끄덕였다.

"별다른 수가 없잖아. 먼저 이름부터 말해 봐. 이 세상에 이름을 모르는 친구는 없을 거 아냐. 게다가 넌 이미 내 이름을 알고 있는데 나만 모르다니 억울하기도 하고 말이야."

타당한 내 주장에 소년이 잠시 머뭇거리다 입을 열었다.

"내 이름은…… 가륜이야."

"가륜? 좋아. 나이는?"

"열둘."

"뭐? 열둘? 나와 같은 나이잖아!"

분명히 나보다 더 어리다고 생각했는데!

처음부터 반말한 것도 그가 더 어리다고 생각해서였다. 한데 동갑이었다니.

나보다 키도 작고, 얼굴도 앳된 편이라 열 살 정도로 생각했는데 예상이 영 빗나갔다. 불손한 내 시선의 의미를 알아챘는지 가륜이 불만스럽게 말했다.

"……키는 곧 클 거야."

가륜과 한참을 걸어 강변에 도착했다. 제법 먼 거리를 걸어온 터라 다리에 힘이 풀릴 지경이었다.

"얼마나 더 가야 해?"

"이제 다 왔어. 저기 강변 쪽에서 기다리고 계셔."

그렇게 대답하며 나를 돌아본 가륜이 내 상태를 보곤 눈을 크게 떴다.

"네 얼굴이 창백한데."

"너무 많이 걸어서 그래. 넌 아무렇지도 않아?"

"별로? 이 정도는 매일 걷는걸. 태학에서는 무예도 가르치니까……."

가륜이 진심으로 의아하다는 듯 고개를 갸웃거렸다. 나보다 체구도 작은데 체력은 만만치 않았다.

그러고 보니 활도 예쁘게 잘 쏘는 아이였지. 무예도 곧잘 하나 봐.

나는 감탄을 담아 긴 한숨을 내쉬었다.

"나한테 매일 이만큼 걸으라 했다면 벌써 드러누웠을 거야."

"몸 쓰는 걸 싫어하는 편이구나?"

"말 타는 건 좋아해. 조금 멀리 갈 때는 말을 타면 되잖아? 왜 굳이 걸어가는지 모르겠다니까."

현대에서도 나는 걷는 것을 지독하게 싫어했다. 고생하는 걸 얼마나 싫어했냐면 한 정거장을 가더라도 꼭 버스나 지하철을 탔고, 돈을 벌자마자 제일 먼저 산 것이 자동차였을 정도였다.

그런데 이곳 고구려에는 버스나 지하철이 없다. 그것을 대체할 말이나 마차도 귀족들이나 가지고 있었다. 그 때문에 사람들은 걷는 것을 당연하게 여겼다.

"다음부터는 많이 걷지 않도록 해야겠네. 참고할게."

나의 투덜거림에 가륜이 재미있다는 듯 웃으며 어느새 가까워진 강변을 가리켰다. 그의 손끝을 따라 시선을 옮기니 커다란 삿갓을 쓴 남자가 낚싯대를 드리우고 있었다.

"저기 계신 저분이 우리 아버지셔."

나는 숨을 고르며 고개를 끄덕였다. 이곳에서 진지하게 만나는, 나의 첫 환자였다.

진료받는다는 사실을 숨긴다고 했으니 진맥을 하거나 침을 놓을 수는 없을 것이다. 오로지 눈에 보이는 증상과 가륜이 주는 단서만으로 토혈의 원인을 찾아내고 약을 써 치료해야 했다.

"가륜, 네 아버지를 만나기 전에 물을 것이 있어."

"무엇을?"

"아버지께서 토혈을 하신다고 했지? 기간이 얼마나 되었니?"

웃고 있던 가륜의 얼굴이 조금 굳었다. 금세 어두운 표정을 지은 그가 잘 모르겠다는 듯 고개를 저었다.

"너무 오래돼서 언제부터였는지도 잘 모르겠어. 족히 몇 년은 되었을 거다."

나는 가만히 토혈의 원인을 몇 가지 떠올려 보았다. 역류한 피가 검붉은 색이라면 식습관이 나빠서일 가능성이 높다. 술이나 기름진 음식을 즐기는 사람에게 흔한 현상이었다. 여기에 덩어리진 피까지 섞여 나오면 간의 기운이 틀어진 것이다. 하지만 피가 옅다면 신장에 문제가 있는 것으로 본다.

"아버지께서 토한 피를 본 적은 있어?"

가륜이 찌푸려진 얼굴로 고개를 끄덕였다. 아픈 아버지의 모습을 떠올리는 것이 괴로운 듯했다.

미안한 마음이 들었지만 꼭 확인해야 하는 부분이었다. 나는 다시 한번 피에 대해 자세히 물었다.

"피의 색은 어땠니?"

"짙고 탁해서 누가 보아도 건강하지 않은 피였어. 그 안에 핏덩어리까지 섞여 있어서 보통 병은 아니겠구나 했지."

"그럼…… 혹 아버지께서 어지럽다는 말씀을 자주 하진 않으셔? 심한 날에는 정신이 혼미해 몸을 못 가누시고."

내 말에 가륜이 놀란 듯 눈을 크게 떴다.

"그걸 어떻게 알았어?"

"눈이 침침하다고도 하셨지?"

"맞아. 그 말씀도 자주 하셨어!"

이제는 귀신이라도 본 얼굴이었다. 하지만 나는 그의 반응에 관심을 가지는 대신 머릿속으로 빠르게 증상을 정리했다.

"역시 그랬구나."

종합해 보면 간의 문제일 가능성이 높다. 가륜이 말한 것은 모두 간에 화가 쌓여 생기는 증상이었다. 불안하고 긴장한 마음으로 인하여 생기는 병인지라 심리적 압박을 해소해야만 근본적인 문제를 해결할 수 있다. 물론 한의사가 거기까지 손쓸 수는 없었다. 내가 관여할 수 있는 영역은 증상을 없애고자 노력하는 데까지였다. 더 나아가 마음을 안정시켜 근본적인 문제까지 없애도록 돕는다면 더 좋을 테다.

하지만 지금 이 자리에서 가륜의 아버지가 앓고 있는 병을 확진할 수는 없었다.

"우선 알겠어. 네 아버지를 뵈면 더 확실하게 답이 나올 것 같아."

내 말에 가륜의 얼굴이 조금 밝아졌다. 가륜은 한시라도 빨리 내게 아버지의 상태를 보여주고 싶었던지 걸음을 빠르게 해 그의 곁으로 다가섰다.

"아버지!"

가륜의 외침에 강을 향해 있던 남자의 시선이 우리를 향했다. 그는 깊게 눌러 썼던 삿갓을 들어 올리며 나와 가륜을 바라보았다.

"왔구나."

반갑게 인사하는 얼굴은 인자하고 따뜻했으나, 오랜 병으로 인해서인지 기운이 없었다. 아들을 바라보며 싱긋 웃어 보인 그의 눈이 곧 나와 부딪혔다. 나는 고개를 숙이며 그에게 인사했다.

"연씨 가문의 우희입니다."

"그래, 반갑구나. 나는 이련이라 한다."

"예. 이리 뵙게 되어 기뻐요."

나는 웃으며 그의 눈을 바라보았다. 한의학에서는 간의 기운을 눈을 통해 볼 수 있다고 말한다. 간화(肝火:간의 정기가 지나치게 왕성하여 생기는 열) 증상이 있는 사람의 눈은 붉게 충혈되어 있다고 보는데, 이련의 눈이 꼭 그랬다. 가만히 살피니 눈뿐만이 아니라 얼굴에도 붉은 기운이 돌았다.

간에 양기가 몰려 있으니 이걸 풀어 줘야 해.

침을 쓰면 더 좋겠지만 그것은 불가능하니 약으로만 치료해야 한다. 이런 경우에는 주로 노회환(蘆薈丸)이나 단황련산(單黃連散)을 썼다. 하지만 노회환에는 들어가는 약재가 많아 구하기가 까다로웠다.

그렇다면 우선은 단황련산을 써 보자. 필요한 약재가 황련 하나뿐이라 사정이 어려운 가륜의 집에도 부담이 덜할 거야.

머릿속으로 빠르게 생각을 정리하는 나를 두고 이련이 웃었다.

"내가 더 반갑구나. 이 녀석이 낯을 가려 쉽게 사람을 사귀지 않는데, 얼마 전 갑자기 친구를 사귀었다 하기에 신기하여 한번 보고 싶다 했어."

친구를 사귀었다는 말에 아버지가 이리 기뻐하다니. 가륜에게는 정말 친구가 없는 모양이었다. 그러고 보니 태학에서도 홀로 떨어져서는 홀로 있었지. 안쓰러운 눈으로 가륜을 바라보니 그가 영문을 몰라 눈을 깜빡였다.

괜찮아, 앞으로는 내가 같이 놀아 줄게. 그렇게 마음속으로 속삭이는데 이련이 묘한 미소를 지으며 내게 질문을 던졌다.

"한데 연씨라면…… 국내성에 온 것이 오래되지 않았을 터인데 어찌 내 아들과 친해졌을꼬?"

"오라버니와 사촌을 따라 태학에 갔다가 우연히 만났습니다. 활을 멋지게 쏘기에 제가 말을 걸었지요."

능청스러운 내 거짓말에 가륜이 입을 벌렸다. 내가 이렇게 능구렁이처럼 말할 줄은 몰랐던 듯했다.

"활 쏘는 것을 좋아하느냐?"

"예. 절노부에 있을 때도 매일 활 쏘는 연습을 했습니다. 실력이 영 나아지질 않아서 늘 타박을 들었지만요."

"허허. 그래? 그럼 우리 담……."

"아버지!"

가륜이 서둘러 너털웃음을 터트리는 이련의 말을 막았다. 갑작스런 외침에 나와 이련이 놀라서 바라보니 그가 어색하게 웃으며 낚싯대를 가리켰다.

"물고기가 미끼를 문 것 같습니다."

정말이었다. 대충 강변에 걸쳐 둔 낚싯대가 요란하게 흔들리고 있었다. 어찌나 힘이 좋은 놈이 물었는지 금방이라도 낚싯대가 강물에 빠질 것 같았다.

"어어! 이러다 놓치겠습니다!"

위태롭게 흔들리는 낚싯대를 보자 절로 걸음이 움직였다. 나는 막 물속으로 빠지려는 낚싯대를 붙잡고 가륜과 이련을 바라보았다. 내가 직접 나설 줄은 몰랐는지 두 사람이 멍한 얼굴로 나를 바라보고 있었다.

"아이 참, 뭐 하고 계십니까? 이리다 물고기가 미끼만 먹고 도망가겠습니다!"

나의 재촉에 가륜이 먼저 달려와 낚싯대 잡는 것을 거들었다. 하지만 그래 봤자 고작 어린애 두 명이었다.

"어어어!"

"으어어!"

우리는 힘 좋은 물고기에게 장렬하게 패배했다. 외마디 비명과 함께 우리의 몸이 그대로 강물에 처박혔다.

입과 코로 물이 쏟아졌다. 깜짝 놀라 반사적으로 팔을 허우적거렸더니 금세 바닥에 손이 닿았다. 강과 땅의 경계에 빠진 터라 수심이 그리 깊지 않았던 모양이다. 손이 닿는 것을 확인하자 마음이 한결 차분해졌다. 침착하게 몸을 일으켜 주위를 둘러보니 물이 겨우 무릎 정도에서 찰박거렸다. 함께 빠졌던 가륜도 막 물에서 빠져나와 흠뻑 젖어 버린 제 옷을 살피고 있었다.

"괜찮으냐?"

갑작스러운 상황에 놀란 이련이 다급하게 나와 가륜의 곁으로 다가왔다. 하지만 나는 내 상태보다 물고기에 더 관심이 많았다.

"물고기는요?"

"넌 지금 그게 중요해?"

물에 빠진 생쥐 꼴이 된 가륜이 황당한 얼굴로 물었다. 그것은 이련도 마찬가지였다. 그는 대답도 하지 않고 주위를 두리번거리는 나를 보더니 헛웃음을 흘리며 우리 사이에 둥둥 떠 있는 낚싯대를 집어 들었다. 조금 전까지 맹렬하게 흔들리던 낚싯대는 죽은 듯이 조용했다.

"이미 물고기는 떠나 버린 모양이구나."

이련은 대수롭지 않게 말했지만 나는 썩 걱정스러웠다. 제신이 일러 주기를 귀족이라고 다 같은 귀족이 아니라고 했다. 우리 집은 아버지가 고추가의 친동생이라 사정이 나은 것이지, 일부 귀족들은 평민들과 비슷하게 어려운 생활을 한다고 말이다. 고구려의 상황이 안팎으로 혼란스러운 최근에는 그런 현상이 더 심해졌다고도 덧붙였다.

길게 말은 하지 않았지만 가륜의 집이 딱 그럴 것이다. 얼마나 사정이 좋지 않으면 태학에서도 은근히 따돌림을 당하며, 아픈 아버지가 있는 데도 의원을 못 부르겠나. 그런 집에서 끼니를 제대로 때울 리 없었다.

"놓쳐서 어떡하죠? 제법 큰 물고기 같았으니 좋은 찬거리가 되었을 텐데……."

"뭐라고? 찬거리?"

내 입에서 나올 말을 미처 예상하지 못했는지 이련이 눈을 크게 떴다.

"절노부 연씨 집은 직접 고기를 잡아먹느냐?"

물론 우리 집에서는 그런 일을 하지 않는다. 식자재는 모두 하인들이 조달해 오기 때문에, 나는 그것들이 어떤 과정을 거쳐 상 위에 오르는지 알지 못했다. 하지만 아니라고 말하면 물고기를 잡으려 낚싯대를 던졌던 이련이 민망해질 것 같았다. 나는 선의의 거짓말을 하기로 했다.

"예에…… 뭐……. 한 번씩은 그러기도 하지요."

대충 둘러댔더니 이련이 호탕하게 웃음을 터트렸다.

"그래? 진정 그렇단 말이야? 이것 참 놀랍구나. 절노부의 고추가를 만났을 때 그런 말은 듣지 못했는데 말이야."

"저희 백부님을 아십니까?"

이련의 말에 이번에는 내가 놀라서 되물었다. 그의 말투를 보면 단순히 아는 것이 아니라 꽤 가까운 사이 같았다. 고개를 돌려 가륜을 바라보니 그는 어쩐지 난처한 얼굴로 입을 꾹 다물고 있었다.

"당연하지. 내가 어찌 그를 모르겠느냐? 고추가를 국내성에 부른 것도 나인 것을."

"네? 그게 무슨……?"

선뜻 이해가 되지 않았다. 백부를 국내성으로 불러들인 사람은 고구려의 태왕이라고 했다. 소노부를 위시한 귀족들의 견제가 심해 절노부의 도움을 받고자 수장인 백부님께 도움을 청했다고. 한데 지금 가륜의 아버지는 자신이 백부를 부른 장본인이라 말하고 있었다.

"백부님께서는 중요하게 할 일이 있어 국내성에 오신 거예요. '귀하신 분'의 부름을 받고요."

"그래. 네 말이 옳다."

"한데 이련 님께서는 직접 제 백부를 국내성에 불렀노라 하셨습니다."

"그리했지."

"하면…… 이련 님께서 그 '귀하신 분'입니까?"

스스로 내린 결론에 놀라 눈을 크게 뜨며 입을 막았다. 놀란 나를 보며 이련은, 아니, 고구려의 태왕은 인자한 얼굴로 웃고 있었다.

"많이 놀란 모양이구나. 담덕이 네게 아무 말도 하지 않았던 것이냐?"

"담덕이라면……."

광개토대왕의 이름이다. 고구려 역사를 잘 공부하지 않은 나도 잘 알고 있는 유명한 이름! 나는 태왕의 시선을 따라 맞은편에 서 있는 소년을 바라보았다. 그의 이름은 가륜이 아니라 담덕이었다.

세상에, 내가 광개토대왕을 만났어.

광개토대왕은 우리나라 역사에 길이 남은 정복 군주다. 전쟁을 통해 고구려의 이름을 만천하에 알린 영웅. 대한민국 국민이라면 누구나 그를 알았다. 그런데 그 유명한 사람이 지금 내 앞에 있는 것이다.

내 상상 속의 광개토대왕은 커다란 칼을 휘두르며 무시무시한 눈빛으로 적들을 제압하는 사람이었다. 전설 속의 무신(武神) 같은 이미지랄까. 하지만 눈앞의 소년은 상상보다 작고 평범했다. 오히려 곱상하게 생겨 서생이라는 말이 더 잘 어울렸다.

"담덕, 이게 어떻게 된 일이냐?"

멍하게 담덕을 바라보고 있으니 태왕이 엄한 얼굴로 그에게 물었다.

그 목소리에 정신이 번쩍 들었다. 광개토대왕을 만났다고 감탄만 하고 있을 상황이 아니었다. 나는 무려 그 광개토대왕에게 사기를 당했다! 광개토대왕에게 사기를 당해 본 대한민국 사람은 아마 나 하나뿐이겠지.

어이가 없어 나도 모르게 헛웃음이 나왔다. 사정이 어려운 줄 알고 마음을 썼는데, 사정이 어렵기는커녕 일국의 태자였다니. 그것도 보통 태자인가? 나와 정략결혼을 할지도 모르는 태자였다. 정체를 알았다면 결코 가까이하지 않았을 사람이었다. 담덕도 그걸 알기에 자신의 정체를 밝히지 않은 게 아닐까.

"날 속였구나."

스스로도 느껴질 정도로 서늘한 말투에 가륜이, 아니, 담덕이 놀란 얼굴로 손을 내저었다.

"일부러 그런 게 아냐. 나는……"

"아니, 넌 일부러 그런 거야. 정체를 말할 기회는 많았잖아. 속일 생각이 없었다면 내가 네 이름을 물었을 때 진짜 이름을 말해 줬을 거야. 하지만 넌 그러지 않았어."

말을 하면 할수록 배신감이 치밀어 올랐다. 자신은 내가 누구인지 알면서 본인은 정체를 숨겼다. 단단히 놀림을 당한 기분이었다.

"감히 태왕과 태자의 앞에서 소리 높였으니 용서하세요. 저는 이만 돌아가겠습니다."

나는 그대로 물을 빠져나와 집을 향해 걸었다. 뒤쪽에서 물이 튀는 소리가 들리더니 곧 담덕이 나를 쫓아왔다.

"잠깐만! 내 이야기 좀 들어 줘."

하지만 나는 그를 돌아보지 않았다. 걸음을 빨리하며 내가 할 말만 쏟아냈다.

"태왕께서는 간에 화가 몰려 토혈을 하신 거예요. 그럴 땐 보통 노회환과 단황련산을 씁니다."

"연우희."

"황련을 구해 가루를 내어 사용하면 많이 나아지실 겁니다. 하지만 약을 먹는 것보다도 근본적으로 간에 화가 쌓이지 않게 하는 것이 더 중요해요."

"우희야."

"마음이 불안하고 초조하지 않도록 옆에서 많이 도와드리세요. 그러면 쾌차하실 겁니다."

"잠깐 서서 내 말 좀 들어!"

연신 내 이름을 부르던 담덕이 결국 억지로 나를 붙잡아 세웠다. 그러나 그는 입을 꾹 다문 나를 보고서 할 말을 잃은 듯했다. 여태까지 그에게는 제법 호감이 있어 이렇게 싸늘하게 군 적이 없었다.

담덕은 난처하게 머리를 긁적이다 길게 한숨을 내쉬었다.

"미안하다. 내가 네 기분을 생각하지 못했어. 내 상황만 생각했다."

"네. 그러셨습니다. 사과는 받을게요."

"잠깐만, 잠깐만!"

고개를 꾸벅 숙이고 돌아서려는 나를 담덕이 다급하게 붙잡았다.

"그렇게 가면 내 마음이 불편하다. 게다가 왜 갑자기 높임말을 써? 나랑 친구 해 준다고 했잖아."

"대고구려의 태자께 제가 어찌 말을 놓습니까? 그리고 제가 친구 하기로 한 사람은 가륜입니다. 담덕이 아니라요."

"그럼 담덕하고도 친구 하자. 그러면 되잖아."

"그게 그렇게 쉽습니까?"

"가륜과 담덕이 그렇게 다른가? 가륜하고는 쉽게 친구가 되었잖아. 그런데 왜 담덕은 안 되는데? 내가 태자라서?"

그렇게 묻는 담덕의 얼굴이 어느새 어두워져 있었다. 나를 붙잡았던 그의 손이 툭 하고 아래로 떨어졌다.

"친구도 쉽게 못 만들고…… 이럴 줄 알았으면 태자 같은 거 안 됐을 거야."

말을 하기 시작한 담덕은 어째서인지 점점 시무룩해지기 시작했다.

"아버지도 태왕이 안 되시는 게 나았어. 궁에 온 뒤로 계속 아프고 힘드신데 왜 이걸 계속해야 해? 지금이라도 왕이 되고 싶어 하는 사람한테 하라고 하고 원래 집으로 돌아갔으면 좋겠어. 여기 온 뒤로 좋은 일이라곤 정말 하나도 없어."

점점 시무룩해지는 담덕을 보고 있자니 분위기가 이상해졌다.

분명 내가 화를 내야 하는 상황인데, 그래야 하는데. 정신을 차려 보니 어째 내가 그를 위로해야 하는 상황이 되어 있었다.

"어, 좋은 일이 하나쯤은 있었을걸요."

"없어."

"아닌데, 있었을 텐데……."

"없다니까! 난 여기에 친구 하나도 없단 말이야. 너도 내가 태자라서 친구 못 하겠다며?"

"그게 꼭 태자라서가 아니라……."

항변해 보았지만 이미 자신만의 세상에 빠져든 담덕은 내 말을 들을 생각이 없었다.

"내가 태자라는 걸 알면 다들 그래. 힘없는 귀족가의 자제들은 날 어려워하고, 힘 있는 귀족가의 자제들은 내가 자격도 없는 놈이라고 비웃어. 너는 어느 쪽이야? 내가 어려워? 아니면 날 비웃을 건가?"

오해가 더 깊어지기 전에 그의 생각을 막아야 했다.

"으으, 둘 다 아닙니다!"

답답한 마음을 가득 담아 버럭 소리를 질렀더니 담덕이 눈을 동그랗게 떴다. 나는 멍청한 그 표정을 보며 얼굴을 쓸어내렸다.

"전…… 전 태자님이랑 혼인 안 할 겁니다!"

"뭐? 너 지금 무슨 말을 하는 거야?"

"그러니까 괜히 가까워져서 어른들께 오해를 사고 싶지 않습니다."

"아니, 무슨 말을 하는 거냐니까? 난 친구가 되자고 했지 혼인해 달라고 한 적 없어!"

그의 얼빠진 얼굴에 말문이 막혔다. 정말 영문을 모르는 것 같았다.

"……그럼 처음 만났을 때 절 보며 의미심장하게 말했던 건요?"

"그건 너에 대한 소문 때문이었지. 절노부 연씨 아가씨가 절세미인이라는 소문이 파다해서, 네가 온다는 이야기가 돌면서부터 드디어 그 자태를 보겠다며 한동안 국내성이 떠들썩했어."

담덕의 말에 얼굴이 빨갛게 달아올랐다. 아버지의 콩깍지가 만들어 낸 소문이 여기까지 퍼졌을 줄이야!

달아오른 내 얼굴을 보며 담덕이 어리둥절한 얼굴로 물었다.

"혼인이라는 말은 도대체 왜 나온 거야?"

"그건…… 백부님께서 국내성에 온 게 혼인 때문이라고 들었거든요. 절노부는 대대로 왕비를 배출했으니까, 태자와 절 혼인시켜서 왕가에 힘을 실어 주려는 계획이라고……."

나의 설명에 담덕이 꽤 당혹스러운 얼굴을 했다.

"그, 어, 음…… 난 전혀 모르는 일인데?"

"모른다고요? 전혀?"

"전혀 몰라. 내가 태자라는 걸 말하면 다른 사람처럼 거리를 두려고 할까 봐 말을 못 한 건데 그런 오해를 할 줄은……."

담덕의 확답에 머리가 멍해졌다. 그는 굳어 버린 날 보며 어색하게 웃음을 흘렸다.

"아무래도 혼인 이야기는 어른들 사이에서 오간 말인가 보다. 하지만 걱정하지 마. 나도 너랑 혼인할 생각은 없으니까. 진짜 너랑 혼인하라고 하셔도 안 한다고 할게. 내게 필요한 건 친구지, 부인이 아니야."

정략혼의 당사자인 담덕이 내 편이다. 그 사실을 깨닫자 정신이 번쩍 들었다.

"정말입니까? 정말 그렇게 생각하세요? 저랑 혼인 안 하실 거라고요?"

"그렇다니까. 내가 거부하면 아버지께서도 별수 없으실 거야. 아버진 내 말이라면 뭐든 들어주시니까 이것도 그리되겠지."

자신감 넘치는 대답에 며칠간 끙끙 앓던 고민이 한순간에 날아가 버렸다.

"다행입니다. 꼼짝없이 혼인하게 될 줄 알았거든요. 워낙 상황이 좋지 않다기에……."

"그럴 일은 없을 거야. 안심해도 좋아."

"고맙습니다. 그리 말해주시니 마음이 한결 편해요."

비로소 마음을 놓고 활짝 웃는 나를 보며 담덕이 조심스럽게 물었다.

"그럼…… 나랑 친구가 되어 주는 거야?"

고민할 것도 없는 문제였다. 나는 웃는 낯으로 새침하게 턱을 치켜들었다.

"내일 너희 집에 놀러 가도 돼? 활 쏘는 법 좀 가르쳐 줘. 너 활 되게 잘 쏘더라."

친구가 되어 주겠다는 말이었다. 속뜻을 알아차린 담덕의 얼굴에도 활짝 미소가 피었다.

"당연하지! 꼭 놀러 와!"

❖ ❖ ❖

반쯤은 농담으로 한 말이었는데 담덕은 그 이후 정말 나를 궁으로 초대했다. 맛있는 것도 나눠 먹고, 활 쏘는 방법도 알려 주었다. 한 번으로 끝날 줄 알았던 초대는 다음 날도, 그다음 날도 계속되어 정신을 차려 보니 어느새 나는 사흘이 멀다 하고 궁을 드나들고 있었다.

달래는 한동안 우울하게 집에만 박혀 있던 아가씨의 외출이 잦아지자 속사정도 모르고 기뻐했다. 드디어 절노부에 있을 때의 말괄량이 아가씨가 돌아왔다며 외출을 할 때마다 신이 났다. 달래의 취미가 '아가씨 치장하기'였기 때문이다.

달래는 내가 외출을 할 때마다 예쁜 옷과 장신구들을 늘어놓고 콧노래를 부르면서도 내가 문턱 닳도록 드나드는 '친구 집'이 궁궐이며, 나를 초대한 '친구분'이 고구려의 태자라는 것을 전혀 모르고 있었다.

달래뿐만이 아니었다. 나와 담덕의 친분은 꽤 비밀스러워서 우리의 친분을 아는 사람은 손에 꼽을 정도였다. 우리의 유치한 싸움을 모두 목격한 태왕과 그에게 사정을 전해 들은 백부, 내 일에서라면 모르는 일이 없는 제신 정도가 비밀을 알고 있는 사람 전부였다.

모두 태왕의 배려 덕분이었다. 그는 담덕과의 친분이 널리 알려지는 것을 부담스러워하는 나를 배려해 소문이 돌지 않도록 손을 써 주었다.

제신의 도움도 있었다. 담덕을 만나러 궁에 가는 날이면 나는 제신을 보러 태학에 가는 것처럼 입궁해 그와 함께 집으로 돌아왔다. 덕분에 나와 제신의 우애가 과장되어 세상에 둘도 없이 애틋한 남매라는 소문이 파다하게 돌았다. 의도치 않게 누이라면 껌뻑 죽는 오라버니가 되어 버린 제신은 불만스럽게 입을 비죽였지만, 감히 태왕의 부탁을 거절할 수는 없었다.

오늘도 나는 제신을 핑계로 입궁을 준비하고 있었다. 처음에는 담덕의 초대가 있을 때만 궁을 드나들었는데, 함께하는 시간이 많아지다 보니 헤어지면서 자연스레 다음 만남을 기약하게 됐다. 이번에는 함께 사냥터로 가 토끼라도 잡아 볼 요량이었다.

굳이 말로 한 약속은 아니었지만 약속하지 않아도 함께할 것이 넘쳐났다. 궁궐 정원에 같이 심은 나무는 닷새마다 한 번씩 물을 줘야 했고, 정을 붙인 담덕의 매는 내가 궐 밖에서 사 온 육포를 아주 좋아했다. 담덕의 개인 훈련장에는 내가 쓰는 활과 태왕이 직접 신물해 준 검은 말도 한 마리 있었다. 말에게는 가륜이라는 이름을 붙여 주었다. 담덕이 내게 거짓말로 일러 주었던 이름이었다. 내가 말을 보며 '가륜! 여기서 함부로 똥을 싸면 어떡해!'라고 외칠 때면 담덕은 어쩔 줄 모르는 얼굴로 입을 달싹이곤 했다.

"오늘도 시장에 들렀다 가실 거지요?"

붉은 끈으로 예쁘게 머리를 정돈해 준 달래가 기다렸다는 듯 돈주머니를 내밀었다. 나는 고개를 끄덕이며 주머니를 받아 들고 내용물을 확인했다. 은전 다섯 개. 이 정도면 충분하겠다. 오히려 남겠는걸.

오늘은 시장에 들러 담덕의 매에게 줄 육포와 태왕께 올릴 탕약의 재료를 살 예정이었다. 은전 네 개 정도면 넉넉하게 살 수 있을 테다. 남은 돈으로는 과편을 사서 담덕과 나눠 먹어도 좋을 것 같았다.

"그럼 다녀오마!"

"예. 조심히 다녀십시오."

달래가 웃으며 나를 배웅했다. 처음에는 국내성이 위험하다며 온갖 호들갑을 다 떨더니, 이곳의 치안 상태가 아주 뛰어나다는 것을 알곤 태도를 바꾸었다. 왕이 머무르는 곳답게 국내성은 안전하기로 손꼽히는 도시였다.

나는 익숙하게 시장으로 걸음을 옮겼다. 조용한 고구려에서 유일하게 떠들썩한 곳이 바로 시장이었다. 사람 사는 냄새가 나는 시장에 있을 때면, 내가 있는 곳이 꿈이나 상상이 아닌 현실이라는 것이 느껴졌다.

가장 먼저 들른 곳은 약방이었다. 담덕과 친구가 되기로 한 이후 나는 정기적으로 태왕을 관찰하며 약을 만들고 있었다. 분명 증상에 맞는 약을 지어 전하고 있는데도 큰 차도가 없어 나와 담덕 모두 걱정을 하는 중이었다. 속 시원하게 진맥을 한 뒤 침을 놓고 싶었지만 담덕은 그리하면 아버지께서 다시는 자신이 올리는 약을 드시지 않을 거라며 고개를 저었다. 어쩔 수 없이 나는 조금 더 강도가 센 약을 만들어 보기로 했다.

"아이고, 또 오셨습니까?"

약방에 들어서자마자 주인이 환한 얼굴로 나를 반겼다. 조그만 아이가 약재에 대해 물으며 드나드는 것이 신기했던지 그는 항상 친절하게 나를 대해 주었다.

"전에 부탁드린 약재는 들어왔어?"

"목단피(牧丹皮:모란의 뿌리껍질로 진정, 해열, 항균, 항혈전 등의 효능이 있어 토혈이나 코피, 생리불순 등의 증상에 쓴다)와 우방자(牛蒡子:우엉의 열매로 소염, 이뇨, 항균 작용 등을 한다)를 말씀하시는 게지요?"

"거기에 적복령(赤茯苓:소나무에 기생하는 균체로 이뇨, 거담, 진정 등의 효능이 있다)까지."

"아차, 적복령! 그것도 필요하다 하셨죠."

주인이 자리를 털고 일어나 구석에 쌓인 약재를 뒤적이기 시작했다. 아직 정돈을 해 두지 않은 것을 보니 약재가 들어온 것이 오래되지 않은 모양이었다.

"어찌 이리도 때를 잘 맞춰 오셨습니까. 그렇잖아도 오늘 아침에 막 도착했습니다. 특별히 주문하신 것 말고도 더 필요한 약재가 있으십니까?"

"감초와 당귀, 치자도 함께 넣어 줘. 아, 청피(靑皮:덜 익은 귤의 껍질로 간의 정기를 잘 통하게 하고 진통 효과가 있어 간경변, 비장종대 등에 쓴다)와 천궁(川芎:약용 식물로 혈액순환을 돕고 진통 효과가 있으며 간 기능을 활성화한다)도 있어야 해."

"예. 다 챙겨 드리지요."

가득 쌓인 약재 사이에서 원하는 것을 찾아낸 주인이 능숙하게 약재를 종이에 싸기 시작했다. 나는 재빨리 그의 곁에 따라붙어 약재의 상태를 살폈다. 다행히 모양이며 향 모두 훌륭했다. 그 모습을 지켜보던 주인이 흐뭇하게 미소를 지었다.

"어린 아가씨께서 어찌 이리 약재를 잘 아십니까?"

감탄과 호기심이 섞인 눈에 나는 재빨리 손을 내저었다. 아무래도 어린아이가 약재를 잘 아는 것은 이상할 것 같아 주인에게는 언제나 어른의 심부름을 왔다고 둘러대고 있었다.

"우리 어르신이 잘 아시는 게지. 나는 그저 사 오라 하시는 약재를 그대로 전하는 것뿐인걸."

"어려운 약재 이름을 다 외우는 것도 대단한 겁니다. 그 어르신이 누군지는 몰라도, 따님을 참 잘 두셨어요."

그러면서 주인은 제 손자가 약재 이름을 잘 외지 못해 약방 일을 물려주기 힘들 것 같다며 신세 한탄을 했다. 나의 반만큼만 총명했다면 걱정이 없을 거라는 말에 어색하게 웃는 사이 그가 약재 포장을 마쳤다.

"여기 있습니다. 은전 세 개만 주십시오."

예상했던 가격 그대로였다. 나는 웃으며 주머니 속에서 은전을 꺼냈다. 주인의 손에 막 돈을 올려놓으니 입구에서 또 다른 손님이 들어섰다.

"어서 오십…… 아이고, 도련님! 오랜만에 오셨습니다. 어찌 직접 오셨어요? 계속 사람을 보내시더니."

"오늘은 직접 약재를 보고 가져가려고 왔지."

사무적으로 인사하려던 주인이 들어선 손님의 얼굴을 확인하고는 크게 반색했다. 내게서 받은 돈도 대충 탁자 위에 올려 두고 '도련님'에게 달려갔을 정도였다.

아주 대단한 손님인 모양인데?

호기심에 고개를 돌려 입구를 보니 나도 잘 아는 얼굴이 서 있었다. 제신의 친구이자 내 비녀를 훔쳐 간 도둑, 해운이었다.

"잘 지내셨습니까, 비녀 도둑님?"

마뜩잖은 부름에 주인과 인사를 나누고 있던 운이 내게 시선을 돌렸다. 도둑이란 호칭에도 그는 여유로운 얼굴로 웃음을 흘렸다.

"덕분에 난 잘 지냈지. 그러는 그쪽은 어때? 오라버니와 떨어지기 싫어 매일 궁에 드나든다는 제신이의 누이?"

"어디서 헛소문을 들으셨는지…… 매일 드나드는 건 아닙니다."

"그래? 얼마나 자주 드나들었는지 난 매일 그러는 줄 알았지."

"제 소문에 그렇게 귀를 기울이고 있었으면서, 어찌 아직까지 제 비녀는 돌려주러 오지 않으셨습니까?"

"그 비녀는 아직 그대에겐 어울리지 않는다니까. 지금 하고 있는 붉은 머리끈이 더 어여쁜걸."

운이 내 머리에 길게 늘어뜨린 붉은 머리끈을 가리키며 싱긋 웃었다. 그 미소가 썩 예뻐서 나도 모르게 얼굴이 붉어졌다.

"그렇게 말한다고 제가 비녀를 포기할 것 같습니까?"

민망함에 시선을 피하며 투덜거렸더니 그가 크게 웃으며 내 앞으로 다가왔다.

"포기하지 마. 나도 그편이 재미있어서 좋으니까."

"……성격 안 좋다는 소리 많이 듣지 않습니까?"

"별로?"

운이 어깨를 으쓱거리며 붉은 머리끈을 매만졌다. 이 사람이 왜 이러나 싶어 올려다보니 그가 웃는 낯으로 물었다.

"그런데 제신이의 누이가 여긴 어쩐 일이야? 연씨 집안에 환자가 있다는 말은 내 듣지 못했는데."

"뭐, 아픈 사람이 있어야만 약방에 오는 건 아니니까요."

대충 둘러대는 말에 운의 시선이 내 손에 들린 약재로 향했다. 양이 제법 되는 것이 몸을 보하자고 먹을 정도는 아니었다. 일부러 감추면 더 의심을 살 것 같아 나는 당당하게 약재를 든 채 그에게 물었다.

"그러는 도둑님은 여기에 어쩐 일이십니까?"

"해씨의 막내가 오랫동안 아프다는 이야기는 꽤 유명한데……
몰랐나?"

그러고 보니 제신으로부터 그런 이야기를 들은 적이 있었다. 친구의 동생이 어려서부터 몸이 약해 병치레가 잦다고 했다. 그때는 대수롭지 않게 넘겼는데, 그 집이 바로 소노부 해씨 집이었던 모양이다.

"이야기는 들었습니다. 그쪽 가문의 일이라는 건 몰랐지만."

동생이 오랫동안 아프다는 이야기를 들으니 운에 대한 경계심이 조금 풀어졌다. 한의사로서의 본능이었다. 환자나 환자의 가족들에게는 나도 모르게 마음이 풀리는 경향이 있었다. 게다가 동생의 약재를 직접 사러 오는 다감한 오라버니라고?

의외의 면에 새삼스러운 눈으로 운을 바라보았더니 그런 기색을 눈치챈 그가 가볍게 어깨를 으쓱거렸다.

"내가 원래 정이 많은 사내다."

조금 나아질 뻔했던 평가가 되지도 않는 잘난 체에 다시 바닥으로 떨어졌다.

"……그 많은 정으로 열심히 약재 고르십시오. 저는 이만 가겠습니다."

나는 운과 주인에게 인사한 뒤 그대로 약방을 나왔다. 매에게 줄 육포도 사고 담덕과 나눠 먹을 과편도 사려면 시간이 빠듯했다. 하지만 운이 나를 내버려 두지 않았다.

"이렇게 만났는데 그냥 가려고?"

약재를 사러 왔다더니 운은 어느새 약방을 빠져나와 내 뒤를 바짝 따르고 있었다. 그와 엮이면 나만 피곤해질 것이 분명하니 모르는 척이 상책이었다. 나는 일부러 그에게 시선도 주지 않은 채 육포를 파는 상인 앞에 섰다.

"육포를 사러 왔어. 조금 덜 말린 것으로……."

"덜 말린 것은 냄새가 심할 텐데?"

운이 상인과 나 사이에 불쑥 끼어들었다. 일부러 모른 척하고 있는 것을 다 알면서 어찌 이리 뻔뻔할까. 황당하다는 눈으로 운을 보니 그가 바짝 말린 육포를 가리켰다.

"먹으려면 이쪽이 더 낫다. 바싹 말린 것으로."

"그냥 덜 말린 것으로 줘."

나는 운의 말을 무시하며 상인에게 은전을 건넸다. 하지만 운도 쉽게 포기하지 않았다.

"아니네. 덜 말린 거 말고 바싹 말린 것으로 줘."

"돈을 준 건 나라는 걸 잊지 말게. 덜 말린 것으로 줘."

두 귀족의 기 싸움에 이번에도 상인만 난처한 얼굴이었다. 나와 운이 한마디씩 할 때마다 그의 손이 덜 말린 육포와 바싹 말린 육포 사이를 안쓰럽게 오갔다.

"덜 말린 것은 냄새가 심해서 먹지 못할 거라니까?"

"압니다! 제가 먹을 게 아니니 그냥 두십시오."

짜증이 나서 미간을 찌푸리며 소리를 질렀더니 운이 기분 좋게 미소를 지었다.

"이제야 대꾸를 하는군. 이보게, 육포는 그냥 덜 말린 것으로 주게."

"확실히 덜 말린 육포라고 하셨습니다?"

"그렇다니까."

상인이 미심쩍은 눈으로 운을 바라보자 그가 여전히 웃는 낯으로 선뜻 고개를 끄덕였다. 그것으로도 모자랐는지 어서 육포를 싸 달라며 상인을 재촉하기까지 했다.

"돈은 이 아가씨가 냈으니 이분의 말을 들어야지. 뭐 하나? 어서 챙겨 주지 않고."

그제야 상인도 안심하고 덜 말린 육포를 싸기 시작했다. 그 과정을 모두 지켜본 나는 기가 막혀 죽을 지경이었다.

"……제 속을 긁으려고 일부러 바싹 말린 육포 타령을 한 겁니까?"

"이렇게 안 했으면 계속 무시했을 거 아냐?"

"당연히 그랬겠죠. 이렇게 저를 피곤하게 하시니까요."

나는 상인이 때맞춰 건넨 육포를 받아 들고는 다시 걸음을 뗐다. 운은 마치 일행인 양 자연스럽게 내 옆에 따라붙었다.

"언제까지 따라오실 겁니까?"

나는 그를 흘겨보며 한숨을 내쉬었다. 이 크고 제멋대로인 혹을 떼어 놓지 않고는 궁에 갈 수가 없었다.

"절 충분히 귀찮게 하셨으니 그만 돌아가십시오. 약재를 사러 오셨다면서요?"

"약재는 그리 급한 게 아니니 괜찮다. 못 봤으면 모를까, 제신이의 누이가 이리 혼자 돌아다니고 있는 것을 봤는데 어찌 그냥 둬? 혼자서는 심심할 테니 말동무나 해 주마."

"그쪽이랑 같이 다니느니 그냥 심심한 게 낫습니다. 됐으니 그만 가십시오."

"대우가 영 나쁜걸. 그래도 네 오라버니의 가장 친한 친구라고."

"오라버니의 가장 친한 친구지 저의 가장 친한 친구는 아니지 않습니까? 제게 제대로 대우를 받고 싶다면 비녀를 돌려주시든가요. 그럼 세상에서 제일 친절한 친구 누이를 보실 수 있을 겁니다."

"이것 참 한마디도 지지 않으니……."

운이 너털웃음을 터트리며 고개를 저었다. 나는 그런 그를 무시하고 어느새 닿은 좌판 앞의 과편으로 시선을 돌렸다. 색색의 예쁜 과편을 보니 나도 모르게 얼굴의 근육이 풀렸다.

과편은 거리에서 파는 여러 먹거리 중에서도 값이 꽤 나가는 편이지만 그만한 가치가 있었다. 고구려의 음식은 현대의 먹거리에 비해 심심한 편이었으나 과편은 달고, 시큼하고, 부드러운 것이 현대의 먹거리 못지않았다. 맛도 다양했다. 봄에는 앵두로 만든 붉은빛 과편이 주를 이루고, 여름에 접어들면서부터는 살구로 만든 것들이 하나둘 보이기 시작한다. 오미자나 오얏으로 만든 것도 있었다.

"과편을…… 참 좋아하는구나."

과편을 바라보는 나를 향해 운이 말했다. 그는 '좋아하니?'라고 묻지 않고 '좋아하는구나'라고 확신했다. 사랑스러운 눈으로 과편을 바라보는 날 보면 모를 수가 없는 사실이었다.

"예, 아주 좋아합니다."

나는 알록달록한 과편에 정신이 팔려 대충 고개를 끄덕이고는 신이 나서 살 것을 고르기 시작했다. 봄과 여름의 사이에 있는 계절이라 앵두로 만든 과편과 살구로 만든 과편이 모두 한자리에 있었다. 나로서는 가장 행복한 계절이었다.

"한데 약재와 육포와 과편이라. 참으로 이상한 조합이구나."

가벼이 나온 운의 말이 묘하게 핵심을 찔렀다. 분주히 과편을 고르던 손이 잠시 멈칫했으나 잠시뿐이었다. 나는 곧 평정을 찾고 못 들은 척 다시 손을 움직였다. 주머니에 남은 은전을 건네고 과편을 받아 들었더니 운이 물었다.

"과편은 네 것임이 분명한데…… 약재와 육포는 누구의 것일까?"

"제 일에 아주 관심이 많으시군요."

"내 친우 제신이의 누이가 아니냐. 당연히 관심이 가지 않겠니."

"그렇게 질척거리는 사내는 매력 없습니다, 도둑님."

"질척……? 내가 질척거린다고?"

예상하지 못한 단어 선택에 운이 얼빠진 얼굴을 했다.

"앞으로는 좀 덜 질척거려 보세요."

나는 그새를 놓치지 않고 그에게 꾸벅 인사하고는 서둘러 자리를 빠져나왔다. 빠르게 걸으며 뒤를 바라보니 운이 여전히 얼빠진 얼굴로 좌판 앞에 서 있었다. 혹여나 뒤늦게 정신을 차린 그가 또 따라올까 싶어 나는 더욱 걸음을 빨리했다.

❖ ❖ ❖

담덕과 나는 훈련장 구석의 나무 아래 앉아 과편을 나눠 먹었다.

나는 과편에 대한 보답으로 활쏘기를 가르쳐 달라고 부탁했다. 담덕은 조금 귀찮은 얼굴을 하면서도 알겠노라 고개를 주억거렸다. 아무리 가르쳐도 늘지 않는 답답한 내 실력 때문인지, 이렇게 뇌물이라도 올리지 않으면 그는 이런저런 핑계를 대 선생 노릇을 피하곤 했다.

"그런데 너, 오늘은 조금 늦게 입궁했다?"

과녁을 앞에 두고 자세를 잡는 나를 향해 담덕이 물었다.

"으응…… 조금 귀찮은 사람이 붙었거든. 떼고 오느라 조금 늦었지 뭐."

나는 활시위를 당기는 데 집중하며 대충 대답했다. 담덕은 내 등으로 손을 뻗어 자세를 바로잡아 주며 슬쩍 나를 올려보았다.

"귀찮은 사람?"

"있어, 소노부 해씨의 운이라고 내 오라비의 친구인데…… 너도 알아?"

"소노부 해씨의 운?"

그 이름과 함께 등에 닿아 있던 담덕의 손이 멈칫하는 것이 느껴졌다.

"네 오라비와 그 사람이 친한 건 안다. 태학에서 자주 어울려 다니거든."

"아, 태학에서 봤겠구나. 너와도 친하니?"

"친하냐고? 해운과?"

담덕이 흔치 않게 차가운 목소리로 되물었다. 낯선 목소리에 놀라서 그를 바라보니 담덕은 내 자세를 잡아 주며 과녁을 노려보고 있었다.

"놔."

"응?"

"활시위, 놓으라고."

"으, 으응."

나는 서둘러 과녁으로 시선을 돌리며 활시위를 놓았다. 손을 떠나 날아간 화살은 바람을 가르며 과녁에 명중했다. 과녁의 정중앙이었다. 이렇게 깨끗하게 중앙을 맞힌 건 처음이라 놀라서 담덕을 바라보니 그는 여전히 과녁을 바라보고 있었다.

"활은 이렇게 쏘면 된다."

그렇게 말하고 다시 나를 바라보는 얼굴에는 살짝 미소가 걸려 있었다. 평소와 같은 모습인데도 어쩐지 그 얼굴이 낯설었다. 나는 어색함을 벗어나고자 다시 화살 하나를 집어 들었다.

"그와 사이가 좋지 않은 모양이네?"

활 쏘는 자세를 잡으며 물었지만 담덕은 대답이 없었다. 단순한 질문이라고 생각했는데 담덕은 머릿속이 복잡한 눈치였다. 그의 대답은 내가 화살을 두 개 더 쏘고 난 후에야 들려왔다.

"그와 사이가 나쁘냐 물으면…… 그건 아냐. 그냥 거리가 있을 뿐이지. 서로의 존재는 확실히 알고 있지만, 누구도 먼저 다가서지 않는다."

담덕의 도움 없이 쏜 화살은 과녁의 구석에 겨우 박혀 있었다. 나는 흥미를 잃고 애꿎은 활을 매만졌다.

"그래? 내게 하는 것을 봐서는 태학에서도 여기저기 시비를 걸고 다닐 것 같았는데."

"시비? 그 해운이?"

내 말에 담덕이 세상에서 제일 우스운 소리를 들었다는 양 웃음을 흘렸다.

"행여나 더러운 것이 묻을까 고고한 학처럼 구는 자야. 그를 따르는 자는 많지만 네 오라비가 오기 전까지는 태학의 어느 누구와도 어울리지 않았다. 한데 시비라니. 우스운 얘기구나."

"……지금 우리가 말하는 사람이 같은 사람인 건 확실하지?"

담덕이 말하는 운과 내가 아는 운이 너무 달랐다. 그간 내가 본 운은 사람을 귀찮게 하는 구석은 있을지 몰라도 누군가를 깔보고 배척할 자 같지는 않았다. 첫 만남부터 능청스럽게 말을 걸어오던 모습을 생각하면 더욱 그랬다.

"우희, 넌 조금 특이하다."

의아하게 바라보는 나를 보며 담덕이 묘한 얼굴로 말했다.

"넌 네가 똑똑하다는 걸 알지? 아는 것이 많으니 말과 행동에 거침이 없다. 내게도 네 총명함과 자신감이 보여. 한데 그에 비해 네가 사는 세상을 잘 모르는 것 같을 때가 있어."

내가 사는 세상이라면 똑똑히 알고 있다. 삼국시대의 고구려. 쉴 새 없이 전쟁이 일어나는 혼돈의 시대였다. 어디 내가 사는 세상만 알 뿐인가? 자세히는 아니지만, 지금 이 시대를 살아가는 사람들이 모르는 미래도 알고 있다.

지금 내 눈앞에 있는 소년은 후일 왕위를 물려받고 이 땅을 넓혀 고구려 최고의 전성기를 가져올 것이다. 하지만 담덕은 그 모든 것을 알고 있는 나를 두고 이 세상을 모른다고 했다.

"지금도 그래. 소노부와 태왕의 관계가 아슬아슬하다는 걸 알고 있으면서 내게 해씨의 장남과 친하냐고 물었지. 내가 어떻게 그와 가까울 수 있겠어? 그의 집안이 내 아버지를 끌어내리려 하는데. 게다가 너 역시 소노부와 대립하는 절노부 사람이잖아. 넌 가끔…… 그 모든 것을 잊은 사람처럼 말해."

모두 옳은 말이었다. 유력한 귀족 가문의 딸로 태어나 어쩔 수 없이 정치판에 휩쓸릴 운명이었지만, 사실 나는 가문의 은원이나 왕권을 놓고 벌이는 신경전들이 크게 와 닿지 않았다. 담덕의 모든 걱정들이 무색하다는 걸 알고 있기 때문이었다. 다른 귀족들이 아무리 애를 써도 어차피 다음 태왕은 담덕이다. 그런 생각을 하고 있으면 그 어떤 것도 걱정스럽지 않았다.

게다가 나와 담덕은 아직 열두 살 먹은 아이 아닌가? 정쟁 같은 것은 모두 어른들의 전유물이다. 아이는 아이답게 어울리고 싶은 사람과 어울리고, 먹고 싶은 것을 먹고, 하고 싶은 것을 하면 그만이었다.

"담덕, 우린 이제 겨우 열두 살이잖아. 벌써부터 그런 일에 마음 쓰지 않아도 돼. 몇 년이 지나 어른이 되면 어쩔 수 없이 맞이하게 될 일이니, 지금은 아이의 특권을 마음껏 즐겨야지."

"그게 말처럼 쉽다면 진즉 그리했어. 하지만 그것이 쉽지 않아. 궁에 들어온 후로 모든 것이 그래. 지켜야 할 것은 너무 큰데, 내 손은 이리 작아서 그런가."

담덕이 무심하게 자신의 손을 내려다보았다. 그의 말처럼 소년의 손은 작았다. 하지만 나는 그 손이 크게 자랄 것을 알고 있었다. 모든 아이들의 손이 그렇듯 그의 손도 자연히 어른이 될 것이다.

"조급해하지 마. 우리는 지금 우리가 할 수 있는 것을 하면 돼."

"내가 할 수 있는 게 뭘까? 그런 게 있기나 할 걸까?"

담덕의 눈은 여전히 자신의 손에 닿아 있었다. 푹 숙인 고개 때문인지 담덕의 어깨가 더욱 왜소해 보였다. 그 어깨 위에 얼마나 많은 짐이 있는 걸까.

"겨우 열두 살이면서, 뭘 그렇게 복잡하게 굴어?"

나는 안쓰러움과 답답함을 담아 담덕의 머리를 헤집었다.

"으어, 이게 무슨 짓이야?"

무방비 상태로 당한 담덕이 서둘러 내 손을 밀어냈다. 불만스럽게 투덜거리는 얼굴을 보니 이제야 열두 살 아이 같았다. 나는 서둘러 머리를 정돈하는 담덕을 보며 그의 등을 두드렸다.

"이미 큰일 하나를 해냈으면서 왜 약한 척이야?"

"내가? 난 아무것도 하지 못했어."

"아무것도 안 하긴? 넌 날 찾아냈잖아."

"뭐라고?"

담덕이 입을 떡 벌렸다. 내 잘난 체에 기가 막힌다는 얼굴이었다. 나는 그의 시선을 알면서도 모른 척 계속 말을 이어 갔다.

"얼마나 훌륭한 일이니? 친구도 해 주고, 폐하의 약도 지어 주는 연우희를 찾아냈는데. 저것 봐, 오늘도 약재를 잔뜩 가져왔다고."

내가 가리키는 약재를 본 담덕의 기세가 조금 누그러들었다. 나는 그때를 틈타 그에게 들고 있던 활을 내밀었다.

"정 할 일이 뭔지 모르겠으면 우선 활을 쏘자. 검을 배우고, 말을 타는 거야. 후일 전쟁이 벌어지면 그 선봉에 서서 고구려의 이름을 널리 알리는 거지."

담덕이 얼떨결에 내가 내민 활을 받아 들었다. 나는 멍하니 서 있는 그의 어깨를 떠밀어 나무 아래에 앉혔다.

"그래도 할 일을 모르겠으면 서책을 읽어. 현명한 군주가 되려면 아는 것이 많아야 하잖아? 누군가 말하길 세상 모든 것의 답이 서책에 있다 했어. 열심히 서책을 읽다 보면 내 물음에 대한 답도 얻을 수 있겠지."

"그래도 모르겠으면?"

"음…… 맛있는 걸 많이 먹는 거야. 좋은 걸 많이 먹어야 키도 자라고 손도 커지지. 그런 의미에서 오늘 점심은 푸짐하게 차리라고 하자. 채소는 싫으니 고기반찬을 잔뜩 올려 달라고 말이야."

"뭐? 그건 그냥 네가 고기를 먹고 싶어서 그런 거 아냐?"

"반 정도는?"

"역시 그럴 줄 알았다."

담덕이 헛웃음을 흘리며 나무에 등을 기댔다. 눈을 감고 편안하게 늘어진 그의 얼굴 위로 봄의 마지막 꽃잎이 떨어지고 있었다. 또 이렇게 하나의 계절이 간다.

"담덕."

"응, 우희."

담덕이 여전히 눈을 감은 채 웅얼거렸다. 나는 그의 앞에 쪼그려 앉아 무릎 사이에 턱을 괴고 작은 소리로 속삭였다.

"네 아버지를 믿어. 그를 돕는 내 백부를 믿고, 네 곁에 있는 날 믿어. 혼자서 모든 것을 안으려고 하지 말고 다시는 오지 않을 열두 살의 이 시간을 누려. 태왕께서도 그걸 바라실 거야."

어느새 담덕이 눈을 떠 나를 바라보고 있었다. 나는 활짝 웃어 보이며 꽃잎이 모두 떨어진 나무를 올려다보았다.

아무래도 나는 이 소년의 진짜 친구가 되고 싶어진 것 같다.

❖ ❖ ❖

며칠 후 나는 좋은 옷을 단정히 갖춰 입고 궁에 들었다. 담덕을 만나기 위해서가 아니었다.

"나를 보자 했다고?"

나는 내 앞에 앉아 서책을 보고 있는 태왕에게 머리를 조아렸다.

"바쁘신 시간을 내주셔서 감사합니다, 폐하."

"내 아들의 친구가 아니냐. 기꺼이 시간을 내주어야지."

그가 서책을 정돈하며 나를 바라보았다.

"그래, 무슨 일로 보자고 했느냐?"

할 말은 정해져 있었다. 하지만 직접 두 눈을 마주하니 말이 쉽게 나오지 않았다. 나는 속으로 말을 몇 번 고르다 집에서부터 연습했던 말을 겨우 입에 올렸다.

"제가 폐하의 병을 돌볼 수 있게 해 주세요."

짧은 말이었지만 파장은 컸다. 웃고 있던 태왕의 얼굴에서 미소가 사라졌다. 그는 한참 동안 말이 없다가 굳은 목소리로 물었다.

"무슨 말을 하는 게냐?"

"편찮으신 것을 압니다. 왜 숨기고 계신지도 알고요. 그러니 돕게 해 주십시오. 저는 절노부 연씨의 딸이니 입을 함부로 놀리지도 않을 겁니다."

태왕의 건강 이상은 그의 추락을 바라는 귀족들의 좋은 먹잇감이었다. 하지만 절노부는 태왕의 우군이니 이 사실을 구태여 떠벌릴 이유가 없었다.

"담덕이 지어 올린 약이 전부 네 솜씨였니?"

나를 빤히 바라보던 태왕이 한참의 공백 끝에 물었다. 나는 대답 대신 더욱 머리를 조아렸다. 그 모습에 확신을 가진 듯 그가 길게 한숨을 내쉬었다.

"네 청은 받아들일 수가 없다. 그만 돌아가거라."

"담덕이, 태자께서 많이 걱정하십니다."

내 입에서 나온 이름에 태왕이 멈칫거렸다. 애초에 그가 건강 문제를 감추고 있는 것도 아들 담덕을 지키기 위해서였다. 한데 그 노력이 아들의 마음을 상하게 한다면 무슨 소용이겠나.

나는 살짝 웃으며 말을 이었다.

"그 애에게는 아직 폐하가 필요합니다. 오래도록 든든한 버팀목이 되어 곁을 지켜 주세요. 이제 겨우 열두 살이잖습니까."

"……꼭 너는 열두 살이 아닌 것처럼 말하는구나."

태왕이 내 얼굴을 물끄러미 바라보다 끝내 고개를 저었다.

"아들의 친구에게서 이런 염려의 말을 듣고 내 어찌 청을 거절할 수 있을까."

굳어 있던 태왕의 얼굴에 부드러운 미소가 걸렸다.

"내가 졌다, 우희야."

그의 미소와 함께 마음속 깊은 곳에 숨겨두었던 긴장이 스르르 녹아내렸다. 오늘 나의 용기가 아직 어린 열두 살 소년의 짐을 조금이나마 덜어주었을까? 부디 그러기를 바라며, 나는 태왕을 향해 활짝 웃어 보였다.

第三章

변화하는 세상

어느새 계절은 한여름이었다. 내가 사람들의 눈을 피해 태왕의 병을 살핀 것도 벌써 두 달이 흘렀다. 그간 최선을 다해 병을 돌보았지만 그의 몸은 생각만큼 나아지지 않았다. 원인은 알고 있었다. 침과 약으로 그의 증상만 돌보고 있을 뿐, 원인을 해결하지 못하고 있으니 쉽게 병이 낫지 않는 것이다.

　나는 정원에 아무렇게나 드러누워 두 달 전 태왕을 진맥했던 일을 떠올렸다. 맥에는 사람의 기운이 흐르기 때문에 맥의 흐름을 살피면 몸이 안고 있는 문제를 곧장 알 수 있었다.

　태왕은 베일 것만 같이 날카로운 맥을 가지고 있었다. 아무리 강하게 눌러도 맥이 사그라들지 않고 오히려 손을 밀어내듯 팽팽하게 뛰었다. 진간맥(眞肝脈)이었다. 진간맥은 건강의 이상을 알려 주는 다섯 진장맥(眞臟脈) 중의 하나로 간에 깊은 병이 들었을 때 관찰되는 맥이었다. 한의학에서 이르기를, 진간맥이 느껴지는 사람은 생사의 기로에 서 있으니 각별히 살펴야 한다고 했다.

　홀로 안고 감출 수 있는 가벼운 병이 아니었다. 속으로 느껴지는 고통은 물론이고 외관으로도 병세가 완연했어야 옳다. 하지만 태왕은 달랐다. 몸속은 엉망인데 얼굴에는 병색 하나 비치지 않았다. 그는 홀로 안는 것도, 속으로 삼키는 것도 익숙한 사람이었다.

간화는 마음에서 오는 병이다. 그러니 지금 필요한 것도 약이 아닌 휴식이었다. 몸이 아니라 마음이 쉬어야 했다. 하지만 그는 고구려의 태왕이 아닌가. 모두의 위에 선 대가로 모두의 견제를 받고 있는 그에게 마음의 휴식은 요원한 일이었다.

나는 하늘을 향해 손을 뻗어 얼굴로 쏟아지는 햇살을 가려 보았다. 손가락 틈으로 햇살이 반짝거렸다. 하늘의 태양을 인간의 손으로 가릴 수는 없는 법. 담덕이 제 손이 작다며 투덜거리던 그 심정을 이제야 알 것 같았다.

태왕은 오래 살지 못하고 죽는다. 역사가 그렇게 말했고, 그를 직접 진맥한 나도 그리 느꼈다. 태왕에게 허락된 생의 날은 얼마일까. 기억을 더듬어 떠올린 고구려 역사에서는 '광개토대왕이 어린 나이에 왕위에 올랐다'고 했다. 병에 시달리던 선왕의 죽음으로 인해서였다.

하지만 손을 놓고 있을 수는 없는걸.

어차피 죽을 것을 안다고 해도 포기할 수는 없다. 의술을 배운 사람으로서의 다짐이기도 하지만, 벌써부터 어른인 체를 하려는 어린애의 친구로서의 다짐이기도 했다. 나는 단 하루라도 태왕의 생을 연장할 수 있도록 최선을 다해 볼 작정이었다.

하루아침에 귀족들이 마음을 바꿔 폐하께 힘을 실어 줄 리는 없어. 그러니 병의 근원은 해결할 수 없지. 폐하께서 얻은 마음의 화가 간에 이르지 않도록 침과 약을 써야 해.

다행히도 이곳 고구려는 내가 생각하는 것보다 의학 수준이 높았다. 사람들은 약재를 쓰는 법을 알고 침과 뜸에 거부감이 없었고, 거리의 약방에서조차 쉽게 약재를 구할 수 있었으니 생활 전반에 의학이 뿌리내리고 있음이 분명했다.

물론 그럼에도 의학은 특별했다. 약재 쓰는 것이야 서책을 보며 익힐 수 있지만, 진맥을 짚고 침과 뜸을 시술하는 건 소수의 사람만이 가진 재주였다. 궁에는 왕실의 병을 돌보는 태의(太醫)가 있었으나 민간에는 의원이 귀했다.

이 시기 의학은 미묘하게 무속 신앙과 궤를 같이해 각 부족의 무녀들이 의원을 자처하며 아픈 사람들을 치료하고 다녔다. 개중에는 훌륭한 의학 지식을 가진 무녀도 있었지만 대부분은 근거 없는 민간요법에 의존하고 있었다. 사람들은 '하늘의 노여움을 사 병을 얻었다'거나, '정성이 부족해 하늘이 병을 쫓아 주지 않는다'는 우스운 말들을 쉽게 믿었다. 그런 현실에서 귀족가 어린 아가씨가 의술을 배웠다는 건 여러모로 이상했다.

그것을 알았기에 지금까지 단 한 번도 내 재주를 다른 사람에게 떠벌리지 않았다. 아버지의 두통을 줄여 주는 차를 건네거나, 제신의 상처를 지혈해 주는 정도만으로도 나는 충분히 '특이한 재주를 가진 아이'로 통했다.

하지만 태왕의 병을 돌보겠다 나선 이상 지난날들처럼 조용히 지내기는 힘들 것이다. 본격적으로 환자를 맡은 이상, 나는 진지하게 한 사람의 의원으로서 최선의 의술을 펼쳐야 한다.

현대의 한의학은 지금보다 훨씬 수준이 높다. 필연적으로 '그런 재주를 어디서 배웠느냐'는 질문이 올 것이 뻔했다. 물론 진실을 이야기할 수는 없었다. '저는 대한민국에서 태어나 한의학을 배웠는데, 화재 사고로 죽어 눈을 떠 보니 여기였습니다. 그래서 의술을 압니다'라고 말하면 미친놈 취급이나 받을 것이 분명하다.

미리 변명거리를 생각해 둬야겠어. 이것저것 말을 짜 맞추면 어떻게든 변명이 통하기는 할 것이니 크게 걱정스럽지 않았다.

정작 부담스러운 사실은 '태왕의 수명'에 관여하는 것이 과연 옳은가에 대한 고민이었다. 왕의 목숨은 국가의 흥망성쇠와 그 흐름을 같이했다. 담덕의 할아버지, 고국원왕이 백제의 화살을 맞고 세상을 뜬 후 한동안 고구려가 기를 펴지 못했던 것을 보면 알 수 있었다.

내가 알고 있는 한의학은 지금 세상에 퍼져 있는 의학보다 수준이 훨씬 높아. 정상적으로는 이 세상에 있을 수도 없고, 있어서도 안 되는 지식이지. 그런데 그 지식으로 태왕의 수명을 늘린다면……. 이것이 후세에 어떤 영향을 미칠까?

내가 평범한 절노부의 아이 우희였다면 고민할 필요가 없는 문제였다. 하지만 내게는 대한민국 사람으로서의 기억이 있었다. 심지어 나는 '우희'보다 '소진'으로서 더 긴 세월을 살았다. 그래서 지금도 나는 우희보다 소진이라는 이름이 더 익숙했다.

내가 알고 있는 역사가 바뀔지도 몰라.

역사라는 거대한 이름에 온몸이 싸해졌다. 하지만 물러설 수는 없었다. 역사는 멀리 있지만 내 사람들은 가까이 있었다.

아들보다 딸을 더 귀하게 여겨 주신 아버지, 아버지의 사랑을 한 몸에 받는 동생에게 질투조차 하지 않았던 오라비 제신, 평소에는 얄밉게 굴다가도 내가 우울해지면 제일 먼저 달려와 종알거리는 서, 내게 마음을 열고 모든 속마음을 기꺼이 보여 준 친구 담덕. 이 모두가 지금 이 시간, 고구려에 살고 있었다.

나는 연우희야. 역사가 어떻게 바뀐대도, 그것이 내가 기억하는 역사를 모두 바꾼대도 좋아. 그냥 지금 이 순간 내 삶에 충실할 거야.

내 집, 내 가족, 내 친구. 그 모든 것이 이 순간에 있으니까.

소진으로 살아갈 때 나는 혼자였다. '내 집'이라고 부를 만한 따뜻한 장소도, '내 가족'이라 소개할 혈육도, 찾아가 속 이야기를 털어놓을 '내 친구'도 없었다. 하지만 지금은 모든 것이 내게 있지 않나. 그것들을 모두 지키고 싶었다.

나는 햇빛을 가리고 있던 손을 바닥으로 내리고 두 눈을 감았다. 얼굴에 닿는 햇살이 따가웠지만 견딜 만했다.

그래. 손으로 태양을 가릴 수 없다면 눈을 감고 걸으면 되는 거야.

"우희야!"

그때 멀리서 서의 외침이 들려왔다. 썩 다급한 외침에 눈을 뜨니 헐레벌떡 뛰어온 서가 내 앞에서 숨을 골랐다.

"무슨 일인데 그리 급하게 달려와?"

"전쟁을, 백제와 전쟁을 할 거래!"

"뭐?"

나는 놀라서 자리에서 일어섰다. 놀라서 되묻는 목소리에 서가 다급하게 덧붙인 말은 더욱 놀라웠다.

"절노부 병사들도 보낸다는데, 숙부님과 제신 형님도 거기 따라가신대."

"아버지와 오라버니가? 도대체 왜?"

"절노부 병사들을 지휘할 사람이 없어서 그렇대. 우리 아버지는 국내성을 떠날 수가 없어서……."

"정말이야? 네가 잘못 알고 있는 것은 아니고?"

"아니야! 지금 궁에서 제신 형님과 이야기를 하고 오는 길이란 말이야. 숙부께서도 출병 준비를 위해 오늘 아침 급하게 국내성에 오셨대.

지금 태왕 폐하와 이야기 중이시고. 그걸 듣곤 놀라서 집으로 온 거야, 너한테 빨리 알려 주려고."

잔뜩 찌푸려진 얼굴에 거짓은 없었다. 나는 입술을 질끈 깨물었다.

"네가 잘못 안 거야."

"아니라니까? 내가 정말로……."

"직접 듣기 전까진 못 믿겠어."

나는 그대로 서를 지나쳐 정원을 빠져나갔다. 당장 궁으로 가 상황을 물을 생각이었지만 채 집을 빠져나가기도 전에 제신이 나타났다.

"오라버니!"

"어딜 그렇게 급하게 가니? 오늘은 궁에도 가지 않을 거라 들었는데."

다급한 내 부름이 무색하게도 제신은 여유만만이었다. 그 모습을 보니 서가 정말 헛소리를 한 것일지도 모른다는 희망이 피어났다.

"서가 이상한 소리를 하잖아. 아버지와 오라버니가 전쟁에 나간다고, 그런 말도 안 되는 헛소리를……."

"아."

말이 이어질수록 제신의 얼굴이 어두워졌다. 무척이나 난처하게 웃는 얼굴을 보니 겨우 찾았던 희망의 불씨가 맥없이 꺼져 버렸다.

"정말이야? 서의 말이 진실이었어?"

"서 그 녀석, 서둘러 뛰어가기에 어디로 가나 했더니…… 네게 소식을 전하러 간 거였구나."

"……정말 전쟁에 나간다고?"

"그렇게 됐다."

마치 옆 동네에 산책이라도 가는 것 같은 태평한 말투였다. 나는 기가 막혀 제신의 팔을 붙잡았다.

"그렇게 됐다니. 이렇게 태평하게 할 이야기야? 전쟁이라고, 전쟁."

"이번 전쟁은 그리 심각하지 않을 거야."

"세상에 심각하지 않은 전쟁이 어딨어?"

"그래, 전쟁은 다 심각하지. 그래도 이번 백제 원정은 싸우는 것보다 더 중요한 목적이 있으니 네가 생각하는 것만큼 위험하진 않을 거다."

불안해서 어쩔 줄 모르는 나를 달래기 위해서였는지 제신은 평소보다 더 차분했다. 내 팔을 잡아 자신의 방으로 이끌더니 자리에 앉히고 따뜻한 차까지 내주었다. 일사천리로 진행되는 일에 나는 말을 잊은 채 멍하니 끌려갈 뿐이었다.

"이번 출정은 경고 차원에서 나가는 것이다."

손에 잡힌 차를 습관적으로 한 모금 마셨더니 그제야 제신이 입을 열었다.

"우리가 오랫동안 후연과 싸우면서 북방에 더 많은 군사들을 배치해 두었잖니. 백제가 그것을 알고는 우리의 남쪽을 치려 한다는 첩보가 들어왔다. 올해 봄부터 성벽을 쌓는다고 분주하더니 이번엔 병사들의 움직임도 심상치 않다고 해. 그러니 병력을 이끌고 내려가 함부로 움직일 시기가 아니라는 것을 알려 줘야지."

친절한 제신의 설명에도 도저히 기분이 풀어지지 않았다. 뚱한 얼굴로 차만 마시고 있으니 그가 웃음을 흘리며 내 머리를 토닥였다.

"이해하지? 우리가 왜 출병해야 하는지."

"이해해. 하지만 그게 왜 하필 오라버니와 아버지인지는 모르겠어. 후연과의 전쟁에서도 우리 절노부 병사들이 제일 선봉에 섰잖아. 그때도 아버지가 병사를 이끌고 나가셨지. 한데 이번엔 오라버니까지 같이 간다고? 왜 항상 우리만 전쟁에 나서야 해?"

"호시탐탐 폐하의 약점을 노리는 소노부는 물론이고, 관노부와 순노부도 그들의 눈치를 보느라 바빠 병사를 내주지 못하겠다 했어. 폐하의 우군인 우리 절노부 병사들만이 용감하게 출병을 선언했다. 고추가께서는 국내성을 떠날 수 없고, 하 형님은 북을 지키셔야 하니 아버지께서 나서겠다 하신 게야."

익숙한 상황이었다. 태왕이 즉위한 이후 전쟁이 일어날 때마다 몇 번이나 이런 식으로 일이 진행되었다. 왕권이 불안하니 국내성을 지키는 중앙군은 함부로 밖에 나설 수 없고, 다른 부족들도 모두 출병을 거부하니 결국 절노부만 밖으로 나돌게 되는 것이다. 하지만 절노부에도 많은 가문들이 있었다. 문제가 생길 때마다 아버지가 꼭 해결사를 자처할 필요는 없었다.

"다른 숙부님도, 아니, 다른 집안도 있잖아."

"백부님과 폐하께서 가장 믿는 사람이 우리 아버지인 걸 어쩌겠니. 게다가 너도 알잖아, 우리 아버지 성정. 어디 이런 일을 마다하실 분이니? 전쟁이라면 자다가도 벌떡 일어나는 고구려 사내 아니시냐."

"백부님도 그걸 아시니 매번 아버지를 찾는 거야. 절대 거절하시지 않을 걸 아니까. 후연과 싸우실 때 그리 크게 다치셨으면서…… 이번에도 나갈 마음이 드신대?"

"아무렴. 지난번에 부상을 입어 체면을 구겼으니 이번엔 명예 회복을 하시겠다고 벌써부터 전의를 불태우고 계신걸. 그 모습을 뵈니 나도 말릴 수가 없더라. 부상당하고 한동안 우울해하셨잖니."

그 부분에 대해서는 할 말이 없었다. 용맹한 고구려 용사로서 자부심이 높던 아버지는 부상 이후 자존심에 상처를 입어 한동안 의기소

침했다. 기운을 내시라 마음을 다스리는 데 좋은 약초를 구해다 차를 우려 드린 것도 나였다.

"……하지만 한쪽 눈을 잃으신 뒤로 거리를 제대로 살피지 못하시잖아. 전쟁에 나설 몸 상태가 아니셔."

"그래서 내가 따라가겠다고 한 거다. 말로는 후방에서 지휘만 할 테니 괜찮을 거라는데, 우리 아버지 성격에 그러실 분도 아니고⋯⋯. 영 불안해서 내가 따라가 지켜 드리기로 했다."

"난 싫어. 아버지와 오라버니, 모두 전쟁에 나가지 않았으면 해."

"전쟁에 나서는 건 고구려 용사의 의무이자 명예다. 그것을 막는 건 죽으라는 것과 다름없어."

"명예가 그리 중요해? 살아야 명예도 말할 수 있는 거잖아. 난 아버지와 오라버니가 비겁하다고 모두의 손가락질을 받더라도 살아서 내 곁에 있기를 바라."

"그리 위험하진 않을 거야. 백제를 견제하기 위한 공격이니 큰 전쟁으로 번지진 않을 거다. 우리뿐만 아니라 백제도 전면전을 원하진 않을 테니까."

"그래도 난 싫어."

두 번째 생에서야 비로소 처음 얻은 가족이었다. 조금의 불안함이라도 있는 한 그들을 잃을까 봐 전전긍긍하게 되는 건 어쩔 수 없었다.

"네가 이리 떼를 쓰는 건 흔치 않은데, 그리 불안하니?"

"지난번 후연을 치러 갈 때도 그랬어. 위험하지 않다고, 안전하게 돌아올 거라고. 그랬는데 한쪽 눈을 잃으셨잖아. 이번엔 목이 달아나지 말라는 법 있어?"

"그래서 이번에 내가 함께 가잖냐. 이 오라비의 실력을 못 믿는 건
아니겠지?"

제신의 실력이라면 유명했다. 어려서부터 활과 검을 잘 다뤄서 사
냥제라도 있는 날이면 언제나 가장 많은 동물을 잡아 왔다. 하지만
사냥과 전쟁은 전혀 다른 문제였다.

"오라버니가 혼자 잘한다고 되는 거면 그게 전쟁이야?"

나는 답답한 마음에 뜨거운 차를 벌컥 들이켰다. 내 말에는 언제
든 귀 기울여 주는 아버지와 제신이지만 이 문제만큼은 내 뜻을 따
라 주지 않을 것이다. 고구려 사내들에게 전쟁은 그런 문제였다.

"나도 같이 갈까?"

"뭐?"

탁자에 머리를 묻으며 웅얼거리니 제신이 놀라서 되물었다.

"네가 가긴 어딜 가? 국내성에 얌전히 있어라."

"오라버니는 아버질 지키니, 난 오라버니를 지킬게."

"우스운 소리. 활도 제대로 못 쏘면서 누가 누굴 지켜? 네가 따라나
서면 혹 하나 붙이는 셈이니 오히려 더 위험하다."

제신이 웃으며 내 머리를 헤집었다. 나는 여전히 탁자에 얼굴을 묻
은 채 그에게 물었다.

"출발은?"

"내일 새벽에 은밀히 나설 거야."

생각보다 빠른 날짜에 절로 머리가 번쩍 들렸다.

"왜 이렇게 급해?"

"우리가 백제의 움직임을 알고 있는데 그쪽이라고 모르겠어? 우리
움직임을 들키기 전에 먼저 자리를 잡아야 해. 그래서 급하게 가는

것이고."

"……배웅 나갈게."

"당연히 그래야지. 오늘 저녁에 같이 식사나 하자. 우리 가족끼리만."

"아버지가 좋아하는 음식을 준비하라고 할게."

"그래, 그건 네게 맡기마."

여전히 퍼질 줄 모르는 내 얼굴에 제신이 한숨을 내쉬었다.

"너무 걱정하지 마라. 내가 아버지를 단단히 지킬 것이니. 넌 여기에서 폐하와 태자 전하를 지켜. 아버지께서는 그분들을 위해 전쟁에 나가시는 거니까, 네게 아주 중요한 임무를 맡기는 거야. 알았지?"

"응, 알겠어."

작은 대답에 제신의 다정한 손길이 어깨를 토닥였다. 그래도 기분은 나아지지 않았다.

◆　◆　◆

우리는 아무 일도 없는 것처럼 식사하고, 아무 일도 없는 것처럼 차를 나눠 마셨다. 새벽 출정 시간이 올 때까지 누구도 방으로 돌아가지 않고 이야기를 나눴다. 대부분은 시답잖은 이야기들이었다. 연못에 사는 물고기나 정원에 자라는 나무에 대해서 웃기지도 않은 토론을 나눴다. 그러다 보니 시간이 순식간에 흘러 출정 시간이 다가왔다.

아버지와 제신의 갑옷은 내가 직접 입혀 주었다. 아직 작은 키 때문에 달래의 도움을 받아야 했지만 마지막 끈을 묶는 건 내 몫이었다. 본래 전쟁에 사내들을 보낼 때는 집안의 여인들이 갑옷과 무기를 챙겨 주는 게 전통이다. 어머니가 나를 낳다 돌아가셨으니 내가 그들의 무구를 챙겨야 했다.

"우희야."

"예."

아버지가 갑옷 끈이 제대로 묶였나 확인하는 나를 불렀다. 왜 그러시나 싶어 앞으로 다가가니 아버지의 품에서 천으로 둘둘 만 물건이 하나 튀어나왔다.

"받거라."

"이게 뭡니까?"

물었지만 대답은 없었다. 대신 아버지는 어서 물건을 받으라는 듯 손을 한 번 더 까딱였다.

의아한 얼굴로 물건을 받아 감긴 천을 풀었더니 생각지도 못한 물건이 나왔다. 침을 놓을 때 사용하는 침구였다.

"아버지? 이런 것을 어떻게……?"

놀라서 고개를 드니 아버지가 드물게 미소를 짓고 있었다.

"중원에서 구해 온 것이다. 거기서도 제일 좋은 것으로 구해 오라 했으니 쓸 만하겠지."

아버지의 장담처럼 질이 좋은 침구였다. 감탄하는 나를 보며 아버지의 미소가 더욱 짙어졌다.

"네가 평소 이런 일에 관심이 많았지. 올해 탄일에 선물로 주려고 준비해 둔 것인데, 아무래도 그러긴 힘들 것 같아서 미리 주는 것이다."

"아버지."

비로소 아버지가 먼 길을 떠난다는 것이 실감 났다. 눈물이 날 것 같아 입술을 질끈 깨물었다.

"울라고 준 것이 아닌데 어찌 그래. 떠나는 날에는 웃으면서 보내

줘야지.”

“예. 그리할 겁니다.”

나는 애써 웃으며 고개를 주억거렸다. 하지만 아버지의 눈을 보는
건 힘들었다. 눈을 보면 금방이라도 눈물이 쏟아질 것 같았다.

“그래. 그리 웃어야 내 딸이지. 건강히 잘 지내고 있거라. 금방 돌
아올 터이니.”

아버지의 큰 손이 머리를 쓰다듬었다. 나는 한동안 이 따뜻한 손길
을 받지 못할 것이다.

극구 만류하는 아버지의 뜻을 거스르고 나는 성문까지 아버지와
제신의 뒤를 따랐다. 성문 밖에 나가 살펴본 병력의 규모는 크지 않
았다. 애초에 전면전을 위한 출병이 아니었으니 많은 병사들이 나설
이유가 없었다. 백제의 성 앞에서 진을 치고 그들에게 긴장감을 심어
주는 것이 이번 원정의 목적이었다.

“제신이를 배웅하러 온 거냐?”

착잡한 마음으로 병사들을 살피는데 뒤에서 누군가 내 어깨를 감쌌
다. 목소리만 들어도 정체를 알 수 있었다. 얄미운 비녀 도둑 운이었다.

“네, 그쪽도 오라버니를 배웅하러…….”

가벼운 마음으로 물으며 고개를 돌리다 그의 복장을 보고 말문이
막혔다. 그 역시 갑옷을 입고 있었다.

“혹시 그쪽도 출병합니까?”

“응, 그렇게 됐다.”

“소노부에서는 병력을 보내지 않는다 하던데요.”

놀라서 물으니 그가 여상스럽게 어깨를 으쓱거렸다.

“응, 나만 가는 거야.”

"네? 도대체 왜요?"

소노부 병사들이 출병하지 않는데 그 집 아들이 전쟁에 나설 이유는 뭐란 말인가. 하지만 놀란 나와 달리 그는 여전히 태평한 얼굴이었다.

"제신이가 가는데, 나도 당연히 가야지. 네 오라버니는 내가 지켜 주마."

겨우 그런 이유로 전쟁에 나설 사람이 누가 있나. 별 우스운 이유에 한숨이 나왔다. 그는 아마도 홀로 전쟁에 합류한 이유를 말해 주지 않을 모양이었다. 사실 그래야 할 이유도 없었다.

"오라버니의 짐이나 되지 마십시오. 게다가 지키긴 누굴 지킵니까? 원래 전쟁터에서는 자기를 지키는 겁니다. 누굴 지킬 생각은 말고 자기 몸이나 지키세요."

그래도 전쟁에 나가는 사람에게 험한 말을 할 수는 없어 진심을 담아 말해 주었더니, 그가 별 이상한 것을 다 본다는 눈으로 나를 보았다.

"왜 그렇게 보십니까?"

"음…… 내가 어디 가서 죽으면 잘됐다고 웃을 줄 알았거든. 워낙 네게 밉보여서 말이야."

"사람을 뭘로 보시고. 전쟁 나가는 사람에게 그런 말 할 정도로 생각 없진 않습니다."

나는 헛웃음을 흘리며 그를 바라보았다.

"한데 제게 밉보인 것은 알고 계셨습니까? 그걸 알고도 여태껏 비녀를 안 주시다니…… 성격 참 이상하십니다."

"그럴 줄 알고 오늘은 가져왔다. 손 내밀어 봐."

그렇게 달라고 할 때는 안 주더니? 의심스러운 눈으로 그를 바라보자 이번에는 운이 의아하게 물었다.

"넌 또 왜 날 그렇게 봐?"

"무슨 속셈이세요? 너무 순순히 준다고 하니 기분이 이상하잖습니까."

죽을 때가 되면 사람이 변한다더니. 그런 말을 속으로 삼키는데 운이 내 손을 가져가 품속에서 꺼낸 물건을 올려 주었다.

"뭘 준대도 싫다니 이걸 어쩌나."

하지만 그가 투덜거리며 내 손 위에 놓아 준 것은 비녀가 아니었다.

"은전? 비녀가 아니라 은전입니까?"

반짝이는 은전 하나.

이제야 속셈을 알 것 같아 운을 바라보니 그가 웃는 낯으로 말했다.

"이제 비녀는 제대로 네게 산 것이다."

"……오늘 같은 날이면 제가 은전 말고 비녀를 달라, 그렇게 나오지 못할 거라는 걸 알고 이러시는 거죠?"

"내가 약은 면이 좀 있다."

"조금이 아니라 많이 약으셨습니다."

투덜거리며 은전을 주머니에 넣는데 멀지 않은 곳에서 제신의 목소리가 들려왔다.

"운아! 여기 있었구나?"

썩 급한 부름에 나와 운 모두 우리를 향해 달려오는 제신 쪽으로 고개를 돌렸다.

"오라버니."

제신은 나와 운이 단둘이 서 있는 것이 이상했는지 눈을 동그랗게 뜨고는 고개를 갸웃거렸다.

"너와 운이라…… 의외네. 둘이 어느새 친해진 거야?"

"별로 친하진 않아."

제신의 말이 끝나기 무섭게 나온 내 대답에 운이 웃음을 터트렸다.

"그래, 우린 별로 안 친하다."

순순히 동의를 해 줬는데 기분이 더 나빠지는 건 뭐란 말인가. 나는 운을 무시하고 제신에게 말했다.

"출발은 언제 해?"

"폐하께서 출정하는 용사들을 격려하기 위해 나오셨다. 곧 출발이야."

폐하라는 말에 운의 얼굴이 드물게 굳었다.

"그래? 그럼 어서 내려가자."

"운."

서두르는 운을 잠시 바라보던 제신이 그를 불러 세웠다. 어쩐지 제신의 얼굴도 심각했다.

"정말 괜찮겠어? 이리 몰래 따라나서도. 지금이라도 인사를 드리고 고추가께 허락을 받는 것이……."

몰래?

나는 놀라서 눈을 크게 떴다. 소노부 해씨의 아들이 홀로 전쟁에 나서는 것이 이상하다 싶었더니, 집안에서는 전혀 모르는 일인 듯했다. 내 짐작이 맞는다면 운은 엄청난 사고를 친 것이다. 하지만 정작 당사자인 운은 태연했다.

"말씀을 올리면 허락하실까? 안 하실 것 같은데."

그는 얄궂게 웃으며 제신의 팔을 끌어당겼다.

"나는 꼭 가야겠고, 내 부모님은 그걸 허락할 리 없으니 몰래 가는 수밖에. 그렇지 않아? 제신이의 누이?"

"예?"

예상치 못한 부름에 반사적으로 되물었더니 그가 고개를 끄덕였다.

"네 누이도 그렇다는군."

"아니, 제가 언제⋯⋯."

"어서 내려가자. 우리 때문에 출발이 지체되면 안 되지."

운이 내 말을 자르며 다시 한번 제신을 끌어당겼다. 난처한 얼굴로 운을 바라보던 제신이 결국 한숨을 내쉬며 내게 마지막 인사를 건넸다.

"다녀오마, 우희야."

나는 제신에게 손을 흔들며 마지막 인사를 고했다. 고개를 돌려 늘어선 병사들을 바라보니, 그 사이에 태왕과 아버지의 모습이 있었다. 혹여나 눈이 마주칠까 아버지를 바라보았지만 그는 끝까지 나를 바라보지 않았다.

마침내 국내성에서 백제로 병력이 출병했다.

❖ ❖ ❖

"그 침은 쓰지 않을 테냐?"

"아."

태왕의 말에 정신이 번쩍 들었다. 나는 얼마 전부터 태왕에게 약과 함께 침을 쓰고 있었다. 아버지가 출정 전 선물로 주고 간 침을 쓴 첫 환자가 태왕인 셈이었다. 오늘은 그 침술 치료를 위해 태왕을 뵈러 온 것인데, 하도 전쟁 걱정을 하다 보니 손에 침을 든 채 딴생각에 빠지고 말았다.

"죄송합니다. 전 그저⋯⋯."

나는 서둘러 손에 들고 있던 침을 챙겨 넣었다. 할 것이 더 남아 있지만 지금 정신으로는 제대로 된 혈 자리에 침을 찔러 넣을 자신이 없었다. 정확하지 않은 침술은 안 하느니만 못했다.

"알고 있다. 네 아비와 오라비가 전쟁에 나섰으니 불안할 테지. 하나 너무 걱정 말거라. 그리 위험한 자리였다면 나도 네 아비를 보내지 않았을 게야."

분주히 정리하는 나를 보며 태왕도 자신의 옷매무새를 정돈했다. 그가 접혀 있던 소매를 풀어 내리며 천천히 말을 이었다.

"이번 원정은 백제를 견제하기 위함이다. 우리의 병력은 적지만 말갈의 힘을 빌릴 생각이다. 그들을 이용해 백제의 심기를 어지럽힌다면 우리는 마음 놓고 북방에 집중할 수 있겠지. 네 아비에게 준 진짜 임무가 바로 그것이다."

제신은 물론이고 아버지에게도 듣지 못한 이야기였다. 두 사람이 내게 말하지 않을 정도의 이야기라면 기밀 중의 기밀이라는 뜻이었다. 나는 놀라서 태왕에게 물었다.

"지금 말씀하신 그건 기밀이 아닙니까?"

"그래, 기밀이다."

"한데 어찌 제게 말씀하십니까?"

당연한 물음에 오히려 태왕이 이상하다는 듯 고개를 기울였다.

"왜? 어디에 가서 이걸 죄 떠들 생각이냐?"

"당연히 아니지요. 하지만 기밀은 꼭 알아야 하는 사람만 알아서 기밀인 것인데……."

눈치를 보며 손을 휘휘 저었더니 태왕이 작게 웃음을 터트렸다.

"이런 기밀을 말해 줄 수 없는 아이였다면 내 목숨을 맡기지도 않았을 것이다. 게다가 이 정보가 알려지면 네 아비가 위험한데, 네가 어찌 이것을 떠들고 다니겠니. 보기에는 허술해 보여도 내 그리 만만한 왕이 아니란다."

말은 그렇게 하지만 어린아이에게 쉽게 꺼낼 수 있는 이야기가 아니었다. 내가 아버지와 제신의 걱정으로 넋을 놓고 있으니 나름의 위로를 해 준 것이다. 나는 감사함을 담아 깊게 고개를 숙였다.

"신경 써 주셔서 감사합니다. 말갈의 힘을 빌린다고 하니 마음이 조금 놓여요. 다음에 찾아뵐 때는 정신 차리고 침을 쓰겠습니다."

"그래, 그리 부탁한다."

다시 한번 제대로 인사를 올리고 밖으로 나서려는데 밖에서 생각지 못한 이야기가 들려왔다.

"폐하, 소노부의 고추가께서 알현을 청하고 있습니다."

지금 나서면 소노부의 고추가와 마주칠 것이다. 그가 돌아간 후에 태왕의 방을 나서야 했다.

"잠시 이쪽에서 기다리다가 고추가가 돌아가면 나서거라."

태왕도 나와 같은 생각을 하고 있었다. 혹여나 밖에까지 목소리가 들릴까 가볍게 고개만 끄덕였더니 태왕이 바깥 응접실 쪽으로 걸음을 옮겼다. 그의 방은 생활 공간인 침전과 개인적인 손님을 맞이하는 응접실로 나뉘어 있었는데, 치료는 조금 더 안쪽인 침전에서 하고 있었다.

"안으로 모셔라."

"예."

태왕이 응접실로 가 방문을 허락하자마자 문이 열리는 소리가 들리더니 조금 거친 발걸음 소리가 방을 울렸다.

"오셨습니까, 고추가."

"폐하! 어찌 이러실 수가 있습니까!"

다정한 태왕의 인사가 무색하게도 거친 목소리가 흘러나왔다. 아무리 개인적인 만남이라고는 하나 태왕에게 이처럼 소리를 높일 수 있는 사람이라니. 과연 귀족가의 대세, 소노부의 고추가였다. 하지만 태왕의 기세도 만만치 않았다. 그는 차분한 목소리로 고추가의 화를 눌렀다.

"무엇을 말입니까?"

"몰라서 물으십니까? 제 아들 운이 말입니다. 어찌 그 아이를 이번 원정대에 포함하셨습니까? 제게 말 한마디 않으시고요!"

해운이 정말 집에는 아무런 말도 하지 않고 전쟁에 나섰던 모양이다. 사고를 아주 거하게 쳤다. 나는 속으로 혀를 내두르며 두 사람의 대화에 귀를 기울였다.

"고추가, 그 문제는……."

태왕이 무엇인가 상황을 설명하려고 했지만 고추가가 틈을 주지 않았다. 그는 잔뜩 흥분한 채로 자신이 할 말만 이어 나갈 뿐이었다.

"이 기회에 우리 운이를 아주 내치시려는 겁니까? 그 아이가 불안한 폐하와 태자 전하의 위치를 위협한다 생각하셔서요! 그 아이의 어미가 폐하의 육촌 누이입니다. 같은 피가 흐르는 아이를 어찌 이리 박대하십니까? 아니, 그래서 더 문제입니까?"

"고추가, 진정하세요."

"제가 지금 진정하게 생겼습니까! 폐하께서 내 아들을 사지로 내몰았잖습니까!"

"고추가!"

크게 말하는 법이 없던 태왕이 처음으로 소리를 높였다.

강한 부름에 그제야 고추가의 말이 멈추었다. 조용해진 와중에 태왕이 작게 한숨을 내쉬었다.

"지난밤 해씨의 장남이 내게 와 출정을 청하였습니다. 고구려 용사의 결심을 마다하는 것은 그 자존심을 상하게 하는 일. 내 기꺼이 허락했습니다."

"제게 말씀은 해 주셨어야지요!"

"고추가께서 그 사실을 모르고 있을 거라고는 미처 생각지 못했어요. 아들의 일 아닙니까? 운이가 고추가께 말하지 않던가요?"

네 집안일을 네가 몰랐냐는 묘한 비난에 고추가는 한동안 말이 없었다. 그러자 태왕이 한결 풀어진 목소리로 말을 이었다.

"너무 걱정하실 필요 없습니다. 고추가께서도 아시잖습니까. 이번 출정의 진짜 목적이 전쟁이 아니라는 거. 한데 어찌……"

"아들놈이 말없이 원정길에 올랐습니다. 아비 된 심정으로 놀랍고 당황스러운 것이 당연하지요. 게다가 그 아이는 제 뒤를 이어 해씨 가문을 이어받을 장남입니다."

"해씨를 이을 장남……. 그렇지요, 운이가 그런 아이지요."

대화만으로도 두 사람 사이의 묘한 긴장감이 느껴졌다. 어쩐지 듣지 말아야 할 대화를 들은 기분이었다.

❖ ❖ ❖

고추가가 떠나고 난 뒤 나는 그대로 궁을 빠져나왔다. 깊게 인사하는 나를 보며 태왕은 아무 말도 하지 않았고, 나 역시 어떤 것도 묻지 않았다.

평소라면 태왕을 치료하고 바로 집에 돌아갔겠지만, 오늘은 영 그럴 기분이 아니었다. 일찍 집으로 돌아가 제신의 부재를 확인하고픈 마음이 들지 않았던 것이다.

그런 내 마음을 알아챘는지 담덕이 나와 함께 궁 밖으로 나섰다. 우리는 처음 친구가 되기로 했던 강변에 나란히 앉아 점점 떨어지는 해를 바라보았다. 점점 주홍빛으로 물들어 가는 하늘과 강물이 예뻤다.

나는 눈동자에 그 풍경을 담으며 담덕을 불렀다.

"담덕."

"왜?"

"그, 소노부 해씨의 장남 말이야. 너와 친척이니?"

내가 이런 것을 물을 줄은 몰랐는지 담덕은 곧장 답이 없었다. 잠시 말을 고르던 그가 이내 고개를 끄덕였다.

"가깝진 않으나 같은 피가 흐르고 있어. 그의 어머니가 내 재종고모님 되신다. 하지만 그런 식으로 핏줄을 따지면 우리 오부 사람들 모두가 친척 아닌가? 따져 보면 너와 나도 멀고 먼 친척일 거야. 남과 다름없지."

"그건 그렇지만……."

틀린 말은 아니었다. 그다지 많지 않은 귀족 가문끼리 돌고 돌다 보면 결국 한 가족이 되는 게 이 바닥 고구려의 생리였다. 정략혼이라는 게 흔하지는 않아도 계급은 맞춰서 혼인들을 하니, 결국 안면 있는 사이에서 짝을 골라잡았다.

반박할 말이 없어 조용히 고개만 주억거리니 담덕이 자리에서 일어나며 내게 물었다.

"그런데…… 그게 왜 갑자기 궁금해졌는데?"

"별일 아냐. 누가 그런 이야기를 하기에…… 으으, 사실 그렇게 궁금하진 않아."

"뭐? 궁금하지도 않으면서 그걸 왜 물어?"

"그냥 뭐라도 다른 이야길 하고 싶어서. 그렇지 않으면 계속 불안해지거든. 폐하께선 괜찮다 하셨지만……."

사실은 뭐라도 떠들고 싶은 심정이었다. 시답잖은 이야기들을 줄줄 읊어 대다 보면 걱정이 잊힐지도 모르니까. 하지만 평소에는 그렇게 많이 떠오르던 이야깃거리가 오늘은 단 하나도 떠오르지 않았다.

답답한 마음에 길게 한숨을 내쉬는데 순간 얼굴에 무엇인가 차가운 물이 날아왔다. 담덕과 나. 단둘만이 있는 곳에서 벌어진 일이었으니 범인이 누군지는 뻔했다. 나는 얼굴을 타고 내리는 물을 닦아 내며 물가에 선 담덕을 노려보았다.

"담덕. 지금 뭐 하는……"

하지만 따져 물을 새도 없이 다시 한번 물이 날아왔다. 심지어 처음보다 더 많았다. 황당해서 자신을 노려보는 나를 향해 담덕이 얄밉게 웃었다.

"우희, 지금 다른 생각할 여유가 있어?"

"……아니. 없는 것 같네."

나는 자리에서 벌떡 일어나 담덕을 향해 달리기 시작했다. 저 얼굴에도 똑같이 물을 쏟아 주어야 속이 시원할 것 같았다.

"너 거기 서!"

"너라면 서겠어?"

따라붙는 나를 보며 담덕 또한 달리기 시작했다. 어찌나 날랜지 거리가 쉽게 좁혀지지 않았다. 하지만 여기서 포기하면 연우희가 아니었다. 나는 이를 악물고 몸을 날렸다. 가볍게 공중을 떠 날아간 몸이 담덕을 향했다. 나는 코앞으로 다가온 담덕을 붙잡고는 그대로 물가에 뛰어들었다. 동귀어진, 너 죽고 나도 죽자는 무식한 방법이었다. 요란한 소리와 함께 나와 담덕 모두 물에 빠졌다. 이번이 두 번째라고 당황하지도 않았다. 우리는 익숙하게 물가에서 빠져나와 익숙하게 옷의 물기를 짜냈다.

"어째 너하고만 있으면 매일 물에 빠지는 것 같아."

"이번엔 네가 먼저 시작한 거야."

당당하게 말하고 담덕을 보니 그의 머리 위에 가늘고 긴 나무줄기가 늘어져 있었다. 담덕은 옷의 물기를 짜내느라 제 머리 위에 뭐가 있는지도 모르고 있었다.

"담덕, 너 머리에⋯⋯."

웃음을 터트리며 담덕을 머리를 가리켰더니 한참 영문을 모르던 그가 어리둥절한 얼굴로 머리를 더듬었다. 두어 번 손으로 더듬으니 손끝에 긴 줄기가 끌려 내려왔다. 그제야 내 웃음의 이유를 알아챈 담덕이 입을 비죽였다.

"그만 웃어."

이미 터진 웃음에 경고가 통할 리 없었다.

"그만 웃으라니까?"

오히려 내 웃음이 더욱 커지자 담덕이 다시 한번 더 내 얼굴에 물을 뿌렸다. 그 뒤는 뻔했다. 담덕은 도망가고, 나는 또다시 그를 쫓아가고, 또 결국엔 물에 빠졌다. 평생 한 번 빠질까 말까 하는 강물에 벌써 세 번이나 빠진 것이다. 우리는 물가에 앉아 서로의 모습을 바라보며 낄낄거렸다.

"이제 좀 덜 우울해?"

완전히 주홍빛으로 물든 강물에서 빠져나온 담덕이 물었다. 나는 작게 고개를 끄덕이며 그의 옆에 드러누웠다.

"아버지와 오라버니는 언제 돌아오실까?"

"오래 걸리지 않을 거야. 이 계절이 다 가기 전에…… 그때 오실 거다. 그리 믿자."

확신이라기보다는 바람이었다. 우리 둘은 전쟁에 나선 모두가 무사히 돌아오길 바라며 태양을 삼켜 버린 강물을 바라보았다.

❖ ❖ ❖

계절은 하릴없이 지나갔다. 여름이 가기 전 돌아올 거라 굳게 믿었던 아버지와 제신은 몇 번의 여름이 지날 때까지도 남쪽 전선에서 돌아오지 못했다. 북방의 지지부진한 상황 때문이었다.

애초에 두 사람이 남쪽으로 떠난 것은 백제와 전쟁을 하기 위해서가 아니었다. 그들은 태왕이 북방에서 후연을 공략하는 동안 백제가 뒤를 치지 못하도록 견제하는 것을 목표로 하고 있었다. 한데 귀족들의 비협조적인 태도 때문에 후연 공략 준비가 더뎌지고 있었다. 자연히 남쪽으로 떠난 군단의 귀환도 늦어졌다.

그럼에도 그들은 훌륭하게 목적을 수행하고 있었다. 태왕의 병력이 국경에 있다는 사실 하나만으로도 백제는 감히 도발을 감행할 생각을 하지 못했다. 출병 첫해 백제 국경 인근의 성을 위협하여 그들을 긴장하게 만들었고, 이듬해에는 말갈을 압박해 관미령(關彌嶺)을 치게 했다. 관미령 전투에서 패배한 뒤 백제는 한동안 조용히 움직였다. 고구려가 기선 제압을 제대로 한 것이다.

그렇게 백제의 움직임이 조용해지자 파견되었던 일부 병력이 국내성으로 돌아왔다. 하지만 귀환한 사람들 중에 아버지와 제신은 없었다. 병사들이 아직 전장에 남아 있는데 지휘자가 되어 그들을 두고 올 수는 없다며 아버지가 국경에 남기를 자처했다고 한다. 참으로 그분다운 결정이라 서운함도 들지 않았다.

대신 아버지와 제신은 서신을 자주 보냈다. 덕분에 나는 국내성으로 귀환하는 병사나 정기적으로 오가는 전령을 통해 생각보다 자주 그들의 소식을 접할 수 있었다.

서신에서 전하는 국경의 상황은 예상보다 평화로웠다. 현재 고구려의 병력은 도압성(都押城)에 자리를 잡고 백제의 동향을 살피는 중인데, 백제군은 앞선 전투들에서 입은 피해를 수습하느라 정신이 없어 공격은 꿈도 꾸지 못한다 했다. 제신은 이처럼 평화로운 상태가 계속되면 조만간 전 병력이 귀환할 수 있을 것 같다고 희망적인 말도 덧붙였다.

하지만 제신에게서 서신이 도착한 지 얼마 지나지 않아 백제가 남쪽 변경을 공격했다는 급보가 들려왔다. 당연하게도 전 병력의 귀환은 백지화되었다.

아버지와 제신이 남쪽에서 백제와 크고 작은 전투를 하며 신경전을 벌이는 사이 나는 열여섯이 되었다. 두 사람의 얼굴을 마지막으로 본 것도 벌써 사 년 전의 일이었다. 고구려에서는 보통 이 나이 즈음에 이르면 어른이 됐다고 여기니, 나는 아버지와 제신이 없는 사이 홀로 어른이 된 셈이다.

성년이 되는 해는 이곳 사람들에게 여러모로 특별했다. 아이들은 그해를 기점으로 집안에서 완전한 어른으로 대우받았고 동맹제나 전쟁에 나설 자격도 얻었다. 생일이 되면 남자는 깃털로 장식한 절풍(折風:고깔 형태의 고구려 관모)을, 여자는 땋아 올린 반 머리에 장식할 머리꽂이 비녀를 받아 어른으로서의 외관을 갖추었다.

"올해로 네가 열여섯이니 시월 네 탄일에는 꼭 국내성으로 돌아가 선물을 주마⋯⋯."

나는 오늘 오전 전령 편으로 도착한 아버지의 서신에 적힌 말을 따라 읽으며 의자에 몸을 기댔다. 아버지가 위태로운 전장의 한가운데서도 내 생일을 잊지 않은 것이 기쁘면서도, 그의 말이 현실이 되기 힘들다는 것을 알아 기운이 빠졌다. 여태까지의 상황으로 보건대 올해 안에 아버지가 국내성으로 돌아오시기는 어려울 것 같았다. 결국 이번 생일에도 나는 혼자일 것이다.

"어르신과 도련님 모두 아가씨의 생세일(生世日:생일)에 맞춰 돌아오시는 겁니까?"

내가 중얼거리는 소리를 들었는지 머리를 정돈해 주던 달래가 놀라서 눈을 크게 떴다. 나는 달래의 오해를 바로잡기 위해 재빨리 고개를 저었다.

"서신에 그리 적기는 하셨지만 아무래도 힘들지 않겠니? 백제가 남쪽 변경을 공격했다는 소식이 들려왔으니 그들을 상대하느라 바쁘실 거야. 지난번에도 국내성에 돌아오시려다가 백제가 소란스럽게 구는 바람에 계획이 바뀌었으니까."

"하지만 이번 탄일은 특별한걸요. 지난 탄일들과는 다릅니다."

내 말에 크게 실망을 한 모양인지 달래가 입을 비죽이며 투덜거렸다. 말투와 함께 내 머리를 빗겨 주는 손길도 덩달아 거칠어졌다.

"어르신도, 도련님도 아니 오시면 누가 아가씨께 머리꽂이 비녀를 선물해 준단 말입니까? 평생에 딱 한 번뿐인 성년의 탄일인데……."

"백부님께서 계시잖니. 집안의 큰 어른이 계시니 혹 아버지께서 못 오시더라도 부족함 없이 챙겨 주실 거야."

"그래도 어르신께서 직접 주시는 것과는 다르지요."

"나도 마음 같아서는 아버지께서 직접 주시는 비녀를 받고 싶다. 하지만 전장에서 목숨을 걸고 싸우시는 아버지께 비녀를 주러 여기까지 오시라고 할 수는 없잖니."

"어휴, 그놈의 전쟁은 언제 끝날까요? 이게 벌써 몇 해째인지 모르겠습니다."

"원래부터 우리 고구려는 전쟁이 끊이지 않는 나라였잖아. 전쟁이 끝나 아버지가 돌아오시길 기다리느니 내가 전쟁터로 가는 것이 더 빠를……."

별생각 없이 이어지던 말에 답이 있었다. 나는 늘어져 있던 몸을 똑바로 세우고 달래를 올려다보았다.

"그래. 그러면 되는 거잖아?"

"예?"

"내가 아버지께 가면 되는 거였어. 여태까지 왜 그런 생각을 못 했지?"

"하지만 허락하실까요? 크게 위험하지는 않다고 하셨지만 그래도 전쟁터고…… 어지간한 이유가 아니면 절대 허락하지 않으실 텐데요."

들뜬 나의 목소리에 달래는 오히려 난처한 얼굴이었다. 하지만 나는 허락을 받아 낼 자신이 있었다.

"그 어지간한 이유, 내가 만들 수 있을 것 같아."

나에게는 아버지나 백부가 절대 거스르지 못할 아군이 있지 않은가. 나는 고민할 것도 없이 지리에서 일어나 궁으로 향했다.

다음 ◆ ◆ ◆

"할 말이 있으면 해 보거라. 계속 눈치만 보지 말고."

진맥이 끝나고서도 한동안 자리를 뜨지 못하는 나를 보며 태왕이 웃었다. 그 말을 기다렸던 터라 나는 당장에 그의 앞으로 다가가 고개를 조아렸다.

"폐하, 실은 제게 청이 하나 있습니다."

"청이라……."

나의 말에 태왕이 묘한 얼굴을 했다.

"미안하지만 네 아비를 국내성에 불러 달라는 것이면 들어줄 수가 없다. 후연 공략이 마무리되기 전까지는 남쪽 전선을 이대로 유지해야 해."

"예, 저도 그것을 알고 있습니다. 하여 다른 청을 드리려고 합니다."

"내 예상이 틀렸단 말이냐? 어디 무슨 청인지 한번 들어보자."

"저를 도압성에 보내 주십시오."

정말 의외의 말이었는지 태왕이 드물게 놀란 얼굴을 했다. 잠시 놀란 눈으로 나를 보던 그가 곧 너털웃음을 터트렸다.

"네 아비가 올 수 없으니 네가 가겠다?"

"아버지와 오라버니의 얼굴을 마지막으로 본 것이 벌써 사 년 전입니다. 돌아올 기약이 없어 기다림에 지쳤으니 제가 직접 나서는 수밖에요. 다가오는 시월이 제 탄일인데 그날만은 가족들과 함께 보내고 싶은 마음입니다, 폐하."

"그래. 올해 탄일은 특별하니 그럴 법도 하구나."

태왕이 고개를 숙이며 턱을 매만졌다. 내가 올해 성년이 되는 생일을 맞이한다는 말이 그의 마음을 약하게 만든 것 같았다. 나는 그가 흔들리는 틈을 놓치지 않고 말을 덧붙였다.

"예. 폐하께서 드실 약은 충분히 준비해 두고 가겠습니다. 병증이 안정기에 접어들었으니 제가 잠시 자리를 비워도 괜찮을 겁니다."

꾸준히 태왕의 병을 돌본 결과 지난해부터 성과가 보이기 시작했다. 가장 먼저 토혈하는 일이 줄어들었고, 두통이 약해졌으며, 눈이 맑아졌다. 외적인 환경만 안정된다면 병증이 심각해지지는 않을 것이다.

그 사실은 누구보다 태왕 스스로가 느끼고 있을 터였다. 몸으로 느껴지는 변화는 본인이 가장 잘 알아차리는 법이니 굳이 길게 설명할 필요가 없었다.

과연 그는 나의 말에 동의한다는 듯 고개를 끄덕였다.

"그렇지 않아도 지난해부터 몸이 가벼워져 신기하던 참이다. 네가 고생이 많았어. 한데 그 일에 내 힘이 필요하더냐?"

"제가 도압성으로 가겠다 하면 아버지께서 반대할 것이 분명하여……."

"네 아비가 반대하지 못할 그럴듯한 이유가 필요한 것이로구나."

"정확하십니다."

"얄궂은 아이로다. 여태껏 네게 진 빚이 있으니 돕지 않을 수가 없잖느냐."

"제가 여태까지 폐하의 병을 돌본 것을 빚이라 생각하지 마세요. 하고 싶은 일이니 한 것입니다."

"마음에도 없는 소리. 빚 하나를 크게 달아 두었다 생각했으니 오늘 이런 부탁도 쉽게 하는 게지."

반쯤은 입에 발린 소리였던 터라 민망해져 웃음을 흘리니 태왕 역시 유쾌하게 웃음을 터트렸다. 하지만 그것도 잠시뿐이었다. 곧 진지한 얼굴로 변한 그가 탁자를 두드리며 생각에 빠져들었다.

"하지만 도압성이라……. 전선에서 조금 비켜나 있다고는 하나 그래도 전쟁터는 전쟁터다. 위험한 곳에 굳이 걸음을 할 필요가 있겠느냐?"

"그 위험한 곳에 제 아버지와 오라버니를 보내 두었어요. 홀로 안전한 국내성에 남아 있는 동안 마음이 무거웠으니, 이제라도 마음의 짐을 덜어 볼까 합니다."

"네 결심이 그렇다면 말리지는 않겠다. 너도 이제 어엿한 한 사람의 성인. 결정을 존중받을 자격이 있지."

탁자를 두드리던 태왕의 손이 멈추었다. 그와 동시에 그의 시선이 나의 두 눈을 향했다.

"태자를 전선에 보낼 생각이다."

이번에는 내가 놀라서 눈을 크게 떴다.

"전쟁에 내보내시려는 겁니까?"

"아니다. 갑작스런 백제의 공격으로 귀환이 미뤄져 병사들의 불만이 높아진 상황이니, 태자를 보내 그들을 격려하려고 해. 그 길에 너도 동행하면 어떻겠느냐. 이 정도면 좋은 이유가 될 것 같은데."

충분하다 못해 넘치는 이유였다. 이 명분이라면 아버지와 백부 모두 받아들일 수밖에 없을 것이다.

"그 이유면 충분합니다. 감사합니다, 폐하."

나는 태왕에게 감사 인사를 전하고 그대로 담덕을 찾았다. 긴 여행길에 동행하게 되었다는 반가운 소식을 전하러 간 것이었는데 의외로 담덕은 부루퉁한 얼굴을 했다.

"난 반대야."

"도압성까지 가는 길이 심심하지 않겠다고 좋아할 줄 알았는데."

"내가 어린애야? 가는 길이 심심하다고 친구를 데려가게?"

"네가 폐하께 절풍을 받은 것이 겨우 두 달 전이다. 누가 들으면 한참 전부터 어른이 된 줄 알겠어."

"겨우 두 달이라니? 넌 아직도 비녀를 못 받았잖냐. 그건 아주 큰 차이가 있다고."

담덕이 젠체하며 나를 내려다보았다.

어른이 되었다는 말이 거짓이 아니었는지 나보다 작았던 키가 어느새 훌쩍 커져 있었다. 이제 나는 그의 얼굴을 보기 위해 한참이나 고개를 치켜들어야 했다.

"예에. 그러시겠죠, 어르신."

그 격차가 불만스러워 과장스럽게 인사를 했더니 담덕이 미간을 찌푸리며 손가락으로 내 이마를 밀었다. 나는 그 손을 치워 내며 고개를 휘휘 내저었다.

"아무튼 네가 반대해도 소용없어. 이미 폐하께서 너와 동행하라 하셨다."

태왕이라는 든든한 뒷배를 꺼내 들자 담덕의 입이 꾹 다물렸다. 아버지라면 끔찍하게 생각하는 담덕이 그의 말을 거역할 수 있을 리 없었다.

결국 담덕의 입에서 한숨이 새어 나왔다.

"아버지께서 무슨 생각을 하시는지 모르겠다. 아무리 그래도 전쟁터인데 거기에 널……."

"내 아버지와 오라버니가 거기 계셔. 너도 거기로 가고. 그런데 내가 안 될 건 뭐야? 나도 고구려의 용맹한 용사라고."

"네가 고구려의 용맹한 용사라고? 아직까지 과녁에 화살 하나 제대로 못 맞히면서?"

"예전보단 많이 나아졌거든!"

"내 가르침을 받고도 그 정도밖에 못 쏘는 건 너 하나뿐이다."

"……배움이 느리다고 사람을 나무라지 말랬어."

"말은 어찌 이리 잘하는지. 말하는 것만큼 활도 잘 쏘면 무슨 걱정이야?"

긴 한숨과 함께 담덕이 내 머리를 토닥였다. 어느새 훌쩍 커 버린 손 탓에 진짜 어린애 취급을 받는 기분이었지만, 곧 아버지와 제신을 만나러 간다는 생각에 그마저도 대수롭지 않게 여겨졌다.

출발일은 닷새 후. 나는 곧 아버지와 제신을 만날 수 있다.

❖ ❖ ❖

출발을 앞두고 나는 꽤 분주해졌다. 개인적으로 길을 떠나는 것이 아니라 태자의 공식적인 행렬에 참가하는 모양새가 되었으니 신경 써야 할 부분이 많았다. 무엇보다 짐을 최소화하는 것이 가장 큰일이었다. 나는 필요한 것을 고민하며 몇 번이나 짐을 싸고 풀기를 반복했다.

"정말 혼자 괜찮으시겠습니까?"

분주하게 움직이는 나를 보며 달래가 걱정스럽게 물었다. 지금껏 단 한 번도 홀로 떠나 본 적이 없는 아가씨의 긴 여정이 벌써부터 불안한 모양이었다.

달래는 내가 도압성에 가게 되었다는 이야기를 듣자마자 놀라서 발을 동동 구르더니, 마차가 아닌 말을 타고 간다는 이야기까지 듣고 나서는 거의 기절을 할 지경이었다.

"뭐가 그리 걱정이야? 태자 전하의 일행으로 가는 것이니 행렬에는 부족함이 전혀 없을 거다."

"그리 부족함이 없어 마차도 준비하지 않는답니까?"

"고생하는 병사들을 격려하러 가는 것인데 어찌 우아하게 마차를 타고 가겠니? 전하께서 그러자고 하셨어도 당연히 안 된다 말렸을 게다. 게다가 난 마차보다 말이 더 편한걸. 내 말 타는 실력은 너도 알잖니."

"마차가 없으면 옷은 어디서 갈아입으실 건데요? 함께 노숙도 하게 될 터인데 잠은 또 어찌 주무시고요."

확실히 마차가 있으면 편한 일이 많았다. 짐을 많이 가져갈 수도 있고, 휴식을 취하거나 잠을 잘 때도 유용하게 쓸 수 있었다. 하지만 마차 하나가 들어가면 행렬의 속도가 현저히 줄어든다.

"마차를 가져가면 일정이 곱절로 늘어나게 돼. 조금 불편하더라도 하루빨리 목적지에 닿는 편이 더 좋지 않겠니?"

"그거야 그렇지만……."

나의 말에 반박할 거리를 찾지 못한 달래가 우물거리다 결국 한숨을 내쉬었다.

"어휴, 아가씨도 참. 사내들이 우글거리는 곳에 홀로 가시면서 너무 태평하십니다. 저는 혹여나 무슨 일이라도 생길까 걱정이 되어 죽겠는데요. 어엿한 어른이 되시어 이처럼 곱디고운 여인이 되셨으니 조심, 또 조심하셔야 합니다."

달래의 말에 나는 내 몸을 내려다보았다. 제대로 된 거울이 없는 시대라 얼굴이 어여뻐졌는지는 스스로 확인할 수 없었으나, 몸이 여인으로 변화하고 있다는 것은 분명히 느낄 수 있었다. 이제 막 달거리를 시작했고, 가슴에 몽우리도 잡힌 지 오래니 곧 어엿한 성인 여성이 될 터였다.

하지만 그건 지금보다 더 시간이 지난 후의 일 아닌가. 현대를 살다 온 나의 기준에서 이 몸은 아직까지 풋내 나는 어린아이일 뿐이었다. 이 시대 사람들은 현대에 비해 발육이 더뎌 진짜 성인이더라도 내 눈에 어려 보이는 경우가 왕왕 있었다.

"이번 여정엔 태자 전하께서 함께하시니 태왕께서 동행할 병사들을 신중히 고르실 거야. 그러니 걱정은 그만하고 나와 함께 장터에나 가자. 아버지와 오라버니께 드릴 옷을 몇 벌 지어야 할 것 같아."

서신을 전해 주는 사람 편에 필요한 물품들을 몇 번 보내긴 했지만 내가 직접 전하는 것과는 느낌이 다를 터였다. 이번에는 내가 손수 고른 물건들을 가져가 아버지와 제신에게 전해 줄 생각이었다.

"아버지와 오라버니의 취향은 달래 네가 제일 잘 알잖아. 그러니 이러고 있지 말고 날 좀 도와주렴."

나는 웃으며 은근히 달래가 관심 있는 이야기로 화제를 돌렸다. 전략은 주효했다. 달래는 여전히 못마땅한 눈으로 나를 보면서도 천천히 밖으로 나갈 채비를 하기 시작했다.

"뭐, 두 분의 취향은 제가 꿰고 있지요."

"그럼. 달래가 없으면 난 아무것도 못 산다니까."

혹여나 달래의 마음이 바뀔세라 나는 재빨리 그녀의 등을 떠밀었다. 마지못해 끌려가는 척을 하지만 그녀의 얼굴에 작게 미소가 걸려 있었다.

그렇게 시장으로 나오자마자 달래는 걱정을 잊고 물 만난 고기처럼 활개를 쳤다.

"이 옷감은 너무 화려하고, 이 옷감은 너무 투박한데…… 아가씨가 보기엔 어떠세요? 아니, 전쟁터에 계시니 이보다 어두운 계열이 좋을까요?"

달래가 내 눈 앞에 옷감 두 필을 내밀었다. 건네주는 옷을 입기만 하는 내가 보기에는 그다지 차이가 없는데, 직접 옷을 만들기도 하는 달래의 눈에는 큰 차이가 있는 모양이었다.

"색은 어두운 것이 좋겠어. 문양은…… 내 눈엔 다 비슷해 보이는걸."

"예에? 어떻게 이 두 개가 비슷해 보이실 수가 있습니까? 완전히 다른데요!"

진심으로 이해가 안 된다는 얼굴이었다. 나는 민망함에 볼을 긁적이며 어깨를 으쓱거렸다.

"원래부터 난 이런 걸 보는 재주가 없잖아. 그러니 달래 네게 맡기는 것이고."

"다른 것은 척척 하시면서…… 이런 일에는 영 도움이 안 되십니다."

"늘 달래가 먼저 챙겨 주니 보는 눈이 좋아질 새가 없었던 게지."

"뭐, 제가 조금 바지런히 움직이긴 했지요."

"그래, 그랬지."

당당하게 수긍하는 달래를 보니 절로 웃음이 나왔다. 나는 기분 좋게 고개를 끄덕이며 밖으로 시선을 돌렸다.

"아무래도 난 여기에 도움 줄 것이 별로 없는 듯하니 내가 할 수 있는 일을 해야겠다. 약방에 들러 약재를 좀 사 올게. 옷감은 네게 맡겨도 되겠지?"

"걱정 마십시오. 제가 제대로 된 것들로 골라 두겠습니다."

"그래. 이곳에서 다시 만나자."

나는 신이 나서 아버지와 제신의 옷을 고르는 달래를 두고 근처 약방으로 걸음을 옮겼다. 길을 떠나기 전에 전쟁터에서 고생하고 있을 두 사람에게 필요할 약을 만들어 갈 생각이었다. 그러자면 여러 가지 재료들이 필요했다.

당귀, 목별자, 목향, 반하, 백지, 오약, 자금피, 조각, 천궁, 천오, 초오, 회향, 봉선…… . 나는 머릿속으로 필요한 약재들을 정리했다. 이 약재들을 모두 가루 내어 섞으면 초오산(草烏散)이 되는데, 홍주(紅酒)에 섞어 마시면 마취 효과가 있어 상처를 치료할 때 고통을 덜어 줄 수 있었다. 이 시대에는 화살에 당하는 상처가 잦으니 화살촉을 빼낼 때 유용하게 쓸 수 있을 것이다.

자상을 당한 곳에는 지혈을 하고 염증을 막아 줄 병풀이 좋겠지. 병풀은 바싹 말려 가루를 낸 뒤 환부에 뿌려 주기만 하면 되어 사용법이 간단한 데다, 어디서든 쉽게 구할 수 있어 무척이나 훌륭한 약초였다. 이건 따로 구입하지 않고 직접 채취하면 될 듯했다.

머릿속으로 대충 살 약재를 정리하며 걸으니 어느새 약방에 닿았다. 주인에게 반갑게 인사하며 안으로 들어서니 의외의 손님이 자리를 차지하고 있었다. 하늘거리는 예쁜 옷을 입은 여자였다. 약방 주인은 고리타분한 풍경과 어울리지 않는 화사한 손님 곁에 붙어 전전긍긍이었다. 옷차림에서부터 귀한 집 아가씨라는 느낌이 물씬 풍기더니 옷차림만큼이나 대단한 손님인 모양이었다.

"전에 하인을 통해 말씀하신 약재는 제가 댁으로 보내 드릴 터이니, 아가씨께서는 이만 돌아가심이……."

"아니다. 오늘은 내 약 말고 다른 것이 필요해 왔어. 오랫동안 말에 타고 있어 허리가 아픈 사람에게는 무슨 약을 쓰지?"

"예? 저야 달라는 약재만 드릴 뿐 처방까지 내릴 능력은 없습니다."

"그래?"

약방 주인의 말에 고운 아가씨의 얼굴이 순식간에 어두워졌다. 약방 주인은 안절부절못하며 주변을 살피다 입구에 멍하니 선 나를 발견하곤 화색이 돌았다.

"아, 그렇지! 저기 저분께서는 아실 겁니다. 약재에 대해 아주 잘 알고 계시거든요. 그렇지요?"

주인의 시선을 따라 아가씨의 눈도 나를 향했다. 나를 바라보는 그 눈에 기대감이 감돌고 있었다.

"약재를 잘 아십니까? 그렇다면 저를 좀 도와주시겠어요?"

외모도 하늘하늘, 옷도 하늘하늘, 목소리도 하늘하늘했다. 거절의 말을 꺼내기 힘든 인상의 아가씨였다.

"저도 어깨 너머로 알게 된 것이라 많이는 알지 못합니다. 심각한 병이라면 의원을 찾아가는 것이 어떨까 싶은데……."

나는 약방 주인의 눈치를 보며 조심스럽게 말끝을 흐렸다. 그의 앞에서 나는 언제나 '약재를 잘 아는 어르신의 심부름꾼' 역할을 고수했으니 그 역할에 맞는 정도의 지식만 보여 줘야 했다.

"그 정도로도 충분합니다. 그리 심각한 병에 쓸 약재가 필요한 게 아니거든요. 제 오라버니가 지금 전쟁터에 나가 있어 하루 종일 말을 탄다 하는데, 분명 요통이 있을 것이니 그에 좋은 약재를 보내 드리고 싶어요."

"전쟁터? 오라버니가 전쟁터에 가셨습니까?"

익숙한 사연에 내가 놀라서 되물었다. 아가씨는 내 반응에 놀랐는지 얼떨떨한 얼굴로 고개를 끄덕였다.

"예. 지금 남쪽에 계십니다. 떠난 시 몇 년이 훌쩍 넘었지요."

"혹 도압성에 계시는 겁니까?"

"그것을 어찌 아셨습니까?"

"제 오라버니도 거기 계시거든요."

"참말이세요?"

아가씨의 표정에 반가운 기색이 스쳐 갔다. 그것은 나 역시도 마찬가지였다. 비슷한 처지의 또래를 만나니 절로 마음이 열렸다.

"참말이고말고요. 제 아버지와 오라버니 모두 도압성에 계신답니다."

"한 집안에서 두 사람이나 징병되는 것은 흔치 않은 일인데 어찌……."

"일이 그렇게 되었습니다. 둘 모두 고집이 센 사람들이라 말려도 듣지를 않았어요."

"도압성에 가는 사람들은 죄 고집이 센 모양입니다. 제 오라버니도 고집이 대단하였거든요. 아버지께 말도 않고 전쟁터로 나가 버려 집안이 발칵 뒤집혔답니다."

어째 이번 사연도 낯설지가 않았다. 아버지에게 비밀로 하고 몰래 위험천만한 전쟁터로 나선 귀족 사내. 이런 사람이 세상에 둘이나 있을 것 같지는 않았다.

"혹시 그 고집 센 오라버니의 이름이 운입니까?"

내 말에 입을 비죽이던 아가씨의 두 눈이 크게 뜨였다.

"예, 맞습니다. 세상에, 정말 제 오라버니를 아시는 분이로군요!"

운의 동생이라면 어려서부터 아픈 몸이라 했다. 나의 눈이 빠르게 놀란 얼굴로 선 여인을 훑었다. 전체적으로 마른 몸에 얼굴에는 피곤이 서려 있고, 입술은 물기 없이 바짝 말라 있다. 확실히 건강하다고 보기는 힘든 모습이었다.

"오라버니와는 어찌 아는 사이십니까?"

내가 여인을 살피는 사이 어느새 그녀가 내게 바짝 다가와 있었다. 운과 내 사이가 퍽이나 궁금한 모양인지 두 눈에 호기심이 가득했다.

"제 오라버니의 이름이 제신입니다. 저는 그 누이 되는 우희고요."

나는 약방 주인의 눈치를 보며 말했다. 어느 집안의 자제인지는 말하지 않았으나, 운과 제신의 사이를 생각하면 그 누이는 내 정체를 짐작할 것이다.

"제신이라면……."

잠시 제신의 이름을 중얼거리던 여인의 눈이 크게 뜨였다. 내 예상대로 그녀는 금세 내 정체를 눈치챘다.

"이야기로만 듣던 분을 이리 뵐 줄 몰랐습니다. 저는 영이라고 합니다. 운 오라버니의 누이고요. 오라버니들께서는 함께 전쟁터에 가셨고, 우리는 이리 국내성에서 만났으니 인연이 보통은 아닌 듯합니다."

영이 반갑게 내 두 손을 맞잡으려는 순간 그녀의 입에서 거친 기침이 흘러나왔다. 가슴을 부여잡고 콜록대는 모습에 눈을 크게 떴더니, 겨우 기침을 그친 영이 무안한 얼굴로 웃었다.

"죄송합니다. 제가 몸이 좋지 않아……."

"아닙니다. 죄송하기는요. 한데 기침이 잦으신가 봅니다."

"예. 어려서부터 기침을 달고 살았습니다. 조금만 무리하면 기침이 멎지 않는 통에 오라버니께서 절 챙기시느라 고생이 많으셨지요."

기침은 건강이 좋지 않으니 어서 치료하라는 몸의 신호였다. 증상이 가볍다면 자연스럽게 치유되어 사라지지만, 그렇지 않은 경우에는 심각하게 진찰해야 한다. 열이나 통증도 마찬가지였다.

기침의 원인은 다양했다. 사람들이 흔히 생각하는 것처럼 폐의 문제로 오는 경우뿐만 아니라, 심장, 비장, 신상, 간장의 문제로 발생하기도 한다. 원인에 따라 기침 역시 조금씩 다른 형태를 보이므로, 자세히 살피면 그 원인까지 찾아 들어갈 수 있었다.

나는 영의 얼굴을 살피며 기침의 원인을 찾아보려다 곧 생각을 접었다. 다른 집도 아니고 그 유명한 소노부 해씨의 귀한 아가씨였다. 이미 훌륭한 의원이 붙어 그녀의 병을 돌보고 있을 터인데 괜한 이야기를 해서 혼란을 줄 필요는 없었다.

그렇게 생각을 정리하고 영을 바라보니 그녀가 웃으며 내게 물었다.

"전 오늘 오라버니께 보낼 약재를 사러 왔는데, 아가씨께서는 어쩐 일로 약방을 찾으셨습니까?"

"아, 저도 약재를 사러 왔습니다. 이번에 도압성에 가게 되어 아버지와 오라버니께 드릴 것들을 좀 사려고요."

"도압성에 가신다고요?"

영이 눈을 크게 떴다. 몇 년째 병사들이 돌아오지 못하고 있을 만큼 긴장된 전선에 또래 여자아이가 간다니 이해가 되지 않는 모양이었다.

사실 그녀뿐만 아니라 많은 사람들이 나의 도압성행을 이해하지 못했다. 백부와 서는 물론이고 담덕과 달래까지, 주변 사람들 모두가 나를 말렸다.

담덕이 이끄는 행렬을 수행하게 된 많은 병사들도 어린 아가씨의 동행을 못마땅해한다고 했다. 먼 길을 떠나는 것도 피곤한데 어린 아가씨의 수발까지 들어야겠냐는 것이었다.

"위험하실 터인데 어찌 그곳에……."

역시나 영의 입에서도 걱정이 흘러나왔다. 예상했던 반응이었던 터라 나는 대수롭지 않게 어깨를 으쓱거렸다.

"보고 싶은 사람들이 오지 않으니 제가 가는 수밖에 없지 않습니까? 원래 제가 가만히 앉아서 기다리는 얌전한 성격이 못 됩니다. 이런 성격 때문에 늘 아버지께 타박을 들었지만요."

퍽이나 자랑스러운 말에 영이 입을 가리며 웃었다. 웃는 모습도 참 여성스럽다 싶어 그 모습을 빤히 보고 있으니 영이 화들짝 놀라 손을 내저었다.

"아, 지금 웃은 건 비웃은 것이 아니라 아가씨가 참 유쾌하다 생각하여……."

"압니다. 눈앞에 있는 사람을 두고 비웃을 만한 분으로는 보이지 않았는걸요."

"이해해 주시니 감사합니다. 아, 말씀도 편하게 하십시오. 오라버니들께서 친구시니 우리 역시 친구가 되면 좋지 않겠습니까?"

"좋은 생각이십니다. 그럼 전 우희라 불러 주세요. 저는 아가씨를 영이라 부르지요. 어때, 영?"

"좋아, 우희."

영이 어색하게 내 이름을 불렀다. 국내성에 와 처음 생긴 동성 친구가 비녀 도둑 운의 동생이라니. 상황이 우스웠지만 기분이 나쁘진 않았다. 친구를 사귀고, 나의 세상이 넓어지는 것은 기꺼운 일이었다.

"도압성에 가면 네 오라버니도 만날 수 있을 거야. 전해 줄 것이 있으면 내게 맡겨."

내 말에 영이 반색했다.

"정말? 그렇다면 내가 사려던 약재를 부탁해도 될까?"

"아, 요통에 좋은 약재 말이지? 그것까지는 생각을 못 했는데……. 나도 아버지와 오라버니께 드릴 걸 사야겠다."

사실 말을 오래 타는 것과 같이 피로가 누적되어 생기는 요통의 가장 좋은 약은 휴식이다. 하지만 이것이 불가능하다면 약과 침, 뜸으로 통증을 다스릴 수 있었다. 요통에 쓰는 약재는 많았지만 가장 간단하게는 질려자(蒺藜子)를 가루 내어 꿀과 섞어 환 형태로 만드는 것이다. 환이라면 가루에 비해 보관이 쉬우니 복잡한 전선에서 효과적일 터였다. 여기에 침과 뜸까지 더해지면 요통은 문제없었다.

내가 원래 사려던 약재들과 질려자를 사는 동안 영은 신기한 얼굴로 주위를 맴돌았다. 약재의 향을 맡고 모양을 살피는 내 모습이 놀라운 모양이었다.

"우희는 어찌 이리 약재를 잘 알아?"

이와 비슷한 질문을 담덕이나 태왕도 한 적이 있었다. 그때마다 내가 할 수 있는 답은 하나뿐이었다.

"어려서부터 이런 일에 관심이 많았거든. 밖에서 들여온 서책들을 읽으면서 공부했지."

대한민국 한의사였던 옛 기억을 말할 수는 없었다. 말한다고 믿어 줄 사람도 없었다. 내 지식은 그저 홀로 책을 보며 터득한 알량한 재주여야만 했다.

"혼자서 이런 공부를 했단 말이야?"

"조금 특이한 공부지?"

"응. 하지만 좋은 일이라고 생각해. 이건 사람을 도울 수 있는 배움이잖아? 그런 배움은 흔치 않으니까."

영이 스쳐 가듯 한 말에 약재를 만지던 손이 멈추었다.

"사람을 도울 수 있는 배움이라고……."

그런 생각을 해 본 적은 단 한 번도 없었다. 과거에도, 지금도, 나는 언제나 나를 위해서 의술을 공부했다. 과거에는 돈을 벌기 위해, 지금은 소중한 사람을 지키기 위해.

하지만 영의 말처럼 의술은 근본적으로 타인을 위한 학문이었다.

"그랬지. 이건…… 사람을 도울 수 있는 배움이었지."

멍하니 중얼거리는 나를 보며 영이 의아한 얼굴로 고개를 갸웃거렸다.

第四章

도압성으로

몇 년 전 도압성으로 떠났던 병력과도 비교가 안 되는 단출한 인원이었다. 담덕과 그를 수행할 장수 둘에 하사품을 옮길 병사 열, 거기에 마지막으로 나까지. 채 스물이 안 되는 사람들이 이른 아침부터 궁궐 밖으로 통하는 거대한 문 앞에 도열했다.

"태자는 나를 대신해 가는 것이다. 이를 잊지 말고 한 치의 부족함도 없이 나의 병사들에게 내 마음을 전달해야 할 것이야."

태왕이 담덕의 어깨를 두드리며 당부했다. 말투는 엄했지만 눈빛에는 염려가 담겨 있었다. 태자가 된 후 담덕이 이렇게 멀리 국내성을 떠나는 것은 처음이었으니 그로서도 걱정이 클 터였다. 담덕도 태왕의 걱정을 알아챈 것 같았다. 그는 평소보다 더 당당하고 밝게 웃어 보이며 고개를 숙였다.

"물론입니다. 폐하의 뜻을 한 치의 부족함 없이, 무사히 전하겠습니다."

"무사히…… 그래. 무사히 전하거라."

태왕이 그렇게 말하며 담덕의 어깨를 꽉 부여잡았다. 어깨에서 느껴진 무게감에 담덕이 고개를 들자 태왕이 가볍게 고개를 끄덕이며 한 걸음 뒤로 물러섰다. 이제 그만 떠나라는 뜻이었다.

마지막으로 태왕에게 웃어 보인 담덕이 뒤돌아서서 대기하고 있던 장수 둘을 바라보았다. 순노부(順奴部) 사씨 가문의 지설과 평민 출신의 장수 태림으로, 담덕이 태자가 되면서부터 그를 모시고 있는 호위들이었다.

"지설, 태림. 출발하자."

담덕의 명에 두 사람이 분주하게 움직여 병사들에게 지시를 내리자 병사들이 준비된 말 위에 올라탔다. 빠른 이동을 위해 최대한 인원과 짐을 줄여 전원 말을 타기로 한 것이다. 하사품은 최대한 분배하여 병사 열 명이 각각 말에 싣고, 식량은 마을을 지나며 현지에서 조달할 계획이었다.

병사들의 준비 상태를 확인한 지설과 태림까지 말에 올라타자 나와 담덕만이 덩그러니 남았다. 남겨진 말도 두 필이었다. 말 위에 앉은 사람들의 시선이 약속이나 한 듯이 나와 말을 오갔다. 조그마한 내가 이렇게 커다란 말에 제대로 오를 수나 있을지 모르겠다는 눈빛들이군.

"우희, 우리도 서두르자."

"네, 태자님."

다른 사람들을 의식해 말을 높이자 말에 오르려던 담덕이 놀라서 나를 바라보았다.

"너 왜……."

"왜 그러십니까, 태자님?"

담덕의 말을 자르며 다시 한번 '태자님'을 강조했더니, 병사들과 내 눈치를 살피며 몇 번 망설이던 그가 결국 아무런 말도 하지 않고 말에 올라탔다. 말 위에 안착한 그의 얼굴이 어쩐지 쑥스러워하는 것 같기도 했다.

나는 속으로 웃음을 삼키며 내 몫으로 준비된 말을 쓰다듬었다. 태왕이 선물해 준 검은 말, 가륜이었다. 쓰다듬는 손길에 가륜이 투레질을 하며 내 손에 머리를 비볐다. 도압성으로의 여정을 준비하느라 한동안 찾지 않았더니 손길이 꽤나 그리웠던 모양이었다.

"도와드리겠습니다."

가까이서 들려온 목소리에 고개를 돌리니 어느새 태림이 무뚝뚝한 얼굴을 한 채 내 옆에 다가와 있었다. 대답이 들려오면 곧장 말에서 내려와 나를 도울 기세였다.

"괜찮습니다. 혼자 탈 수 있어요."

"말이 꽤 큽니다."

'그러니 혼자서는 힘들 겁니다'라는 이야기가 생략된 말이었다. 태림의 뒤에 선 지설도 그에게 동의한다는 듯 뻬딱한 얼굴로 나를 바라보고 있었다. 담덕에게 전해 듣기로 나의 동행을 가장 많이 반대한 이가 지설이라고 했다.

"정말 괜찮아요."

나는 마지막으로 가륜의 콧잔등을 매만진 뒤 가볍게 그 위에 올라탔다. 군더더기 없는 동작에 병사들은 물론이고 지설과 태림까지 놀란 눈으로 나를 바라보았다. 감탄이 담긴 눈빛에 괜히 으쓱해지는 기분이었다. 놀라지 않은 사람은 담덕뿐이었다. 종종 말을 타고 함께 산책을 나간 적이 있는 담덕은 내 기마 실력을 잘 알고 있었다.

"더 늦기 전에 출발하지. 궐문을 열어라."

담덕의 명에 굳게 닫혀 있던 궐문이 열렸다. 마지막으로 다시 한번 태왕에게 눈짓으로 인사한 담덕이 말을 달려 앞서 나갔다. 그 옆을 나와 장수들이 재빨리 따라붙었다. 뒤편으로는 병사들이 말을 달려 뒤따랐다.

집이 늘어선 거리를 지나 국내성 가장 바깥의 성문을 통과하자 완전히 다른 세상이 펼쳐졌다. 사람이 살지 않는 자연의 풍경이었다. 다음 마을이 나오기 전까지 쉬지 않고 이동할 예정이니 한동안 풀과 흙, 나무밖에 볼 것이 없었다. 시큰둥한 얼굴로 말을 몰고 있으니 옆에서 달리던 지설이 의외라는 얼굴로 내게 이야기를 붙였다.

"생각보다 말을 능숙하게 다루시는군요."

"제가 말은 좀 탑니다. 저희 집안 오라버니들도 기마로는 절 못 당해 내셨어요."

내 말에 지설이 입을 꾹 다물었다. 누가 보아도 나의 말 타는 실력에는 의문을 표할 수 없었다. 내가 능숙하게 말을 다루는 모습을 잠시 살피던 지설이 곧 내게서 시선을 돌리며 정면을 바라보았다.

"금방 지치실 겁니다. 사내와 여인의 체력은 다르니까요. 그것이 일행의 발목을 잡겠지요. 그래서 저는 지금도 아가씨의 동행에는 반대입니다."

"그렇게 말씀하셔도…… 이미 함께 가고 있는데요."

"제가 결정할 수 있는 일이 아니었으니 높은 분의 말씀에 따를 뿐입니다만……."

거기까지 말한 지설이 슬쩍 담덕을 바라보았다. 그의 시선을 느꼈음이 분명한데도 담덕은 정면만 바라보며 달릴 뿐이었다. 잠시 담덕을 보던 지설의 눈이 다시 나를 향했다.

"지금은 초반이라 마음이 여유롭지만 시간이 지나고 몸이 피로해지면 다들 자신밖에 챙길 수 없습니다. 곤란한 상황에 처하셔도 도와줄 수 있는 사람은 없으니 아가씨로 인해 일정이 지체되지 않도록 주의하셔야 할 겁니다."

"걱정해 줘서 고맙습니다. 짐이 되지 않도록 노력할게요."

"이건 걱정이 아니라……. 하."

웃으며 대답하는 나를 보며 지설이 한숨을 내쉬었다. 고개를 휘휘 내젓는 얼굴에 못마땅한 기색이 역력했다.

"아무튼 저는 경고했습니다."

거기까지 말한 지설이 말의 배를 차 앞서 나갔다. 그의 뒷모습을 바라보던 담덕이 슬쩍 내 곁으로 다가왔다.

"너무 마음 상하진 마."

그는 여전히 앞서가는 지설을 바라보며 입을 열었다.

"가지고 가는 식량이라고 해 봐야 각자 먹을 물과 육포 조금뿐이잖아. 중간에 조금이라도 지체되어 예정이 틀어지면 마을에 들르지 못하고, 마을에 들르지 못하면 식량을 조달할 수 없게 돼. 힘들고 지치는데 배까지 곯으면 다들 예민해질 테니 신경이 많이 쓰이는 모양이다. 도압성까지의 일정과 식량 조달을 모두 저 녀석이 계산했거든."

"지설 님이 이 일행의 병참 담당입니까?"

"나는 경험이 적고, 태림은 이런 재주가 없으니…… 맡을 사람은 지설뿐이지."

병력을 이동할 때 가장 머리 아프고 피곤한 역할이 물자 관리와 보급을 담당하는 병참이었다. 잘해도 공이 잘 드러나지 않지만 못하면 곧장 빈틈이 보여 욕을 먹기 십상이었다.

"어려운 역할을 맡으셨네요. 배곯지 않으려면 지설 님께 잘 보여야겠는걸요? 쉽지는 않아 보이지만……."

처음부터 비호감으로 시작했으니 이를 극복하고 잘 보이려면 갈 길이 멀었다. 지설의 뒤통수를 보며 작게 한숨을 내쉬었더니, 주위의 눈치를 살피던 담덕이 낮은 목소리로 말을 걸었다.

"그런데 언제까지 그럴 거냐?"

"뭐가 말입니까?"

"그…… 말 높이는 거 말이야."

그렇게 말하는 담덕의 얼굴이 묘하게 상기되어 있었다.

"설마 지금…… 부끄러워하시는 겁니까?"

"부끄러운 게 아니라 어색해서 그런다. 어울리지 않게 웬 높임말이야?"

"보는 눈이 이렇게 많은데 어찌 태자님께 말을 놓습니까."

나는 조심스레 주변을 살폈다. 지설과 태림이야 나와 담덕의 친분을 어렴풋이 알고 있으니 상관없지만 병사들은 달랐다. 태자에게 함부로 말을 놓는 모습을 보였다간 담덕의 권위에 흠집이 날 수도 있었다. 그런 나의 넓고 깊은 생각을 존중해 줄 마음이 없는지 담덕이 혀를 끌끌 찼다.

"네가 언제부터 사람들 눈치를 봤다고 그래?"

"여태까지는 그럴 필요가 없는 상황이었으니까 그렇지요. 지금은 예의를 차려야 할 시간입니다. 어색해도 좀 참으십시오, 태자님."

"그럼 그 태자님이라는 말이라도 하지 마라. 네 입에서 그런 말이 나오니 낯간지러워 죽을 것 같다."

질린 얼굴을 하며 고개를 내젓는 것을 보니 어색하기는 한 모양이었다. 나는 짓궂은 미소를 지으며 과장스럽게 눈을 크게 떴다.

"아니…… 태자님을 태자님이라고 부르지 못하게 하시면 저는 태자님을 도대체 무엇이라 불러야 합니까? 태자님은 태자님인데, 태자님을 태자님이라고 불러야지요."

일부러 태자님이라는 말을 강조하며 말했더니 담덕이 입을 쩍 벌렸다.

"……내가 네 청개구리 같은 성격을 잠시 잊었다. 그래, 불러라. 마음껏 불러."

"예, 태자님. 명대로 하겠습니다."

능청스러운 대답에 길게 한숨을 내쉬며 고개를 젓는 담덕의 귀가 빨갛게 물들어 있었다.

아니, 태자님이라는 말이 그렇게 어색한가?

놀림거리를 하나 찾았으니 도압성으로 가는 길이 심심하지는 않을 것 같았다.

❖ ❖ ❖

"전하, 주통촌(酒桶村)입니다."

앞서 가던 지설이 뒤로 말을 몰아 담덕 옆으로 다가왔다. 그가 가리키는 방향을 따라 눈을 돌리니 저 멀리 작은 집 몇 채가 옹기종기 모인 마을 하나가 눈에 들어왔다.

"주통촌이라면…… 술을 빚어 파는 사람들이 모여 사는 곳이로군요."

고구려 사람에게 술은 생활의 일부였다. 밤늦게 술잔을 기울이며 춤추고, 노래하고, 이야기를 나누는 것이 일상이었다. 동맹제라도 열리는 날이면 하루 종일 술판이 벌어졌다. 덕분에 고구려에서는 술 만들어 파는 사람들의 벌이가 제법 좋았다. 사정이 넉넉하면 마음도 너

그러울 테니 그들이 모여 사는 주통촌이라면 하룻밤 신세 지기에도 나쁘지 않은 곳이었다.

잠시 해가 뉘엿뉘엿 지고 있는 하늘을 바라보던 담덕이 지설을 향해 물었다.

"오늘은 저기서 신세를 질 생각인가?"

"예. 우선 병사 두엇과 함께 마을로 가 상황을 살피겠습니다."

"그래. 마을 사람들이 무장한 병사들을 보고 겁먹지 않도록 친절하게 대해라."

"그리하겠습니다."

담덕의 허락에 지설이 병사 둘을 이끌고 마을을 향해 달려갔다.

덜그덕 소리를 내며 멀어지는 셋을 바라보던 담덕이 곧 내게로 시선을 돌렸다.

"따라오기 힘들진 않아?"

"말 타는 것 정도는 식은 죽 먹기인걸요. 문제없습니다."

말은 그렇게 했지만 피곤해 죽을 지경이었다. 말 타는 것쯤이야 문제가 없지만 이렇게 오랫동안 말 위에서 시간을 보낸 건 처음이었다. 어찌나 피곤한지 아직 저녁을 먹기 전인데도 밥 생각이 전혀 들지 않았다. 한시라도 빨리 잠자리로 뛰어들어 자고 싶은 마음뿐이었다.

하지만 이런 마음을 내색할 수는 없었다. 도끼눈을 뜨고 나를 살피는 지설의 눈치가 보인 것도 있었지만, 나 때문에 속도가 늦어지면 일행 전체가 피해를 입는다는 생각에 더욱 부담스러웠다. 고개를 돌려 뒤를 바라보니 병사들은 출발 때와 거의 비슷한 얼굴이었다. 역시 훈련받은 장수들의 체력은 남달랐다. 나도 짐이 되지 않으려면 최대한 그들에게 속도를 맞춰야 했다.

"전하. 신세 질 집을 구했습니다."

병사들의 얼굴을 살피는 사이 지설이 돌아왔다. 다행히 마을 사람들과 이야기가 잘된 모양이었다. 하지만 좋은 성과를 얻고서도 지설의 표정이 좋지 않았다. 담덕도 그 점을 알아챈 것 같았다.

"잘 됐다. 그런데 무슨 문제라도 있나?"

"아닙니다. 문제라기보다는……."

잠시 망설이던 지설이 담덕의 눈치를 보다 조심스레 입을 뗐다.

"마을 분위기가 조금 이상합니다."

"어떻게 이상하다는 거지?"

"촌장은 친절했으나 어째서인지 표정이 어둡고 안색이 좋지 않았습니다. 사람이 살고 있다는 흔적은 분명 있는데, 나와 보는 사람이 몇 없이 조용했고요."

"인기척은 느껴지는데 사람이 보이지 않는다……. 확실히 이상하긴 하군."

"의심스러우시면 오늘은 그냥 야영을 할까요?"

최대한 마을에 들러 쉴 수 있도록 일정을 구성했지만 피치 못할 경우에는 야영을 할 수도 있다고 했다. 지설은 이에 대한 대비도 미리 해 둔 모양이었다. 하지만 잠시 고민하던 담덕이 고개를 내저었다.

"아니다. 앞으로 얼마나 야영을 하게 될지 모르는데 벌써부터 체력을 소비할 순 없지. 게다가 눈앞에 마을을 발견했는데도 야영을 한다면 병사들이 심적으로 더 지칠 거다. 우선 마을로 가 보자."

"예, 그럼 제가 앞장서겠습니다."

지설을 따라 마을에 당도하니 그의 말처럼 분위기가 묘했다. 저녁 시간인데도 활기가 느껴지지 않고 전반적으로 기운이 가라앉아 있었다. 들어서자마자 무거운 분위기를 느낀 담덕의 얼굴이 조금 굳었다. 하지만 우려와 달리 말에서 내린 우리 앞에 나타난 촌장은 친절했다.

"먼저 오셨던 나리께 이야기는 들었습니다. 술을 보관하는 창고가 있는데, 거기 있던 술을 며칠 전 상인에게 넘겨 비어 있습니다. 그곳에서 주무실 수 있도록 준비해 드리지요."

촌장의 안내를 따라 다다른 창고는 생각보다 안락해 보였다. 바닥에 짚을 깔고 중앙에 화로까지 두니 제법 편안한 분위기가 느껴졌다. 국내성 거처보다야 모자라지만 야영보다는 여러모로 나은 환경이었다.

"준비해 줘서 고맙네."

"아닙니다. 사례도 충분히 주셨고……."

담덕의 인사에 촌장이 지설의 얼굴을 바라보며 얼버무렸다. 갑작스럽게 구한 잠자리치고는 질이 좋다 싶었더니 아무래도 그가 사례금을 두둑하게 챙겨 준 모양이었다. 역시 이 일행의 돈줄은 지설이었다.

"아가씨는 이쪽이 아닙니다."

지설이 감탄하며 창고 안으로 들어서려는 내 팔을 붙잡았다. 의아하게 그를 올려다보니 지설이 어느새 촌장을 바라보고 있었다.

"말했던 것처럼 두 분은 자네 집에서 모셔 주게."

"여부가 있겠습니까. 두 분은 저를 따라오십시오."

지설과 촌장이 말하는 두 사람이 나와 담덕이라는 건 분명했다. 나는 팔목을 잡은 지설의 손을 떼어 내며 눈을 크게 떴다.

"아닙니다. 저도 여기에 있겠습니다."

"그건 도련님께서 허락하지 않으실 텐데요."

촌장의 시선을 의식한 탓에 담덕을 칭하는 호칭이 '도련님'으로 바뀌어 있었다. 지설의 말에 고개만 돌려 담덕을 보니 그가 동의한다는 듯 묵묵히 서 있었다.

"정말 괜찮은데……."

태자인 담덕이야 그렇다 치더라도 지설이나 태림, 병사들과 크게 사정이 다르지 않은 내가 특별한 취급을 받는 것이 마음에 걸렸다. 조심스럽게 눈치를 살피고 있으니 지설이 길게 한숨을 내쉬었다.

"그냥 촌장을 따라가시죠. 아가씨가 여기 계시면 도련님도 안 가신다 할 텐데 그러면 제가 아주 곤란해집니다. 게다가 이 녀석들도 편하게 못 쉬고요. 쉴 때까지 아가씨를 눈치를 보게 하실 겁니까?"

지설의 말이 옳았다. 이미 창고 안에 들어선 병사들이 우리의 대화에 귀를 기울이며 난처한 얼굴로 나를 보고 있었다. 확실히 귀족과 같은 곳에서 쉬라고 한다면 마음 놓고 늘어지긴 힘들겠지.

"거기까지는 미처 생각을 못 했네요. 다들 편히 쉴 수 있게 자리 피해 줄게요."

상황을 납득한 내가 고개를 끄덕이자 앉으려던 자세 그대로 굳었던 병사들의 표정이 풀어졌다. 그들은 한결 편한 얼굴로 짚더미 위에 몸을 누이며 저들끼리 오늘 있었던 일들을 풀어놓기 시작했다.

"지설 님과 태림 님도 함께 가시는 거죠?"

두 사람은 담덕의 호위이니 그를 곁에서 지켜야 하고, 그러려면 같은 곳에 머물러야 했다. 내 짐작이 맞았는지 태림이 고개를 숙였다.

"예, 제가 두 분을 모실 겁니다."

"지설 님은요?"

"전 여기서 병사들과 있겠습니다. 아무도 없으면 이 녀석들이 어디까지 늘어질지 몰라서요. 태림은 평민 출신이지만 저보다 훨씬 검을 잘 다루니 믿으셔도 됩니다."

나는 가만히 서서 태림과 지설을 바라보았다. 두 사람의 역할이 어떻게 나뉘는지 대충 알 것 같았다. 지설은 머리를, 태림은 검을 쓰는 쪽이었다.

"그럼 가시지요."

우리의 대화가 마무리된 것을 보고 촌장이 끼어들었다. 그는 우리를 자신의 집으로 안내하며 마을에 대해 소개하기 시작했다.

"벌써 오대째 술을 만들고 있습니다. 배와 오얏을 써서 과실주를 만드는데 향이 아주 끝내주지요. 제가 저녁때 한잔 대접하겠습니다. 술 만들기 싫다고 떼를 쓰던 제 아들놈도 술맛을 한번 보더니 이 마을에 눌러앉았다니까요."

"그런가. 한데 마을이 조용하군. 저녁 준비를 하는지 연기 나는 집은 많은데 정작 사람은 보이지 않으니 말이야."

촌장의 자랑을 한 귀로 흘려버린 담덕이 주변을 살피며 물었다. 그의 질문에 신나서 떠들던 촌장의 입매가 굳었다.

"예, 뭐…… 다들 경계심이 많아서요. 외지인이 온다 하니 모두들 낯설어 집 안에 틀어박힌 게지요."

거짓말이었다. 지설은 그가 들어섰을 때부터 이미 사람이 보이지 않았다고 했다. 하지만 담덕이 더 묻기도 전에 촌장이 걸음을 멈추었다.

"이곳입니다. 두 분은 이쪽 방을 쓰시지요. 방이 하나뿐이지만 그다지 작진 않으니……."

"방이 하나뿐이라고?"

담덕이 놀란 얼굴로 물었다. 촌장은 그 얼굴을 보며 무엇이 문제냐는 듯 고개를 갸웃거렸다.

"예. 창고에 계시는 그 나리께 마을에 쓸 만한 방이 하나뿐이라 했더니 두 분은 남매시니 같은 방을 써도 문제없을 거라고 하시던데요."

남매라니. 그런 설정이었나. 미리 설명은 좀 해 주지.

속으로 지설의 불친절함을 토로하는 그때 얼굴에 따가운 시선이 닿았다. 고개를 들어보니 담덕이 난처한 얼굴로 나를 보고 있었다.

"왜 그러십니까?"

"방이 하나뿐이라잖아."

"그게 왜요?"

"……넌 괜찮은 거냐?"

"안 괜찮을 건 또 뭡니까."

말을 하면 할수록 담덕의 얼굴이 일그러졌다. 영문을 몰라 눈을 깜빡이니 결국 그의 입에서 한숨이 흘러나왔다.

"그래. 안 괜찮을 건 또 뭐냐."

담덕의 한숨과 함께 우리는 촌장이 안내한 방 안으로 들어섰다. 촌장이 장담한 것처럼 내부는 두 사람이 지내기에 충분할 만큼 넓었다. 귀족들이 지내는 집에 비할 바는 아니었지만, 기본적인 가구들이 모두 갖추어져 있어 일반적인 평민들의 집보다는 사정이 나았다.

"시집간 제 딸이 지내던 방인데…… 지내기에 괜찮으실지 모르겠습니다."

촌장이 방 안을 둘러보는 우리의 눈치를 살피며 어둠을 밝힐 등잔불을 켰다. 객관적으로도 훌륭한 방이었지만 혹여나 손님들의 마음에 차지 않을까 걱정스러운 모양이었다. 다행히도 나와 담덕 모두 환경에 까다로운 편이 아니었다.

"충분하니 걱정 말게."

"제 안사람이 곧 식사도 안으로 들일 겁니다."

"그럴 필요 없네. 식사는 창고에 있는 사람들과 함께할 테니까."

"예? 창고에서 드시겠다고요?"

담덕의 말에 촌장이 놀라서 눈을 크게 떴다. 놀란 것은 촌장뿐만이 아니었다. 묵묵히 담덕의 곁을 지키고 있던 태림도 그의 계획을 전혀 몰랐는지 당황스러운 눈치였다.

"담덕 님, 그곳은 제대로 된 탁자도 없어 열악하니……."

"다들 그 열악한 곳에서 식사를 하는데 어찌 나만 융숭한 대접을 받겠어? 잠자리를 여기로 잡은 것은 어쩔 수 없었지만……."

태림의 말을 자르고 차분히 제 생각을 말하던 담덕의 눈길이 잠시 내게 머물렀다가 곧 촌장을 향했다.

"아무튼 식사는 일행과 함께하지. 특별히 더 신경 쓸 것 없이 내 몫도 다른 이들과 똑같이 준비해 주면 그걸로 충분하네."

"나리의 뜻이 그렇다면 그리 준비하겠습니다만…… 아가씨의 식사는 어찌할까요?"

촌장이 찜찜한 얼굴로 내게 물었다. 마음 같아서는 식사도 거르고 휴식을 취하고 싶었지만, 체력을 생각하면 든든하게 먹어 두는 편이 좋을 터였다.

"내 것도 신경 쓰지 말고 같이 준비하시게."

"예에…… 그리하지요."

촌장이 여전히 이해되지 않는다는 얼굴로 고개를 숙이고 방을 나섰다. 그가 떠나자마자 태림이 난처한 얼굴로 담덕에게 다가섰다.

"담덕 님, 창고에서 식사를 하겠다고 하시면 지설이 까무러칠 겁니다."

"아마 그렇겠지."

"그 잔소리를 어찌 감당하시려고요?"

"홀로 좋은 음식을 먹고 마음이 불편한 것보다 지설의 잔소리를 듣더라도 내 마음 편한 것이 더 낫다."

그렇게까지 말하니 태림도 할 말이 없는 모양이었다. 태림이 우물쭈물하는 사이를 놓치지 않고 담덕이 밖으로 나섰다. 어쩔 수 없이 태림도 그 뒤를 따랐다.

"지설 님과 전하 사이에서 태림 님이 고생이 많으십니다."

난처한 얼굴로 담덕을 따르는 태림이 안돼 보여 위로의 말을 건넸더니, 어쩐지 그가 더욱 난처한 표정을 지으며 고개를 숙였다.

"어찌 제게 말을 높이십니까. 그저 태림으로 족합니다. 말을 편히 하십시오."

"전하의 호위시니 제가 예의를 갖추는 것이 당연한걸요."

담덕의 호위는 나라에서 정식으로 내린 직위였다. 공식적으로는 가문의 이름 말고 내세울 것이 없는 나보다 태림이 더 높은 사람이었다.

"아닙니다. 출신이 미천한 자에게 연가의 아가씨께서 어찌……. 부디 편하게 대해 주십시오."

"저야말로 태림 님께서 그리 깍듯하게 대하시면 마음이 불편합니다."

그런 식으로 몇 번이나 더 같은 대화가 오갔다. 서로 편히 대하라며 같은 말을 반복하는 우리를 보며 결국 담덕이 나섰다.

"우희, 너는 내게도 반말을 하는 주제에 태림에게는 높임말을 한단 말이야?"

"그거야……."

"태림, 너도 그렇다. 내게는 담덕 님, 담덕 님하고 이름을 부르면서 우희에게는 아가씨라고 불러?"

"그것은……."

정확한 담덕의 지적에 나와 태림이 꿀 먹은 벙어리가 되고 말았다. 서로 눈빛을 교환한 우리는 결국 한 걸음씩 물러서기로 했다.

"그럼 최대한 편하게 대할게요. 태림도 날 우희라고 불러 줘요."

"예, 우희 님. 그리하겠습니다. 도압성으로 가는 동안 잘 부탁드립니다."

"내가 해야 할 말인걸요. 짐이 되지 않게 노력할게요."

어색해하며 서로의 호칭을 정리하는 동안 우리의 걸음이 창고에 닿았다. 방으로 갔던 담덕이 다시 창고에 나타나자 바닥에 편안하게 늘어져 있던 지설과 병사들이 놀라서 자리에서 벌떡 일어섰다.

"여기에는 어쩐 일이십니까? 혹 무슨 문제라도 생겼습니까?"

황급히 묻는 지설의 손에 커다란 주먹밥이 쥐어져 있었다. 그새 촌장의 부인이 식사를 준비해 준 모양이었다.

"밥 얻어먹으러 왔다."

"예? 밥이요?"

의아하게 묻는 지설의 질문에 대답하는 내신 담덕이 창고 안으로 들어갔다. 망설임 없이 중앙에 놓인 광주리 앞에 선 담덕은 그 위에 수북하게 쌓인 주먹밥 하나를 집어 들었다. 의문에 찬 병사들의 시선이 담덕의 일거수일투족을 따라 움직였다. 담덕은 그들의 시선을 전혀 의식하지 않는 듯 자연스레 짚 더미 위에 자리를 잡고 앉아 주먹밥을 베어 물었다.

그 모습을 가만히 지켜보던 지설이 입을 쩍 벌렸다.

"전하. 지금 뭐 하시는 겁니까?"

"밥 먹고 있는데. 내가 밥 먹는 모습이 그리 신기한가? 왜 다들 나만 보고 있어? 어서 먹지 않고."

"제 말은, 왜 여기에서 식사를 하시냐는 겁니다. 촌장에게 따로 식사를 올려 달라 부탁했는데요."

"아, 그거 됐다고 했어. 내 취향은 이쪽이 더 맞아서. 우희, 너도 어서 먹어."

담덕이 주먹밥 하나를 더 집어 내 쪽으로 던졌다. 포물선을 그리며 날아온 주먹밥을 따라 지설과 병사들의 시선이 이번에는 내게로 향했다. 주먹밥은 가볍게 내 손바닥 위에 안착했다. 건장한 청년들이 얼빠진 얼굴로 나와 내 손의 주먹밥을 보는 모양이 꽤 우스웠다. 나는 웃으며 주먹밥을 베어 물고 눈에 보이는 짚 더미 위에 대충 걸터앉았다. 동시에 모두의 눈이 커졌다.

"아가씨께서는 또 왜……?"

"제 취향도 이쪽이 더 맞아서요. 이 주먹밥 맛있네요. 다들 어서 먹어요. 배고플 터인데."

내 말에 얼떨떨한 얼굴로 굳어 있던 병사들이 조금씩 움직이기 시작했다. 지설은 태연하게 주먹밥을 먹고 있는 담덕과 나, 체할 것 같은 불편한 얼굴로 주먹밥을 집어 들고 자신의 눈치를 보는 병사들을 살피다 헛웃음을 터트렸다.

"정말 영문을 모를 분들입니다."

지설이 손에 들고 있던 주먹밥을 베어 물었다. 그것이 신호가 되었는지 병사들이 한결 편해진 얼굴로 주먹밥을 먹기 시작했다.

"좋은 방, 좋은 음식을 두고 왜 여기 오신 겁니까?"

"사람 많은 쪽이 더 재밌잖아."

지설의 질문에 담덕이 어깨를 으쓱거렸다. 그는 여전히 황당한 얼굴로 자신을 보는 지설의 눈을 피해 옆자리에 앉은 병사에게 눈을 돌렸다. 사발에 든 물을 한 모금 들이켜던 병사가 담덕과 눈이 마주치자 먹던 물을 뱉으며 기침을 해 댔다.

"나도 물 한잔 주겠어?"

"아…… 이건 물이 아니라 술입니다. 이곳 주통촌에서 만드는 과실주인데 촌장이 목이나 축이라며 주었습니다."

"과실주?"

그러고 보니 촌장이 이곳 과실주 자랑을 하며 식사 때 맛보게 해 드리겠다 했던 것이 떠올랐다. 담덕도 같은 말을 떠올렸는지 병사가 손에 든 사발을 빤히 바라보고 있었다.

이를 어떻게 오해했는지 지설이 나섰다.

"긴장을 늦추어서는 안 되지만 반주 정도는 괜찮을 것 같아 허락했습니다."

지설의 말에 일행의 지휘자인 태자의 허락 없이 술을 마셨다는 것을 깨달은 병사가 상기된 얼굴로 고개를 숙였다. 담덕은 손을 휘휘 내저으며 그를 안심시켰다.

"아아. 그 정도는 나도 이해해. 우리 고구려 용사들에게 술이란 물과 같은 존재인데 피로를 달래기 위한 술 한잔을 어찌 나무라겠어. 내게도 한 잔 주지. 촌장이 자랑하던 그 과실주 맛 한번 볼까."

"예, 예! 전하."

생각지 못한 말에 당황한 병사가 자신이 마시던 사발을 그대로 담덕에게 내밀었다. 지설이 미간을 찌푸리며 그의 행동을 지적하려고 했지만 담덕이 사발로 손을 뻗는 것이 더 빨랐다.

"고맙네."

하지만 담덕의 인사가 무색하게도 그의 손에 닿기도 전에 사발이 바닥으로 떨어졌다. 태자와의 대화로 긴장한 병사가 실수를 한 모양이었다. 너그럽게 넘어가 줄 법도 한데 지설의 표정이 또 한 번 일그러졌다.

"형오, 자네 정신 좀……."

"으헉."

지설이 실수를 연발하는 병사, 형오를 향해 못마땅한 얼굴로 훈계하려는 순간, 그가 가슴을 부여잡으며 바닥에 엎어졌다.

"형오!"

"으, 허억. 숨이…… 가슴이…… 답답……."

숨을 제대로 쉬지 못하는 형오의 모습에 당황한 병사들이 그의 곁으로 몰려들었다. 순식간에 아수라장이 되는 풍경에 반사적으로 몸이 튀어 올랐다.

"다들 비켜요!"

생각보다 날카롭게 나온 외침에도 병사들은 형오의 주변을 둘러싸고 있었다. 나는 그들 틈을 억지로 비집고 들어가 그의 상태를 살폈다. 형오의 어깨를 붙잡고 상태를 보니 식은땀이 온몸을 뒤덮고 있었고 계속해서 호흡이 가빴다. 어느새 팔다리는 차가웠고 피부는 새파랗게 질려 있었다.

"우웨엑!"

형오의 팔다리를 건드리는 순간 그의 입에서 토사물이 쏟아졌다. 덕분에 상의가 토사물로 뒤덮이자 병사들은 물론이고 지설과 태림, 담덕까지 놀라서 입을 벌렸다.

제일 먼저 정신을 차린 사람은 내게 가장 가까이 서 있던 태림이었다. 그는 형오를 내게서 떼어 내며 나를 살폈다.

"우희 님, 괜찮으십니까? 옷이 엉망이 됐습니다."

"난 괜찮아요. 안 괜찮은 건 저 형오라는 병사죠."

나는 내 어깨를 붙잡은 태림의 손을 떼어 내고 다시 형오에게 다가갔다. 어느새 그는 가쁜 호흡을 이기지 못하고 혼절해 있었다.

"우희, 무슨 일이야? 형오는 괜찮은가?"

담덕이 걱정스러운 얼굴로 물었다. 나는 토사물에 목이 막히지 않도록 형오의 자세를 고쳐 주며 주먹밥과 술을 바라보았다.

"지금부터 음식에는 손대지 마."

"음식? 음식이 상하기라도 한 건가?"

"독이야."

"뭐?"

"이 형오라는 병사의 증상, 전형적인 중독 증상이야."

"중독? 누군가 일부러 음식에 독을 넣었다는 겁니까?"

지설이 가장 빠르고 민감하게 반응했다. 병사들 사이를 뚫고 들어온 그의 얼굴이 서늘했다.

"그건 모르죠. 하지만 정말 독이라면 음식이 가장 가능성 높으니 이 사람이 손댔던 음식은 먹지 않는 게 안전해요."

나는 그의 얼굴을 볼 새도 없이 형오의 옷을 풀어 헤치며 호흡 상태를 확인했다. 얼굴을 가까이 가져다 대니 뺨에 미약하지만 숨이 느껴졌다.

"다행히 숨은 있는데……."

눈꺼풀을 뒤집어 눈동자를 확인하니 동공이 풀려 있었다. 재빨리 자세를 잡아 준 덕분에 토사물에 기도가 막히지는 않았지만, 이대로 더 두었다가는 숨이 점점 약해지다 결국에는 끊어지고 말 터였다.

"이 사람 오늘 먹은 게 뭐지?"

나는 형오의 옆에서 어쩔 줄 모르는 병사에게 물었다. 독은 종류에 따라 그에 맞는 해독제가 다르기 때문에 한시라도 빨리 독의 종류를 특정하는 것이 중요했다.

"점심때 먹은 육포와 물…… 지금 먹은 주먹밥과 과실주가 전부입니다."

다급한 나의 물음에 병사가 더듬거리며 형오가 먹은 것들을 나열했다.

"점심때 마신 물과 지금 여기 있는 주먹밥, 과실주는 모두 함께 먹었다. 한데 다른 사람들은 모두 멀쩡하니 이것에 독이 든 것은 아닐 테고……."

나는 형오의 주머니를 뒤져 그의 육포를 살폈다. 하지만 냄새며 맛 모두 보통의 육포와 똑같아 특별한 문제를 발견할 수 없었다.

"육포에도 특별히 문제가 없는데……. 정말 형오가 먹은 게 이것들

뿐인가?"

"제가 알기로는 그렇습니다. 볼일을 볼 때 빼고는 계속 붙어 다녔으니 확실합니다!"

병사가 거의 울 것 같은 얼굴로 대답하는 순간 창고 입구에서 소란이 일었다. 고개를 돌려 보니 싸늘하게 굳은 지설이 촌장을 끌고 와 창고 안으로 내던졌다.

"왜, 왜, 왜 이러십니까, 나으리!"

"몰라서 묻나?"

지설이 검을 뽑아 바닥을 나뒹구는 촌장의 목에 겨누었다. 억울함을 호소하던 촌장의 얼굴이 금세 하얗게 질렸다.

"정말, 정말입니다! 잘 곳을 내어 달라기에 잘 곳을 내주고, 먹을 것을 달라기에 먹을 것을 주었을 뿐인데 어찌 이러십니까!"

"저기 쓰러진 저놈의 꼴을 봐라. 저것을 보고도 계속 발뺌을 할 것이냐?"

지설이 턱짓으로 형오를 가리켰다. 그를 따라 고개를 돌린 촌장의 시선이 형오에게 닿자마자 그렇지 않아도 창백하던 그의 얼굴이 사색이 되었다.

"기어이 귀신 놈이 외지인에게까지 가서 붙었단 말인가……."

촌장은 완전히 넋이 나갔다. 그의 얼굴에 스친 것은 두려움과 절망이었다.

"헛소리하지 말고 무슨 장난을 친 것인지 어서 말해라."

"귀신 놈이…… 우리를 모두 죽이려고……."

"어서 말해!"

"귀신…… 귀신이……."

계속 귀신이라는 말만 반복하는 촌장의 모습에 지설이 미간을 찌푸리며 그의 멱살을 잡아챘다.

"정말 죽고 싶은 거냐!"

"지설, 진정해라."

여태까지 뒤에서 상황을 살피던 담덕이 촌장을 앞뒤로 흔드는 지설을 말리며 앞으로 나섰다. 지설이 씩씩대며 담덕의 말에 반발했다.

"하지만 이놈이!"

"우희도 말하지 않았나. 함께 음식을 먹은 우리가 멀쩡하니 그것에 독이 든 것은 아닐 거라고. 정말 영문을 모르는 것일 수도 있다."

"다른 수를 쓴 것일지도 모릅니다."

"그러니까 그것이 확실치 않은 상황이다. 그자를 놓아줘라."

"어찌 이리 태평하십니까! 독입니다, 독. 지금은 형오가 저리 쓰러져 있지만 그것이 전하일 수도 있었습니다."

"그런 일은 일어나지 않았어. 나는 멀쩡하고, 쓰러진 것은 형오다. 지금은 그가 무사히 눈을 뜨게 하는 것이 먼저야."

담덕의 말에 지설이 여전히 불만스러운 얼굴을 하면서도 촌장을 놓아주었다. 밀어내듯 거칠게 놓아주는 손길에 넋이 나간 촌장이 종잇장처럼 가볍게 바닥에 널브러졌다.

그 모습에 담덕이 난처한 얼굴로 고개를 내저었다.

"틀렸다. 이미 넋이 나갔어. 태림, 지금 상태에서는 아무 대답도 듣지 못할 테니 다른 마을 사람을 찾아와라."

"예."

담덕의 명을 받고 태림이 재빨리 창고를 벗어났다. 태림이 나서는 모습을 확인한 담덕이 씩씩대는 지설을 지나쳐 내게 다가왔다.

"상태는 어때? 독은 확실하고?"

"증상만 본다면 그래."

"목숨이 위험한가?"

"이대로 두면 점점 숨쉬기가 힘들어지고 결국 죽고 말 거야. 무슨 독을 먹은 건지 찾아서 해독제를 써야 해. 한데 먹은 것이 우리와 다르지 않다니 독의 종류를 특정하기가 힘들어."

"해독제를 쓰는 것 말고는 방법이 없어?"

"어떻게든 임시로는 숨을 붙여 놓겠지만, 결국 해독제만이 답이야."

고개를 내젓는 나를 보며 담덕의 얼굴이 어두워졌다. 병사들을 위로하기 위해 떠난 길에서 병사를 잃게 생겼으니 그로서도 암담할 것이다.

그때 다시 한번 입구가 소란스러워졌다. 사람을 찾으러 갔던 태림이 돌아온 것이다. 그의 손에는 안색이 어두운 여인이 두려움 가득한 얼굴로 붙잡혀 있었다.

"그렇다면 저 여인이 답을 주길 바라는 수밖에 없군."

담덕이 작게 중얼거리며 여인 앞에 섰다. 그녀는 담덕의 얼굴을 보며 의아한 표정을 지었다가, 바닥에 널브러진 촌장을 보며 놀란 눈을 크게 떴고, 쓰러진 형오를 보면서는 사색이 되었다.

그 변화를 모두 살핀 담덕이 친절한 미소를 지으며 여인에게 말했다.

"보았겠지만 상황이 좋지 않다. 내 병사가 이곳에서 식사를 하다가 쓰러졌는데, 저 녀석이 눈을 뜨지 못하면 내가 이 마을을 전부 쓸어버릴 생각이거든."

친절한 미소와 달리 그의 목소리는 차갑고 단호했다. 여인은 덜덜 떨며 제 입을 틀어막았다.

"마, 마, 마을을……! 저희는 아무 잘못이 없습니다! 그저, 그저 그 귀신 놈이……."

여인이 자신을 붙잡은 태림의 손을 뿌리치고 바닥에 바짝 엎드렸다. 담덕은 그녀를 별다른 감흥 없는 눈으로 바라보았다.

"귀신. 그래, 촌장도 귀신 이야기를 하더군. 사람의 잘못을 귀신의 탓으로 돌릴 생각인가?"

"아닙니다! 정말 귀신 놈의 소행입니다! 저희 마을 아이들도 그 귀신 때문에 저리되었습니다."

"마을 아이들도 저리되었다?"

서늘하던 담덕의 목소리가 풀어졌다. 그는 무엇인가 깨달은 눈으로 나를 돌아보았다. 나는 가볍게 고개를 끄덕이며 자리에서 일어섰다.

"그 마을 아이들, 어찌 되었는지 더 자세히 말해 줄 수 있겠나?"

"아이들, 아이들이……."

여인이 벌벌 떨며 태림과 담덕의 눈치를 살폈다. 나는 여인의 앞으로 다가가 그녀의 시야에서 두 사람을 가리며 최대한 다정한 미소를 지어 보였다.

"내가 도와줄 테니 떨지 말고 말해 보게."

따뜻한 말투에 마음이 가라앉은 것인지 여인의 떨림이 조금 잦아들었다. 여인은 쓰러진 형오를 가리키며 질린 얼굴로 고개를 저었다.

"몇 해 전부터 아이들이 저런 식으로 먹은 것을 죄 토하더니 결국 죽었습니다. 사는 곳도, 먹은 것도, 쓰러지기 전에 한 일도 모두 다른데 하나같이 토하다 죽으니 귀신에 씐 것이 분명하다고……."

사람의 죽음이 귀신의 소행일 리 없었다. 하지만 이 시대에는 어느 정도 통용되는 믿음이기도 했다. 답답한 마음에 한숨이 절로 나왔다.

"그렇게 몇이나 죽어 나갔나?"

"모르겠습니다. 열 명이 넘고부터는 너무 무서워서 세지도 못했습니다."

"그리 아이들이 죽어 나갈 동안 의원은 어찌 부르지 않았어?"

내 질문에 여인의 입이 꾹 다물렸다. 잦아들었던 떨림도 다시 심해지기 시작했다.

"사실대로 전부 말하게. 그래야 내가 도와줄 수 있으니."

"처음에는 불렀습니다. 한데 의원도 원인을 모른다 했어요. 그래서 죽은 아이가 운이 없었나 싶었지요. 그런데 얼마 지나지 않아 다른 아이들도 그런 식으로 죽어 나가는 게 아닙니까?"

"원인 모를 이유로 아이들이 죽어 나가니 많이 놀라고 두려웠겠어."

두 손을 꼭 잡으며 여인을 다독이자 그녀의 눈에서 결국 눈물이 터졌다.

"예, 그랬습니다. 무서웠습니다. 다시 의원을 부르고 싶었지만 술 만드는 곳에서 사람이 죽어 나간다는 소문이 나면 안 된다고, 원인도 모르게 사람이 죽어 나가는 마을에서 만든 술을 누가 사 가겠냐고 촌장님이 말렸습니다. 그 뒤로는 전혀 손쓸 수가 없이 아이들이……."

일이 어찌 돌아갔는지 알 것 같았다. 의원을 불러도 제대로 원인을 찾아 아이들을 살릴 수 있을지 모르는 상황이다. 하지만 괴이한 소문이 피지는 순간 주통촌으로서의 마을이 완전히 무너신다는 것은 명백했다. 불확실한 것에 희망을 가지거나 확실한 것을 피하거나. 촌장은 그 둘 중 확실한 것을 피하는 쪽을 선택했다.

"사람을 살리는 것보다 술을 파는 게 더 중요하던가."

담덕이 미간을 찌푸리며 촌장을 바라보았다. 비난보다는 안타까움이 섞인 목소리였다.

한번 부정적인 소문이 돌면 이를 다시 긍정적으로 바꾸는 일은 불가능에 가깝다. 아마 촌장으로서도 고민 끝에 내린 결정이었을 것이다. 하지만 그 때문에 세지도 못할 만큼 많은 아이들이 죽었고, 지금 또 한 사람의 목숨이 위태로워졌다. 비밀을 지켜 마을이 번성하더라도 그 안에 살아갈 사람이 없다면 무슨 의미가 있을까.

나는 안타까운 마음으로 여인을 일으켜 세웠다.

"혹 비슷한 증상을 보인 이들 중에 아직 목숨이 붙어 있는 아이는 없을까?"

"며칠 전에 저렇게 쓰러진 아이가 있습니다. 하지만 거동이 불편하고 의식도 불분명해 곧 죽을 거라고…… 혹여나 귀신이 옮겨붙을까 싶어 아무도 그 집엔 가까이 가지 않습니다. 벌써 죽었는지도 모르고요."

아직 죽지 않은 사람이 있다면 그와 형오의 상황을 비교해 원인을 찾아볼 수 있을 터였다.

"우선 그 집으로 나를 안내해 주게."

반가운 마음에 여인을 이끌었더니 그녀가 화들짝 놀라 내 손을 뿌리쳤다.

"안 됩니다! 저한테는 일곱 살 난 아들놈이 있습니다. 그 귀신이 저희 집에 옮겨붙으면 어찌하실 겁니까?"

"이보게. 귀신이 사람 목숨을 앗아 가는 법은 없어."

"그럼 그 많은 아이들은 왜 죽었는데요? 귀신의 소행이 아니면 어찌 그렇게 죽어 나갑니까?"

"병은 사람이 만드는 것이지 귀신이 만드는 것이 아니야. 언제까지 귀신 핑계를 대며 손을 놓고 있을 건가?"

"귀하신 분들께는 귀신이 안 붙으니 모르시는 게지요. 저는 못 갑니다. 절대 못 갑니다."

여인이 하얗게 질린 얼굴로 뒷걸음질을 쳤다. 다시 한번 여인을 설득해 보려는 찰나 가만히 상황을 주시하던 담덕이 검을 뽑으며 앞으로 나섰다. 검집에서 검이 뽑히는 소리가 서늘하게 창고 안을 울렸다. 담덕은 검을 그대로 여인의 목에 겨누었다. 놀란 여인은 비명조차 지르지 못하고 눈을 크게 떴다. 덜덜 떨리는 몸 때문에 여인의 목에 상처가 났다.

"내가 말하지 않았던가. 저 녀석이 눈을 뜨지 못하면 내가 이 마을을 전부 쓸어버릴 생각이라고."

"흐읍."

여인이 숨을 들이켜며 눈을 질끈 감았다.

"그러니 선택해. 내가 지금 검을 휘둘러 이 마을 사람 모두의 목을 벨까, 아니면 자네가 그 귀신인지 뭔지가 붙었다는 집에 우릴 데려갈까."

"저, 저희는 아무것도 안 했습니다. 무고한 사람들에게 어찌 대, 대고구려의 용사가 거, 검을 겨누십니까."

담덕은 애처롭게 떨리는 여인의 목소리를 쉽게 무시했다.

"다시 한번 말하지. 내 부하가 여기 사람들이 내준 음식을 먹고 쓰러졌어. 난 그를 꼭 살려야겠으니 뭐라도 할 생각이야. 내 말이 농담 같은가? 그래서 대답 대신 쓸데없는 변명이나 늘어놓고 있는 것이고?"

한층 더 서늘해진 목소리에 여인이 고개를 휘휘 저었다.

"아닙니다. 그런 것이 아닙니다."

"그럼 간단하군. 안내해, 그 집으로."

"그러겠습니다. 그러니 제발 검을……."

여인의 대답에 담덕이 검을 내렸다. 서늘한 기운이 사라지자마자 여인이 다시 자리에 주저앉았다.

"안내해라. 시간이 없다."

여인이 고개를 끄덕이며 자리에서 일어섰다. 후들거리는 다리를 겨우 지탱하고 창고 밖으로 나서는 여인을 보니 절로 미간이 찌푸려졌다. 사람을 무력으로 짓누르는 것에 아무래도 거부감이 느껴졌다.

"이렇게 심하게 할 것까지는 없잖아."

나는 검을 다시 정리하는 담덕의 곁에 다가가 조용히 속삭였다. 병사들 귀에 담덕을 탓하는 소리가 들어가지 않도록 그의 곁에 바짝 붙었으나, 내 노력이 무색하게도 담덕이 한 걸음 뒤로 물러서며 얼굴을 굳혔다.

"한시가 급한 거 아니었어? 이게 제일 빠른 방법이라고 생각했을 뿐이야. 진짜 마을 사람들을 죽일 생각도 없었고."

"네가 그럴 만한 사람이 아니라는 건 나도 알아. 하지만 내가 말로 설득할 수 있었어."

"그래, 나도 네가 그럴 능력이 있다는 거 알아. 하지만 시간이 오래 걸렸겠지. 그동안 내 부하는 죽음에 가까워지겠고."

담덕이 의식을 잃고 있는 형오를 힐끗거렸다. 시간이 급한 것은 사실이었기에 더 할 말이 없었다.

"어쨌든 해결됐으니 가자. 그 집에서 뭐라도 알아내야 할 텐데."

담덕이 먼저 휘청거리는 여인의 뒤를 따랐고, 호위인 태림이 그 곁을 지켰다. 지설 역시 그들을 따라 걸음을 옮기려는 것을 내가 막아섰다.

"지설 님은 여기서 형오를 봐 주세요. 다시 구토를 할 수도 있는데, 토사물에 목이 막히지 않게 봐 줄 사람이 있어야 하거든요. 게다가……."

"그렇게 하죠."

예상과 달리 지설은 빠르게 내 말에 납득했다. 지설을 납득시키기 위해 더 많은 설명을 말하려던 내가 당황해서 입을 오물거리자 그가 멀어지는 담덕 일행을 가리켰다.

"왜 이렇게 멍하니 서 계십니까? 시간이 없다면서요? 아가씨는 빨리 저쪽을 따라가셔야 하는 거 아닙니까?"

지설의 말이 옳았다. 나는 서둘러 고개를 끄덕이고는 벌써 저만치 멀어진 담덕 일행의 뒤를 따라붙었다.

❖ ❖ ❖

"홍매야! 홍매야!"

여인이 고요한 초가 앞에서 다급하게 소리를 높였다. 하지만 애타는 부름에도 아무런 반응이 없었다.

"태림."

기다려서는 답이 없을 것 같다는 생각을 했는지 담덕이 태림을 부르며 고개를 까딱였다. 별다른 지시를 내리지도 않았는데도 태림이 빠르게 움직여 집 안을 수색하기 시작했다.

술독이 늘어선 창고, 이불이 반듯하게 개어진 방, 화기가 전혀 없는 부엌. 문이 하나씩 열릴 때마다 드러나는 것은 텅 빈 방뿐이었다. 이상한 곳으로 안내를 한 것인가 싶어 여인을 바라보니 그녀도 놀란 얼굴로 눈을 깜빡이고 있었다.

"아니…… 애들이 어디에……?"

여인이 당황하는 사이 태림이 마지막으로 남은 문을 활짝 열어젖혔다. 다행히 이번에는 텅 빈 방이 아니었다.

방 안에는 아이가 두 명 있었다. 환자로 보이는 남자아이는 바닥에 누워 이불을 덮은 채였고, 그보다 어려 보이는 여자아이는 갑작스레 열린 문에 눈을 동그랗게 뜨고 있었다.

"홍매야!"

여인이 아이의 이름을 부르며 달려갔다.

"네 오라비는 어떠니? 아직…… 괜찮은 게야?"

익숙한 마을 사람의 부름에도 아이는 쉽게 입을 열지 못했다. 서늘한 태림과 담덕의 눈빛 때문인 것 같았다.

담덕은 가만히 두었다가는 이번에도 검을 빼 들 기세였다. 그 대처가 썩 마음에 들지 않았던 터라 이번에는 내가 먼저 선수를 쳤다.

"이름이 홍매니? 저기 누워 있는 건 네 오라비 강래고?"

가까이 다가가 눈높이를 맞추며 물으니 머뭇거리던 홍매가 고개를 주억거렸다.

"어머니는 어디 가셨어?"

"없어요."

"그럼 아버지는?"

"아버지도…… 안 계셔요."

조금 전 머뭇거렸던 대답에 비해 빠르고 명확한 답변이었다. 무슨 소리인가 싶어 여인을 보니 그녀가 우물거리며 상황을 설명했다.

"이 아이의 부모는 몇 달 전 산에 갔다가 산적 놈들에게 변을 당했습니다. 지독한 흉년에 먹을거리를 구하겠다고 부지런히 움직이다 결국……."

"그럼 보살펴 줄 부모도 없는 아이들을 이리 방치했단 말이야?"

"이리 말하면 매정한 년이라 하실지 모르겠지만, 저희 집 식구들 건사하기도 힘듭니다. 몇 해째 흉년이라 저희 식구도 하루 한 끼 먹을까 말까인데 어찌 다른 집을 챙깁니까."

최근 몇 년 동안 고구려는 흉년으로 힘든 상황이었다. 먹을 것이 부족해 인심이 흉흉해졌다는 소문은 들었지만, 돈벌이가 좋은 주통 촌까지 어려울 정도로 국내성 밖 상황이 좋지 않았던 모양이다.

"상황이 이렇게까지 좋지 않단 말인가."

담덕이 참담한 얼굴로 여인과 아이들의 몰골을 살폈다. 하나같이 비쩍 마르고 기운이 없어, 병이 창궐해도 이상하지 않았다.

나는 입술을 질끈 깨문 채 홍매를 지나쳐 누워 있는 강래를 살피기 시작했다.

아이의 증상은 여인이 말했던 것처럼 형오와 비슷했다. 구토한 흔적이 있고, 호흡이 불규칙하며, 몸은 마비되어 움직임이 없다. 증상만으로 생각한다면 원인은 청산 계열의 독이다. 흔히 범죄 영화나 추리소설에 등장해 피해자를 순식간에 죽음에 몰아넣는 무서운 독이

청산 계열의 독이었다.

그럼에도 형오나 강래의 숨이 아직까지 붙어 있는 것은 현대의 독과 이 시대의 독이 다르기 때문이다. 현대에서 화학적으로 만들어 낸 청산 계열 독은 치사량을 먹으면 짧은 시간 안에 죽음에 이르지만, 이 시대에는 그럴 정도로 강한 독극물이 존재하지 않았다. 자연적으로 추출한 독은 독성이 훨씬 약했다.

대처할 시간이 조금 더 주어졌다는 점은 희망적이었으나, 이 독을 추출할 수 있는 식물이 너무 많다는 것이 문제였다. 정확한 원인을 찾지 못하면 해독도 요원했다.

답답한 마음에 한숨을 내쉬니 옆에서 내가 하는 양을 물끄러미 바라보던 홍매가 물었다.

"우리 오라버니도 죽어요? 옆집 돌개랑 아랫집 사영이처럼? 마을 사람들이 다 그럴 거라고 했으니까 맞겠죠?"

비극적인 사실을 이야기하면서도 홍매는 담담했다. 이 마을에 그만큼 많은 죽음이 있었다는 의미였다.

"귀신이 붙어서 그런 거래요. 그래서 방법이 없대요. 귀신이 옮겨붙으면 큰일이라고 아무도 우리 집 근처에 안 오고요."

홍매가 확인이라도 하듯 여인을 바라보자 그녀가 불에라도 덴 듯 놀라며 고개를 돌렸다. 검을 들이대고 겁박한 뒤에야 발길을 돌렸으니 평소에는 이곳을 쳐다보지도 않았을 것이 뻔했다.

보살핌을 받지 못한 아이들의 몰골은 말이 아니었다. 강래에게서는 물론이고 홍매의 몸에서도 묵은내가 풀풀 났다. 방 안도 엉망이긴 마찬가지였다. 발치에서 온갖 부스러기가 굴러다니는 것이 보일 정도였다.

"네 오라비가 이리된 것이 사흘 전이라 들었는데, 그럼 넌 사흘이나 여기에서 혼자 오라비를 지킨 거니?"

"네."

"밥은 어찌하고? 힘들지 않았어?"

"이거 먹었어요."

걱정을 담아 물었더니 홍매가 당당하게 품속에 넣어 두었던 주머니를 꺼냈다. 작은 손을 주머니 속에 넣어 내용물을 한 움큼 집은 아이가 내게 손을 내밀었다. 반사적으로 두 손을 펼쳤더니 그 위로 아이가 쥐고 있던 주머니 속 내용물이 쏟아졌다.

"한 끼에 한 주먹씩 먹어요. 그럼 배부르니까."

지난 사흘간 아이의 끼니를 책임졌다는 음식의 정체를 확인한 나는 할 말을 잃었다. 아이가 당당히 내민 건 열매를 다 먹고 남은 과일 씨였다. 겨우 한 주먹이면 한창 자랄 아이들에게는 턱도 없이 부족한 양이었다.

"……이것만 먹으면서 사흘을 버텼다고?"

황당해서 헛웃음이 나왔다. 그건 담덕도 마찬가지였다. 이해할 수 없다는 듯 멍하니 씨를 바라보는 우리에게 여인이 변명을 덧붙였다.

"과실주를 만들고 남은 것들입니다. 알맹이만 쓰고 씨는 모두 버리는데, 요즘같이 먹을 게 없는 시기에는 이것도 아쉬워서 잘 말려 먹습니다."

"과실주를 만들고 남았다고? 과실주에는 배와 오얏을 쓴다고 하지 않았나? 거기서 나온 씨 같지는 않은데."

담덕이 씨를 하나 집어 들며 고개를 갸웃거렸다. 과실주를 자랑하던 촌장이 배와 오얏으로 술을 만든다고 한 것을 나도 기억하고 있었다. 이건 그 씨라기엔 크기가 너무 컸다.

"주재료가 그렇다는 것이고 시기에 따라 살구나 매실이 들어가기도 합니다. 이건 살구씨네요."

"살구? 이게 살구씨인가?"

"예. 과실주 만든 세월이 얼마인데 그걸 못 알아보겠습니까? 얼마 전이 살구 철이어서 그걸로 술을 많이 만들었습니다. 그만큼 씨도 많이 나왔고요."

여인의 설명이 맛이 궁금해졌는지 담덕이 씨를 입에 가져갔다. 나는 서둘러 그를 제지했다.

"담덕, 먹지 마."

단호한 목소리에 담덕이 의아한 얼굴을 했다. 영문을 모르는 듯한 사람들의 얼굴에 머리가 아득해지는 기분이었다.

"살구씨에는 독성이 있어."

"살구씨에?"

담덕이 놀란 얼굴로 제 손의 살구씨를 바라보았다.

"면역이 약한 아이들에게는 특히 위험한데, 그것을 아이들이 밥처럼 먹고 다녔다니 당연히 중독되었을 거야."

살구씨는 단순한 과일 씨가 아니었다. 한의학에서는 행인(杏仁)이라고 하여 약재로도 쓰는데, 필요에 따라 쓰더라도 자체에 독성이 있어 사용에 주의를 요한다고 강조할 정도였다.

"하지만 겨우 살구씨인데요. 우리 애들도 잘 먹지만 멀쩡했고, 저도 한 번씩 먹습니다."

여인이 이해할 수 없다는 듯 눈을 깜빡였다. 겨우 살구씨 하나에 호들갑을 떠는 내가 이상하다는 눈치였다.

"약재로도 쓰는 것이니 먹는다고 무조건 사람을 해하진 않아. 용량이 중요한 것이지."

"그럼 사흘 동안 살구씨로 끼니를 때웠다는 홍매는 왜 멀쩡……."

"우읍!"

여인의 항변이 미처 끝나기도 전에 홍매의 입에서 토사물이 쏟아졌다. 곧장 뒤로 넘어가려는 것을 담덕이 재빨리 잡아챘다.

"우희! 이 아이의 증상이……."

"응, 다른 사람들과 완전히 똑같아. 살구씨가 원인인 게 분명해."

나는 재빨리 머릿속을 뒤져 살구씨의 해독법을 떠올렸다. 살구나무 뿌리를 달여 마시면 빠르면 두 시간, 늦어도 네 시간 안에는 정상으로 돌아온다고 했다.

"살구나무 뿌리가 필요해. 그걸 달일 솥과 물도."

해독은 빠르면 빠를수록 좋았다. 독이 몸 안에 있는 시간이 길어질수록 후유증이 커지기 때문이다. 원인과 해독법을 알아냈으니 이제부터는 시간 싸움이었다.

"살구나무 뿌리는 내가 구해 오지. 촌장의 집 근처에서 본 것 같거든."

어리둥절하게 선 사람들 사이에서 담덕이 먼저 움직였다. 그가 나서자 태림도 정신을 차렸다.

"솥은 부엌에 있었습니다. 물은 오면서 보았던 강에서 길어 오면 될 것 같고, 불을 피울 장작은 다른 집에서 얻어 오겠습니다."

"아니에요. 장작은 내가 구해 오죠. 먼저 불을 피우고 있을 테니 태림은 물만 서둘러 줘요."

분주하게 각자 일을 정하는 사람들 속에서 여인은 여전히 멍한 얼굴로 우뚝 서 있었다.

"귀신의 소행이 아니었단 말이야?"

중얼거리는 그녀의 얼굴은 넋이 나간 것 같았다.

준비는 일사천리였다. 옆집에서 장작을 구해 와 불을 붙이고 있으니 태림이 물을 길어 왔고, 뒤이어 담덕도 살구나무 뿌리를 가져왔다.

방법이 간단하다 보니 해독약은 금세 만들어졌다. 나는 완성된 약을 홍매와 강래에게 먹였다. 형오에게는 태림을 보내 약을 먹이게 했다. 이제 차도가 있는지 확인할 차례였다. 머릿속으로 확신은 있었으나 제대로 결과를 보기 전까지는 마음을 놓을 수 없었다. 의심에 의심을 거듭해 최선의 치료를 고민하는 것이 의술을 펼치는 자의 의무였다.

다행히도 시간이 지나자 홍매의 숨이 안정적으로 돌아왔다. 중독 기간이 길었던 강래의 숨은 아직까지도 불안정했지만 시간이 갈수록 점차 규칙적으로 변하고 있었다. 대처를 제대로 한 것이다. 비로소 긴장된 마음이 풀어지고 안도의 한숨이 나왔다. 겨우 어깨에 힘을 푼 내게 담덕이 형오의 소식까지 전해 주었다.

"태림이 말하길 형오가 의식을 찾았대. 기운이 없는 것만 빼면 문제는 없어 보인다 했어."

"확실히 어른이라 아이들에 비해 회복이 빠르네."

"중독도 그만큼 빠르게 됐지만 말이야. 돌을 씹어 먹어도 멀쩡할 것 같은 놈이 어울리지 않게 살구씨를 먹고 중독이라니."

담덕이 장난스러운 목소리로 고개를 저었다. 형오가 정신을 차리니 그도 이제야 마음이 놓이는 모양이었다.

"아이들이야 배가 고파 살구씨를 먹었다고 하지만, 형오는 어쩌다 그리된 걸까?"

"그렇지 않아도 태림이 궁금해서 물었더니, 밥 먹기 전에 잠깐 볼일을 보러 나왔다가 창고 뒤에 말려 둔 살구씨를 봤대. 무슨 맛인가 싶어 한두 개 집어 먹었는데 생각보다 단맛이 나기에 열 개 정도 씹어 먹었다는군. 한데 겨우 이 정도로도 중독이 되나?"

"충분히 가능하지. 사람마다 독을 견뎌낼 수 있는 정도가 다르니까. 아마 형오가 그런 독에 약한 체질이었을 거야."

"답지 않게 예민한 놈이라니까."

헛웃음을 흘린 담덕이 내 옆에 자리를 잡고 앉았다.

"형오에게 가 보지 않아? 걱정 많이 했잖아."

"걱정은 누가."

"형오를 살리겠다고 검까지 휘둘렀으면서."

"……그렇게 말하니 낯간지러운데. 게다가 검을 빼 들었을 뿐이지 휘두르진 않았다고."

투덜거리는 담덕의 얼굴을 보니 서늘하게 마을 사람을 협박했던 모습이 꿈인 것만 같았다.

"왜 그렇게 봐?"

"그냥. 내가 모르는 네 모습이 많다 싶어서."

"그건 나도 마찬가지야."

담덕이 그렇게 말하고는 내 얼굴로 손을 뻗었다. 반사적으로 손을 피하며 경계심 가득 찬 눈으로 그를 바라보니, 그가 헛웃음을 흘리고는 내 뒤통수를 단단히 붙들었다.

"왜 피하는데? 내가 너한테 나쁜 짓이라도 할까 봐? 얼굴이 온통 재투성이라 닦아 주려 그런다."

"내가 닦을 수 있어."

"보이지도 않잖아. 가만히 있어 봐. 닦아 줄게."

담덕의 손이 내 볼을 쓱쓱 문질렀다. 뭐 그리 진지한 일을 하는지 한껏 집중한 입술이 꾹 다물려 있었다.

나는 조금 더 시선을 올렸다. 그러자 담덕의 날렵한 콧날과 살짝 내리깐 눈이 보였다. 그곳에 어렸을 적 만났던 소년은 없었다. 어느새 건장한 청년만 남았을 뿐이다.

어릴 땐 나보다 작았는데 이젠 나랑 비교도 안 될 정도로 커 버렸어.

단순히 키만 큰 것이 아니었다. 매일 검과 활을 단련하기 때문인지 말랑거리는 내 몸과 달리 담덕의 몸은 어디를 만져도 단단한 느낌이 있었다.

그러고 보니 요즘 들어 태자 전하가 멋져 보인다는 궁녀들이 많아졌단 말이지. 담덕이 지나갈 때마다 저들끼리 속삭이던 궁녀들의 모습을 떠올리며 그를 빤히 바라보고 있으니 뺨을 문지르던 손이 떨어져 나갔다.

"됐다. 이제 좀 봐 줄 만하네."

집중하느라 굳었던 담덕의 입술이 호선을 그리며 올라갔다. 뺨에 닿았던 담덕의 시선이 올라와 서로의 눈이 마주치자 생각보다 거리가 가깝다는 것이 느껴졌다. 마주친 두 눈 사이로 기묘한 긴장이 스쳐 갔다.

긴장감이라고? 나와 담덕 사이에?

다른 감정보다도 우습다는 생각이 먼저 들었다. 키가 지금의 반에 불과하던 시절부터 지금에 이르기까지 몇 년을 격 없이 지내 온 주제에 이제 와 무슨 긴장감을 느낀단 말인가.

담덕도 비슷한 생각을 했는지 그의 입에 어색한 미소가 걸렸다. 나도 그를 따라 어색하게 웃음을 흘리니 문 쪽에서 황당하다는 듯한 목소리가 들려왔다.

"두 분 지금 뭐 하십니까?"

고개만 돌려 문을 바라보니 어느새 활짝 열린 문 사이로 지설이 서 있었다.

문은 또 언제 열린 거야? 영문을 몰라 눈을 깜빡이자 지설의 시선이 내 뒤통수를 붙들고 있는 담덕의 손에 닿았다. 그제야 자세를 의식한 담덕이 화들짝 손을 뗐다.

"아무것도 안 했다."

"누가 뭐랍니까? 전 아무 말도 안 했는데요."

"바라보는 눈이 불손했어."

담덕이 한숨을 내쉬며 자리에서 일어섰다.

"말해 두었던 건?"

"운이 좋았습니다. 이 부근에 화전을 일구며 떠돌아다니는 무리가 있더군요. 그들에게 웃돈을 주고 마을 사람들에게 나눠 줄 곡식을 구해 왔습니다. 급하게 조달하느라 양이 많지는 않았으나, 요즘 같은 흉년에는 그 정도도 감지덕지죠. 내일 날이 밝는 대로 나눠 주겠습니다."

내가 환자를 돌보는 사이 담덕은 지설에게 마을 사람들의 구휼을 지시한 모양이었다. 썩 잘한 일이라 생각했는데 지설의 표정은 좋지 않았다.

"담덕 님. 제가 이런 말을 올릴 입장은 아니나 지나가는 곳마다 이렇게 도움을 주실 수는 없습니다. 어느 정도 여유 자금을 가져오긴 했지만 많은 양이 아닐뿐더러, 애초에 이러기 위해 가져온 돈이 아닙니다."

"그렇다고 모두 무시하고 지나갈 순 없지. 두 눈으로 본 것조차 해결할 수 없다면 더 큰일은 어찌하겠어?"

담덕이 지설 앞으로 다가가 그의 어깨를 가볍게 두드렸다.

"하지만 지설 네 말도 옳다. 자금에 부담 가지 않는 선에서 도울 방법을 찾는 것 역시 내 일이겠지. 넌 우리 일행의 살림을 맡고 있으니 이런 지적은 언제든 환영이다."

"그리 말씀해 주셔서 감사합니다."

담덕에게 고개를 숙인 지설이 이번에는 나를 바라보며 입을 열었다.

"곡식을 나눠 주며 살구씨를 함부로 먹으면 안 된다는 사실을 알리려고 합니다. 더 전할 내용은 없겠습니까?"

"살구씨에 독이 있긴 하지만 완전히 먹을 수 없는 음식은 아니에요. 잘만 쓰면 기침과 가래를 없애 주기도 하거든요. 또 날것이 아니라 적절히 조리해서 먹으면 맛도 좋고요."

"그렇습니까. 어떻게 쓰느냐의 문제라는 거군요."

잠시 턱을 매만지며 생각에 빠져 있던 지설이 곧 결론을 내렸다.

"하면 마을 사람들이 모였을 때, 아가씨께서 그 방법을 직접 일러 주시면 어떨까요? 제대로 먹을 수 있는 식재라면 요즘 같은 흉년에 마을 사람들에겐 희소식일 겁니다."

"그렇게 하죠."

직접 조리해 본 적은 없지만 이론은 알고 있으니 가능할 것 같았다. 고개를 끄덕이는 나를 보던 지설의 시선이 조금 아래로 떨어졌다. 그를 따라 시선을 내리니 엉망이 된 상의가 눈에 들어왔다. 일이 정신없이 몰아치는 통에 형오의 토사물이 묻은 옷 그대로였다.

"어느 정도 상황이 정리되었으니 촌장의 집으로 돌아가시지요. 목욕할 물과 갈아입을 의복도 준비해 두라 이르겠습니다."

"갈아입을 의복은 제게 있어요. 더러워진 옷만 세탁하면 될 것 같습니다."

두 눈으로 상태를 보고 나니 더 이상 옷을 입고 있을 수가 없었다. 엉망이 된 포를 벗자 두 남자의 시선이 따갑게 꽂혀 들었다.

"왜요? 뭐 잘못됐나요?"

영문을 몰라 두 사람을 번갈아 보니 지설이 한숨을 내쉬며 내 손에 든 포를 가져갔다.

"세탁은 제가 마을 아낙에게 부탁해 두겠습니다. 그럼."

할 말이 많아 보이는 얼굴을 한 지설이 인사만 한 채 사라졌다.

상황을 설명해 줄 사람은 이제 담덕뿐이었다. 담덕에게로 눈을 돌리니 그가 팔짱을 낀 채 못마땅한 시선으로 나를 바라보고 있었다.

"도대체 왜 그러는데?"

"무슨 옷을 이리 쉽게 벗어 던져?"

포를 벗긴 했지만 안에는 저고리와 허리 치마가 더 있었다. 누가 보더라도 민망할 모양새는 아니었다.

"누가 들으면 내가 속옷 차림으로 있는 줄 알겠어."

"차림이 문제가 아니라 고민도 않고 옷을 벗으니 한 말이다. 너는 사내놈들이 무섭지도 않아?"

"너와 지설 님, 어느 쪽을 무시워해야 하니?"

"둘 다야, 둘 다."

❖ ❖ ❖

담덕과 투덕거리며 촌장의 집으로 돌아왔더니 몸을 씻을 따뜻한 물과 간단한 식사가 준비되어 있었다. 아직 저녁 식사를 해결하기 전이었지만 허기보다도 목욕이 더 급했다. 온갖 흙먼지와 재를 뒤집어쓴 탓에 움직일 때마다 몸이 찝찝했다.

다행히 담덕도 같은 생각이었는지 우리는 식사를 한쪽으로 미뤄 두고 목욕에 나섰다.

집에서는 달래가 목욕을 도와주었지만 여기서는 시중을 들어 줄 사람이 없었다. 홀로 옷을 벗고 따뜻한 물이 가득 담긴 나무통에 몸을 담갔더니 온몸의 피로가 풀리는 것 같았다. 대한민국에서는 이런 목욕이 일상이었지만, 물이 귀하고 불 피우기 어려운 고구려에서 따뜻한 목욕은 대단한 사치였다.

말 위에서 온종일 버틴 데다 몰아치는 사건에 긴장했던 몸이 노곤하게 풀어지자 자연스레 눈꺼풀이 무거워졌다. 이대로 있다가는 깜빡 잠이 들 것 같았다. 나는 무거운 눈을 부릅뜨고 머리와 몸에 묻은 재를 씻었다. 맑았던 물이 금세 탁해지는 것을 보니 더 몸을 담그고 있을 마음이 들지 않았다.

서둘러 마무리하고 나무통 밖으로 나오니 몸이 으슬으슬 떨렸다. 수건으로 물기를 닦아 내고 새 옷으로 갈아입었지만 젖은 머리 탓에 쉽게 추위가 가시지 않았다. 빨리 화로를 피워 둔 방으로 가야겠다는 생각에 대충 머리를 닦은 뒤 걸음을 옮겼다. 방에는 이미 목욕을 마친 담덕이 탁자에 앉아 있었다.

"벌써 나온 거야?"

서두른다고 서둘렀는데 담덕은 그보다 더 빨리 마친 모양이었다. 머리에서 물이 뚝뚝 떨어지는 나와 달라 머리도 잘 정돈한 상태였다.

"벌써라니. 이각은 족히 되었는데."

일각이 15분이니 이각이라고 해 봐야 30분이었다.

"어찌 사람이 이각 안에 씻을 수가 있어?"

"난 이각 넘게 씻는 것이 더 이상한데. 게다가 넌 머리도 제대로 안 닦았으니 평소엔 이보다 더 오래 걸린다는 거군."

담덕과 나는 서로를 멀뚱히 바라보다 결국 이해를 포기했다.

"내 머리는 길어서 제대로 말리려면 시간이 한참 걸려."

나는 침상에 걸터앉으며 수건으로 물기를 닦았다. 평소라면 달래가 해 주는 일이었다. 긴 머리 말리는 게 이렇게 힘든 일이라니. 익숙하지 않은 일에 팔이 빠질 것 같았다. 평소 달래가 얼마나 많은 고생을 하고 있는지 알 법했다.

"도와줄까?"

끙끙대는 나를 보며 탁자에 턱을 괴고 있던 담덕이 물었다.

"네가?"

평소 시중을 받기만 하는 태자님을 믿어도 될 것인가. 의심스러운 내 눈초리를 읽었는지 담덕이 미간을 찌푸리며 내 손에서 수건을 가져갔다.

"나도 이 정도는 하거든!"

담덕이 내 앞에 선 채 수건을 펼쳐 내 머리를 감쌌다. 그는 생각보다 부드럽고 섬세한 손길로 머리를 털어 냈다.

"생각보다 능숙하시네요, 태자님."

"그 태자님 소리 하지 말래도."

"왜 그리 어색해하는 거야? 다른 사람들이 태자 전하라느니, 전하라느니 부르는 건 아무렇지 않으면서."

"너니까 그래. 네게는 태자가 아니라 그냥 담덕이고 싶다. 세상 사람들 모두 날 태자라 불러도, 그 외의 이름으로는 기억조차 하지 않아도…… 넌 그러지 않았으면 해. 그저 날 네 친구 담덕으로 기억해 주면 족하다."

사뭇 진지한 목소리였다. 슬쩍 시선을 올려 담덕을 보려고 했지만 수건에 가려져 그의 얼굴이 제대로 보이지 않았다.

"왜 내게 그런 걸 바라?"

"너라면 그럴 수 있을 것 같아서. 넌 보통 사람들과 다르잖아."

"달라? 내가?"

"설마 네가 평범하다고 생각하는 건 아니지?"

머리 위에서 담덕의 웃음소리가 들려왔다.

"이 고구려 땅에, 아니, 내가 가 보지 못한 그 어느 땅에도 너 같은 녀석은 없을걸."

"……그거 칭찬이야, 욕이야?"

"칭찬으로 들었다면 칭찬일 것이고, 욕으로 들었다면 욕이겠지."

담덕은 종종 그런 말을 했다. 내가 어딘가 다르다는 말. 그럴 때마다 나는 담덕이 말하는 나의 '다름'이 은연중에 드러나는 내 전생의 사고방식이나 행동 양식 때문인지, 우리가 쌓아 온 특별한 인연 때문인지 알 수 없어졌다.

담덕이 내게 벽을 허물고 격의 없이 대하는 것은 그에게 내가 타인과 '다르기' 때문이다. 한데 그가 나를 타인과 '다르게' 여기는 까닭이 이 시간에서 쌓은 인연이 아니라 전생이 만들어 낸 그림자 탓이라면.

나는 담덕에게 가장 중요한 부분을 속이고 있는 거겠지.

그런 생각을 하면 어쩔 수 없이 마음이 무거워진다. 나는 천천히 눈을 감고 복잡한 기분을 떨쳐 버리려 애썼다.

규칙적으로 머리를 매만지는 손길과 훈훈한 공기, 감은 두 눈 사이로 스쳐 가는 많은 기억들에 서서히 머리가 무거워졌다. 몇 번이나 억눌러 왔던 피로가 순식간에 온몸을 덮쳤다. 꼿꼿하게 세웠던 목에 힘이 풀려 고개가 앞뒤로 휘청거렸다. 스스로 인식하고 있는데도 도무지 힘이 들어가지 않았다.

"졸려?"

"응."

"아직 식사도 하지 않았는데."

"안 먹을래. 그냥 자고 싶어."

"그럼 조금만 더 참아 봐. 아직 머리 덜 말렸으니까."

"으응…… 그러고 싶은데…….'"

겨우 대답을 했지만 그게 끝이었다. 나는 그 말을 마지막으로 그대로 앞을 향해 고개를 푹 숙였다. 앞에 서 있던 담덕의 단단한 복부에 머리가 닿는 것이 느껴졌다. 졸음이 쏟아진 탓인지 담덕의 단단한 복부가 폭신한 베개처럼 편안하게 느껴졌다.

"너무 피곤해…… 그냥 잘래……."

나는 손을 뻗어 담덕의 옷자락을 끌어당겼다. 머리를 그만 말리라는 뜻이었다. 내 뜻을 제대로 알아들었는지 담덕의 손이 어느새 멈춰 있었다. 미동조차 하지 않는 그의 옷자락을 더 가까이 끌어당기며, 나는 그대로 잠이 들었다.

❖ ❖ ❖

얼굴을 찌르는 햇살에 눈을 뜨니 어느새 아침이었다. 어찌나 피곤했는지 중간에 한 번도 깨지 않고 푹 잠에 빠졌다. 덕분에 몸은 한결 개운했다. 나는 침상에서 내려와 기지개를 켜고 탁자 위에 놓인 머리끈을 집어 들었다.

잠이 덜 깨 비몽사몽 간에 머리를 정돈하고 있으니 굳게 닫혀 있던 문이 열리고 찻잔과 주전자를 든 담덕이 들어섰다. 그는 잠들기 전에 본 것과 마찬가지로 완벽하게 정돈이 된 모습이었다.

"일어났네. 그렇지 않아도 깨워야 하나 고민하고 있었는데."

담백한 인사와 함께 담덕이 탁자 앞에 자리를 잡았다.

"아침 식사가 곧 준비될 거야."

"곡식은 언제 나눠 줘?"

"아침 식사 후에. 아직 여유가 있으니 너무 서두르지 않아도 돼."

고개를 끄덕이고 머리끈의 마무리 매듭을 짓고 있으니 담덕이 빤히 바라보는 것이 느껴졌다. 왜 그러냐는 듯 담덕을 보자 내 머리를 가리켰다.

"머리 모양이 늘 보던 것과 달라서."

평소에는 반을 땋아 올리고 나머지 반은 길게 늘어트린 머리를 했지만, 오늘은 단순한 반 묶음 머리를 한 상태였다.

"평소에 하던 머리는 달래가 도와줘야 할 수 있어서 그래. 이건 이상해?"

길게 늘어진 끈을 매만지며 물었더니 담덕이 고개를 내저었다.

"이상해서가 아니라 낯설어서 물은 거야."

"도압성까지 내내 이 상태일 테니 금방 익숙해질 거야. 담덕은 혼자서 준비하는데도 평소와 다를 바가 없네."

"난 궁에서도 도움을 많이 받지 않는 편이라. 오히려 누가 옆에서 거들면 걸리적거리던데."

"……상당히 민망한걸. 태자님은 혼자 척척 준비하는데 나는 이 상태라니."

"내가 특이한 축이니 신경 쓸 거 없다."

담덕이 탁자 위에 찻잔을 내려놓은 뒤 주전자에 담아 온 차를 따랐다. 잔이 두 개인 것을 보니 하나는 내 몫인 모양이었다. 나는 무거운 몸을 침상에서 겨우 일으켜 탁자 앞에 앉았다. 그러자 담덕이 따라 둔 찻잔을 내 쪽으로 밀었다.

"확실히 뭔가 잘못됐어."

김이 올라오는 찻잔을 바라보며 중얼거리니 담덕이 차를 한 모금 입에 머금으며 나를 바라보았다.

"이거 원래 내가 해야 했던 일 아니야? 명목상이지만 어쨌든 난 태자의 수발을 들기 위해서 동행하는 거란 말이야."

"말 그대로 명목상일 뿐이잖아. 일행 중에 널 그런 역할이라고 생각하는 사람은 하나도 없으니 괜한 고민 말고 편하게 있으면 돼."

"어제도 그래. 나 혼자 침상을 다 차지해 버렸잖아. 먼저 잠들어 버리기까지 하고."

"왜? 잠들지 않았으면 내게 자장가라도 불러 주려고 했나?"

"……너, 자기 전에 자장가 듣는 편이었니?"

"그럴 리가 없잖아."

담덕이 미간을 찌푸리며 머리를 짚었다.

"내 말은 네가 신경 쓸 건 하나도 없다는 거야. 어차피 누가 날 시중드는 것에도 익숙하지 않고, 네게 그런 걸 시키기도 싫어."

"담덕 님, 식사 안으로 들이겠습니다."

담덕의 단호한 말이 끝남과 동시에 문밖에서 태림의 목소리가 들려왔다.

"들어와."

안으로 들어선 태림이 묘하게 가라앉은 담덕의 기분을 알아채고 내게 눈을 돌렸다. 하지만 내가 할 수 있는 대답은 없었다.

❖ ❖ ❖

식사를 마친 후 나는 주통촌 사람들 앞에 섰다. 담덕과 지설, 태림이 내 옆을 지켰다. 이렇게 많은 사람 앞에 나서는 것은 처음이라 어색하게 웃고 있으니, 아이들이 나를 가리키며 '저 사람이 귀신을 쫓았대!' 하고 수군대는 것이 보였다.

졸지에 한의사가 아닌 무당이 돼 버렸군.

"오늘 이 자리에서 내가 하는 설명을 잘 들으면 여기 이 도련님께서 자네들에게 곡식을 나눠 주실 거야. 하니 잘 들어 주시게."

마을 사람들의 시선이 담덕을 향했다. 그는 쏟아지는 사람들의 시선이 민망한지 작게 헛기침을 하고 있었다.

"이 주통촌에서는 오랫동안 많은 아이들이 죽어 나갔죠. 여러분은 귀신의 소행이라 했지만, 그것이 아니었어요."

나는 탁자 위에 수북하게 쌓인 살구씨 하나를 집어 사람들이 잘 볼 수 있도록 높이 들어 올렸다.

"그간 아이들의 목숨을 앗아 간 것은 바로 이 살구씨입니다. 흔히 행인이라고도 하는데 이 안에 독성이 있어 날것으로 먹으면 목숨이 위험할 수도 있죠. 어린아이들이나 임산부, 노인들에게는 특히 더 위험하고요."

미리 알았더라면 충분히 막을 수 있는 비극이었다. 벌써 아이를 잃은 사람들은 안타까움에 눈물을 훔쳤고, 겨우 살아난 홍매와 강래 남매는 서로의 손을 꼭 잡은 채 내 말에 귀를 기울였다.

"하지만 올바른 방법으로 먹으면 기침을 멎게 하고, 가루를 내어 몸에 바르면 가려움증이 낫기도 합니다."

약과 독에는 명백한 구분이 없다. 같은 약재라도 어떻게, 얼마나, 누구에게 사용하느냐에 따라 결과가 달라지기 때문이다.

흔히 독약으로 알려진 부자(附子:독성이 강한 약으로, 중풍이나 신경통, 관절염 등에 쓴다)도 적절히 쓰기만 하면 약이 되고, 기력 보충에 좋다는 인삼도 과하게 쓰면 독이 된다.

"살구씨를 약으로 쓰기 위해서는 먼저 날것의 껍질과 뾰족한 끝을 제거한 뒤 따뜻한 물에 넣어 독성을 빼내야 해요. 독성이 빠진 살구씨는 색이 변할 때까지 향유로 볶아 내면 아삭하고 맛 좋은 먹거리가 되지요."

나는 설명을 이어 가며 직접 살구씨 손질하는 법을 보여주었다. 씨의 겉껍질을 벗겨내자 아몬드와 비슷한 형태의 씨알이 나왔다. 실제 약으로 쓰는 것도 이 부분이었다.

"겉껍질을 벗겼을 때 알이 두 개 들었거든 그것은 버리세요. 그것은 독성이 강하다 하여 약으로도 쓰지 않거든요."

이미 살구씨의 무서움을 몸소 겪은 터라 사람들은 진지하게 내 이야기를 경청했다. 나는 마지막으로 그들을 바라보며 진짜 하고 싶었던 이야기를 꺼냈다.

"사람의 죽음에 귀신이 손을 쓰는 일은 없어요. 앞으로도 이와 비슷한 일이 벌어진다면, 귀신을 두려워 말고 무엇을 먹었는지, 어떤 걸 만졌는지, 자기 행동을 돌아보세요. 답은 언제나 사람에게 있으니."

아이들이 죽어 나갈 때마다 귀신의 소행이라 외쳤던 사람들의 얼굴이 벌겋게 달아올랐다. 하지만 나도 그들을 비난하고픈 마음은 없었다. 이 시대는 원래 그런 미신이 횡행하는 시기였다.

"이제 도련님께서 곡식을 나눠 주실 겁니다. 부디 오늘 내가 했던 말들을 꼭 기억해 주길 바라요."

나는 곡식을 받으러 움직이는 사람들의 얼굴을 훑었다. 나와 눈을 마주치는 사람도, 눈길을 피하는 사람도 있었다. 얼마나 많은 사람에게 내 이야기가 닿았을까. 다만 한 명이라도 내 말을 기억해 주길, 그래서 이렇게 어이없이 누군가를 잃게 되지 않길 바랄 뿐이었다.

第五章

산길

주통촌을 떠난 뒤로 병사들은 부쩍 내게 살가워졌다. 특히 형오는 나를 생명의 은인이라 추켜세우며 틈만 나면 내 곁에 붙어 이것저것 챙겨 주지 못해 안달이었다.

그러는 동안 나흘이 더 지나 일행은 험한 산길에 접어들었다. 둘러 가면 더 편한 길이 있겠지만 일정을 줄이자니 산을 지날 수밖에 없었다.

"이제 산길을 지날 겁니다. 여러모로 힘드시겠지만 산을 가로질러 가야 일정이 줄어드니 이해해 주십시오."

나와 담덕 옆에 다가온 지설이 앞으로의 일정을 설명했다. 이런 산 속에 마을이 있을 리 없으니 오늘은 꼼짝없이 산에서 야영을 하게 생겼다. 원정에 익숙한 병사들도 긴장한 기색이 역력했다. 산은 변수가 워낙 많아 경험 많은 용사들도 어려워한다고 했다.

그런 걸 알려 준 사람은 형오였다. 그는 식사를 위해 잠깐 멈춰 설 때마다 쪼르르 다가와 내가 모르는 이야기들을 들려주었다. 대부분이 전쟁터에 원정을 나갔을 때의 일화였다. 절노부와 국내성에 얌전히 박혀 살았던 나로서는 모두 신기한 이야기들이라 흥미로운 기색을 비쳤더니, 그 이후로 형오는 대단한 수다쟁이가 되었다.

"아가씨! 이쪽에 앉아 쉬십시오."

이번에도 야영 준비를 위해 말에서 내리자마자 형오가 제 겉옷을 벗어 바닥에 깔았다. 그 모습에 지설이 황당한 얼굴로 그의 뒤통수를 내리쳤다.

"네 더러운 옷에 앉느니 바닥이 더 깨끗하겠다. 어디 출발 이후에 한 번도 빨지 않은 옷 위에 사람을 앉혀?"

"별로 냄새도 안 납니다!"

형오가 바닥에 깐 옷에 코를 박고 억울함을 호소하자 지설이 혀를 끌끌 찼다.

"냄새가 안 나면 깨끗한 것이냐? 거참 요상한 기준이구나."

한껏 형오를 비웃은 지설이 내 눈치를 살피며 목소리를 낮추었다.

"무엇보다 아가씨는 네 동무가 아니다. 어찌 틈이 날 때마다 아가씨 곁에서 떨어질 줄을 몰라? 아무 말 않으신다고 너무 친한 척 굴지는 마라. 엄연히 신분이 다른 분이시니."

"예에……."

지설의 훈계에 형오가 시무룩한 얼굴로 바닥에 깔았던 제 옷을 집어 들었다. 축 처진 어깨로 옷을 털고 있는 것을 보니 나도 모르게 웃음이 나왔다.

"지설 님, 너무 그러지 마세요. 제가 이야기 듣는 게 즐거워 그냥 둔 것입니다."

"그것 보십시오! 아가씨께서 괜찮다고 괜찮으시다는데요."

내가 제 편을 들자 형오가 순식간에 기운을 차렸다. 보란 듯이 자신을 향해 턱을 치켜드는 형오를 보며 지설이 미간을 찌푸렸다.

"아가씨께서도 너무 저 녀석을 받아 주지 마십시오. 버릇 나빠집니다."

"도압성에 도착할 때까진 계속 얼굴을 보고 가야 하는데 조금 가까워지면 어때요."

"저희에게는 이번 도압성 일정이 전부가 아닙니다. 아가씨께서는 이 녀석들을 흔들어 놓고 떠나시면 그만이지만, 저희는 남아서 계속 기강을 잡아야 합니다. 정도를 지켜 주셨으면 합니다."

지설의 단호함에 형오의 얼굴에서 점점 미소가 사라졌다. 이렇게 정론을 들고 나오니 나로서도 할 말이 없었다. 그의 말처럼 나는 이들의 세상에 잠깐 머물렀다 떠날 사람이었다. 잡혀 있는 질서를 흔드는 건 실례였다.

"그런 식으로는 미처 생각지 못했습니다. 제가 잘 몰라서 그런 것이니 앞으로도 마음에 걸리는 부분이 있다면 말해 주세요. 저도 일행에 피해를 주기는 싫습니다."

"……이해해 주셔서 감사합니다."

잠시 나를 바라보던 지설이 고개를 숙여 인사한 뒤 형오를 바라보았다.

"형오, 너는 잠시 나를 좀 따라와라."

"예."

형오가 잔뜩 풀이 죽은 얼굴로 지설의 뒤를 따랐다. 수풀 속으로 사라지는 두 사람의 뒷모습을 보고 있으니 담덕이 내 옆에 다가왔다.

"혹 마음이 상했다면……."

"괜찮습니다. 지설 님의 말이 옳아요. 일행의 법칙에 제가 맞춰야지요."

담덕은 대답 대신 내 표정에 주목하고 있었다. 그는 평소 말보다 표정이 더 진실에 가깝다는 생각을 가지고 있었다. 그래서인지 내가 말을 할 때면 이런 식으로 얼굴을 빤히 보는 경우가 많았다.

"그리 생각해 준다니 다행이다."

내 말이 진심이라는 것을 알았는지 담덕이 순순히 고개를 끄덕였다.

"그리고 이제 그 어설픈 존대도 그만해라. 그게 내숭이라는 것도 이미 다 들통났으니."

"예?"

"형오가 쓰러졌을 때 내 이름을 부르며 반말을 했잖아. 병사들도 이미 그걸 다 봤다."

그때 상황이 워낙 다급해 담덕에게 깍듯하게 대해야 한다는 걸 완전히 잊고 평소처럼 행동했던 모양이다. 설마 하는 마음에 병사들을 보니 그들도 담덕의 말이 맞는다는 듯 고개를 주억거리고 있었다.

"세상에. 그동안 내가 노력한 건 뭐지?"

지난날이 허무해져 헛웃음이 절로 나왔다.

"그러니 쓸데없는 노력은 이제 그만하고 평소처럼 해. 이번 도압성 길에 오른 병사들은 모두 나와 함께 떠나기를 자처한 내 사람들이니 누구도 너의 격의 없는 행동을 책잡지 않을 거야."

"누구도? 지설 님은 거기에 포함되지 않겠지?"

"우희, 나보다 지설의 말이 더 걱정이야? 내가 지설보다 상관이라는 걸 잊지 말아 줬으면 하는데."

"하지만 지설 님이 우리 일행의 돈을 쥐고 있잖아. 여행길엔 돈이 곧 권력이라고."

"뭐? 내가 지설이 아니라 돈에 밀린 거였어?"

불만 가득한 눈으로 투덜거리는 담덕 곁으로 야영 자리를 찾아보러 나섰던 태림이 돌아왔다.

"담덕 님, 이곳에서 조금만 더 가면 동굴이 나옵니다. 짐승의 흔적도 없고 습기도 적어 하루 지내긴 충분할 것 같았습니다."

"그래? 그럼 오늘은 그곳에 자리를 잡자."

담덕의 승낙에 일행은 말을 이끌고 태림이 발견한 동굴로 장소를 옮겼다. 산속에서 첫 야영이라 걱정이 많았는데 이슬을 피할 동굴을 찾았으니 다행이었다.

태림의 말처럼 동굴 안의 환경은 나쁘지 않았다. 크기도 커서 병사들까지 모두 안에서 잠들 수 있을 것 같았다. 동굴에 들어서자마자 병사들은 익숙하게 자리를 정돈했다. 마른 나뭇잎을 모아 바닥에 깔고 그 위에 천을 덮어 누울 자리를 만들고, 중앙에는 불을 피워 서늘한 공기를 데웠다.

분주하게 준비를 하다 보니 금세 해가 떨어졌다. 노을이 지기 시작한 것이 얼마 되지 않았는데 과연 산의 해는 짧았다.

"담덕 님과 우희 님께서는 가장 안쪽에서 주무십시오. 혹 밖에서 산짐승이 들이닥치면 저와 병사들이 막을 겁니다."

태림이 나와 담덕의 자리를 지정해 주었다. 동굴의 안쪽에 있어 안전한 데다 불과 가까워서 가장 따뜻한 명당이었다.

"불침번 순서는?"

담덕이 입구 근처에 자리를 잡기 시작하는 병사들을 보며 물었다.

"이미 정해 두었습니다. 아가씨께선 검을 다루지 못해 경계를 설 수 없으니 번에서 제외했고, 담덕 님께선 지설과 함께 제일 첫 순서이십니다."

"모두 공평하게 제비를 뽑아 순서를 정하라 하지 않았나."

"공평하게 제비를 뽑은 겁니다."

"그래서, 내가 우연히 가장 첫 순서가 되었다?"

뻔한 거짓말에 담덕이 미간을 찌푸렸다.

밤새 불을 지킬 당번을 정할 때 가장 좋은 자리는 제일 처음과 마지막이었다. 중간에 잠에서 깨지 않고 푹 잘 수 있기 때문이었다. 그런데 그 좋은 자리가 하필 담덕의 손에 떨어졌다.

"담덕 님께서 뽑기 운이 좋으셨던 거지요."

뻔뻔한 거짓말에 담덕이 헛웃음을 흘렸다.

"태림, 갈수록 거짓말이 느는구나. 처음엔 빈말 하나 못하더니…… 지설과 함께 다니며 배웠나?"

태림이 대답하지 않고 가볍게 고개를 숙였다. 그 모습에 담덕이 다시 한번 헛웃음을 흘렸다.

"이젠 말을 피할 줄도 알고."

"송구합니다."

"됐다. 예전보다 요령이 생겨 보기 좋으니 이번엔 속아 넘어가 주마. 하지만 두 번은 없을 거야."

"예, 전하."

인사하고 돌아서는 태림의 입가에 옅은 미소가 걸린 것을 본 담덕이 못 말린다는 듯 고개를 저었다.

"봤지? 하나같이 이런 취급이다. 내 말을 들어주는 척하며 다들 자기 뜻대로 한다니까."

"다들 널 좋아해서 그래."

"날 좋아해서 그렇다고? 퍽이나 그렇겠다. 무시나 하지 않으면 다행이지."

"너도 알고 있으면서 왜 모른 척이야? 다들 널 좋아한다는 걸 알기 때문에 이들을 '내 사람들'이라 부르는 거 아니었어?"

담덕은 적과 아군의 경계가 분명한 사람이었다. 석에게는 한없이 단호하지만, 아군에게는 믿을 수 없을 정도로 무른 구석이 있어 누구를 아군으로 생각하는지 금세 티가 났다.

"넌 믿는 사람과 아닌 사람을 대하는 게 너무 달라. 그러니 '네 사람'들은 자연스럽게 어깨에 힘이 들어가지."

"그럼 우희 넌?"

"나?"

"네 어깨에도 힘이 들어가 있나?"

담덕이 내 어깨에 손을 얹었다. 크고 단단한 손이 확인하듯 어깨를 만지작거리니 기분이 이상했다. 나는 몸을 틀어 담덕의 손에서 벗어났다.

"내 어깨에 왜 힘이 들어가?"

"넌 나의 첫 '내 사람'이잖아. 그러니 누구보다 어깨에 힘이 들어가야 하는 거 아니겠어?"

담덕의 손에서 벗어난 보람도 없이 그가 다시 한번 내 어깨에 손을 뻗었다.

"그러니 확인해 보자. 얼마나 힘이 들어갔는지."

"힘 안 들어갔어!"

담덕은 내 어깨를 잡겠다고, 나는 그 손을 피하겠다고 소란이었다. 한참을 투덕거리고 있으니 동굴 입구에서 황당하다는 듯한 목소리가 들려왔다.

"두 분, 뭐 하십니까?"

일행 중에서 이런 소리를 할 사람은 지설뿐이었다. 역시나 고개를 돌려 보니 입구에 선 지설이 한심한 눈으로 우리를 바라보고 있었다.

지설뿐만이 아니었다. 입구 근처에 자리를 잡고 앉았던 병사들도 어느새 나와 담덕의 소란에 주목하고 있었다. 지설과 달리 조카를 바라보는 듯한 훈훈한 시선이었다는 점만 차이가 있었다. 평소처럼 투덕대느라 주변 시선을 완전히 잊고 있었던 것이었다. 나와 담덕은 민망해져 조용히 손을 내렸다.

그때 지설과 함께 자리를 비웠던 형오가 동굴 안으로 들어왔다. 낑낑대며 안으로 들어온 그는 빈손이 아니었다. 형오의 어깨에 웬만한 아이보다 더 큰 산짐승 하나가 들려 있었다. 나는 놀라서 한걸음에 그의 앞으로, 정확히는 산짐승 앞으로 다가섰다.

"이 커다란 걸 잡은 건가?"

절노부에 있을 때 제신과 사냥을 나간 적이 있긴 하지만 겨우 토끼나 노루 정도만 잡았을 뿐, 이렇게 큰 놈은 처음이었다. 역시 산짐승은 들짐승과 크기부터가 달랐다.

"멧돼지입니다. 겁도 모르고 달려들기에 잡았습니다. 마침 저녁 식사 시간이기도 했고."

대답은 지설에게서 흘러나왔다. 멧돼지를 잡은 사람이 지설인 모양이었다. 그러고 보니 지설의 갑옷에만 피가 튄 흔적이 있었다.

"지설 님께서 두 방에 목을 찔러 잡으셨죠. 태림 님이면 한 방에 잡으셨겠지만요!"

형오의 말에 병사들이 와하하 웃음을 터트렸다. 지설이 잔소리를 할 때마다 태림보다 검도 못 쓰는 대장님이 잔소리를 한다며 투덜거리는 형오다운 너스레였다.

"그래도 이 무거운 놈을 여기까지 옮겨 온 건 접니다!"

형오가 지설의 무용담을 늘어놓으면서도 놓치지 않고 제 수고를 주장했다. 밉지 않은 자랑에 지설도 피식 웃으며 팔꿈치로 그의 옆구리를 찔렀다.

"그리 말할 시간에 부지런히 움직여. 다들 배가 고플 터이니."

"예, 예. 여부가 있겠습니까."

형오가 과장되게 고개를 끄덕이며 모닥불 옆에 멧돼지를 내려놓았다. 쿵 하는 소리와 함께 멧돼지가 바닥에 떨어졌다.

"손질은 제가 하겠습니다."

쉬고 있던 병사 중 하나가 일어서 손질을 자처했다. 품속에서 작은 단도를 꺼내 익숙하게 해체 작업을 시작하는 모습에 쉬고 있던 병사들도 우르르 주변에 몰려들었다.

"오랜만에 고기 좀 먹겠구만."

"이게 얼마만의 고기야? 드디어 제대로 된 식사를 하겠어."

병사들은 벌써부터 신이 나서 떠들어 댔다. 국내성을 떠나 매일 육포로 연명하고, 마을에 들렀을 때도 주먹밥 정도만 얻어먹었으니 고기가 그리울 법도 했다.

"생각보다 이런 걸 잘 보시는군요."

멧돼지 해체하는 과정을 바라보고 있었더니 지설이 의외라는 듯 고개를 갸웃거렸다. 그의 머릿속의 나는 전형적인 귀족 가문 아가씨인 모양이었다. 순간 하늘거리고 우아한 해운의 누이 영의 모습이 스쳐 갔다. 아마 지설이 생각하는 귀족 가문 아가씨는 그 아이 같은 느낌일 것이다.

하지만 나는 피를 보고, 살을 가르고 찢는 일에 거부감이 전혀 없었다. 의술을 배운 자로서 그런 거부감이 있다면 힘들었다.

그래도 처음 해부학 수업을 들을 땐 울면서 강의실을 뛰쳐나갔었지.

한의대에서 해부학 수업을 한다면 놀라는 이들도 많았지만, 한의학에서도 서양 의학처럼 해부학을 중요시했다. 병을 이해하기 위해서는 인체의 구조를 이해하는 것이 필수적이었다. 그러니 드라마에서도 허준 선생이 사람의 배를 갈라 인체의 구조를 보지 않았겠나.

게다가 고구려는 전쟁이 잦은 나라였다. 하필 집안 남자들은 그 전쟁에 나가지 못해 안달이었다. 집을 나섰다 돌아오면 어디 하나 다쳐 오는 것이 일상이니 익숙해지지 않을 수 없었다.

"대고구려인으로 태어나 피 보는 일에 익숙하지 않다면 곤란하지요. 제 아버지와 오라버니도 툭하면 피를 흘리며 돌아오시는걸요."

"그렇습니까. 제 생각보다 아가씨께선……."

말을 하던 지설이 중간에 입을 꾹 다물었다. 나는 다시 지설의 입이 열리길 기다렸지만, 그 전에 삼삼오오 모여 있던 병사들 중 하나가 그의 곁으로 다가와 말을 걸었다.

"대장님, 오랜만의 고기인데 그것도 함께 개봉하면 어떻겠습니까?"

"그것?"

"그 주통촌에서 고맙다며 주었던……."

병사가 은근히 말을 흘리며 말에 걸어 둔 호리병을 가리켰다. 주통촌을 떠날 때 마을 사람들이 고맙다며 내준 과실주였다.

"어찌할까요, 담덕 님?"

지설이 담덕에게 의견을 구했다. 주통촌에서는 안전한 마을 안에 있어 반주를 허락했지만 지금은 언제 위협이 있을지 모를 산속이었다. 지설 본인의 독단적인 판단으로 술을 허락할 상황이 아니었다.

"취하지 않을 정도로만 목을 축이는 건 나쁘지 않겠지. 추운 밤 몸을 데우기도 좋고."

담덕의 입에서 허락의 말이 흘러나오자 병사들의 얼굴이 미소가 걸렸다. 행동이 제일 날랜 사람은 형오였다. 그는 담덕의 말이 떨어지기 무섭게 말에 달려가 호리병을 한 아름 가져왔다.

"이럴 때만 빠르지."

지설의 타박에도 형오는 싱글벙글 웃었다. 고기에 술이니 들뜰 만도 했다.

병사들은 분주하게 움직여 멧돼지를 불 위에 올렸다. 먹음직스러운 멧돼지 통구이가 준비된 것이다. 멧돼지가 익기를 기다리며 일행들은 모닥불 주위에 둘러앉았다. 담덕과 태림, 지설도 그 안에 있었다. 며칠 함께 보냈다고 편해졌는지 병사들은 담덕에게도 농담을 던지며 웃었다. 지설이 못마땅한 얼굴로 병사들을 노려보았으나, 그럴 때마다 담덕이 손을 들어 지설을 제지했다. 좋은 분위기를 망치지 말라는 뜻이었다.

"다 익었습니다. 드십시오."

병사가 잘 익은 멧돼지 살을 잘라 맛을 본 뒤 이상이 없는 것을 확인하고는, 새로운 덩어리를 잘라 나뭇가지에 꽂았다. 먹음직스러운 멧돼지 꼬치구이였다. 그렇게 준비된 음식은 제일 먼저 담덕에게 전해졌다. 꼬치를 받아 든 담덕은 자연스럽게 그것을 내게 건넸다.

"응? 이걸 왜 내게 줘?"

너무 자연스러운 행동에 반사적으로 꼬치를 받아 들고서야 뭔가 이상하다는 걸 깨달았다. 이번에도 담덕이 나를 챙기고 있었다.

누가 보면 담덕이 아니라 내가 태자인 줄 알겠네. 나는 길게 한숨을 내쉬며 담덕의 손에 다시 꼬치를 돌려주었다.

"너부터 먹어야지."

내 말에 담덕이 미간을 찌푸렸다.

"먹는 순서가 뭐가 중요해?"

"그럼 옆에 있는 형오에게 먼저 주든지. 난 챙겨 주지 않아도 돼."

나는 담덕의 항변을 무시하고 꼬치를 나눠 주는 병사에게 새로운 꼬치를 받아 왔다. 김이 모락모락 올라오는 꼬치를 한 입 베어 무는 나를 보며 담덕이 황당한 눈을 했다.

"왜 병사가 주는 건 먹고, 내가 주는 건 안 먹는데?"

"너 그거 아주 유치한 질문인 건 아니?"

"너야말로 유치해. 내가 널 챙겨 주는 게 왜 그리 싫은데?"

"너도 싫다며. 내가 널 위해서 시중들길 자처하는 거. 한데 이번 여행길 내내 네가 꼭 나를 시중드는 것처럼 바지런을 떨고 있잖아."

나는 병사들의 눈치를 보며 목소리 크기를 낮추었다.

"난 네 친구지 지켜 줘야 할 짐짝이 아니란 말이야. 나와 친구 하자는 건 네 바람 아니었어? 세상 누가 친구에게 이러니?"

"그거야……."

담덕이 미간을 찌푸리며 입을 꾹 다물었다. 이 상황이 마음에 들지는 않는데, 딱히 할 말이 떠오르지 않는 모양이었다.

"그러니 각자 몸은 각자 챙기는 것으로 합시다, 태자님."

나는 담덕의 어깨를 두어 번 두드린 뒤 손에 든 꼬치를 한 입 더 베어 물었다. 오랜만에 따뜻한 음식을 먹으니 절로 미소가 걸렸다.

병사들도 마찬가지였다. 오랜만에 식사다운 식사를 하게 된 탓인지 모두들 평소보다 들뜬 얼굴이었다. 고기에 곁들인 술도 한몫했다. 병사들은 발그레하게 달아오른 얼굴로 이야기를 나누며 웃기도 하고, 누군가 쏟아내는 무용담에 진지한 얼굴로 귀를 기울이기도 했다.

"아가씨도 한잔 드시겠습니까?"

떠들썩한 병사들의 이야기를 듣고 있던 내 앞에 형오가 다가왔다.

그가 내민 손에는 술이 담긴 호리병이 들려 있었다.

"안 돼."

"좋지."

담덕과 내 입에서 동시에 대답이 흘러나왔다.

"되는 겁니까, 안 되는 겁니까?"

형오의 어리둥절한 눈이 나와 담덕을 향했다. 나는 담덕을 흘겨보며 다시 한번 분명히 내 의견을 전달했다.

"된다니까."

"안 된다고 했어."

하지만 이번에도 담덕이 끼어들었다.

"왜 네가 대답하는 건데?"

"네 고약한 술버릇을 누가 감당하라고? 절대 안 된다."

"나 술버릇 없어."

"없기는."

담덕이 코웃음을 쳤다.

"아예 정신을 놓아서 기억을 못 하는 거겠지."

정신을 놓을 정도로 술을 많이 마신 건 그가 성인이 되던 해의 탄일로 겨우 몇 달 전의 일이었다. 담덕이 드디어 성인으로서 제 몫을 하게 되었으니 함께 축하하자며 술판을 벌인 것이었다.

고구려는 워낙 술이 흔한 국가라 적당한 나이가 되면 성인이 아니라도 술을 마실 수 있었다. 자연히 나와 담덕도 어려서부터 종종 술을 함께했는데, 그날처럼 많이 마신 건 처음이었다. 부어라 마셔라 하며 술을 마시다 보니 금세 취했고, 나는 현대의 표현을 빌리자면 '필름이 끊겨' 곯아떨어졌었다.

"그냥 잠들었다며?"

내가 술에 취해 기절하듯 잠들어 버렸다는 건 담덕이 자신의 입으로 직접 한 말이었다. 술에 취한 나를 업고 집에 데려다준 사람도 담덕이었다. 그런데 이제 와 그가 딴소리를 했다.

"네가 주정이란 주정은 다 부려서, 그걸 알면 민망해할까 봐 그냥 잠들었다 해 준 것이다."

"거짓말."

"거짓말 아냐."

"그럼 내가 그때 무슨 주정을 부렸는지 말씀해 보시죠, 태자님?"

"그날 네가 나한테."

막힘없이 말을 이어 가던 담덕이 입을 꾹 다물었다. 나는 답답해져 미간을 찌푸렸다.

"내가 그날 너한테, 뭐?"

"그……."

다시 한번 물어도 담덕은 대답이 없었다. 그는 대답 대신 손으로 자신의 입을 가렸다. 그러는 담덕의 귓가가 시뻘게졌다.

반응이 이러하니 진심으로 걱정이 되기 시작했다. 처음에는 나를 놀리기 위한 거짓말인 줄 알았는데, 담덕의 반응은 거짓말이 아니었다.

"……도대체 내가 무슨 짓을 한 거야?"

"몰라. 아무튼 마시지 마. 특히 이렇게 사내놈들 많은 데선 안 돼."

황망하게 중얼거리는 나를 향해 다시 한번 단호하게 말한 담덕이 형오의 손에 들려 있던 병을 낚아챘다.

"이 술은 내가 마시지."

떠들썩하게 식사를 마치고 나니 금세 밤이 찾아왔다. 술을 한잔 걸친 병사들은 일찌감치 잠이 들었다. 중간에 불침번을 위해 일어나야 하니 조금이라도 빨리 잠들어 잠을 보충하는 게 상책이었다.

첫 불침번을 맡은 담덕은 모닥불 앞에 앉아 불을 지키며 아직 잠들지 않은 나를 힐끗거렸다.

"왜 안 자고 있어?"

"잠이 안 와."

"자리가 불편해서?"

담덕이 짐짓 걱정스럽게 물었지만 나는 고개를 저었다.

"아니, 궁금해서."

나는 누웠던 자리에서 벌떡 일어나 담덕의 곁에 다가가 앉았다.

"도대체 내가 그날 무슨 짓을 했는데?"

"그날?"

"네 탄일, 같이 술 마셨던 날."

"아직도 그 이야기야?"

담덕이 미간을 찌푸리며 활활 타오르는 불로 시선을 돌렸다. 그 이야기는 하고 싶지 않다는 명백한 의사 표시였다. 그런 담덕의 태도에 나는 오히려 더욱 궁금증이 일었다. 이렇게까지 말을 아낄 정도로 얼마나 대단한 진상을 부렸는지 상상이 되지 않았다.

"말해 보래도."

"말하면 너 후회해."

"괜찮아. 민망해서 죽을 것 같아도 내가 무슨 주정을 했는지 아는 게 좋을 것 같아. 그래야 다시는 술을 안 마시지."

"진짜 알고 싶어?"

"응."

내 대답에 담덕의 시선이 나를 향했다. 차분하게 가라앉은 눈이 평소와 묘하게 다른 분위기를 풍겼다.

"네가 알고 싶다고 한 거야. 난 숨겨 주려고 했어."

마지막으로 경고한 담덕이 손을 뻗어 내 머리카락을 매만졌다.

"그때 넌 담덕, 하고 날 부르면서 내 머릴 만졌어. 난 그래, 하고 대답했지."

머리카락을 매만지던 손이 그대로 미끄러져 귀와 목을 감쌌다. 예민한 곳에 닿은 커다란 손에 절로 몸이 움츠러들었다.

"그러고는 이렇게 날 잡더니 내 목을 끌어당겼어. 우린 아주 가까워졌지."

담덕이 팔에 힘을 줘 나를 끌어당겼다. 강하지 않은 힘이었지만 나는 그대로 그의 손에 딸려 갔다. 그는 서로의 코끝이 닿을 것 같은 가까운 거리가 되어서야 손의 힘을 풀었다. 코앞에서 나를 보면서도 담덕의 눈에는 흔들림이 없었다.

"내가 물었어. 너 왜 이래? 그랬더니 네가 그러더라고. 나도 몰라. 그러곤 웃었지."

고요히 모닥불 타오르는 소리 사이로 담덕이 다시 말했다.

"그런 뒤에는……."

눈을 바라보던 담덕의 시선이 천천히 아래로 떨어졌다. 시선을 쫓지 않았지만 그가 입술을 보고 있다는 건 알았다. 시선이 닿은 입술이 불에 덴 것처럼 화끈거렸다. 이 이상 가까워질 수 없다고 생각했는데 담덕의 얼굴이 더 가까워졌다.

"그런 뒤에 넌……."

왜? 왜 더 가까이 오는데? 이게 무슨 상황인가 싶은 와중에도 나는 반사적으로 눈을 질끈 감았다. 하지만 시간이 지나도 아무런 일이 일어나지 않았다.

서서히 의아해지려는 찰나 바로 앞에서 풋 하는 웃음소리가 들렸다. 웃음도 보통 웃음이 아닌 비웃음이었다.

"나한테 토했어."

"뭐?"

전혀 예상하지 못했던 말에 눈을 번쩍 떴다. 그러자 얄밉게 웃고 있는 담덕의 얼굴이 눈에 들어왔다.

"네가 내 얼굴에 대고 토하는 바람에 그 뒤론 너랑 다시는 술 마시지 말아야지 생각했다고."

"내가…… 토했어……? 네 얼굴에 대고?"

"그래. 오늘도 병사들 얼굴을 붙잡고 토할까 봐 말렸다. 여기서 그 꼴을 보이면 앞으로 국내성에서 고개 들고 다니겠어?"

그랬다가는 절노부 연씨 아가씨가 사람들 얼굴에 토를 하고 다닌다는 소문이 파다하게 돌 것이다.

"……그런 소문이 나면 절대 얼굴 못 들고 다니지."

멍한 내 말에 담덕이 웃으며 멀어졌다.

"그러니 내가 오늘 널 말린 게지. 이 얼마나 눈물겨운 우정이냐?"

네 말이 맞는다고 연신 고개를 주억거리는 나를 보며 담덕이 얄궂은 미소를 지었다.

"그런데 너 눈은 왜 감았어?"

"어?"

"눈 말이야. 내가 가까이 가니까 눈 감았잖아. 도대체 왜 그랬을까, 내 친구님은?"

그랬다. 담덕이 가까이 다가와서 나도 모르게 눈을 감았다. 입을 맞추려는 줄 알았으니까.

도대체 왜 그런 말도 안 되는 생각을 한 거야! 민망함에 얼굴이 불타올랐다. 친구를 두고, 그것도 코흘리개 시절부터 보아 온 이 꼬마를 두고 그런 생각을 했다는 것이 부끄러워 죽을 것 같았다.

생긴 거야 멀쩡하지만 담덕은 내게 어린애일 뿐이었다. 처음 만났을 때의 인상 때문이기도 했지만, 전생의 기억이 있는 내게 그는 한참 어린 동생으로밖에 여겨지지 않았다. 그런 녀석의 행동에 휘둘리다니. 연애를 너무 안 해서 그런가?

전생의 소진은 공부하느라 바빠서, 한의사가 된 후에는 일하느라 바빠서 연애를 못 했다. 우희로서의 삶을 시작하고서도 아버지와 제신이 싸고도는 바람에 주변에 남자가 없었다. 그 결과가 이랬다. 나는 연애 따위 한 번도 해 본 적 없는 패배자가 되어 마냥 어리게만 봤던 담덕에게도 휘둘리는 신세가 되었다.

"어, 그건, 내가 오해를 좀 했어."

"무슨 오해?"

"알면서 왜 물어? 차라리 날 놀려. 그게 마음 편해."

"정말 몰라서 묻는 건데."

민망해서 어쩔 줄 모르는 나를 보며 담덕이 씨익 웃었다. 다 알면서 일부러 모르쇠를 하는 꼴이 얄미워서 그의 등을 두드렸지만 담덕은 아프지도 않은지 싱긋 웃을 뿐이었다. 분해서 어쩔 줄 모르는 나를 두고 담덕의 웃음이 더 커졌다.

"담덕 님."

그때 동굴 밖에서 경계를 서고 있던 지설이 안으로 들어왔다. 담덕을 부르는 목소리가 낮고 조심스러운 것이 무슨 일이 생긴 듯했다.

"무슨 일이냐?"

심각함을 감지한 담덕이 조용히 물었다. 지설은 동굴 밖을 힐끗거리며 차분하게 상황을 설명했다.

"밖에 늑대 무리가 있습니다. 저희가 피운 불을 보고 온 듯한데, 처음에는 멀리서 지켜만 보더니 조금 전부터 서서히 다가오고 있습니다."

"대비를 해야겠군. 몇 마리 정도지?"

"다행히 그 수가 많지는 않습니다. 일곱 정도로 파악됩니다."

"하면 괜히 소란 피울 것 없이 태림만 깨워서 정리하지."

"예, 그리하겠습니다."

지설이 태림을 깨우기 위해 멀어지자 담덕이 옆에 두었던 검을 들고 자리에서 일어섰다.

"잠시 나갔다 올게. 넌 나오지 말고 안에 있어."

나는 순순히 고개를 끄덕였다. 어차피 검을 쓰지 못하니 돕겠다고 따라나서 봤자 거치적거리기만 할 뿐이다.

지설이 흔들어 깨우자 태림은 처음부터 잠들지 않았던 사람처럼 금방 눈을 떴다. 묻지도 않고 몸부터 일으키는 것을 보니 정말 깨어 있었던 모양이었다.

세 사람이 무기를 챙겨 밖으로 나선 지 얼마 되지 않아 밖이 소란스러워졌다. 사나운 늑대의 울음소리와 검 휘두르는 소리가 귀를 어지럽혔다. 그런데 소리가 점차 가까워지고 있었다. 세 사람이 밀리고 있다는 뜻이었다. 늑대는 겨우 일곱이라 했는데 왜?

나는 불안함에 활과 화살을 챙겨 동굴 입구로 걸음을 옮겼다. 밖으로 몸을 빼지 않고 얼굴만 내밀어 상황을 살피니 세 사람이 사방에서 달려드는 늑대와 싸우고 있었다. 수는 지설이 말했던 일곱보다 훨씬 많았다.

"족히 열다섯은 되는 것 같은데요?"

날아드는 늑대를 피해 검을 휘두른 태림이 불만스럽게 지설을 바라보았다. 지설은 상처 입혀 쓰러트린 늑대의 목에 검을 찔러 넣으며 대답했다.

"숨어 있다 갑자기 튀어나오는 걸 내가 무슨 수로 파악해?"

짜증 섞인 목소리와 함께 검을 뽑으니 피가 그의 얼굴에까지 튀었다.

"투덜거리지 말고 늑대에게 집중해. 한눈팔면 물리는 수가 있어."

담덕이 두 사람을 다독이며 늑대를 베었다. 사납게 이를 세우던 늑대는 예리한 공격에 바닥에 쓰러져 피를 흘리며 숨을 헐떡였다.

예상보다 수가 많아 순간 밀리긴 했으나 다행히 세 사람은 잘 싸우고 있었다. 검 쓰는 실력이 좋다는 이야기가 거짓이 아니었는지 태림은 동에 번쩍 서에 번쩍하며 혼자서 여덟 마리를 베어 넘겼다. 지설의 실력도 좋았지만 그는 담덕을 보호하는 데 더 많은 신경을 쓰고 있었다. 늑대를 상대하면서도 틈틈이 담덕을 살피느라 정작 자신의 앞에 있는 놈을 제대로 베지 못하는 것 같았다.

나는 만약을 대비해 활에 화살을 걸어 늑대들을 향해 겨누었다. 내 실력으로는 급소를 명중시켜 한 방에 늑대를 죽이긴 힘들겠지만, 뒤가 위험한 상황에 주의 정도는 줄 수 있을 터였다.

그러는 동안 늑대는 하나둘 세 사람의 검에 쓰러져 갔다. 남은 늑대의 수가 갈수록 줄어들었다. 일곱, 여섯, 다섯, 넷, 셋……. 이제는 싸우고 있는 늑대보다 바닥에 쓰러진 놈들이 더 많았다. 이 정도면 위험한 상황은 지나간 것이나 다름없었다.

"담덕 님!"

마음을 놓고 활을 내려놓으려는 찰나 지설의 외침이 들려왔다. 화들짝 놀라 담덕을 바라보니 앞에서 달려든 늑대를 상대하는 그의 사각에서 다른 늑대가 뛰어올라 그를 위협하고 있었다. 담덕의 검은 앞에 있는 늑대의 목에 꽂혀 있는 상태여서 뒤는 완전히 무방비였다. 놀란 지설이 뛰어들었지만 시간이 부족할 것 같았다.

나는 활을 든 팔을 단단히 고정하고 늑대를 향해 화살을 겨누었다.

편하게 힘을 빼고 흔들림 없이 화살을 놓는다.

담덕이 몇 번이고 일러 준 말이었다. 손에 힘을 풀자 늑대의 목을 겨눈 화살이 빠르게 날아갔다. 화살이 푹 꽂히는 소리와 함께 늑대가 요란한 소리를 내며 바닥에 떨어졌다.

"됐다!"

목표했던 목이 아니라 다리에 겨우 맞았지만 늑대의 행동을 막는 데는 주효했다.

"아가씨?"

갑자기 날아온 화살에 동굴 쪽을 바라본 세 사람이 나를 발견하고는 눈을 크게 떴다.

나를 발견한 건 세 사람만이 아니었다. 내게 화살을 맞은 늑대도 나를 발견했다. 나는 황급히 화살을 하나 더 걸어 나를 향해 달려오기 시작한 늑대에게 쏘았다. 하지만 다급함 때문이었는지 화살은 늑대를 비켜 바닥에 꽂혔을 뿐이다.

"우희!"

담덕이 나를 부르며 동굴 쪽으로 뛰어왔다. 하지만 늑대의 속도가 더 빨랐다.

나는 떨리는 손으로 다시 한번 화살을 날렸다. 그러나 그 상태에서 쏜 화살이 제대로 늑대를 맞출 리 없었다. 어느새 늑대의 얼굴이 코 앞까지 다가왔다. 쩍 벌린 늑대의 주둥이에서 뜨겁고 찝찝한 기운이 느껴졌다. 나는 다리에 힘이 풀려 그대로 자리에 주저앉았다.

"악!"

비명을 지르며 팔을 들어 얼굴을 가리는 순간 예상했던 고통 대신 뜨거운 액체가 느껴졌다. 서서히 눈을 뜨니 어느새 내 등 뒤에 나타난 형오가 늑대의 아가리에 검을 찔러 넣고 있었다.

"와…… 겨우 막았다…….."

형오가 찔러 넣었던 검을 빼내자 더 많은 피가 내 몸 위에 쏟아졌다. 피를 뒤집어쓴 나는 물론이고 검을 찌른 형오도 얼떨떨한 얼굴이었다.

"고맙다."

떨리는 목소리로 감사 인사를 전하니 형오가 씨익 웃었다.

"제가 목숨 빚을 제대로 갚았네요."

너스레를 떠는 목소리를 듣고서야 마음이 놓였다. 안도의 한숨을 내쉬며 슬쩍 미소를 지으니 그제야 담덕과 지설이 내 앞에 다가왔다. 그 뒤로 마지막 남은 늑대까지 베어 넘긴 태림까지 합류했다.

"왜 나와 있었어?"

담덕이 피를 뒤집어쓴 나를 내려다보며 차갑게 말했다. 그가 이처럼 서늘한 태도로 나를 대한 적은 처음이었다. 놀라서 눈을 크게 뜨니 오히려 지설이 눈치를 보며 담덕을 말렸다.

"그래도 아가씨께서 화살을 날리신 덕분에 전하께서 무사하셨습니다. 뒤가 완전히 비어 있었거든요. 저나 태림이 가기에도 늦었고요."

흔치 않게 지설이 나를 비호했지만 담덕의 귀에는 들리지 않는 것 같았다. 그는 여전히 나만을 바라보고 있었다.

"누가 너한테 나 도와달라고 했어? 안에 있으라고 했잖아."

"하지만 소리가 너무 가까워져서……."

"그럼 더 안으로 들어갔어야지 왜 밖으로 나와? 너, 늑대가 얼마나 무서운 놈들인 줄 알아? 저 이빨에 물리면 너같이 단련 안 된 자들이 어찌 되는 줄 아느냐고."

담덕이 피가 뚝뚝 흐르는 검으로 쓰러진 늑대의 이빨을 가리켰다. 크고 날카로운 이빨이었다. 저 이빨이 몸에 파고들었을 것을 생각하니 절로 몸이 떨렸다.

"이제 와 무서워? 무서운 걸 아는 녀석이, 활조차 제대로 못 쏴서 늑대를 죽이지도 못하고 자극이나 한 네가, 이제 와 무서워? 무서운 걸 알면서 나서긴 왜 나서!"

"그래도…… 네가 위험했으니까…… 도와주려고 한 거야. 그게 그렇게 잘못됐어?"

"그러니까 너한테 그런 거 바란 적 없다고 말하잖아."

담덕이 손에 들고 있던 검을 던지듯 바닥에 꽂은 뒤 내 앞에 몸을 숙였다.

"난 네가 도와야 할 어린애가 아냐. 조그만 게 누가 누굴 돕겠다고."

차가운 질책에 몸이 덜덜 떨렸다. 늑대에게 물릴 뻔한 것도 무서워 죽겠는데, 담덕이 화까지 내니 서러워서 눈물이 날 것 같았다. 하지만 여기에서 울면 정말 짐짝이 돼 버리고 만다. 나는 입술을 질끈 깨물고 고개를 숙였다.

"한 번에 급소를 맞추지 못한 건 내 잘못이지만, 널 도우려고 활을 쏜 건 잘못이라고 생각 안 해."

"뭐?"

"내가 활을 안 쐈으면 네가 늑대에게 물렸을 거고, 난 그 꼴을 보기 싫었고, 그러니 난 잘못한 거 아냐. 다시 똑같은 상황이 와도 난 또 활 쏠 거야. 네가 뭐라고 하든."

"연우희."

"대신 활 쏘는 연습 열심히 할게. 예전이었으면 늑대 다리도 못 맞혔을 텐데 이젠 다리 정도는 맞히잖아. 더 하면 목도 한 번에 뚫을 수 있을걸."

바닥을 보며 할 말을 쏟아냈더니 머리 위로 담덕의 한숨이 흘러나왔다.

"지설."

"예."

"난 얘 좀 씻기고 올 테니 그동안 네가 동굴을 책임지고 있어."

"알겠습니다."

"태림 너도 잠시 떨어져 있어라."

"하지만……."

"이 녀석과 할 말이 있어서 그래. 한바탕 늑대 무리를 해치웠으니 한동안 우리 근처에 올 놈들은 없을 거다. 너무 걱정하지 마라. 나도 무기는 가져갈 테니까."

"……예. 그렇게 말씀하신다면."

태림의 대답이 들려옴과 동시에 담덕이 한쪽 팔로 내 허리를 감싸 그대로 안아 들었다. 붕 뜨는 발에 놀라 버둥거리니 담덕이 차분하게 말했다.

"가만히 있어. 잘못하면 떨어지니까."

대롱대롱 매달려 있는 것도 싫었지만 떨어지는 건 더 싫었다. 내 움직임이 잦아들자 그제야 담덕이 발을 뗐다. 한 걸음 옮길 때마다 물소리가 가까워졌다. 근처에 작은 개울이라도 있는 모양이었다.

어두운 밤이었지만 다행히 달빛이 있어 시야는 나쁘지 않았다. 빠르게 휙휙 스치는 풍경을 지나 개울에 도착하자마자 담덕이 나를 물에 집어넣었다.

"푸아하!"

코와 입으로 밀려드는 물에 놀라 허우적대며 중심을 잡고 서니 달빛을 등진 담덕이 내 앞에 우뚝 서 있었다. 여전히 서늘한 기세에 왜 물에 집어 던지느냐고 따지지도 못하고 입을 꾹 다물고 있으니 담덕이 손을 뻗어 내 얼굴과 머리에 묻은 늑대의 피를 씻어 내기 시작했다.

"너는 어찌 이리 겁이 없어? 늑대가 무섭지도 않던?"

겨우 말을 꺼낸 담덕의 목소리가 한결 부드러워졌다. 나는 용기를 얻어 조심스레 입을 열었다.

"나도 무서웠지."

"그런데. 왜 가만히 안 있고 나섰는데? 얌전히 안에서 기다리라 하면 좀 기다리면 안 돼? 날 그렇게 못 믿겠어?"

"그래도 내가 활을 쏴서 네가 안 다쳤잖아."

"다쳐도 내가 다쳐. 하지만 넌 안 돼."

얼굴을 씻어 주던 손이 내 손목을 잡아끌어 자신의 가슴팍에 가져갔다. 영문을 몰라 그를 올려다보니 담덕이 물었다.

"주먹 쥐어."

"주먹을 갑자기 왜?"

"내가 하라고 하면, 한 번쯤은 그냥 해 주면 안 되겠니?"

한숨 섞인 담덕의 말에 입을 비죽이며 주먹을 쥐었더니 금방 다음 지시가 흘러나왔다.

"이제 날 때려."

"응?"

"여기를 주먹으로 때리라고. 온 힘을 다해서."

차마 때릴 수가 없어 머뭇거리니 담덕이 다시 한번 나를 재촉했다.

"뭐 해? 때리라니까."

"네가 분명히 때리라고 했어. 난 몰라."

나는 눈을 질끈 감고 있는 힘껏 담덕의 가슴팍에 주먹을 꽂았다.

"악!"

하지만 아프다고 비명을 지른 건 담덕이 아닌 나였다. 손목을 찡하게 울리는 고통에 울상을 지으며 손목을 감싸 쥐니 담덕이 한숨을 내쉬었다.

"이것 봐. 네가 있는 힘껏 때려도 내가 아닌 네가 상하잖아. 너랑 난 몸 자체가 달라. 난 어디 한 군데 물려도 금세 쾌차할 수 있지만, 넌 그렇게 다치면 큰일이 나는 몸이라고."

옳은 말이었다. 남자와 여자의 몸은 달랐다. 개중에서도 담덕은 건장한 편이었고, 나는 겨우 보통에 속하는 몸이었다. 하지만 신체적인 차이 때문에 나만 일방적으로 도움을 받는 건 납득할 수 없었다. 내게도 내 친구와, 내 가족과, 내 소중한 사람들을 지킬 힘이 필요했다.

내가 불만스럽게 입을 꾹 다물고 있으니 담덕이 내 머리를 토닥였다.

"처음 만났을 때부터 넌 그랬어. 타인을 돕겠다고 기꺼이 나서는 사람이었지. 그런 마음은 좋아. 누군가를 돕겠다 나서는 건 굉장한 일이고, 나 역시 그런 마음을 높이 사니까. 하지만 꼭 그게 무력일 필요는 없잖아."

언젠가 제신도 비슷한 말을 했었다. 활을 배워서 가족을 지키고 싶다고 했던 나에게 네가 할 수 있는 건 따로 있다고 했다.

"난 검을 휘두르고 활을 쏘는 재능을 타고났어. 그러니 이 재주를 살려 사람들을 도울 거야. 그러니 너도 너만의 재주로 사람을 도와. 오늘처럼 날 놀라게 하지 말고."

"하지만 모두가 싸울 때 뒤에 물러서 있는 건 싫어."

"뒤에 물러서 있는 게 아냐. 네가 도울 수 있는 때를 기다리는 거지."

그렇게 말한 담덕이 동굴이 있는 방향을 바라보며 어깨를 으쓱거렸다.

"내가 검을 휘두르다 다쳤으면 지금 동굴에서 드러누워 잠이나 자고 있는 저 녀석들은 하나도 도움이 안 될걸. 그땐 너만이 날 도울 수 있어. 그런데 네가 그때를 얻기도 전에 다치면 네가 할 일조차 할 수 없어지는 거야."

"때를 기다린다고……."

자신이 했던 말을 되새기는 나를 보며 담덕이 멋쩍게 웃었다.

"그리고 조금 전엔 화내서 미안. 어쨌든 도와줘서 고맙다는 말을 먼저 했어야 하는데 네가 피를 뒤집어쓰고 있으니 내가……."

담덕이 말끝을 흐리며 물끄러미 나를 바라보았다. 그는 상당히 복잡한 얼굴이었다. 웃는 것도 같고, 우는 것도 같았다.

"담덕?"

조심스럽게 담덕의 이름을 부르니 비로소 그의 얼굴에 미소가 걸렸다.

"우희야, 다치지 마라."

진심이 담긴 목소리에 가슴이 묵직해졌다. 하지만 감동은 채 일 분도 가지 않았다.

"네가 다치면 상당히 성가셔지거든."

"뭐라고!"

잔뜩 뿔이 나서 튀어 오르는 나를 보며 담덕이 풋 하고 웃음을 흘렸다.

❖ ❖ ❖

개울을 나오니 물에 흠뻑 젖은 몸이 무거웠다. 젖은 몸에 밤공기가 더해지니 생각 이상으로 추워 몸이 덜덜 떨리기까지 했다.

"추워?"

그런 나를 보며 담덕이 의아하게 물었다. 똑같이 젖었는데 그는 춥지도 않은지 기색이 멀쩡했다.

"넌 안 춥다는 거야?"

"늑대를 상대하느라 열이 오른 참이었는데, 물로 식혔더니 오히려 지금이 딱 좋은걸."

"네 몸은 도대체 어떻게 된 몸이야? 에춰!"

추위에 재채기까지 하자 담덕의 얼굴이 굳었다. 피를 씻어 낼 생각만 했지 내가 추워할 거라는 건 예상치 못한 모양이었다.

"너랑 내 몸이 다르다고 아는 척을 할 때는 언제고 이제 와 당황스러워하는 거야?"

"그거야……."

내 지적에 담덕이 민망한 듯 볼을 긁적였다.

"아무튼 빨리 돌아가자. 불을 쬐면 훨씬 나아질 테니까."

"그래. 좋은 생가아아악!"

한시라도 빨리 동굴에 가고 싶은 마음에 걸음을 서두르는 순간 발밑이 허전해졌다. 나는 그대로 아래로 떨어져 내리며 비명을 질렀다. 한참이나 아래로 떨어져 내린 끝에 엉덩이가 바닥에 닿았다.

"우희? 갑자기 무슨 이이이일!"

놀라서 뒤따라온 담덕도 사정은 다르지 않았다. 그도 나처럼 괴상한 비명을 지르며 곧 내 옆에 떨어져 내렸다.

담덕과 나는 황당한 눈으로 서로를 바라보았다. 피를 씻어 낸 보람이 없게도 흙투성이가 되어 버린 상대의 모습이 눈에 들어왔다.

"하."

"풋."

둘의 입에서 동시에 헛웃음이 흘러나왔다.

잠시 상황을 잊고 웃음을 흘리던 우리는 곧 정신을 차리고 위로 고개를 올렸다. 머리 위에는 동그란 구멍이 뻥 뚫려 있었다.

"아무래도 사냥꾼이 만들어 둔 구덩이에 걸린 모양인데."

담덕이 자리에서 일어서 높이를 가늠해 보았다. 키가 큰 편인 그의 손이 닿기에도 턱없이 부족할 정도로 구멍은 깊었다.

"누가 도와주지 않으면 올라가는 건 힘들겠는데."

"그럼 어떡하지?"

담덕에게 힘들다면 내게는 말할 것도 없었다. 난처한 얼굴로 담덕을 바라보니 그가 대수롭지 않게 어깨를 으쓱거렸다.

"우리가 오랫동안 돌아오지 않으면 지설과 태림이 우릴 찾아 나설 거야. 그때 도움을 청하면 될 것 같은데."

"그래. 그러면 되겠…… 에취! 에취!"

"너 괜찮아?"

조금 전보다 더 심해진 재채기에 담덕이 놀라서 내 얼굴을 살폈다.

"입술이 새파래."

"으응…… 조금 춥긴 해서……."

대답하는 동안에도 몸이 덜덜 떨렸다. 가만히 있으니 더 추워지는 기분이라 발을 동동 굴렀더니 담덕의 얼굴이 심각해졌다. 담덕의 시선이 물이 뚝뚝 떨어지는 내 옷자락으로 향했다. 잠시 고민하던 그가 결국 입을 열었다.

"옷 벗어 볼래?"

"응? 옷을?"

"그…… 벗어 주면 물기라도 짜 줄게. 그게 덜 추울 것 같아서."

확실히 그러는 편이 푹 젖은 옷을 입고 있는 것보다 낫긴 할 것이다. 하지만 아무리 담덕이라도 누군가의 앞에서 옷을 죄 벗어 던지기엔 민망했다.

"뒤돌아서 있을 테니까."

담덕이 다시 한번 강하게 말했다. 나 역시 계속 추위에 떠는 것보다 잠시 민망한 것이 나을 것 같았다.

고민 끝에 고개를 끄덕이니 담덕이 뒤돌아섰다. 나는 재빨리 옷을 벗어 담덕의 손에 건넸다. 담덕은 약속처럼 뒤돌아선 채로 옷의 물기를 꼭 짰다. 바닥에 물이 후드득 떨어지는 모습을 보며 남은 옷도 벗기 시작했다. 겉옷은 쉬웠지만 속저고리와 치마는 몸에 찰싹 달라붙어 벗는 것도 난항이었다. 낑낑대며 속저고리와 치마를 벗자 이젠 속옷만 남았다. 이것까지 벗는 건 너무 부끄러웠다.

"그…… 속옷은 그냥 입고 있을게."

"……그래."

한 박자 느린 대답이 돌아왔다.

담덕은 아무런 말도 하지 않고 옷의 물기를 짜냈다. 어찌나 힘이 좋은지 옷을 비틀 때마다 물이 주룩 쏟아졌다. 나는 상황도 잊고 감탄 어린 눈으로 그 광경을 바라보았다. 따로 탈수기가 필요 없을 정도였다.

"여기."

멍하니 그 광경을 바라보고 있으니 담덕이 물기를 짜낸 옷을 건넸다. 나는 얼른 그것을 받아 옷에 몸을 집어넣었다. 하지만 좁은 공간에서 서두르다 보니 옷 입는 것도 쉽지 않았다. 몇 번의 헛손질 끝에 허리 치마를 입자마자 몸이 중심을 잃고 휘청거렸다.

"으앗!"

흔들리는 몸을 담덕이 재빨리 손을 뻗어 받아냈다. 덕분에 흙바닥에 처박히려던 몸은 안전했지만 서로의 몸이 껴안다시피 맞닿았다.

놀라서 담덕을 밀어내려는데 그가 심각한 얼굴로 오히려 나를 더 강하게 붙잡았다.

"너 몸이 너무 차갑다."

"그런가?"

담덕의 말에 내 몸을 만져 보았지만 자신의 체온을 가늠하기 힘들었다. 다만 몸이 떨리는 것을 보며 체온이 떨어지고 있다는 것을 느낄 뿐이었다.

담덕은 그런 내 모습을 심각하게 바라봤다. 한참이나 입을 다물고 서 있던 그가 곧 자신의 상의를 벗어 내기 시작했다. 겉옷만 벗는 것인가 싶었는데 곧 안에 입은 옷까지 벗어 던졌다.

"담덕?"

의아해져 묻는 동안 담덕은 부지런히 상의를 벗어 그의 맨몸이 드러났다. 화들짝 놀란 내가 뒤돌아서자 뒤에서 담덕의 한숨이 흘러나왔다.

"내 체온으로 몸을 데우는 게 나을 것 같아."

대답하기도 전에 뒤에서 따뜻한 기운이 훅 끼쳤다. 담덕이 나를 껴안은 것이다.

"하지만 내가 젖은 옷을 입고 있으면 네 체온이 많이 떨어질 텐데……."

"괜찮아."

"그래도……."

아무리 담덕이 건강하다고 한들 체온이 떨어지면 좋지 않았다. 나는 붙어 있는 담덕을 억지로 밀어내고 그를 바라보았다.

"그럴 거면 나도 벗을게."

"뭐?"

"원래 체온을 나누려면 살을 맞대야 해. 내가 젖은 옷을 입고 있으면 너만 추워진다고."

말을 마치고 애써 입었던 옷을 다시 벗기 시작하자 담덕이 당황해 내 손을 붙잡았다.

"그러지 않아도 돼. 난 정말 괜찮다니까!"

"괜찮긴 뭐가 괜찮아. 이런 건 내가 더 잘 알거든? 아무리 너라도 몸이 차가워지면 안 된다고."

담덕의 손을 밀어내고 다시 옷을 벗기 시작하니 그의 얼굴이 하얗게 질렸다. 어쩔 줄 모르던 그가 결국 입술을 질끈 깨물고 나를 꽉 껴안았다. 옷을 벗고 있던 자세 그대로 단단히 붙잡힌 탓에 더 이상 손을 움직일 수가 없었다.

"벗지 말라니까!"

"아까는 먼저 벗으라더니!"

"그거랑은 다른 상황이잖아!"

"아무튼 난 벗을 거라고!"

서로 왁왁대며 목소리를 높이는 와중에 위에서 헛웃음 소리가 들려왔다. 동시에 고개를 드니 지설이 예의 그 황당한 눈으로 우리를 내려다보고 있었다.

"지금 그건 도대체 무슨 대화입니까?"

아직도 내가 외쳤던 '아무튼 난 벗을 거라고!' 하는 소리가 구덩이 안을 맴돌고 있었다.

"게다가 그 자세는 또 뭐고요."

지설의 지적에 나와 담덕이 후다닥 떨어졌다. 그 모습에 지설이 긴 한숨을 내쉬며 몸을 일으켰다.

"이렇게 좋은 시간을 보내고 계신 줄 알았으면 급히 찾지 않는 건데요."

"헛소리."

담덕이 부러 차갑게 지설의 말을 잘라 내며 고개를 들었다.

"혼자 힘으로 올라가긴 힘들겠다. 위에서 끈이라도 내려 줘야 할 것 같은데."

"그렇지 않아도 이미 동굴에 사람을 보냈습니다. 곧 가져올 겁니다."

"……언제부터 거기 있었나?"

"전하께서 옷을 벗어 던지기 시작하실 때부터였을까요."

"그랬으면서 고약하게도 입을 다물고 구경을 해?"

"썩 좋아 보이시기에 그냥 두었을 뿐입니다."

담덕의 얼굴이 보기 좋게 구겨졌다. 그가 지설을 향해 한 소리 퍼부으려는 그때 구덩이로 형오의 얼굴이 삐져나왔다.

"왔습니다! 제가 끈을 가지고 왔습니다!"

"그래. 근처 나무에 고정해 아래 내려보내라."

"예. 걱정하지 마십시오!"

형오가 씨익 웃으며 사라지더니 얼마 지나지 않아 구멍 아래로 긴 끈이 내려왔다.

이걸 어떻게 타고 올라가지. 아득한 기분에 입을 쩍 벌리니 담덕이 내 머리를 가볍게 밀었다.

"타고 올라가라고 안 시켜."

"그럼?"

"끈을 꽉 붙잡고 있어. 위에서 끌어 올리게 할 테니."

나는 고개를 끄덕이고 손에 끈을 감았다. 내가 단단히 끈을 붙잡은 것을 확인한 담덕이 나를 번쩍 들어 올리자, 위에 있던 형오와 지설이 온 힘을 다해 나를 끌어 올리기 시작했다. 장정 둘이 힘을 쓰자 빠져나오는 것은 금방이었다. 끈에 쓸린 팔이 아렸지만 빠져나온 것만 해도 감지덕지했다.

나를 끌어 올린 후 지설은 다시 끈을 아래로 내렸다. 담덕은 다른 사람의 도움 없이 혼자서 끈을 타고 위로 올라왔다. 상의를 훌렁 벗어 던진 담덕의 꼴을 보고 지설이 미간을 찌푸렸다.

"옷은 그대로 벗어 두고 오신 겁니까?"

"흙투성이가 되어서 그냥 뒀다. 동굴로 돌아가기나 하자."

담덕이 손을 휘휘 저으며 앞장섰다. 나도 떨리는 몸을 애써 진정시키며 재빨리 그의 뒤를 따랐다.

동굴에 도착하니 기다리고 있던 병사들이 안도의 한숨을 내쉬었다. 우리가 한참이나 돌아오지 않아 온 산을 다 뒤졌다고 했다. 병사들의 휴식을 위해 늑대를 잡을 때도 깨우지 않았는데, 시답잖은 일로 소란을 피운 셈이 되어버렸다.

"다들 잠깐 나가 있어."

그렇지 않아도 미안한데 담덕은 오자마자 병사들을 밖으로 내쫓았다. 나를 위해서였다.

"우희, 넌 옷 갈아입고."

미안했지만 젖은 옷을 계속 입고 있을 수는 없었다. 담덕의 지시에 동굴이 텅 비자 나는 재빨리 마른 옷으로 갈아입고, 불 앞에 젖은 옷을 늘어놓았다. 차마 속옷까지 늘어놓을 수는 없어 젖은 것을 대충 짐 가방 옆에 넣어 두고 동굴 밖으로 목을 빼꼼 내밀었더니 병사들이 길게 하품을 하고 있었다.

"이제 들어와도 괜찮습니다."

입구 근처를 지키고 있던 태림에게 말했더니 그가 고개를 끄덕이고 병사들을 안으로 들여보냈다. 안으로 들어오는 병사들의 발걸음이 무척이나 무겁게 느껴졌다.

그 모습을 한참이나 보고 있으니 뭐라도 해 줘야겠다는 생각이 들었다. 담덕이 말했던 내 도움이 필요한 때가 바로 지금이었다. 나는 곧장 짐 가방을 뒤져 작은 함을 하나 꺼내 들었다. 아버지와 제신에게 주기 위해 만들어 온 환약인데, 함께 고생한 병사들을 위해서라면 기꺼이 나눠 줄 수 있었다.

"태림."

나는 제일 먼저 가까이 있는 태림에게 다가가 환약을 하나 건넸다. 그가 어리둥절한 얼굴로 내 손을 바라보았다.

"받아요. 공진단(拱辰丹)이라고, 기력 보충에 좋은 환약이에요. 녹용, 당귀, 사향, 산수유를 넣어서 만들었어요."

척 듣기에도 귀한 약재가 들어간 환약이었다. 태림이 놀라서 눈을 크게 떴다.

"제게 주시는 겁니까?"

"그럼요. 어서 받아요."

"……감사합니다."

태림의 다음은 지설이었다.

"지설 님, 이건 공진단인데……."

"태림에게 말씀하시는 걸 이미 들었습니다. 감사히 잘 먹지요."

지설은 망설이지도 않게 환약을 입안에 집어넣었다. 쓴맛이 입에 번지는지 미간을 찌푸렸지만 몸에 좋은 약이 원래 다 그런 법이었다.

이제 병사들의 차례였다. 나눠 주기 위해 병사들에게 몸을 돌리니 벌써부터 그들이 기대에 찬 눈빛으로 나를 보고 있었다.

"자네들도 이리 와서 받아 가. 새벽에 일어나 고생했어."

내 말이 끝나기 무섭게 병사들이 앞으로 몰려들었다.

"아가씨, 몸에 좋은 거라니 두 개 먹어도 됩니까?"

"주통촌에서도 내가 그랬지. 얼마나 쓰느냐도 중요하다고. 아무리 좋은 약이라도 넘치면 좋지 않아. 욕심내지 말고 하나만 가져가. 더 필요하다면 언제든 내줄 테니까."

"이 귀한 것을 또 주신다고요?"

"함께 고생하는데 당연히 그래야지."

병사가 잠시 말이 없더니 곧 고개를 숙이고 사라졌다.

태림과 지설, 병사들에게도 나눠 주었으니 이제는 담덕만 남았다. 그런데 동굴 안에 그가 보이지 않았다.

"지설 님, 담덕은 어디에 있는지 아세요?"

지설이라면 그의 행방을 알고 있을 것 같아 물었더니 예상대로 대답이 돌아왔다.

"조금 전 병사들이 들어올 때 전하께선 들어오시지 않고 계속 밖에 계셨습니다."

"그런가요. 고마워요."

"아가씨."

인사를 한 뒤 밖으로 나서려는 나를 지설이 붙잡았다. 무슨 일인가 싶어 뒤돌아보니 그가 답지 않게 머뭇거리며 겨우 입을 뗐다.

"제게도 그리 깍듯하게 대하지 않으셔도 됩니다."

"예?"

"전하도 편히 대하시고, 태림도 이름으로 부르시는데, 제게만 지설 님이라 부르시면 앞뒤가 맞지 않습니다."

"그 말은……?"

"그냥 지설이라고 부르십시오. 그걸로 충분합니다."

그로서는 어렵게 꺼낸 말임이 분명했다. 차마 나와 눈을 마주치지 못하는 것을 보면 그랬다.

"……공진단 하나 받았다고 갑자기 이러는 거예요? 진즉에 드릴걸."

나의 물음에 지설의 얼굴이 평소와 같이 일그러졌다. 곧 그 특유의 어이없다는 듯한 시선이 나를 향했다.

"예. 진즉에 주시지 그랬습니까."

"다음에는 꼭 먼저 챙겨 드리지요. 오늘은 힘들었을 제안을 먼저 해 줘서 고마워요, 지설."

"……뭐, 감사 인사는 됐습니다. 낯간지럽게 무슨."

지설이 괜히 투덜거리며 뒤돌아섰다.

"그리고 혼자 밖으로 나가지 마십시오. 또 전하께 무슨 소리를 들으시려고요. 곧 돌아오실 테니 안에서 기다리십시오."

얼굴도 보지 않고 퍼붓는 잔소리에 조금이나마 애정이 묻어 있다고 느꼈다면 착각이었을까. 이상하게도 웃음이 났다.

第六章

수곡성

날이 밝고 일행은 길을 더욱 서둘렀다. 하늘을 보니 비가 올 것 같다는 태림의 말 때문이었다. 거기에 서둘러 달리면 비가 오기 전 산을 벗어나 마을에 닿을 수 있을 것 같다는 지설의 조언까지 더해지자 일행은 휴식 없이 길을 서두르기로 정했다.

새벽의 소동이 있었음에도 병사들은 기운이 넘쳤다. 그들은 아마 어제 먹은 환약 덕분인 것 같다며 나를 볼 때마다 감탄하기 바빴다.

다들 이렇게 좋아하는데 진즉에 나눠 줄걸. 몸이 힘들다 보니 가방에 무엇을 넣어 두었는지도 까맣게 잊고 있었다. 고민하며 꾸린 가방에는 공진단 외에도 아버지와 제신에게 주려고 준비해 온 약재들이 많았다.

"저기 마을이 보입니다. 다행히 비가 오기 전에 닿겠군요."

지설이 가리키는 방향을 바라보니 과연 마을이 있었다. 지난번 신세를 졌던 주통촌과 달리 규모가 큰 성이었다.

"수곡성(水谷城)입니다. 우리가 조금 더 도압성에 가까워졌다는 뜻이기도 하지요. 이제 일정이 반 이상 지났습니다."

오랫동안 달려왔는데 이제 겨우 일정의 반이 지났다니. 기운이 쭉 빠지는 것 같았다.

"성주에게 알리고 거처를 제공하라 하겠습니다."

무장한 병사들이 함께니 성주에게 알려야만 성안으로 들어갈 수 있었다.

"수곡성주가 누구지?"

"양원익이라는 장군인데 소노부에 속한 자입니다."

"소노부?"

"예. 고추가와 먼 친척입니다."

"하면 우리를 마냥 환영하지는 않을 것 같군."

담덕이 미간을 찌푸리며 멀리 우뚝 선 성을 바라보았다.

"지설 자네가 직접 가서 우리의 상황을 알리게. 태왕의 명을 받들어 도압성에 가는 길이라 하고, 왕명을 수행하는 자들에게 좋은 거처와 음식을 내어놓으라 해."

"여부가 있겠습니까. 그리하겠습니다."

❖ ❖ ❖

"도압성으로 향하고 계신다는 소식은 이미 전해 들었습니다. 태자 전하를 이리 모시게 되어 영광입니다. 부디 수곡성에 계시는 동안 내 집이라 생각하고 편히 지내십시오."

예상과 달리 수곡성주는 우리 일행을 반갑게 맞이했다. 성주의 집에서 가장 좋은 방을 내주고 저녁에는 일행을 위한 만찬을 열겠다고 했다.

"태자 전하와 연가의 아가씨께는 시중들 아이들도 보내지요."

생각보다 더한 환대에 일행은 어리둥절했다. 지설은 무슨 속셈이 있어 저러는지 모르겠다며 밤을 새우고 있었으나, 당장 좋은 방에 몸을 누이니 염려도 대번에 날아가는 것 같았다.

내게는 시중을 드는 시녀가 두 명이나 붙었다. 담덕에게는 셋이 붙었다고 했다. 시녀들은 오늘 저녁에 있을 만찬을 위해 나를 씻기고 치장하는 데 여념이 없었다.

"성주님께서 아가씨께 만찬에 입으실 옷을 보냈습니다. 이것으로 입으시겠습니까?"

지금 입고 있는 옷은 실용성을 강조한 옷이라 만찬에 참석하기 적합지 않았다. 게다가 성주가 준 옷을 입고 나타나지 않으면 대단한 실례였다.

"그리하자."

내가 고개를 끄덕여 의사를 표하자 시녀들이 옷을 펼쳤다. 전체적으로 고운 문양이 들어가 화려한 느낌이 나는 옷이었다. 시녀들은 능숙하게 옷을 입혔다. 오랜만에 예쁜 옷을 갖춰 입으니 스스로도 낯설었다. 거기에다 화장을 하고 머리까지 만지니 시간이 훌쩍 지나갔다.

"우희, 이제 가야 한다."

문밖에서 담덕의 목소리가 들려왔다. 치장을 돕던 시녀들은 담덕의 목소리에 호들갑을 떨어 댔다.

"태자 전하께서 직접 아가씨를 뫼시러 오셨습니다."

"역시 아가씨를 귀하게 여기시는 게지요."

"방이 가까우니 나가는 길에 들르셨을 뿐이다."

나는 시녀들의 억측을 자제시키고 자리에서 일어섰다. 머리를 땋아 주던 시녀가 더욱 손을 분주하게 움직여 머리 장식을 마무리했다.

문 앞에 서자 시녀들이 문을 열었다. 바로 앞에서 기다리고 있었던

지 담덕이 바로 앞에 있었다. 담덕도 성주가 보낸 옷을 입었는지 옷이 제법 화려했다. 한동안 편한 옷을 입은 모습만 보다 차려입은 담덕을 보니 새삼 기분이 이상했다.

"이런 차림을 오랜만에 보니 참으로 어색합니다."

시녀들을 의식해 깍듯하게 말하며 담덕을 보니 언제부터였는지 그가 나를 빤히 바라보고 있었다.

"왜 그러십니까?"

혹시 이상한 곳이 있나 싶어 차려입은 옷 이곳저곳을 살피니 담덕이 피식 웃음을 흘렸다.

"어여쁘게 차려입고 어찌 이리 부산스러워?"

"보시기에 어여쁘긴 합니까?"

"그리 묻지 않았으면 더 어여쁠 뻔하였다."

담덕과 나는 마주 본 채 웃음을 흘리고 곧 만찬이 열릴 장소를 향해 걸음을 옮겼다. 우리와 조금 떨어진 곳에서 시녀들이 뒤를 따랐다.

나는 그들과의 거리를 가늠한 뒤 담덕에게 작게 속삭였다.

"이곳 성주는 소노부 사람이라 하지 않았어?"

"그랬지."

"한데 어찌 이리 우리를 환대해? 애초에 해씨의 고추가는 네가 도압성에 가는 것도 반대했다고 했었는데."

담덕이 고개를 끄덕였다.

태왕이 태자를 도압성에 보내 병사들의 사기를 돋울 것이라 말했을 때, 고추가가 크게 반발하여 싸움이 났던 것을 모두가 알고 있었다. 왕가에서 전선에 사람을 보내 격려한다는 것은 그곳의 주둔이 길어질 것이라는 뜻이니, 적자를 그곳에 둔 소노부의 고추가로서는 화가 날

만한 일이었다. 그럼에도 태왕은 굴하지 않고 담덕을 도압성으로 보냈다. 그 결정에 고추가의 분노가 대단했었다.

한데 그의 사람이 이처럼 우리를 환대하다니. 참으로 묘한 상황이었다.

"눈앞에 태자가 있으니 어떻게든 대접을 해야겠다는 생각인지, 다른 속셈이 있는 건지…… 그걸 모르겠다."

담덕도 머리가 복잡한 눈치였다. 차라리 홀대하였다면 마음이 편했을 텐데 성주의 환대가 과했다.

"잘 대접해 주는 척하고는 만찬을 엉망으로 준비했을 수도 있잖아. 우선 지켜보자."

나의 위로 아닌 위로에 담덕이 고개를 내저었다.

"우습다. 만찬이 엉망이길 바라야 하다니."

어이없는 상황을 한탄하며 걷다 보니 곧 만찬 장소에 도착했다. 우리의 바람과 달리 만찬 자리는 훌륭했다. 기쁜 일인지 나쁜 일인지 모를 상황에 나와 담덕이 애매하게 웃으며 자리를 찾아 앉았다.

지설과 태림은 이미 도착해 있었다. 병사들도 말석에 앉아 멀뚱히 만찬이 시작되길 기다리고 있었다. 담덕이 성주의 옆에 앉자 비로소 만찬이 시작되었다.

"오시는 길은 어떠셨습니까? 궁에 사시던 전하께는 길이 아주 험했을 텐데요."

성주가 담덕의 잔에 술을 따르며 물었다. 그는 술이 썩 내키지 않는 눈치였지만 주인이 내놓는 술을 거절하는 것도 예의가 아니었다.

"길이 어디든 별다른 것 있겠소. 편하게 왔으니 너무 염려 마시오."

"편안하셨다니 다행입니다. 앞으로 또 몇 날을 더 가야 도압성에 닿을지…… 한동안 날씨도 궂을 것 같습니다만."

성주가 문밖을 향해 눈을 돌렸다. 굳게 닫혀 있었지만 조금 전부터 요란하게 비 내리는 소리가 들려온 참이었다.

"하루 이틀에 그칠 비가 아닙니다. 연가의 아가씨도 계시는데 궂은 날씨는 피하셔야 하는 것 아닙니까?"

"자네가 오래갈 비인지는 어찌 아나? 모두 하늘의 뜻이거늘."

"한 지역에 오래 살다 보면 그 땅의 지혜를 체득하는 법이지요. 이 맘때쯤이면 지독하게 비가 내립니다. 사흘 정도 앞이 보이지도 않을 정도로 한바탕 쏟아붓고 나면 하늘이 아주 맑아지지요."

성주가 술이 든 잔을 들어 올리자 담덕도 그를 따라 잔을 들어 올린 후 술로 입을 축였다.

"하여 드리는 말씀이온데, 비가 그칠 때까지 이곳 수곡성에 머무르심이 어떻겠습니까."

"이곳에?"

"예. 어차피 급하지 않은 여정인 걸로 알고 있습니다. 굳이 빗속을 뚫고 떠나실 이유가 없잖습니까?"

그렇게 말하는 성주의 시선이 내게 닿았다 떨어졌다. 귀한 아가씨가 비가 쏟아지는 여정을 견딜 수 있겠느냐는 눈이었다.

"……그건 나도 생각해 보지."

성주를 따라 나를 슬쩍 바라본 담덕의 눈이 지설을 향했다. 이번 여정의 길은 모두 지설이 짰으니 그의 의견이 중요했다.

지설과 담덕이 눈짓으로 의견을 주고받는 사이 밖에서 천둥소리가 요란하게 울렸다. 성주의 말처럼 금방 그칠 비가 아니었다.

걱정스럽게 문 너머를 바라보고 있으니 기다렸다는 듯 문이 벌컥 열렸다. 열린 문 사이로 비에 푹 젖은 채 투구를 눌러쓴 장수 두 명이 서 있었다. 평화로운 만찬에 등장한 불청객에 지설과 태림이 검을 뽑아 들며 자리에서 일어섰다.

"누구냐."

지설이 날카롭게 물었다. 하지만 문 너머의 사람들은 동요하지 않고 천천히 걸음을 옮겨 안으로 들어왔다.

"오랜만에 뵙습니다, 전하."

안으로 들어선 장수가 담덕 앞에 서서 투구를 벗었다. 드러난 얼굴에 담덕이 아닌 내가 자리에서 벌떡 일어섰다.

"오라버니?"

분명히 제신이었다. 놀란 내 목소리에 제신이 고개를 돌려 씨익 웃었다.

"너도 참으로 오랜만이다, 우희야."

"혼자만 그리 반가운 인사를 하는 건가?"

제신의 옆에 있던 장수도 투구를 벗었다. 그 안에는 떠나는 날과 마찬가지로 웃는 낯을 한 운의 얼굴이 있었다. 그의 얼굴을 본 담덕의 입꼬리가 굳었다.

"소노부 해씨의 장자 운이 태자 전하를 뵙습니다."

운은 아랑곳 하지 않고 담덕에게 인사를 올렸다. 담덕이 손을 들어 인사를 받자 그가 웃으며 고개를 들었다.

"어찌 이곳에 두 사람이 있지?"

담덕의 질문에 제신이 입을 열었다.

"얼마 전 태자 전하께서 도압성에 오신다는 전갈이 도착했습니다. 장군께서 저와 운을 보내어 전하 일행을 마중하라 하셨는데, 오는 길에 비를 만나 수곡성에 쉬어 갈까 했더니 마침 여기에 머무른다지 않습니까. 반가운 마음에 실례인 줄 알면서도 만찬 중에 들어오고 말았습니다."

"장군께서 과한 친절을 베푸셨다. 마중할 사람을 보내실 것까지는 없으셨는데."

"오랜만에 국내성에서 사람이 오니 기쁘셨던 게지요."

그렇게 말하는 제신의 시선이 나를 향했다. 실은 태자인 담덕이 아닌 내가 걱정되어 보낸 사람들이라는 뜻이었다.

"일이 이렇게 되었으니 성주, 두 사람을 위한 자리도 마련해 주겠소?"

"물론 그리해야지요."

성주의 지시에 금세 두 사람의 자리가 만들어졌다. 제신은 자리가 만들어지자마자 빠르게 내 옆자리를 차지했다.

"오라버니."

"우희야."

사 년 만에 만나는 오라비의 얼굴을 마주하니 가슴이 먹먹했다. 제신도 마찬가지였는지 그도 내 이름을 부르고는 한동안 말을 잇지 못했다. 그가 내 두 손을 붙잡으며 겨우 말을 꺼냈다.

"그간 많이 자랐구나. 내가 떠날 때만 해도 훨씬 작았는데."

"그럼요. 사 년이나 지났는데 저도 자라지요."

"지내기는 어떠하냐? 백부님과 서가 잘해 주던?"

"너무 잘해 주셔서 탈입니다. 아버지와 오라버니를 두고 홀로 편히 사는 것 같아 마음이 늘 불편했어요."

"마음 불편할 정도로 편하였다니 마음이 놓인다. 그 말을 들으시면 아버지께서도 안심하실 거야."

그간의 이야기를 하느라 눈앞의 음식에는 눈길도 주지 않는 우리를 보며 운이 고개를 내저었다.

"누구는 누이가 와서 참으로 좋겠다. 이 좋은 음식이 보이지 않을 정도로 그리 좋아?"

운은 말로는 타박을 하면서도 나와 제신 앞에 음식을 놓아 주었다.

"먼저 식사부터 하지? 이야기를 나눌 시간은 앞으로 더 많으니까."

"그래, 맞다. 우희야, 험한 길을 달려와 배가 고플 터인데 식사부터 해야지."

제신이 그제야 내 손을 놓았다. 그는 평소 내가 좋아하던 음식들을 찾아내 내 앞에 놓아 주며 잔뜩 들뜬 얼굴을 했다.

"지금 도압성 상황은 어떻습니까?"

나와 제신의 대화가 마무리되자 지설이 운에게 물었다. 머리 역할을 하는 지설에게는 상황 파악이 제일 중요한 임무였으니 당연한 순서였다.

"늘 똑같습니다. 마무리되나 싶으면 또 백제 놈들이 쳐들어오는 통에 늘 긴장 상태죠. 게다가 흉년이 겹치는 바람에 보급도 시원찮고…… 여러모로 상황이 좋지는 않습니다."

"역시 흉년이 문제인가요?"

"그래도 장군께서 워낙 경험이 많으신 분이라 병사들을 잘 다독여 주고 계십니다. 하지만 배를 곯는 건 큰 문제니 지금 상황이 계속되면 아무리 장군이라 하셔도 헤쳐 나가기 힘드실 겁니다."

"태왕께서도 그걸 걱정하고 계십니다. 그래서 저희를 보내신 거고요."

지설의 말에 운의 눈이 담덕을 향했다.

"지금 전선에 있는 병사들에게 가장 필요한 건 왕가의 격려가 아니라 당장 먹을 곡식과 몸을 따뜻하게 할 옷입니다."

말 속에 날카로운 구석이 있었다. 지설이 못마땅한 듯 미간을 찌푸렸지만 담덕은 동요하지 않고 차분하게 답했다.

"충분히 알고 있으니 걱정하지 마라. 곡식과 의복을 조달할 수 있도록 인근 상인들과 이야기를 해 두었으니 자금을 치르면 곧바로 필요한 물품을 내줄 거다."

담덕의 설명에 운이 웃으며 고개를 숙였다.

"장군을 비롯한 휘하 병사들 모두 태왕 폐하와 태자 전하의 은덕에 감사드릴 겁니다."

분위기가 풀어지자 이번에는 성주가 나섰다.

"두 도련님께서도 저희 성에 잘 오셨습니다. 태자 전하의 일행과 함께 도압성으로 떠나실 생각이십니까?"

"그렇게 생각을 하고 온 것입니다만…… 전하께서는 언제쯤 출발할 것으로 생각하고 계십니까?"

제신이 먼저 담덕의 의견을 구했다. 하지만 담덕이 대답을 하기도 전에 성주가 말을 가로챘다.

"전하께서는 한시라도 바삐 도압성에 닿고자 하시나, 두 분께서도 아시다시피 이 비가 보통 비가 아닙니다. 빗속을 뚫고 도압성까지 가기는 힘드실 듯하여 비가 그칠 때까지만이라도 이 수곡성에 머무르심이 어떨까 말씀을 올린 참이었습니다."

"그렇습니까."

제신이 고개를 끄덕이며 다시 담덕을 바라보았다. 어떻게 하겠느냐는 얼굴이었다.

"일정 문제는 만찬 후에 나와 지설, 그리고 도압성에서 온 두 사람이 함께 모여 상의해 보도록 하지. 성주의 제안은 고마우나 도압성의 상황이 시급하다면 비를 뚫고 가는 것 정도야 무슨 문제겠나."

"하지만……."

"성주, 태자 전하께서 이미 뜻을 말하셨잖소."

지설이 성주의 말을 끊었다. 사람 좋은 미소를 짓고 있던 성주의 입꼬리가 순간 파르르 떨렸다.

"예. 제가 태자 전하를 오래 모시고 싶은 마음에 조급하게 굴었습니다. 실책을 용서하십시오."

"충정에서 비롯한 조급함임을 알고 있어. 너무 마음 쓰지 말게."

담덕이 짧게 성주의 사죄를 받아들였다. 성주는 애써 떨리는 입꼬리를 진정시키며 술을 한 모금 들이켰다. 그런 성주를 운이 빤히 바라보고 있었다. 성주도 그 시선을 느꼈는지 두 사람의 눈이 허공에서 부딪혔다.

분위기가 미묘했다. 나는 두 사람을 주시하며 태연한 척 앞에 놓은 고기를 입안에 넣었다. 수곡성주가 소노부 사람이라 했으니 해씨의 장남인 운과도 당연히 아는 사이일 것이다. 하지만 서로를 바라보는 눈이 같은 집안의 사람이라기엔 그다지 살가워 보이지 않았다. 시선은 상당히 일방적이었다. 운을 계속 주시하는 성주와 달리 운은 눈이 마주친 이후 성주 쪽으로는 고개도 돌리지 않고 있었다.

하지만 어느 쪽이든 서로를 의식하고 있다는 건 똑같았다. 성주는 쫓고 운은 도망치는, 소리 없는 기 싸움 끝에 결국 성주가 운을 불렀다.

"운 도련님도 오랜만에 뵙습니다. 지난번 국내성에서 도압성으로 내려가실 때 잠시 뵌 후 처음이지요?"

말까지 걸어왔으니 계속 성주를 무시하던 운도 더 이상 피할 수가 없었다.

"예. 몇 년 전에 뵙고 처음이군요."

운이 입에 가져가려던 술잔을 내려놓으며 한쪽 입꼬리를 끌어 올렸다.

"벌써 몇 해가 흘렀습니까?"

운의 대답에 성주가 과장스럽게 놀란 얼굴을 했다.

"장군께서 전쟁터에 오래 머무른 병사들을 국내성으로 귀환시키셨다던데…… 어찌 해씨의 도련님에게는 그 순서가 돌아오지 않는단 말입니까."

묘한 비난이 섞인 어조였다.

절노부 사람인 아버지가 소노부의 사람인 운의 귀환을 막고 있다는 듯한 말에 제신의 미간이 찌푸려졌다.

"그것은……."

운이 성주의 말에 반박하려는 제신의 어깨를 잡아 그의 말을 막았다. 자신이 해결하겠다는 뜻이었다.

"성주, 도압성에는 내가 자처해서 남은 것이니 장군을 탓할 이유가 없습니다. 장군께선 벌써 몇 번이나 제게 국내성으로 가도 좋다 하셨으니까요."

"도련님께선 집이 그립지 않으십니까? 고추가께서 도련님의 귀환을 목이 빠져라, 기다리고 계신데요."

"저라고 집이 그립지 않겠습니까. 사실 도압성에 있는 모두가 집이 그립겠지요. 하지만 적을 앞에 두고 귀환하는 건 대고구려 용사의 자존심이 허락지 않더군요. 제 자존심이 대단하다는 건 성주께서도 아실 겁니다. 고집은 자존심보다 더 세고요."

말을 마친 운이 자리에서 일어서 벗어 두었던 투구를 집어 들었다. 투구에서 떨어진 물이 바닥으로 뚝뚝 떨어졌다.

"아무래도 제가 낄 만찬이 아닌 것 같습니다. 먼 길을 달려오신 태자 전하를 위한 자리가 아닙니까. 제가 있으면 여러모로 분위기가 이상해질 것 같군요."

뼈가 있는 운의 말에 성주의 얼굴이 굳었다. 그를 따라 운의 얼굴에서도 서서히 미소가 사라졌다. 망설임 없이 성주를 떠난 운의 눈길이 이번에는 담덕을 향했다.

"먼저 자리를 떠나게 되어 송구합니다. 일정 문제는 제신이 잘 알고 있으니 그와 논의하시면 될 겁니다. 그럼 저는 이만."

허락을 구하는 말이 아닌 통보였다. 일방적인 사죄만 남기고 운이 떠나자 순식간에 내부의 분위기가 차가워졌다. 가장 당황한 사람은 성주였다. 그는 운이 이렇게 자리를 떠나리라고는 생각지 못했는지 입꼬리를 씰룩대며 운이 나선 문을 노려보고 있었다.

그 풍경을 모두 지켜본 담덕이 길게 한숨을 내쉬며 자리에서 일어섰다.

"아무래도 오늘은 좋은 연회를 즐길 날이 아닌가 보군. 나도 그만 일어나지."

담덕을 따라 병사들이 엉거주춤 의자에서 엉덩이를 뗐다. 양손 가득 음식을 쥔 그들이 안타까운 눈으로 담덕과 음식을 번갈아 보았다. 오랜만에 맛보는 따뜻하고 기름진 음식을 얼마 먹지도 못하고 일어서는 것이 퍽 아쉬운 모양이었다.

다행히 뒤따른 담덕의 말이 그들의 아쉬움을 달래 주었다.

"지설과 태림, 제신은 나와 함께 나가서 일정을 논의하고, 나머지는 여기 남아 만찬을 계속 즐기게. 성주가 애써 차려 준 음식들이 아닌가."

"예, 전하!"

병사들이 씩씩하게 대답하며 다시 자리에 앉았다. 나는 조심스럽게 성주의 눈치를 살폈으나, 그는 운이 문을 박차고 나갈 때와 달리 담담한 얼굴로 자리에서 일어섰다.

"……그럼 저는 차를 준비해 올리라고 전하지요. 이야기를 나누시려면 차가 필요하실 겁니다."

"부탁하지."

"전하의 방으로 보내겠습니다."

성주가 인사하고 방을 나서자 지설이 머리를 감싸 쥐며 땅이 꺼져라 한숨을 내쉬었다.

"제대로 건드렸군요. 성주의 심기를 거슬렀으니 이곳에 며칠 머물러야 한다면 골치 아프게 됐습니다."

"최대한 이곳에 머무르지 않는 쪽으로 생각해야겠지. 애초에 소노부와 연이 닿은 자의 성에서 환대를 받으며 오래 지낼 생각은 없었으니까."

"이런 매서운 비도 저희 계획에는 없었습니다. 수곡성에 머무르는 문제는 제신 님과 논의를 나눈 후 결정할 일이니 벌써 단언하지 마십시오."

"그건 나도 안다. 하지만 성주의 심기를 건드렸다는 비난은 부당하군. 성주에게 시비를 건 사람은 내가 아니라 해운이야. 탓하려거든 그를 탓해라, 지설."

"그거야 그렇지만……."

담덕이 성주와 운이 나간 뒤 아직도 열려 있는 문을 바라보았다. 밖으로 쏟아지는 빗줄기가 여전히 심상치 않았다.

담덕과 제신이 일정을 논의하기 위해 자리를 떠난 뒤에도 만찬은 계속되었지만, 병사들 틈에서 홀로 맛있는 음식을 먹고 있을 기분은 들지 않았다. 나는 떠들썩한 병사들 틈을 조용히 빠져나와 성주가 내준 방으로 돌아왔다. 등불로 밝혀진 실내는 아득해서 금방이라도 잠이 밀려올 것 같았다.

하지만 이대로 잠들 수는 없었다. 담덕과의 이야기가 끝나고 난 뒤 제신이 내 방으로 찾아오기로 되어 있었다. 몇 년 동안 쌓인 이야기를 잔뜩 풀어내야 했으니 하루의 긴 밤도 턱없이 부족할 터였다.

제신이 오기를 기다리며 나는 국내성에서 가져온 약재들을 정리하기 시작했다. 국내성에서부터 몇 번이나 상태를 살펴 부족한 것이 없다는 건 알고 있었지만 무엇이라도 집중할 일거리가 필요했다.

약재 점검에 집중하고 있으니 바람이 불 때마다 바깥 회랑을 향해 난 창이 요란하게 흔들렸다. 아무래도 고정이 잘못된 모양이었다. 처음에는 참고 넘겼지만 한참이나 덜컹거리는 소리가 신경을 건드리자 약재 정리에 집중할 수가 없었다.

나는 결국 약재에서 손을 놓고 창가로 걸음을 옮겼다. 역시나 창을 고정하는 걸쇠가 반쯤 풀려 있었다. 걸쇠를 다시 걸기 위해 손을 움직이는데 밖에서 그림자가 일렁였다.

벌써 오라버니가 오셨나?

의아한 마음에, 닫으려던 창을 살짝 열었더니 누군가가 정원을 향한 난간에 걸터앉아 있었다. 자세히 얼굴을 살피니 만찬 도중 투구를 들고 나섰던 운이 그때의 모습 그대로 쏟아지는 비를 바라보고 있었다.

"저기…… 여기서 뭐 하십니까?"

내 목소리에 밖을 바라보던 운의 시선이 내게 향했다. 복도를 사이에 두고 있었지만 방 안에서 새어 나온 등불에 그의 웃는 얼굴이 선명히 보였다. 눈이 마주치자 운이 손에 들고 있던 투구를 가볍게 흔들며 어깨를 으쓱거렸다.

"기세 좋게 나오기는 했는데 생각해 보니 갈 곳이 없더군. 이리저리 방황하다 풍경이 좋아 이곳에 자리를 잡았는데, 그대의 방 앞이었나?"

"그 꼴로 계속 밖에 계셨단 말입니까?"

나는 눈을 크게 떠 운의 상태를 살폈다. 비에 푹 젖은 채 서늘한 바깥에 있었던 탓인지 그의 얼굴이 창백해 보였다.

"언제까지 밖을 떠돌 셈이었습니까?"

"제신이 나를 찾으러 올 때까지?"

운이 태연하게 고개를 모로 기울였다. 제신이 하루 지낼 방을 얻어 자신을 찾으러 올 때까지 기다리려면 족히 한 시진(약 두 시간)은 걸릴 텐데, 그때까지 밖을 떠돌겠다는 말이었다.

"……참으로 대책 없으십니다. 사람이 늘 그리 태평하고 무모하십니까?"

"마음이 힘든 것보단 몸이 힘든 쪽이 편하지 않아?"

운이 나른하게 웃었다. 농담 같은 가벼운 말투였지만 눈빛은 썩 진심처럼 느껴졌다. 이 사람에게는 몸이 힘든 것이 더 편할 정도의 고민이 있는 걸까. 한없이 가벼운 평소의 말투나 웃음을 보면 상상할 수 없는 이야기였다. 나는 운의 얼굴을 빤히 바라보다 창을 닫았다.

"그런 말은 정말로 몸이 힘들어 본 적 없어서 할 수 있는 겁니다. 견디지 못할 만큼 몸이 괴로워지면 지금 한 그 말, 크게 후회하실걸요!"

창에 대고 소리치며 고리를 걸어 잠그니 창 뒤로 운의 웃음소리가 들려왔다. 나는 그대로 걸음을 옮겨 입구의 문을 활짝 열었다. 왼쪽으로 고개를 돌려 나와 조금 전 창을 통해 바라본 자리로 향하니 운이 조금 놀란 눈으로 나를 바라보았다.

"들어오십시오."

"어디로?"

"제 방으로 들어오시라고요. 오라버니와 전하의 이야기가 언제 끝날지도 모르는데 그때까지 계속 밖을 떠돌겠다는 겁니까? 이야기가 끝나면 오라버니께서 제 방으로 오실 겁니다. 그때까지 안에서 기다리세요."

"날 네 방에 들여보내 준다고? 이 야심한 시각에?"

운이 묘하게 웃으며 주위를 둘러보았다. 사위는 어둠으로 물들어 고요했다. 주변을 지나는 사람도 없는 야심한 시각임은 분명했다.

"어찌 내게 이리 친절을 베푸는 것일까, 절노부 연가의 아가씨께서?"

"그쪽은 제 오라버니의 오랜 친구입니다. 제 아버지의 명에 따라 열심히 싸우는 성실한 부하고요. 그쪽에게 친절을 베푸는 데 이 이상의 이유가 필요한가요?"

"그런가? 그대에게 나는 오라비의 친구, 아버지의 부하인가."

잠시 멍한 얼굴로 앉았던 운이 뭐가 그리 재밌는지 곧 소리 내어 웃기 시작했다.

"어찌 사람을 앞에 두고 웃습니까?"

"웃음이 나는 걸 어찌하란 말이야. 네가 나를 웃게 했으니 네 탓이 크다."

"제가 뭘 했다고 그러시는지……."

"그러니까 말이다. 네가 무얼 했다고 내가 지금 이리 우습지?"

운의 실없는 소리를 계속 듣고 있을 이유가 없었다. 나는 차가운 공기에 서늘해지는 팔을 두 손으로 감싸며 먼저 방 안으로 걸음을 옮겼다.

"아무튼 들어오십시오. 안은 따뜻합니다."

어서 들어오라 재촉하며 운을 바라보니, 그가 문밖에 멈춰 선 채 답지 않은 어색한 표정으로 방 안을 훑어보고 있었다.

"이상한 거 없습니다. 그러지 말고 그냥 들어오십시오."

"정말 들어오라고?"

"그럼 농담인 줄 아셨습니까?"

눈을 깜빡이며 운을 보니 그가 미간을 찌푸렸다.

"어찌 이리 사내를 쉽게 방에 들여?"

"지금 그쪽은 사내가 아니라 갈 곳 없어 빗속에서 방황하는 강아지입니다. 추위에 떨고 있는 모습이 측은하여 들어오라 한 것이니 마음 바뀌기 전에 어서 들어오세요."

"내가 언제 떨었다고 그래?"

다시 한번 재촉하자 운이 투덜거리면서도 방 안으로 들어섰다. 운이 안으로 걸음을 옮길 때마다 갑옷에서 물이 왈칵 쏟아져 바닥이 금세 물로 젖었다. 그의 발밑에 생긴 작은 물웅덩이를 질린 얼굴로 보았더니 운이 난처하게 웃었다.

"이래서 밖에 있었던 건데."

"얼마나 푹 젖어 있었던 건지……. 이 꼴을 하고서 밖에 있을 마음이 드시던가요? 우선 거기에 멈추세요."

저 상태로 안쪽에 왔다가는 방이 온통 물바다가 되고 말 터였다. 나는 운을 저지하며 그를 문 앞에 세웠다.

"갑옷은 입구에 벗어 두는 게 좋겠어요. 투구도 같이 두시고요."

운이 동의한다는 듯 고개를 끄덕이고 투구를 문 앞에 내려놓았다. 하지만 갑옷은 혼자 벗을 수 없었다. 갑옷을 벗으려면 등 뒤의 끈을 풀어야 하니 다른 사람의 도움이 필수적이었다. 여기서 그걸 도울 사람은 나 하나뿐이었다.

"돌아서세요. 갑옷 풀어 드릴게요."

"그대는……."

운이 미간을 찌푸리며 웃었다. 애매한 얼굴에 고개를 갸웃거리니 운이 금세 표정을 풀고 어깨를 으쓱거렸다.

"그거 알아? 그대가 사람을 가끔 한심한 어린애 취급하는 거."

"……제가요?"

속으로는 뜨끔했지만 겉으로는 태연한 척 되물었다. 지나칠 정도로 선명한 전생의 기억 탓인지 나는 종종 나이를 잊고 어른의 입장에서 상대를 대할 때가 있었다. 그런 나를 누군가는 애어른 같다고 했고, 누군가는 어른스럽다고 했다. 운은 아마 전자의 의미로 느낀 것 같았다.

"어린애면 어린애답게 아무것도 모르는 채로 있으면 좋잖아. 벌써부터 머리 굴리면 인생이 피곤해질걸."

언젠가 내가 담덕에게 했던 말과 비슷했다. 하지만 그때의 담덕은 열둘이었고, 지금의 나는 열여섯이었다. 열여섯 역시 충분히 어린 나이였지만 아무것도 모르는 채로 있을 만한 나이는 또 아니지 않나.

"저도 이제 열여섯입니다. 한 사람의 성인으로 피곤한 인생을 시작해 볼 나이가 되었죠."

턱을 치켜드는 나를 보며 운이 웃었다.

"계산은 정확히 해야지. 아직 탄일도 안 지났으면서 무슨 열여섯이야?"

"제 탄일을 아십니까?"

의외의 말에 눈을 크게 뜨니 운이 머쓱한 얼굴로 돌아섰다.

"제신이가 매일같이 누이 이야길 떠들고 다니는데 모를 리가 있나. 아마 도압성 병사들 전부가 그대의 탄일이 언제인지 알고 있을걸."

"전쟁터까지 나가서 그런 이야기나 늘어놓으셨단 말입니까?"

얼굴도 모르는 사람들에게까지 내 이야기가 죄 퍼졌다니 민망함에 얼굴이 화끈거렸다.

"전쟁터니까 그런 이야길 늘어놓는 거야. 생과 사가 오가는 위험한 곳에선 다들 소중한 사람 이야기를 하거든."

"그럼 그쪽은 누구 이야길 하셨습니까?"

나는 그렇게 물으며 운의 갑옷을 고정한 끈을 잡아당겼다. 그런데 쉽게 풀릴 줄 알았던 매듭이 꿈쩍도 하지 않았다. 어찌나 단단히 묶었는지 아무리 힘을 줘도 손이 헛돌았다. 조금만 더 힘을 쓰면 풀릴 것 같은데.

부산스럽게 움직이는 나의 기색에 운이 슬쩍 뒤를 돌아보곤 웃음을 터트렸다.

"이제 열여섯이라고 어른이 다 되었다더니…… 겨우 이 매듭 하나 풀지 못해 낑낑대는 거야? 어디 이래서야 한 사람 몫을 제대로 할는지."

"매듭을 너무 단단히 묶어서 그렇습니다. 어떤 무식한 자가 끈을 이리 단단히 묶었답니까?"

"끈을 이런 식으로 묶은 그 무식한 자가 바로 네 오라비인데."

"……."

운의 대답에 변명과 투덜거림이 입안으로 쏙 들어갔다. 그의 입에서 다시 한번 웃음이 터졌다. 나는 입을 꾹 다물고 매듭에 집중했다. 민망한 마음을 담아 온 힘을 다했더니 아슬아슬하던 매듭이 풀어졌다.

"못 풀겠으면 그냥 두고……."

"됐습니다! 풀었어요!"

신이 나 고개를 번쩍 드는 순간 운이 몸을 틀며 돌아섰다. 덕분에 서로의 얼굴이 코앞에서 마주쳤다. 당황한 운이 빠르게 몸을 뒤로 뺐지만 내가 매듭을 풀기 위해 끈을 잡은 상태였다. 나는 당연한 듯 그에게 끌려가 앞으로 몸이 기울었다.

"엇!"

뒤늦게 끈을 놓았지만 몸은 이미 기울어 운의 품으로 안착했다. 푹 젖은 갑옷에 얼굴을 박았더니 찝찝함과 고통이 동시에 밀려왔다.

"……뭐 하는 것이냐, 너는."

머리 위에서 운의 황당한 목소리가 흘러나왔다. 그는 두 손으로 내 어깨를 붙잡아 거리를 벌리고는 고개를 숙여 내 얼굴을 바라보았다.

"제대로 부딪혔구나. 이마가 빨갛다."

"그러게 갑자기 돌아보시면 어쩝니까? 뒷걸음질은 또 왜 치셨고요."

통증이 밀려오는 이마를 매만지며 미간을 찌푸렸더니 운이 내 어깨를 놓고 다시 뒤돌아섰다.

"그런 못난 얼굴을 가까이서 보면 누구라도 놀라서 뒷걸음질 치지."

"뭐라고요?"

"됐다, 화낼 시간에 갑옷이나 마저 벗겨라. 이러다 제신이가 올 때까지 갑옷도 못 벗겠다."

"사람이 어찌 이리 뻔뻔하십니까?"

"뻔뻔해야 살아남는 세상 아니더냐. 나는 세상에 순응하며 사는 인간이라 어쩔 수가 없다."

"말이나 못 하면 얄밉지나 않지요."

변하지 않은 운의 뻔뻔함을 보니 비로소 그와 다시 만났다는 실감이 났다. 나는 헛웃음을 흘리며 그의 갑옷 끈을 마저 풀었다.

운이 갑옷을 벗어 바닥에 두었다. 안에 입은 옷은 예상대로 흠뻑 젖어 있었다. 그 상태의 옷을 더 입고 있는 건 무리였다.

나는 가방을 뒤져 국내성에서부터 가져온 옷 한 벌을 찾아냈다. 제신에게 주려고 가져온 옷이었으나 더 급한 사람이 있으니 어쩔 수가 없었다. 게다가 그 사람이 운이라면 제신도 기꺼이 새 옷을 양보할 것 같았다.

"이걸로 갈아입으십시오."

"제신이의 것 아니냐?"

운이 한눈에 옷의 정체를 알아챘다. 제신이 좋아하는 색에 제신이 좋아하는 복식이니 그가 알아보지 못하는 게 더 이상했다.

"맞습니다. 오라버니와 체격이 비슷하시니 얼추 맞을 겁니다."

"국내성에서부터 소중히 가져온 것인데 내게 주어도 되겠느냐?"

"저야 당연히 아쉽지요. 하지만 주는 제 마음보다 받을 오라버니의 마음이 더 중합니다. 그쪽이라면 오라버니께서 기꺼이 옷을 양보하실 테니 저도 그리해야지요."

운이 나와 내 손에 들린 옷을 빤히 바라보았다. 한참 말이 없던 그가 옷을 받아 들며 묘한 얼굴을 했다.

"고맙다. 내 나중에 제신이에게 좋은 옷 한 벌 선물하마."

"네, 그리해 주세요. 그건 제가 국내성에서부터 가져온 옷이니 그 수고까지 쳐서 아주 좋은 옷으로 돌려주셔야 합니다."

"흥정을 잘하는 건 여전하구나."

운이 웃으며 옷을 벗기 시작했다. 예고 없는 탈의에 당황해서 몸을 돌리니 운이 웃음을 터트렸다.

"뭘 이 정도에 놀라고 그러느냐? 그냥 보아도 상관없는데."

"제 의사는 생각도 않으십니까? 그런 걸 봐서 어디에 씁니까?"

"후회하지 않겠어? 오늘 같은 기회가 또 오진 않을 것이다."

"평생 안 와도 됩니다!"

"그러다 평생 사내의 몸을 보지도 못하고 죽으면 어쩌려고?"

"그럴 일 없습니다."

이미 상의를 벗은 담덕의 맨몸을 보지 않았던가. 당당한 나의 대답에 운이 잠시 말이 없더니 곧 의미심장한 웃음을 흘렸다.

"그것 참…… 재미있는 대답이로구나."

"재밌긴 뭐가요?"

"왜 재밌지 않겠어? 제신이가 애지중지하는 누이가 아직 열여섯 탄일도 맞이하기 전에 사내의 벗은 몸을 봤다는데."

"봤다고 말한 적 없습니다!"

항변하기 위해 나도 모르게 몸이 돌아갔다. 돌아서는 순간 아차 싶었지만 다행히 운은 거의 옷을 다 입은 뒤였다. 운이 미처 여미지 못했던 상의를 정돈해 끈을 묶으며 장난스럽게 웃었다.

"우리 아가씨께서 누구의 벗은 몸을 본 것일까?"

"봤다고 말한 적 없는데 계속 왜 그러십니까?"

"이것 봐. 지금도 '봤다고 말한 적 없다'고 하지 '본 적 없다'고는 안 하잖아."

가볍게 말하면서 핵심을 놓치지 않는 건 여전했다. 할 말이 없어져 입만 오물거리고 있으니 운의 미소가 조금 옅어졌다.

"어울리지도 않는 머리꽂이 비녀를 고르던 것이 엊그제 같은 데…… 벌써 사내의 몸을 아는 여인이 되었다?"

"누가 들으면 오해하겠습니다. 어쩌다 보게 된 것이지 그쪽이 상상 하는 이상한 일 때문이 아닙니다."

똑똑히 보고 이런 취급을 받으면 억울하지나 않지. 심지어 담덕이 옷을 훌렁 벗어 던졌을 때는 날이 어두워 제대로 보지도 못했다.

"내가 무슨 이상한 상상을 하는데?"

"그……."

차마 말을 잇지 못하는 나를 향해 운이 얄궂은 얼굴로 다가왔다. 얼굴색이 훤히 보일 정도로 가까운 거리였다. 그가 나를 빤히 쳐다보 며 얼굴 곳곳을 살폈다.

"얼굴이 달아오르는 걸 보면 이상한 상상이 뭔지도 확실히 아는 듯 한데…… 그대에게 이런 걸 누가 가르쳐 준 거야?"

"그런 걸 누가 가르쳐 준단 말입니까? 혹 누가 가르쳐 주었다 한들 그쪽과는 상관없는 일이고요."

"상관없다니? 그대는 내 소중한 친우 제신이의 누이인데 당연히 신 경 쓰이지."

"친우의 누이를 신경 쓸 시간에 본인의 누이나 신경 쓰십시오."

누이라고 하니 잊고 있던 영의 얼굴이 떠올랐다. 아직도 내 가방에 그녀가 제 오라비에게 전해 달라며 맡긴 약재가 있었다.

"말이 나온 참이니 지금 전해 드리겠습니다."

"무엇을?"

"영이 제게 부탁한 것이 있습니다. 허리의 통증을 줄여 주는 약재와 근황을 담은 서찰입니다."

나는 가방에 따로 챙겨 두었던 영의 물품을 꺼내 운에게 내밀었다. 그는 상당히 놀란 눈치였다.

"영이? 내 동생 해영?"

"그쪽한테 이런 걸 맡길 다른 영이도 있습니까?"

"그런 사람은 당연히 없지만…… 그대가 어찌 영이를 알아?"

늘 집에만 박혀 지내는 영을 내가 안다는 사실이 믿기지 않는 모양이었다.

운의 의문은 당연했다. 약방에서 사고처럼 만난 인연이니, 어쩌다 우연이 겹치지 않았더라면 나와 영은 평생을 모르고 살았을지도 모를 사이였다.

"약방에서 만나 이야기를 나누다 보니 서로 비슷한 점이 많다는 걸 알게 됐습니다. 오라버니들끼리도 친구이고, 서로가 또래이기도 하니 친구가 되기로 했지요."

"약방에서 영이와 만나? 그 아이가 집 밖으로 나왔어?"

"조금 전부터 제게 계속 질문만 하고 계신 거 아십니까? 어서 서찰이나 읽어 보십시오."

내 지적에 운이 머쓱한 얼굴로 고개를 끄덕였다.

"믿기지 않아 그랬다. 영이 그 아이는 집 밖으로 나서는 일이 거의 없거든."

"확실히 몸 상태가 좋아 보이진 않더군요. 한데 바깥출입이 불가능할 정도는 아닌 것 같던데요?"

"무리하면 밖에 나서는 것도 가능하지만 아버지께서 어지간히 싸고돌아야 말이지. 적당한 외출이 건강에 좋다고 말씀을 드려도 듣질 않으셔."

"기침을 많이 하던데…… 정확히 어디가 아픈 겁니까?"

"그걸 알면 그 아이가 지금까지 병을 달고 있겠어?"

"의원도 이유를 찾지 못한 건가요?"

운이 씁쓸하게 웃으며 고개를 끄덕였다.

"유명한 의원, 승려, 하다못해 무녀까지, 부르지 않은 자들이 없다. 한데 누구도 그 아이의 병을 고치지 못했어. 그저 나빠지지 않게 약을 쓸 뿐이었지."

거기까지 말한 운이 내가 건넨 서찰을 꺼내 읽기 시작했다.

차분하게 영이 쓴 편지에 집중하는 그를 보며 나 역시 깊은 생각에 빠졌다. 영에 대한 일이었다.

소노부 해씨는 고구려에서 제일가는 가문이다. 내가 영의 병에 관심을 가지지 않은 것은, 그처럼 대단한 권력을 지닌 해씨 가문이니 무슨 수를 써서라도 그녀의 병을 돌봐 줄 사람을 찾을 수 있을 것으로 여겨서였다. 그렇다면 굳이 내가 오지랖 넓게 나설 필요가 없었다.

하지만 그들이 이 땅 곳곳을 수소문해 찾아낸 사람들 중 그 누구도 영의 병을 고치지 못했다. 해씨 가문이 어중이떠중이를 부르지는 않았을 터. 결국 영의 병이 심상치 않다는 뜻이었다.

국내성에 돌아가면 영의 상태도 한번 살펴봐야겠어.

그렇게 결심하는 사이 서찰을 전부 읽은 운이 나를 불렀다.

"우희."

"예."

"영이 이 서찰에 뭐라 썼는지 알고 있어?"

"이미 다 읽으셨으면서 그건 왜 물으십니까?"

"영이 재미있는 이야기를 썼는데 혹 그대도 아는 이야기인가 해서."

"재미있는 이야기요?"

나는 영문을 몰라 고개를 갸웃거렸다. 영에게서 직접 서찰을 받아오긴 했지만 그녀가 무슨 이야기를 썼는지는 전혀 몰랐다.

"영은 그냥 안부를 전하는 편지라 하던걸요."

"그래? 그럼 이게 영 혼자만의 생각이라는 거군."

혼잣말처럼 중얼거리고 서찰을 접어 품 안에 넣는 운의 미간이 잔뜩 찌푸려져 있었다.

"나쁜 이야기라도 적혀 있습니까?"

운의 표정이 좋지 않기에 걱정이 되어 물었더니 그가 선선히 고개를 저었다.

"난 재미있는 이야기가 적혀 있다 했던 것 같은데?"

"그러셨죠. 하지만 표정이 좋지 않으시기에."

"재미있으면서도 곤란한 이야기라 그렇다."

"재미있으면 재미있는 것이고, 곤란하면 곤란한 것이지 재미있고 곤란한 이야기도 있나요?"

"세상은 복잡하니 그런 이야기도 있다. 아직 어린 너는 모르겠지만 말이다."

운이 씨익 웃으며 내 머리를 헤집었다. 나는 그의 손을 피하며 입을 비죽 내밀었다. 다른 사람의 도움을 받아 머리를 정돈한 건 오랜만이라 모처럼 예쁜 머리 모양이 나왔는데, 운 때문에 엉망이 되어 버렸다.

"여인의 머리를 이리 헤집는 건 실례입니다."

"여인? 네가 여인이란 말이야?"

"그럼 제가 사내입니까?"

"사내는 아니지만 여인도 아니다. 덜 여문 꼬맹이 주제에 여인이라니? 아직 한참 멀었다."

"저도 다 자랐습니다. 사 년 전보다 키도 훌쩍 자랐는데요."

"다 자라서 겨우 요만큼이냐?"

운은 불만스럽게 머리를 정돈하는 내 머리 위로 다시 자신의 손을 얹었다. 이번에 다가온 손은 머리를 헤집는 대신 내 키를 가늠했다.

"내 어깨에 겨우 닿는구나. 이리 작아서 어디 어른이라 할 수 있겠어?"

운이 위에서 나를 내려다보며 말했다. 확연한 키 차이였지만 나도 이 부분에서는 할 말이 있었다.

"제 키는 또래 아이들과 비슷합니다. 그쪽이 지나치게 큰 거라고요."

"아까부터 계속 하고 싶었던 말인데……"

나의 항변에 운이 미간을 찌푸리며 불만을 토로했다. 하지만 불만의 내용은 내가 전혀 생각지 못한 것이었다.

"왜 계속 나를 '그쪽'이라고 부르느냐? 묘하게 거리가 느껴지는 호칭인데. 그거 상당히 마음에 들지 않는다."

"그럼 그쪽을 뭐라고 부릅니까?"

나의 반문에 운이 입을 꾹 다물었다. 그도 우리 둘 사이의 애매한 관계를 정리할 호칭이 쉽게 떠오르지 않는 모양이었다.

"보십시오. 딱히 부를 호칭도 없지요? 그러니 그쪽을 그쪽이라

부를 수밖에요."

"아무리 부를 호칭이 없어도 그렇지. 하고많은 것 중에 하필 그쪽이냐? 참으로 야박하구나."

"그럼 그쪽은 다른 호칭이 생각나십니까?"

이번에도 입을 다물 것이라고 생각했던 운이 외려 그 말을 기다렸다는 듯 활짝 웃었다. 장난기가 섞인 웃음에 불안한 마음이 일었다.

"이참에 나도 오라버니라 부르거라."

"예?"

"그렇잖으냐. 나는 네 오라비의 친구에다 네 친구의 오라비이기도 한데. 오라버니라 부르는 것이 제일 타당하지 않겠어?"

틀린 말은 아니다. 나보다 나이 많은 사내, 제신의 가장 가까운 친구기도 하니 오라버니라는 호칭이 이상하지는 않았다. 하지만 이 얄미운 얼굴을 보며 오라버니라 부르는 것은 내키지 않는단 말이지.

"자, 운 오라버니, 하고 불러 보거라."

운이 웃으며 내게 얼굴을 들이댔다. 나는 그의 눈을 피하며 고개를 돌렸다.

"호칭이 뭐가 중요합니까?"

"중요하지는 않지. 그래도 그쪽은 너무하잖아."

"그럼 차라리 도련님이라 부르겠습니다."

"그건 거리감이 너무 느껴져서 싫다. 오라버니라고 부르는 게 뭐 그리 어렵다고 이러느냐?"

운이 내가 고개를 돌려 피한 쪽으로 따라와 다시 내 앞에 얼굴을 들이밀었다. 부담스럽게 반짝이는 눈을 보고 있자니 굳게 닫혀 있던 문이 활짝 열렸다.

"우희야!"

제신의 목소리였다. 고개를 돌려 문을 바라보니 다급하게 달려
온 제신이 웃으며 안으로 들어왔다가, 나와 운을 발견하고는 눈을
크게 떴다.

"운이 네가 어찌 여기 있어?"

나는 멍하니 선 제신을 이끌어 탁자 앞에 앉히며 상황을 설명했다.

"비에 젖은 채로 방황하고 있기에 잠시 들어와 계시라 했습니다.
오라버니를 기다리고 있다고 하셔서요."

뒤이어 운이 설명을 추가했다.

"만찬 도중에 뛰쳐나오고 보니 오늘 묵을 방도 안내받기 전이라, 네
가 이야기를 끝낼 때까지 밖에서 기다리자 생각했지. 그러다 우희를
만나서 잠시 신세를 졌다."

"그래?"

상황을 이해했는지 제신이 고개를 끄덕이다 곧 운의 복장을 보고
는 미간을 찌푸렸다.

"한데 옷이 그게 뭐냐? 꼭 내 모습을 보는 것 같다."

"네 옷을 입었으니 당연하지. 그러는 너는 옷차림이 그게 무엇이
냐? 꼭……."

운이 묘한 얼굴로 제신의 복장을 살폈다. 제신도 운처럼 비에 푹 젖
은 갑옷이 아닌 정갈한 옷차림을 하고 있었다. 제신이 입은 옷이 썩
눈에 익었다.

"전하의 옷이네요."

내 말에 제신이 어색하게 웃으며 고개를 끄덕였다.

"오랜만에 누이와 만나는데 비에 젖은 꼴로 가겠느냐며 내주셨다.

덕분에 내가 분에 넘치게 태자 전하의 옷도 다 입어 보는구나."

"잘 어울리세요."

"그래? 이런 색은 처음이라 어색한데……."

평소 잘 입지 않는 하얀 옷을 어색하게 내려다보던 제신이 곧 이상한 것을 깨달았다는 양 고개를 번쩍 들었다.

"우희."

"예?"

"어찌 내게 높임말을 써?"

크게 뜬 눈을 깜빡이던 제신이 미간을 찌푸리며 한숨을 내쉬었다.

"혹 오랜만에 만나 어색해서 그러느냐?"

"몇 년 떨어져 있었다고 어색해지면 그것이 가족입니까?"

"한데 어찌 그래?"

의아한 제신의 얼굴에 나는 짐짓 젠체하며 턱을 치켜들었다.

"저도 이제 어른입니다. 그러니 격식과 예의를 갖춰 오라버니를 대해야지요."

"뭐?"

한껏 우아한 자세를 흉내 내며 인사하는 나를 멍하니 보던 제신이 금세 웃음을 터트렸다. 말 그대로 폭소였다.

"으하하하! 안 어울리게 그게 뭐냐? 격식? 예의?"

"누이가 어른스러워지겠다는데 반응이 그게 무엇입니까?"

"됐다, 됐어. 평소 하던 대로 해라. 어색해서 죽겠다."

이제 제신은 배까지 잡고 웃어 대기 시작했다. 어른스러운 아가씨 자태가 어울리지 않는다는 건 알았지만 이렇게까지 비웃음을 당할 정도는 아니라고 생각했는데.

"그렇게 안 어울려?"

나는 입을 부루퉁하게 내밀며 탁자에 털썩 걸터앉았다. 사 년 전의 모습으로 돌아온 내 모습에 제신이 그제야 웃음을 멈추고 고개를 주억거렸다.

"오랜만에 만나니 고운 누이라도 되어 볼까 했지."

"평소의 너도 곱다. 난 일부러 행동을 꾸며내지 않는 평소의 네가 제일 좋으니, 괜히 어른스러운 체할 생각도 말아라."

"어휴, 말 잘 듣고 얌전한 누이가 되어 준대도 싫다니. 참으로 이상한 오라버니야."

"얌전하고 말 잘 들으면 그게 연우희야?"

제신의 말에 나도 웃음이 터졌다. 서로 마주 보며 웃음을 흘리고 있으니 가만히 우리 남매를 지켜보던 운이 나섰다.

"남매가 오랜만에 만나 할 이야기가 많을 테니 난 이만 자리를 피해 주지."

"그래, 고맙다."

제신은 운의 배려를 거절하지 않았다.

"숙소는 성주가 제공해 주었어. 이곳에서 멀지 않다. 정원을 지나 입구 바로 옆의 방이니 쉽게 찾을 수 있을 거야. 혹 잘 모르겠으면 내가 안내해 줄까?"

운이 금방이라도 자리에서 일어설 기세인 제신의 어깨를 눌러 그를 다시 앉혔다.

"모르겠으면 지나가는 사람을 붙잡고 묻지 뭐. 누구든 알려 주지 않겠어? 내일 날이 밝으면 다시 보자."

"조금 천천히 일어나도 상관없어. 출발이 이틀 후로 정해졌거든. 오랜만에 푹 쉬어도 될 거다."

"휴식이라. 그것참 반가운 소식이네."

운이 웃으며 인사하고 방을 떠났다. 비로소 제신과 나 단둘이 남은 것이다.

"이틀 후에 출발해?"

"응, 아무래도 비가 심상치 않아서. 무리하면 비를 뚫고 갈 수도 있겠지만 모두에게 힘든 길이 되겠지. 성주도 흔쾌히 쉬어 가라 했으니 이곳에 조금 더 머물기로 결론이 났다."

"성주의 의도를 의심하고 있는 거 아니었어?"

"그래서 더 머무르자 결정한 것도 있다. 도대체 무슨 속셈인지 지켜보자 싶어서."

성주의 뜻을 모르는 채로 수곡성을 떠나기보다는 그와 정면으로 부딪쳐 보는 쪽을 선택한 것이다. 과연 담덕다운 결정이었다.

"빈틈을 싫어하는 담덕다운 결정이네."

"그래? 전하께서 그러신 편인가?"

"담덕은 모든 것을 파악하고 있어야 마음이 편한 사람 같아. 그렇게 살면 피곤하지 않냐고 했더니 몰라서 피곤한 게 더 싫다던데."

어려서부터 불안한 상황 속에 지내 온 탓인지 담덕은 주변 상황에 예민했다. 철저하게 주변 상황을 파악하고 자신의 위치를 정리해 위험을 최소화하는 것이 세상을 살아가는 담덕의 전략이었다.

"전하와 많이 가까워진 모양이다? 존칭 없이 이름도 부르고, 성격도 잘 알고."

담덕에 대해 이야기하는 나를 제신이 묘한 눈으로 바라보았다. 나와 담덕이 자주 만나는 것이야 알고 있었지만 이렇게까지 격의 없어진 것은 미처 알지 못했던 듯했다.

제신이 국내성을 떠날 때 나와 담덕은 막 친구가 되어 친분을 쌓기 시작하던 시점이었다. 그로부터 사 년이 지났으니 그때보다 가까워졌음은 당연했다.

"그럼 사 년이나 지났는걸. 이젠 정말 친구가 되었지. 그래도 공적인 자리에서는 선을 잘 지키니까 걱정하지 않아도 돼."

"친구라…… 정말 그뿐이야?"

내 대답에 제신이 묘한 웃음을 흘리며 나를 바라보았다. 가늘어진 두 눈이 얄궂기까지 했다.

"그게 무슨 말이야?"

"단순한 친구가 아닌 거 아냐? 오래전 어르신들 사이에서 오갔던 혼인 이야기가 너와 태자 전하 사이에서도 오갔거나……."

제신이 조심스럽게 말끝을 흐렸다. 혼인 이야기만 나오면 내가 펄쩍 뛰는 것을 알고 있으니 그도 몸을 사리며 물은 것이다. 하지만 나는 제신의 혼인 이야기가 대수롭지 않았다.

"아직도 그 이야기야? 어르신들 사이에서도 없던 일로 하자 정리가 된 일을 이제 와?"

"그때와 다를 바가 없단 말이야?"

"그러면?"

의아한 제신의 눈빛에 내가 더 의아해져 물으니 그가 영문을 모르겠다는 듯 고개를 갸웃거렸다.

"하지만 내가 전하를 보기로는……."

"보기로는?"

말을 아끼는 제신이 답답해 되물었지만 그는 말이 없었다. 잠시 홀로 생각에 빠져 있던 제신이 곧 아무것도 아니라는 듯 고개를 저었다.

"아니다. 네가 아니라면 아닌 것이겠지. 오랜만에 만났으니 우리 이야기나 하자. 도압성에 가면 이리 여유롭게 앉아 이야기를 나눌 시간이 없을 것이다."

수곡성과 달리 도압성은 말 그대로 전선이었다. 코앞에 백제군을 두고 병사인 제신이 이리 여유를 부릴 시간은 없을 것이 뻔했다.

"그럼 그간 도압성에서 있었던 이야길 들려줘. 소문으로야 많이 들었지만 뭐가 진실인지 모르겠는걸."

"너는 국내성 이야길 들려주렴. 시골에만 처박혀 있었더니 도시 이야기가 참으로 궁금하구나."

나는 고개를 주억거리며 내가 아는 이야기를 떠들기 시작했다. 그에 화답하듯 제신도 도압성에서의 무용담을 늘어놓았다. 밤은 길었지만 이야기가 더 많았다. 요란하게 쏟아지는 빗줄기를 뚫고 우리 남매는 새벽녘을 이야기로 물들였다.

❖ ❖ ❖

나는 길게 하품하며 자리에서 일어섰다. 늦은 시각까지 제신과 못다 한 이야기를 하고 동이 틀 때쯤에야 잠들었더니 일어나서도 몸이 무거웠다.

비가 쏟아져 날이 어두운 것도 피로에 한몫했다. 성주가 장담한 대로 비는 굵어진 채로 멈추지 않고 이어졌고, 고요함에 묻힌 저택은 사람을 나른하게 만들었다.

"어?"

쏟아지는 비를 바라보다 창을 다시 닫으려던 나는 탁자 한구석에 놓인 작은 보따리를 발견하고 눈을 크게 떴다. 영이 운에게 전해 달라 부탁했던 약재가 든 보따리였다. 어제 급히 나가더니 서찰만 챙기고 갔나 보다. 나는 보따리를 집어 들고 작게 한숨을 내쉬었다.

운의 방이 정원을 지나 입구 바로 옆의 방이랬지.

잠시 고민하던 나는 그대로 방 밖으로 걸음을 옮겼다. 회랑을 따라 정원을 쭉 돌아 나가니 금세 입구가 눈에 들어왔다. 입구에 붙은 방은 하나뿐이어서 나는 쉽게 운의 숙소를 발견할 수 있었다.

"계십니까?"

조심스럽게 안을 향해 외쳤지만 대답이 없었다.

"안에 안 계십니까?"

혹시 듣지 못했나 싶어 소리를 더 높였지만 대답이 없는 것은 똑같았다.

나는 문이라도 두드려 볼 요량으로 문에 손을 얹었다. 그런데 가볍게 쥔 주먹이 문에 닿기 무섭게 문이 힘없이 스르르 열렸다. 나는 문 틈 사이로 슬쩍 얼굴을 들이밀어 내부를 살폈다. 어두운 실내에는 인기척이 전혀 없었다.

잠시 방을 비운 건가? 손에 든 보따리와 텅 빈 방을 지켜보던 나는 잠시 고민한 끝에 조심스레 문을 밀었다.

짐만 두고 나가는 거야. 주인 없는 방에 들어가는 것은 실례였지만 물건만 두고 돌아가는 건 괜찮을 것 같았다. 나는 안으로 들어서서 입구와 가장 가까운 탁자 위에 보따리를 올려놓았다.

어두운 방 안은 사람이 하루 머물렀다고 믿기 힘들 정도로 서늘했다. 의아해져 침상 근처의 화로를 보니 불을 피운 흔적이 하나도 없었다.

어째서? 한겨울은 아니라지만 온종일 비가 내려 화로 없이는 잠들기 힘든 추위였다.

혹여 방을 잘못 찾은 것일까? 그렇다면 영이 부탁한 보따리를 그냥 두고 갈 수 없었다. 나는 조금 더 자세히 방을 살피기 시작했다.

그러자 어렵지 않게 벗어 둔 갑옷과 채 물기가 마르지 않은 옷이 구석에 아무렇게나 널브러져 있는 모습을 찾을 수 있었다. 운의 것이 분명하니 방을 잘못 찾은 건 아니었다.

기묘한 분위기였다. 이상한 불안함에 어서 밖으로 나가야겠다는 생각이 들었으나, 문이 열리는 소리가 먼저였다.

"도련님!"

수곡성주의 목소리였다. 나는 반사적으로 침상에 쌓인 이불 뒤로 몸을 숨겼다. 잔뜩 웅크려 자리를 잡자마자 거칠게 문이 닫히며 다시 한번 성주의 목소리가 들려왔다.

"어찌 그리 고집을 부리십니까!"

뒤이어 흥분한 성주와 달리 차분한 운의 목소리가 흘러나왔다.

"소리가 큽니다. 사람들에게 우리가 만난 걸 알리고 싶으신 겁니까?"

운의 말에 한동안 성주의 목소리가 끊겼다. 잠시 달그락거리는 소리가 들린 후 성주가 이번에는 한층 가라앉은 목소리로 말했다.

"이번에는 남으십시오."

"난 따라간다 했습니다. 태왕의 명에 따라 도압성에 출정한 몸. 병영 이탈은 군법에 따라 처벌받는 대죄입니다."

"해씨의 도련님에게 누가 그런 죄를 물을 수 있단 말입니까?"

"그래서 군법을 어기라?"

"어차피 군법을 물을 자들도 남지 않을 것입니다."

성주의 말은 의미심장했다. 내가 들어서는 안 되는 이야기가 분명했다. 나는 침을 꿀꺽 삼키며 주먹을 꽉 쥐었다. 어느새 손에 땀이 배어 나와 축축했다.

"태왕의 명에 따라 출정한 군대가 승승장구하고 있어 점차 중앙을 흔들 명분이 사라지고 있습니다. 도련님이 계시기에 몇 번이나 미루었으나 더는 힘듭니다. 이러다 북부의 상황이 먼저 정리되기라도 하면……."

"힘들면 해요."

운이 성주의 말을 끊으며 단호하게 말했다.

"내가 있든 말든 그냥 하라고."

"도련님!"

"처음부터 나는 반대라고 분명히 말했습니다."

"모두 도련님을 위한 겁니다. 아시잖습니까?"

성주의 간곡한 목소리에 운이 우습다는 듯 웃음을 흘렸다.

"나를 위해서? 내가 원한 적도 없는데 모두 나를 위해서라고?"

"이 땅에는 바른 지도자가 필요합니다."

"그게 나는 아닐 겁니다. 내가 그리될 생각이 없으니까."

"도련님."

"아무리 말해도 내 생각은 변함없어요. 내가 태왕군을 벗어나는 일은 없을 겁니다."

"그리 말씀하시면 저도 강제적인……."

다시 높아지려던 성주의 말이 뚝 끊겼다. 뒤이어 누군가의 발소리가 안쪽을 향했다.

"이건 무엇입니까?"

"뭘 말하는 겁니까?"

"이 보따리 말입니다. 이런 것도 가져오셨습니까? 도압성에서 가져오셨다기엔 천이 고급스러운데요."

"아."

운이 짧게 대답했다. 묘하게 당혹스러움이 담긴 목소리였다. 나는 눈을 질끈 감았다. 성주라면 몰라도 운이라면 이 보따리의 정체를 모를 리 없었다. 어제 내가 그에게 건넸던 것. 하지만 그가 잊고 내 방에 두고 왔던 것.

나는 운이 내가 벌써 이 방을 떠났으리라 생각하길 바라며 입술을 질끈 깨물었다. 내 바람이 통한 것인지 다행히 이어지는 운의 목소리는 평온했다.

"국내성에서 누이가 보내온 것입니다. 태자 일행에 맡겨 보냈더군요."

"영 아가씨가요? 과연 세심하시군요."

"아무튼 내 이야긴 여기까지입니다. 더 할 말은 없어요."

"도련님."

"더 없다고 했습니다. 다른 사람이 오기 전에 돌아가는 게 좋지 않겠습니까? 곧 내 동료가 올 터인데."

"그 절노부 연가를 말하는 것이지요. 어찌 그자와……."

"나와 따로 만난 것을 그에게도 알리고 싶습니까?"

단호히 말을 자르는 운의 태도에 결국 성주가 두 손을 들었다.

"……오늘 밤 다시 사람을 보내겠습니다. 후에 이야기 나누지요."

그렇게 성주가 나간 후 운의 긴 한숨 소리가 방을 가득 채웠다.

이제 어떻게 하지? 수백 가지 고민이 머릿속을 스쳤다. 밖으로 나서기도, 계속 숨어 있기도 힘들었다.

하지만 나의 고민이 무색하게도 다시 한번 문이 열리는 소리가 들리며 순식간에 인기척이 사라졌다. 운 역시 방을 나선 것이다.

분위기를 살피던 나는 조심스럽게 이불 위로 고개를 빼 주위를 두리번거렸다. 인기척이 사라진 것이 착각이 아니라는 듯 사람의 그림자조차 보이지 않았다.

나는 조심스럽게 침상에서 내려와 발끝을 들어 올린 채 최대한 소리 없이 문을 향해 걸었다. 천천히 문고리를 당기고, 문을 열고, 밖으로 빠져나와 문을 닫을 때까지 주변은 고요했다.

문이 완전히 닫히는 것을 확인하고 안도의 한숨을 내쉬는 순간.

"역시 너였구나."

문 옆 기둥에서 운이 모습을 드러냈다. 팔짱을 낀 채 기둥에 기댄 그의 얼굴은 평온했다.

"이미 돌아간 것이길 바랐지만, 그게 아니라니 어쩔 수 없지."

운이 기둥에서 등을 떼 내 앞으로 다가왔다. 차마 그의 눈을 볼 수 없어 고개를 푹 숙이니 머리 위에서 옅은 한숨 소리가 새어 나왔다.

"어디부터 들었느냐?"

거짓말로 모면할 수 있는 상황이 아니었다. 나는 솔직하게 사실을 털어놓았다.

"……처음부터 들었습니다."

"처음부터라."

쓸쓸하게 중얼거리는 목소리에 나는 치맛자락을 매만지며 변명을 쏟아 냈다.

"일부러 엿들으려 한 것이 아닙니다. 그저 잊고 가신 것을 전해 드리려다가……."

"의도가 어땠는지는 중요하지 않다. 결국 네가 들었다는 것이 중요하지. 아니냐?"

맞는 말이었다. 일부러 들었으면 어떻고 그렇지 않으면 또 어떤가. 나는 운과 성주의 대화를 모두 들었다. 거기 숨은 의미까지는 모른다 하더라도 무엇인가 심상치 않은 일이 벌어질 거라는 사실은 짐작할 수 있었다. 중요한 것은 그뿐이었다.

"안으로 들어가실까요, 아가씨. 함께 이야기를 나눠 봐야 할 것 같은데."

운이 내가 조금 전 닫았던 문을 다시 열며 안을 가리켰다.

❖　❖　❖

마주 앉은 운은 한동안 말이 없었다. 나는 대단한 죄를 지은 사람처럼 어깨를 움츠린 채 그의 앞에 앉았다가 곧 내가 이럴 이유가 없다는 사실을 깨달았다. 나는 어쩌다 두 사람의 대화를 엿들었을 뿐, 문제가 되는 것은 두 사람이 나눈 대화 그 자체였다. 온갖 의미심장한 말로 가득하던 대화는 도대체 뭐란 말인가.

"성주와 나누던 대화는 도대체……."

"묻지 마라."

운이 나의 질문을 막으며 처음으로 입을 열었다.

"묻지 않는 게 좋아. 네가 계획을 알고 있다는 사실을 성주가 알게 되면 너도 위험해진다. 처음부터 끝까지 모르는 상태로 남는 것이 좋아."

"……그리하려면 대단한 전제가 필요합니다."

"그래, 아주 대단한 전제가 필요하지. 네가 날 신뢰할 것."

운이 한쪽 입꼬리를 슬쩍 끌어 올렸다. 의미를 알 수 없는 묘한 웃음이었다.

"네가 날 믿어야 아무것도 묻지 않고 돌아가 주겠지. 그리해 줄 수 있겠니?"

어려운 질문이었다. 운이 나쁜 사람이 아니라는 건 안다. 그가 나쁜 사람이었다면 제신도, 아버지도 그를 가까이 두지 않았을 것이다. 나는 두 사람의 눈을 믿었다.

하지만 그 이상으로 나의 판단 역시 중요했다. 내가 들은 성주와 운의 대화는 분명 의심스러운 구석이 많았다.

하지만 아버지와 제신을 향한 운의 태도는 호의로 가득했다. 혼란스러움을 없애려면 그의 솔직한 이야기가 필요했다.

"저는…… 묻고 싶습니다."

내 대답에 운의 얼굴이 딱딱하게 굳었다.

"나를 믿지 않는구나."

"믿지 못해서가 아닙니다. 그저 상황을 알고 싶을 뿐이에요. 그리고 그쪽이 힘들다면…… 고민을 나누고 싶고요."

"고민을 나눠?"

의외의 말을 들은 듯 운이 눈을 크게 떴다. 나는 고개를 끄덕이며 그를 바라보았다. 온갖 어른인 체를 다 하고 있지만, 따지고 보면 운이나 제신도 아직은 어린 나이였다. 대한민국에서는 대학을 다니고 있을 나이. 하지만 이곳의 청년들은 전쟁터를 누비며 매일 죽음과 마주하고 있었다. 조금 안쓰러운 마음이 들었다.

"무엇이든 혼자 감당하는 건 어렵잖아요. 누구에게라도 떠들고 싶어지죠. 그런 걸 제게 말씀하세요."

"내가 널 믿으리라 생각해?"

"제게 당신을 믿어 달라 하셨으면서 당신은 절 믿지 않는단 겁니까? 참으로 이기적이십니다."

웃으며 말했더니 운은 대답이 없었다.

"전 정치적인 상황은 모릅니다. 사실 관심이 없다는 쪽에 가깝죠. 그저 내 가족과 소중한 사람들이 다치지만 않으면 그만이에요. 난 그쪽이 내 아버지와 오라버니에게 해가 되지 않을 사람인 걸 압니다. 믿는다면, 그런 쪽의 믿음이에요. 당신에게 그 두 사람 역시 소중하다는 건 알 수 있으니까요."

"하면 태자는?"

"예?"

"태자는 어떤데? 내가 하려는 일이 네 아버지와 제신이는 해치지 않지만, 태자를 다치게 하면?"

"……그리하실 겁니까?"

"그럴지도 모르지."

운이 그렇게 말하며 고개를 돌렸다. 바닥을 향하는 시선에 나는 슬쩍 웃음을 흘렸다.

"거짓말이십니다."

나의 확신에 운이 고개를 숙인 채 눈동자만 굴려 나를 바라보았다.

"어찌 확신해?"

"그리할 생각이었다면 진즉에 그리할 수 있는 사람이잖아요. 당신과 소노부."

운은 대답이 없었다. 잠시 나의 얼굴을 빤히 바라보던 그가 헛웃음을 흘렸다.

"너야말로 거짓말쟁이구나."

"제가요?"

"정치를 모른다고 하더니 어찌 그런 것을 다 알아?"

"그게 정치인가요? 그냥 눈치가 빠를 뿐이지요."

나는 웃는 낯으로 자리에서 일어서 운의 앞에 섰다.

"전하와 이야길 나눠 보세요."

"태자와?"

"이유는 달라도 뜻이 같다면 한편이 될 수 있지 않겠습니까."

"태자는 날 믿지 않는다. 내가 알아."

"예. 하지만 저와 함께 간다면 들어 줄 겁니다."

담덕이 운을 경계하고 있다는 건 알고 있었다. 하지만 내가 설득한다면 이야기는 들어줄 것이다. 그 뒤의 판단은 담덕의 몫이었다.

"역시 너는 거짓말쟁이야. 타고난 정치꾼이면서, 아무것도 몰라?"

확신에 찬 나의 눈을 보며 운도 자리에서 일어섰다. 순식간에 그를 보는 시선이 높아졌다.

"곧 제신이가 올 테니 지금은 힘들다."

"오늘 저녁에 시간을 내면 어떻겠습니까? 장소를 정해 주시면 제가 그쪽으로 전하를 모셔 가지요."

"좋다. 장소는 회랑을 따라 걸으면 나오는 후문 앞으로 하자. 그리고……."

나를 가만히 내려다보던 운이 내 상의의 끈을 풀어 단단히 여몄던 앞섶을 조금 풀어 헤쳤다.

"뭐, 뭐 하십니까!"

놀라서 운의 손을 밀어내니 그가 평소처럼 장난스러운 얼굴로 돌아와 내 머리로 손을 뻗었다.

"여긴 수곡성이다. 성주의 눈이 곳곳에 숨어 있어. 지금의 만남이 들켜 그의 의심을 사면 곤란해. 하니 만남의 핑계가 필요하다."

운의 시선이 탁자 위에 놓여 있는 보따리로 향했다. 그 자리에서는 잘 넘어갔지만 심어 둔 사람을 통하면 운과 이야기를 나눌 때 내가 이곳에 왔던 것을 성주가 알게 될지도 모른다.

"그러니 너와 내가 밀회를 나눈 것으로 하자. 남녀 사이에는 그 정도 핑계가 적당하지. 혹 네가 내 침상에 숨어든 것을 성주가 알게 되어도 좋은 핑계가 될 것이다."

"……침상에 숨어들다니. 일부러 그런 게 아닙니다."

나는 투덜거리며 앞섶을 가린 손을 내렸다. 조금 흐트러진 옷 사이로 쇄골이 훤히 보였다. 하지만 운의 말대로 밀회 흉내를 내려면 이런 흐트러진 차림이 좋을 것이다.

"이걸 보면 성주가 믿을까요?"

"저급한 소문을 좋아하는 자거든. 아마 쉽게 넘어올 것이다."

"알겠습니다. 그럼 오늘 저녁에 뵙지요."

운이 고개를 끄덕이며 나를 문 앞까지 배웅했다. 마지막 인사를 하기 위해 고개를 가볍게 숙이는 순간, 운의 손이 내 목을 휙 끌어당겼다. 상황을 제대로 파악하기도 전에 그의 앞으로 몸이 딸려 갔다. 동시에 이마에 무엇인가가 닿았다 떨어졌다. 운의 입술이었다.

"뭐, 뭡니까, 갑자기!"

화들짝 놀라 이마를 가리며 물었더니 운이 씨익 웃었다.

"밀회라고, 밀회."

"아니, 아무리 그래도 갑자기……."

"저녁에 봅시다, 연가의 아가씨."

황당함에 눈을 깜빡이는 사이 운이 웃으며 문을 닫았다.

"……괜히 믿는다고 했나."

내가 뒤늦게 후회하며 운의 방문을 노려보는 사이 멀리서 누군가가 나를 불렀다.

"우희."

익숙한 목소리였다. 고개를 돌려보니 담덕이 회랑 끝에 우뚝 서 있었다.

"담덕."

주변을 살펴 사람이 없는 것을 확인한 내가 담덕의 이름을 부르자 그가 가까이 다가왔다.

"여기서 무얼 해?"

"뭘 하긴, 그냥……."

대수롭지 않게 이야기를 하려던 나는 조금 전 운이 멋대로 이마에 입을 맞추었던 것을 떠올리고 입을 꾹 다물었다. 아무리 편한 사이라도 담덕에게 이런 것까지 말할 수는 없었다.

"그냥?"

내가 입을 꾹 다물자 얼굴을 빤히 바라보던 담덕의 시선이 점차 아래로 떨어졌다. 쇄골이 훤히 드러난 상체를 본 그의 미간이 찌푸려졌다.

"옷이 흐트러졌네."

"으응…… 어쩌다 보니."

"무얼 했기에 옷이 이래?"

담덕이 내 옷매무새를 다시 정돈해 주며 물었다. 다정히 웃으며 묻고 있었지만 이상하게도 눈빛이 서늘하게 느껴졌다.

"별일 아니야."

나는 고개를 저으며 담덕의 손을 밀어냈다. 밀회 행세는 수곡성주의 눈에 보이기 위함이었으니, 담덕에게까지 이상한 오해를 살 필요는 없었다.

"별일이 아닌데 옷차림이 그래?"

하지만 담덕은 쉽게 넘어가 주지 않았다. 여전히 서늘한 웃음을 지으며 주변을 둘러보던 그가 운의 방으로 눈을 돌렸다.

"여긴 해운의 방일 텐데. 여기서 나온 건가?"

내가 여기서 나왔다는 건 명백한 사실이었다. 거짓말로 피해 갈 수도 없어 나는 고개를 끄덕였다.

"응."

"왜?"

"응?"

"왜 여기서 나왔는데? 따로 해운을 만날 일이 있었어?"

"아, 응. 영이라고, 그 사람의 누이가 내게 전해 달라 부탁한 것이 있었어. 그걸 전해 주느라 잠시 온 거야."

담덕이 이상하게도 집요했다. 내가 어리둥절한 얼굴로 변명 아닌 변명을 늘어놓으니 그의 얼굴이 조금 풀어졌다.

"식사를 함께할까 해서 네 방으로 갔더니 사람이 없잖아. 무슨 일이라도 생겼나 걱정했어."

"걱정은 무슨. 안전한 성안인걸."

"마냥 마음을 놓을 수는 없지. 수곡성주가 소노부 사람이니."

그렇게 말하는 담덕의 눈이 다시 한번 운의 방문에 닿았다가 내게로 돌아왔다.

"해서 너에게 태림을 붙여 주려고 해."

담덕이 내 방을 향해 걷기 시작하며 말했다. 여상스럽게 말했지만 그 냥 넘길 말이 아니었다. 나는 재빨리 그의 뒤로 따라붙으며 반박했다.

"뭐, 태림을? 네 호위를 맡은 사람이잖아. 말도 안 되는 소리 하지 마."

"내겐 지설도 있어. 나도 검을 다루니 호위가 둘이나 붙을 필요가 없다."

"그랬다면 처음부터 한 명만 이 일행에 들어왔겠지. 태왕 폐하께서 둘이 필요하다고 판단하셨으니 태림과 지설을 함께 보내신 거야. 게 다가 태림의 검 실력이 더 좋다는데 왜 그를 떼어 놓으려고 해?"

"그래야 널 확실히 지키지."

"무엇으로부터 날 지키는데? 난 평범한 사람이야. 날 노릴 이유가 없잖아."

내 질문에 담덕이 입을 꾹 다물었다.

"담덕."

답답해져 그의 이름을 부르니 담덕이 작게 한숨을 내쉬었다.

"내가 너무 티를 많이 내서 그래."

"뭘?"

"네가 내게 소중하다는 거."

어느새 다다른 나의 방문 앞에 담덕이 멈춰 섰다. 막혀 있는 문을 빤히 바라보던 담덕이 천천히 고개를 돌려 나를 바라보았다.

"수곡성주가 묘한 말을 했어. 불안하니 지금은 내 말을 들어."

"성주가?"

그렇지 않아도 나 역시 그에 대해 할 말이 있었다. 나는 방문을 활짝 열어 안으로 들어서며 뒤이어 들어오려는 담덕을 막아섰다.

"담덕, 식사는 지금 말고 저녁에 함께하자. 할 이야기가 있어."

운에 대한 불신이 큰 지금 그를 만나자고 하면 담덕은 쉽게 승낙하지 않을 것이다. 약간의 거짓말이 필요했다. 저녁을 함께한 뒤 산책을 핑계로 밖에 나서면 우연을 가장해 운과 마주치기 좋을 터였다.

"지금도 함께하고, 저녁도 함께하면 되잖아."

"지금은 내가 별로 배고프지 않아. 어제 오라버니와 이야기를 나누느라 늦게 잠들었더니 피곤해서 조금 더 쉬고 싶어."

"그래?"

담덕은 조금 피곤해 보이는 내 얼굴을 보더니 곧 납득한 듯 고개를 끄덕였다.

"알았어. 그렇게 하자. 대신 태림은 먼저 보내 놓을게."

"……그렇게까지 심각해?"

"너는 걱정할 것 없어. 그냥 내가 걱정이 많은 사람이라 그래."

"알겠어. 네 뜻대로 해."

"이해해 줘서 고맙다."

고개를 끄덕이니 담덕이 내 어깨를 두어 번 두드리고 돌아섰다. 나는 잠시 떠나는 그의 뒷모습을 바라보다 문을 닫았다.

第七章

동행

저녁이 오길 기다리며 방에서 약재를 정리하고 있으니 태림이 찾아왔다.

"오늘부터 담덕 님이 아닌 우희 님을 지키게 되었습니다. 불편하시지 않도록 적당히 거리를 둘 테니 우희 님은 편하게 지내시면 됩니다."

각이 잡힌 자세로 반듯하게 선 태림을 보니 마음이 심란했다.

병사들과 어울려 수곡성까지 오는 동안 태림에 대해 많은 이야기를 들었다. 그들은 고구려에서 태림보다 검을 잘 다루는 사람이 없을 거라고, 아니, 백제와 신라는 물론 중원을 다 뒤져도 이런 실력자가 없을 거라며 자랑스러워했다.

그런데 이런 대단한 사람이 겨우 나를 지켜 주겠다고 이 자리에 서 있었다. 담덕의 뜻을 이해해 태림의 호위를 받기로 했지만 송구스러운 기분이 드는 건 어쩔 수 없었다.

"태림은 괜찮아요?"

"무엇이 말입니까?"

"원래 태자 전하를 지키는 사람이잖아요. 그런데 아무것도 아닌 나를……. 마음이 내키지 않는다면 솔직하게 말해도 돼요. 내가 담덕에게 잘 이야기해서 원래 맡은 일을 할 수 있게 할게요."

"제 뜻을 생각해 주시는 겁니까?"

태림이 이해할 수 없다는 듯 미간을 찌푸렸다.

"저는 태자 전하의 사람입니다. 누구를 지키든 그건 변하지 않지요. 그러니 저는 그분이 지키라는 사람을 지킬 겁니다. 어제까지는 그 사람이 담덕 님이었지만 오늘부터는 우희 님입니다."

"담덕의 명령이라면 무조건 따른다는 건가요?"

"그렇습니다."

"하지만 태림도 더 지키고 싶은 사람이 있지 않나요? 나를 지키느라 담덕이 위험에 빠졌을 때 돕지 못하면 후회하지 않겠어요?"

태림이 차마 대답하지 못하고 입을 다물었다. 어쨌든 태림은 담덕의 호위로 그의 안위가 무엇보다 중요한 사람이었다. 나는 그 점을 충분히 이해했다.

"혹시나 태림의 판단에 나보다 담덕을 지키는 게 더 중요한 순간이 온다면 내가 아니라 담덕을 지키세요. 그게 태림의 일이잖아요."

나는 평범한 여자애지만 담덕은 후에 광개토대왕이 될 중요한 사람이었다. 그가 태림을 내게 보냄으로써 중요한 순간에 목숨을 보전할 수 없다면 말이 되지 않는다.

하지만 내 말에 수긍할 줄 알았던 태림이 단호하게 고개를 저었다.

"아니요, 저는 그래도 우희 님을 지킬 겁니다."

"어째서요?"

"제 판단보다 담덕 님의 뜻이 더 중요하기 때문입니다."

"나중에 후회가 남아도요?"

"전하를 지키는 호위란 그림자 같은 사람이지요. 이 세상에 마음을 가진 그림자는 없습니다. 그 어떤 판단과 결정도 그림자의 몫이 아닙니다."

나는 할 말을 잃었다. 내가 가진 현대의 상식과는 전혀 다른 고대 사람들의 모습을 볼 때마다 이랬다. 특히 전쟁이나 충성에 대한 이 시대 사람들의 태도는 이해하기 힘들었다.

"그래도 지설은 제 의견을 많이 내잖아요."

"……그와 저는 상황이 많이 다릅니다."

"지설은 귀족 가문 출신이고 태림은 평민 출신이라서요?"

내 질문에 태림이 묘한 표정을 지었다.

"그걸 이처럼 직설적으로 물으신 분은 우희 님이 처음이십니다."

"귀족치고는 돌려 말하는 법을 몰라요, 내가."

"탓하려는 것이 아닙니다. 그저…… 우희 님은 조금 특이한 분이신 것 같습니다. 담덕 님께서도 늘 그렇게 이야기하셨죠. 그땐 어떤 부분을 두고 그러시는지 몰랐지만 지금은 알 것 같습니다."

"그래요? 내 어디가 그리 특이한데요?"

특이하다는 건 어감이 영 나빴다. 조금 기분이 상해 입을 비죽이니 태림이 당황해 움찔거렸다.

"나쁜 뜻으로 드린 말이 아닙니다. 전 다만 우희 님은……."

잠시 말을 흐린 태림이 곧 머릿속을 정리한 듯 입을 열었다.

"우희 님은 모두를 똑같이 대하십니다. 담덕 님도, 지설 님도, 저도, 병사들도. 모두를 같은 모습으로 대하세요. 그래서 가끔 이상한 기분이 듭니다. 무엇인지 모를…… 이상한……."

태림이 다시 미간을 찌푸리며 입을 꾹 다물었다. 스스로도 머릿속이 복잡한 것 같았다. 나는 그의 머릿속을 명쾌하게 해 주고 싶었다.

"그게 이상한가요? 우린 모두 똑같은 사람이잖아요. 피가 흐르고

숨을 쉬는."

고민 없는 나의 대답에 태림이 슬쩍 미소를 흘렸다. 그리 크지 않았지만 평소 표정이 거의 없는 그에겐 이 정도도 상당히 큰 웃음이었다.

"그런 점이 특이하다는 겁니다. 모두 똑같은 사람이라…… 이런 말을 하는 사람은 이 땅 어디에도 없을 겁니다. 이런 분이니 담덕 님께서도 지켜 달라 하시는 거겠죠."

태림이 다시 한번 다짐하듯 중얼거리고는 나를 바라보았다.

"저는 그 뜻을 따를 겁니다."

태림의 눈에 흔들림은 없었다. 나는 마주 웃어 주며 그의 뜻에 수긍했다.

"태림의 뜻이 그렇다면 됐어요. 어차피 나는 많이 움직이지 않으니 힘들 건 특별히 없을 거예요."

"예. 그럼 저는 밖에 있겠습니다."

"밖에요? 비가 오는데요?"

내 질문에 태림이 입을 꾹 다물었다.

"……혹시 이것도 특이한 반응인가요?"

"……예."

"그럼 평소에는 호위를 어떻게 하는데요?"

평생 받아 본 적 없는 호위가 붙으니 무엇이 일반적인지 알 수가 없었다. 태림은 조금 난처한 표정으로 입을 뗐다.

"보통은 전하께서 거리를 지정해 주십니다. 위험 요소가 있는 상황에서는 같은 공간에 있는 편이고, 비교적 안전하다면 옆방에서 지킵니다."

"지금은 어떤 상황이죠?"

"국내성을 나선 이후로는 줄곧 경계를 높이고 있습니다."

"그럼 나와 같은 공간에 있어야 하는 거 아닌가요? 왜 밖에 나가요?"

내 질문에 태림의 얼굴이 더 곤란해졌다.

"제가 같은 공간에 있으면 불편하실 듯하여."

"난 괜찮은데. 혹 태림이 불편해요?"

"……그런 것도 없잖아 있습니다. 여인을 호위하는 것은 처음이라 저도 어디까지 거리를 지켜야 하는지 모르겠습니다."

"그걸 알려 줘야 할 나도 이런 건 처음이라 잘 모르겠고요."

태림과 나는 서로를 멀뚱히 바라보며 눈을 깜빡였다. 정적이 흐른 끝에 내가 먼저 입을 열었다.

"잘 모르겠으니 그냥 내 방식대로 하죠."

"예."

"그럼 먼저 자리에 앉아서 차를 같이 마셔요."

"예."

고개를 숙이며 대답하던 태림이 무엇인가 이상한 걸 깨닫고는 고개를 번쩍 들었다.

"예?"

"원래는 같은 공간에 있는 게 맞는다면서요. 하지만 멀뚱멀뚱 서 있게 하는 건 싫으니까 같이 차부터 한잔해요."

"……그건 뭔가 이상한데요."

"그림자는 판단을 안 한다면서요?"

"그렇지만 이건……."

"뜻에 따른다면서요?"

반박이 두 번이나 거절당하자 태림이 입을 꾹 다물었다. 승리의 미소를 짓고 있는 나를 보며 태림이 작게 한숨을 내쉬었다.

"차는 제가 준비하겠습니다."

◆ ◆ ◆

약속한 저녁이 다가오자 담덕이 방으로 찾아왔다.

"오셨습니까."

담덕은 약재를 정리하다 말고 일어서 인사하는 태림을 보며 멍한 표정을 지었다.

"지금 뭐 하는 거야?"

"보면 몰라? 약재 정리 중이야. 오랫동안 가방에 넣어 뒀더니 혹 약재에 문제가 생기지 않았나 싶어서 살펴보려고."

태림의 맞은편에 앉아 함께 약재를 정리하고 있던 내가 대신 대답하니 담덕이 헛웃음을 흘렸다.

"그건 보면 알지. 그런데 태림까지 왜 이러고 있냔 말이야."

"내 호위를 하라고 보냈잖아."

"그랬지."

"그러려면 같은 공간에 있어야 하고."

"응."

"그런데 멍하니 방에 서 있게만 하는 건 어색하잖아. 그래서 같이 차나 마시고 약재 정리나 하자고 한 거지."

태연한 내 대답에 긴 한숨을 내쉬며 담덕이 머리를 짚었다.

"내 호위를 이런 식으로 부려 먹는 거야?"

"지금은 '내' 호위지."

"아주 잘나셨어."

담덕이 고개를 내저으며 탁자 앞으로 다가왔다. 태림은 그가 다가오자 자신의 자리에서 비켜 의자를 내주었고, 담덕이 자연스럽게 그 자리에 앉았다.

자리에 앉은 담덕이 태림을 향해 눈짓을 보내자 그가 인사하고 방을 나섰다.

"태림은 식사를 어떻게 해결해?"

"나를 지킬 땐 지설과 교대를 하는 시간에 해결했어."

"지금은?"

"지설과 태림 모두 교대할 사람이 없으니 최소한의 식사만 하고 있다."

"……음, 내가 너무 큰 피해를 주고 있는 거 아냐?"

"그리하도록 훈련을 받은 자들이야. 아무것도 먹지 않고도 며칠을 버틸 수 있는 자들이니 신경 쓰지 않아도 돼."

그런 대화를 나누고 있으니 시녀들이 저녁 식사를 준비해 왔다. 따로 지시하지 않았는데, 밖으로 나갔던 태림이 대신 말을 전한 모양이었다. 담덕과 나는 식탁으로 자리를 옮겨 시녀들이 준비해 온 음식을 나눠 먹었다. 식단은 간소했지만 바쁘게 달려오며 대충 해결했던 음식들에 비하면 만찬이나 다름없었다.

우리 둘은 빠르게 음식을 비웠다. 담덕은 원래 속도가 빠른 편이었지만, 나는 운과의 약속을 맞추기 위해 조금 무리를 했다. 평소보다 빠른 내 식사 속도에 담덕이 걱정스러운 얼굴을 했다.

"왜 이렇게 급하게 먹어? 체하겠다."

그 말을 기다리고 있었던 나는 자연스럽게 자리에서 일어서며 담덕에게 산책을 제안했다.

"그러게, 체할 것 같아. 좀 걸을까?"

물론 내 속은 멀쩡했다. 하지만 그걸 모르는 담덕은 내 핑계에 순순히 따라 주었다. 심하게 안 좋으냐며 걱정까지 해 주는 담덕의 얼굴을 보니 절로 양심이 찔려 왔다.

우리가 문을 나서자 밖에서 대기하고 있던 태림이 따라붙었다. 이것까지 계획하진 않았지만, 운과 마주치는 상황에 호위가 있는 것도 나쁘진 않았다. 태림이 함께 있다면 담덕이 한결 더 마음을 놓을 수 있을 터였다.

빗물이 떨어지는 회랑을 걸어 후문에 가까워질수록 주변이 고요해졌다. 사람의 기척이 사라지고 빗소리만이 공간을 가득 채웠다.

"우희."

후문을 향해 걸어가던 중 담덕이 우뚝 걸음을 멈추었다. 의아해져 그를 보니 담덕의 시선이 멀리 어렴풋이 보이는 후문에 꽂혀 있었다.

"돌아가자. 먼저 온 사람이 있는 것 같다."

내 눈에는 제대로 보이지 않는데 담덕은 기척을 느낀 것 같았다. 태림을 바라보니 그 역시 검을 쥔 손에 힘을 주며 경계를 하고 있었다.

우연을 가장하기는 틀렸군. 나는 한숨을 내쉬며 진실을 털어놓기로 결정했다.

"아니, 돌아가지 않아. 저기 서 있는 사람을 만나러 온 거니까."

"……저기 서 있는 자가 누군지는 알고?"

"해운이잖아. 아니야?"

담덕은 대답이 없었다. 대신 뭐라도 씹은 것처럼 얼굴이 잔뜩 일그러졌다.

"왜 그를 만나기로 한 건데?"

"그건 만나서 직접 들어. 네가 들어야 할 이야기가 있는 것 같아."

"……내가 그를 믿었으면 해?"

"난 그를 믿고 싶어. 하지만 네 믿음은 네가 판단할 문제겠지. 난 강요하지 않아."

차분하게 대답했더니 담덕이 이를 악물며 주먹을 꽉 쥐었다. 단단히 쥔 손에 핏줄이 도드라졌다.

"다른 사람이 말했다면 절대 그자와 독대하지 않았을 거야. 하지만 너니까, 네가 제안한 거니까 만날게."

그렇게 말한 담덕이 나를 스쳐 갔다. 운을 향해 걸어가는 그의 뒷모습이 안개 때문인지 흐렸다. 담덕의 뒤를 따를 줄 알았던 태림은 멀뚱히 선 채 내 옆에 남았다. 나는 그를 바라보며 고갯짓으로 담덕 쪽을 가리켰다.

"안 따라가요?"

"지금은 우희 님의 호위가 제 임무입니다."

"……태림도 정말 사람이 앞뒤로 꽉 막혔네요."

"우희 님도 마찬가지라고 생각합니다."

"내가요?"

"담덕 님의 기분을 생각해 해씨의 장남을 믿지 않는다고 하셨을 수도 있습니다. 그런데 거짓을 고하지 않으셨죠. 우희 님도 충분히 꽉 막히셨습니다."

세상에서 제일 꽉 막혀 보이는 사람에게 그런 말을 들을 정도인가. 멍하니 태림을 보고 있으니 그가 후문 쪽으로 시선을 돌렸다.

"우희 님이 가신다면 저도 갈 수 있습니다."

"지금 보니 요령을 부릴 줄도 아네요."

"지설 님과 함께 지내다 보니."

과연 납득할 만한 이유였다. 지설이라면 각종 요령에는 통달했을 것이다. 나는 웃으며 마주 선 담덕과 운을 향해 걷기 시작했다.

"내가 실수한 걸까요? 담덕에게 운을 만나 보라 한 것이?"

걸으며 묻는 나의 질문에 태림이 나지막한 목소리로 답했다.

"이미 말씀드렸지만 판단은 제 몫이……."

"네. 그래요. 태림의 몫이 아니겠죠. 답을 기대한 내가 잘못이지."

태림의 말이 끝나기도 전에 한숨을 내쉬며 중얼거렸더니 그가 머쓱한 표정을 지었다. 그러면서도 그는 검을 손에서 놓지 않으며 경계 태세를 유지했다.

적당한 거리에 멈춰서 담덕과 운을 바라보니 둘의 얼굴이 퍽 심각했다. 담덕은 팔짱을 끼고 있었고, 운은 살짝 고개를 숙인 채였다.

어렴풋이 두 사람의 대화가 들려왔다. 내용은 의외였다.

"전하, 저를 곁에 두십시오."

"내가 소노부 해씨의 무엇을 믿고? 그간 태왕의 자리를 흔들기 위해 그대의 아비가 한 작당이 한둘인가."

"그러니 더욱 저를 곁에 두셔야 합니다. 제가 곁에 있는 한 제 아버지는 전하께 어떤 위해도 가할 수 없을 테니까요."

나는 운이 수곡성주의 속셈에 대해 말할 것이라 생각했지만 그는 조금 더 근본적인 부분을 이야기하고 있었다. 이번 수곡성주의 작당만이 아니라, 앞으로 소노부 해씨를 중심으로 일어날 수많은 위협들을 막을 방법이었다.

"아시다시피 저는 소노부 해씨의 장남입니다. 또한 희미하지만 계루부 고씨 황가의 피를 이어받은 사람이기도 합니다. 다시 황위를 뺏고자 하는 자들에게 저는 결코 잃을 수 없는 구심점이죠."

"자기 위치를 잘 알고 있군."

"물론입니다. 제 아비가 어려서부터 몇 번이고 말씀하셨거든요. 언젠가 네가 태왕이 되어야 한다고. 지금의 왕은 무능하고 자격 없는 가짜라고요."

"그래서 욕심을 품었나?"

신랄한 말에 담덕의 손이 파르르 떨렸다. 운은 그것을 보고서도 담담했다. 오히려 그는 피식 웃음을 흘렸다.

"저는 태왕이 되고 싶지 않습니다. 단 한 번도 그 자리에 욕심을 내본 적이 없어요. 저는 그저 조용히 제 삶을 살고 싶을 뿐입니다. 그래서 국내성을 떠나 지금 여기 전쟁터로 온 것입니다."

"……그대의 출정이 소노부와 협의되지 않은 독단이라는 것은 들었어."

"처음 도압성으로 출병할 때 제 아비는……."

막히지 않고 말을 이어 가던 운이 잠시 입술을 질끈 깨물었다. 무척이나 말하기 힘든 사실을 입에 올리려는 것 같았다. 그리고 오랜 망설임 끝에 나온 이야기는 놀라웠다.

"그 병력이 몰살될 것이라 말했습니다. 그리하면 태왕의 위세가 크게 흔들려 다른 귀족들도 동요할 것이라고요."

"……뭐?"

담덕이 놀라서 눈을 크게 떴다.

"이번 백제와의 전선에는 말갈의 힘이 크게 작용했습니다. 그들을 포섭해 적은 병력으로도 백제와 동등하게, 아니, 그 이상으로 맞설 수 있었죠. 한데 이 말갈이 전력에서 이탈한다면 어떻겠습니까?"

"말할 것도 없이 필패겠지."

"그렇다면, 말갈을 움직일 수만 있다면 도압성의 병력을 몰살시키는 건 일도 아니지 않겠습니까?"

"······고추가가 말갈을 잡고 있다는 건가?"

"그렇다고 대답한다면 믿으시겠습니까?"

운이 담덕의 질문을 다시 질문으로 돌려주었다. 미간을 찌푸리며 자신을 바라보는 담덕을 향해 운이 천천히 이야기를 시작했다.

"전하께서 어려서부터 저를 경계하고 의심하셨다는 걸 압니다. 앞으로 계속 그러셔도 상관없습니다. 어차피 우린 서로를 신뢰하기 힘든 사람이니까요."

운은 허리춤에 차고 있던 검을 풀어 담덕의 앞에 내밀었다.

자신의 유일한 무기를 풀어 상대에게 내미는 것. 알기 쉬운 충성의 표시였다. 예상치 못한 행동에 담덕의 눈이 크게 뜨였다.

"그렇지만 저를 곁에 두십시오. 끊임없이 감시하셔도 좋습니다. 제게 당신의 옆을 허락하신다면 비극을 막을 수 있을 겁니다. 그들에게 제 가치가 떨어지기 전까지는 말입니다. 지금도 보십시오. 제가 도압성에 있으니 함부로 말갈을 빼내지 못했잖습니까. 제가 위험에 빠지면 곤란하니까요."

담덕이 자신 앞에 내밀어진 검을 빤히 보았다.

"해씨의 장남이 왜 이렇게까지 나오는 거지? 단순히 대단한 자리에 오르고 싶지 않아서라면 꼭 나와 태왕 폐하를 지키지 않아도 돼."

"제가 소중히 여기고 지키고 싶어 하는 자들의 목숨이 전하와 태왕 폐하의 안위에 달려 있습니다. 송구하지만 제가 지키고 싶은 사람은 태자 전하가 아닙니다. 전 제 것을 지키고 싶은 것뿐입니다. 불순한 의도라고 욕하셔도 괜찮습니다."

담덕을 바라보는 운의 두 눈은 흔들림이 없었다. 그 두 눈이 신뢰를 준 것 같았다. 담덕이 손을 뻗어 운이 내민 그의 검을 받아들었다.

"이유가 그러하다니 고마워하지 않을 거야. 하지만 너를 곁에 두지. 네 말대로 널 믿지도 않겠다. 다만 가고자 하는 길이 같으니 동행 정도야 할 수 있겠지."

운의 검을 살피던 담덕이 다시 그것을 운에게 내밀었다.

"널 믿지 않으니 검은 받지 않겠어. 믿지도 못하는 충성에 무슨 의미가 있겠나."

"제게 무기를 남겨 두셔도 되겠습니까?"

"우습게 보지 마. 나를 지키는 검이 만만치 않거든."

담덕이 슬쩍 눈을 돌려 태림을 바라보았다. 고구려 제일의 검객이라는 그의 얼굴을 확인한 운이 납득했다는 듯 피식 웃음을 흘렸다.

"확실히 제 검으로는 전하께 생채기조차 내기 힘들겠군요."

운의 검이 다시 그의 허리로 돌아갔다.

❖ ❖ ❖

수곡성에 머물기로 계획했던 이틀이 지났다. 하늘에 구멍이 난 듯 쏟아지던 비는 어느새 거짓말처럼 그쳤다.

국내성에서부터 함께 출발한 일행은 물론이고 도압성에서 온 제신과 운까지 모두 출발을 위해 성문 앞에 도열했다. 배웅을 위해 나온 성주는 그 풍경을 보자마자 미간을 찌푸렸다.

성주의 목적은 운이 도압성에 돌아가지 않게 묶어 두는 것이었다. 때문에 그가 수곡성에 머무르는 내내 붙잡기 위해 설득을 멈추지 않았다.

그럼에도 운은 오늘 이 자리에 나와 병사들 사이에 도열해 있었다. 성주가 어두운 표정으로 그의 앞에 섰다.

"기어이 가십니까."

"처음부터 그리하겠다 했잖습니까. 그만 포기하라 전하십시오. 전쟁이 끝나기 전까지 내가 있을 곳은 정해져 있습니다."

"도련님, 언제까지 기다려 드릴 수만은 없습니다. 저희는 무슨 수라도 쓸 생각이니 웬만하면 제 발로 걸어오는 것이 서로에 좋지 않겠습니까? 돌이키기엔 이미 늦었는지도 모르겠지만 말입니다."

그렇게 말한 성주가 돌아서 담덕에게로 걸음을 옮겼다. 의미심장한 그의 경고에 운의 미간이 그대로 찌푸려졌다.

"저치는 네게 왜 그래?"

제신의 속삭임에 운이 짐짓 장난스러운 척 어깨를 으쓱거렸다.

"글쎄. 몇 년 전에 수곡성에 와서 비싼 술을 한 병 먹어 치웠는데 그것 때문에 그러나?"

"비싼 술을 너 혼자 마셨냐?"

"비싼 술은 원래 혼자 마시는 거다."

두 사람이 시답지 않은 이야기로 낄낄대는 동안 성주와 이야기를 마친 담덕이 일행을 향해 돌아왔다.

"모두 출발하지."

그의 지시에, 대기하고 있던 병사들이 말에 올라탔다. 마지막으로 담덕이 말 위에 오르자 다시 긴 여정이 시작되었다. 사람이 단 두 명 늘었을 뿐인데 일행의 분위기는 완전히 달라졌다. 넉살 좋게 병사들과 어울리는 운 덕분이었다.

"……해운이 저런 사람이었나?"

뒤쪽에서 와하하 들려오는 웃음소리에 담덕이 질린 얼굴로 물었다. 운의 그런 기질을 진즉에 알아보았던 나로서는 담덕의 반응이 우스울 뿐이었다.

"원래 저랬어. 네가 거리를 두느라 몰랐던 거 아냐?"

"저런 성격이라면 거리를 둔 게 더 잘한 일 같은데."

"냉정하네."

웃으며 담덕의 얼굴을 살피니 그의 얼굴은 평소와 다를 바가 없었다.

"기분은 조금 풀렸어?"

"내 기분이 왜?"

"해운과 만나고 난 뒤부터 오늘까지 쭉 날 피했잖아. 기분 상한 거 아니었어?"

내 지적에 담덕은 말이 없었다. 그는 후문에서 운과 대화를 나눈 후 그대로 방으로 돌아가 오늘이 되기까지 나를 찾지 않았다.

"기분이 상하지 않았다면 거짓말이겠지. 하지만 널 일부러 피한 건 아니었다. 그저 혼자 생각을 좀 하고 싶었어."

"무슨 생각을 그리 깊이 했어?"

"여태까지 난 많은 사람들을 의심하고 살았어. 그런 의심들이 날 지켜 준다고 굳게 믿었지. 그런데……."

담덕의 시선이 병사들과 섞여 있는 운을 향했다가 다시 정면으로 돌아왔다.

"내 생각보다 해운은 괜찮은 자였어. 완전히 믿는 건 아니지만 가는 길이 같다는 건 인정했다. 네가 먼저 나서지 않았다면 난 평생 저 자의 괜찮은 면을 보지 못했겠지. 편견과 아집에 싸여 있었다고 생각해. 태자로서 좋지 못한 태도였다."

이번에는 담덕의 시선이 나를 향했다. 그의 눈빛에는 의아함이 담겨 있었다.

"너는 어떻게 그를 믿을 생각을 했어?"

"그가 내 오라버니의 친구고, 내 아버지의 부하니까. 그분들이 믿는 사람이라면 나도 믿을 수 있겠다고 생각했을 뿐이야."

"그럼 그들은 어떻게 해운을 믿을 생각을 했던 걸까?"

그것은 나도 답할 수가 없었다. 애초에 두 사람에게 왜 운을 친구로 두었는지, 왜 부하로 두었는지 묻지 않았다. 담덕도 대답을 기대한 건 아닌 듯했다. 그는 눈을 살짝 내리깔고 혼잣말 같은 말을 이었다.

"누군가를 믿는 게 그리 쉽게 가능한가?"

"네가 그런 말을 하니 이상하네."

"어째서?"

"넌 나를 처음 봤을 때부터 날 믿었잖아. 내 손에 태왕 폐하의 목숨을 쉽게 맡겼지. 난 네가 사람을 너무 잘 믿어 문제 아닌가 생각했다니까."

"그건 네가 절노부 연씨였기 때문이야. 절노부 사람이 아버지께 위해를 가할 리 없다고 생각했으니까. 난 모든 것을 이렇게 계산해야 결정할 수 있어. 널 향한 믿음마저도 그런 식으로 가졌던 거야."

바닥을 향하던 담덕의 시선이 나를 향했다. 씨익 웃는 그의 미소는 시원했지만 미간은 찌푸려져 있었다.

"역시 기분 나쁘지?"

"그래서 지금은?"

나는 대답 내신 그에게 되물었다.

"지금은 어떤데? 여전히 계산해 보고서야 날 믿니?"

나의 질문에 입으로나마 웃고 있던 담덕의 얼굴이 완전히 굳었다.

"그럴 리가 없잖아."

"그럼 됐어. 시작이 뭐가 중요해? 지금이 중요하지. 지금 그런 게 아니라면 됐어."

막힘없이 흘러나온 대답에 담덕이 멍한 얼굴로 날 보더니 곧 미간을 찌푸렸다.

"넌 뭐가 그리 쉽냐?"

"나랑 친구 하자고 할 때 너는 더 쉬웠어. 안 그래, 가륜?"

나를 태운 검은 말을 바라보며 묻자 알아듣기라도 한 것처럼 가륜이 투레질을 했다. 가륜의 이름을 부를 때면 늘 그랬듯 담덕이 떨떠름한 얼굴로 고개를 저었다.

"……말 이름은 부르지 말지?"

"왜? 가륜을 가륜이라고 부르는데 뭐가 문제야?"

"그래. 내가 뿌린 씨앗은 내가 거둬야지. 어쩌겠어."

"어, 가륜이 똥 싸면서 달린다!"

"……."

담덕의 얼굴이 그대로 일그러졌다.

"……역시 안 되겠어. 너 당장 말 이름 바꿔!"

"내 말 이름을 왜 바꾸래?"

"폐하께서 선물한 말이잖아. 계루부에서 난 놈이니 내 몫도 조금은 있어."

"그런 것까지 따지는 거야? 참으로 유치하다."

나는 일부러 얄밉게 웃어 보이고는 가륜의 옆구리를 걷어찼다. 달리는 속도가 훨씬 빨라졌다. 담덕이 재빨리 그 옆에 따라붙었다.

"도망가 버리면 내가 포기할 줄 알고?"

"포기 안 하면?"

"그 말 이름, 오늘은 꼭 바꾸고 만다. 너 당장 거기 서!"

"그렇게 말하면 서려던 사람도 안 선다니까."

나는 다시 한번 가륜의 옆구리를 두드렸다. 속도가 더욱 빨라지며 머리카락이 바람에 휘날렸다. 마치 바람을 가르는 기분이었다. 가슴이 뻥 뚫리는 듯한 시원함에 절로 미소가 떠올랐다.

하지만 그 시원함도 오래가지 못했다. 멀리서 점처럼 작았던 물체가 점점 가까워지더니 갈수록 형체가 선명해졌다. 자세히 보니 물체가 아닌 사람이었다.

그 사실을 깨닫자마자 재빨리 고삐를 당겼다. 그러자 놀란 가륜이 요란한 소리를 내며 앞발을 들었다. 가륜의 등이 뒤로 넘어갈 듯 휘었다. 그 위에 있던 나도 움직임에 휩쓸려 중심을 제대로 잡을 수 없었다. 결국 휘청거리던 몸이 그대로 바닥에 떨어졌다.

"우희!"

높은 곳에서 떨어진 탓에 숨이 턱 막혔다. 나는 어렵게 상체를 일으키며 겨우 숨을 토해 냈다.

"괜찮아?"

뒤따라온 담덕이 말에서 뛰어내려 내게 달려왔다. 나는 괜찮다는 의사를 표현하기 위해 손을 들어 보이며 사람이 있던 곳을 바라보았다.

"난 괜찮아. 그보다 사람은 괜찮아?"

"사람? 무슨 사람?"

"앞에 사람이 있었어. 그걸 보고 멈춘 건데……."

고개를 빼고 주위를 살폈지만 사람은커녕 개미 한 마리 보이지 않았다. 어느새 진정했는지 가룬만이 유유히 풀을 뜯고 있을 뿐이었다.

"어?"

나는 놀라움에 가슴을 찌르는 통증도 잊고 자리에서 벌떡 일어섰다. 담덕이 옆에서 부축을 해 주었지만 나는 그의 손을 뿌리치고 조금 전까지만 해도 사람이 있던 곳을 향해 달려갔다. 다시 봐도 공간은 텅 비어 있었다. 나는 어리둥절해 입을 쩍 벌렸다.

내가 잘못 봤나? 아니야. 확실히 사람이었는데?

"잘못 본 거 아냐?"

어느새 내 뒤까지 따라온 담덕이 주위를 살피며 물었다. 주변은 인기척도 없이 고요했다.

"무슨 일이십니까?"

뒤늦게 우리를 따라잡은 일행들이 말에서 내린 나와 담덕을 보고 의아한 얼굴을 했다.

"저쪽에 사람이……."

일행에게 저쪽에 있던 사람을 보지 못했냐고 물으려다 손을 내렸다. 나보다 훨씬 뒤에서 오던 이들이 사람의 모습을 발견했을 리 없었다.

"사람이 왜요?"

지설이 하늘을 바라보며 물었다. 그가 출발하며 해가 떨어지기 전에 마을에 닿는 것이 목표라고 했다. 여기서 시간을 더 지체할 수는 없었다.

"아무것도 아닙니다. 아무래도 잘못 본 모양이에요. 다시 출발하죠."

나는 고개를 저으며 다시 말 위로 올라탔다. 가슴에서 뻐근하게 통증이 올라왔지만 티를 낼 순 없었다.

"괜찮겠어?"

"응."

"정말이야?"

담덕이 의심스러운 눈으로 나를 훑었다. 어디 한 곳이라도 불편한 곳을 들키면 당장에라도 말에서 끌어 내려질 것 같았다.

"겨우 낙마 한 번 한 거 가지고 무슨 호들갑이야. 말에 짓밟힌 것도 아닌데."

나는 일부러 더 당당하게 허리를 곧추세우며 어깨를 폈다. 아직까지 숨이 턱 막혔지만 표정 관리가 잘되었던지 담덕이 곧 고개를 끄덕였다. 여전히 의심스러운 얼굴이었지만 우선 넘어가기로 한 모양이었다.

"별일 아니었다. 다시 출발하지."

담덕의 지시에 다시 일행이 다시 움직이기 시작했다. 나도 태연히 일행에 합류했지만 얼마 지나지 않아 문제를 깨달았다.

아파. 너무 아파.

최대한 몸을 보호하면서 떨어지려 노력을 했는데도 너무 갑작스러운 상황이라 다리를 제대로 접질린 것 같았다. 말에 탄 몸이 흔들릴 때마다 발목에서부터 올라오는 고통에 절로 미간이 찌푸려졌다.

마을까지 버틸 수 있겠지? 아니, 사실 마을까지 버텨도 문제였다. 마을에 도착하면 잠시 쉴 수야 있겠지만 다음 날도 다시 말을 타고 달려야 했다.

그래도 잠시 쉬면서 상태를 살피면 좋을 텐데. 하지만 마을은 아직

코빼기도 보이지 않았다. 아득한 여정에 정신까지 아득해졌다.

버티자. 버틸 수 있어.

나는 정신을 다잡으며 고삐를 꽉 움켜쥐었다.

◈ ◈ ◈

고통을 참고 달리다 보니 점점 집중력이 떨어졌다. 온몸에 식은땀이 흐르고 눈앞이 흐려졌다. 나는 눈을 깜빡이며 시야를 유지하려고 애썼다. 땀에 젖은 손 때문에 단단히 틀어잡은 고삐가 미끄러졌지만, 고삐를 손목에 두어 번 돌려 감자 조금이나마 사정이 나아졌다.

나는 아프지 않다. 하나도 아프지 않다.

자기 암시를 걸어 보았지만 그다지 효과는 없었다.

그럼 다른 생각을 하자. 아픈 거 말고 다른 생각…… 같은 게 떠오르겠어? 아파 죽겠는데!

다른 생각을 해 보는 것도 실패였다. 무슨 짓을 해도 결론은 그냥 아프다는 거였다.

나의 이상을 가장 먼저 알아챈 사람은 호위를 맡은 이후 내 곁을 떠나지 않는 태림이었다.

"어디 불편하십니까?"

태림은 내가 상태를 알리고 싶지 않아 한다는 것을 알아챘는지 주변의 눈치를 살피며 낮은 목소리로 물었다. 다른 사람에게라면 괜찮다고 둘러댔겠지만 태림이라면 사실을 말할 수 있었다. 그는 내가 입을 다물어 달라고 한다면 그리해 줄 사람이었다.

"조금 전에 떨어지면서 다리를 접질렸어요. 정도가 심한지 많이 아파서……."

내 말에 태림의 시선이 발목을 향했다.

"겉으로 보기에도 많이 부었습니다. 뼈를 다치신 건 아닙니까?"

"뼈가 상했으면 아까 일어서서 달리지도 못했어요. 그냥 접질린 건
맞아요. 아주 심하게 접질렸을 뿐이죠."

나는 심호흡을 하며 앞으로 목을 쭉 뺐다. 이렇게 하면 마을이 보
일지도 모른다는 희망 때문이었다. 물론 이것 역시 쓸데없는 희망
이었다.

"마을에 도착하려면 아직 멀었습니다."

내 생각을 읽기라도 한 것인지 태림이 난처한 얼굴로 사실을 지적
했다.

"얼마나 더 가야 해요?"

"적어도 두 시진은……."

"두 시진이라고요!"

나도 모르게 소리를 버럭 질렀더니 일행들의 시선이 순식간에 내게
꽂혔다. 실수를 알아채고 입을 막았지만 이미 늦은 뒤였다.

"벌써 지쳤느냐? 이리 체력이 약해서 도압성까지 제대로 가겠어?"

뒤에서 병사들과 어울리던 운이 얄미운 미소를 지으며 내게 다가
왔다.

내 목소리에 뒤를 돌아보았던 담덕이 운을 발견하자마자 다시 정면
으로 시선을 돌린 것이 다행이라면 다행이었다.

"예, 뭐."

평소라면 운의 말을 열심히 받아쳐 줬겠으나 지금은 그럴 기운이
없었다. 얌전한 내 반응을 예상하지 못했는지 가늘어진 눈으로 나를

살피던 운이 곧 눈을 크게 떴다.

"상태가 왜 이래?"

가까이에서 보면 식은땀이 흐르는 이마며 창백해진 얼굴을 모를 리 없었다. 답지 않게 놀란 눈으로 나를 살피는 운에게 태림이 대신해 속삭였다.

"아까 말에 떨어지면서 발목을 접질리신 것 같답니다."

"발목을?"

그 말에 내 발목으로 시선을 돌린 운의 얼굴이 그대로 일그러졌다.

"부었다."

"이미 태림에게 들었습니다. 한 번 더 확인해 주실 것까진 없어요."

"들었다면서 이리 미련하게 있어?"

"저 하나 때문에 일정이 늦어지면 안 되잖습니까. 해가 떨어지기 전까지는 마을에 닿아야 하는데요. 마을까지는 버텨 볼 생각입니다."

"마을까지 두 시진은 족히 걸린다."

"예, 그것도 들었습니다."

"허, 이것 참 대책 없는 아가씨일세."

황당한 얼굴로 나를 바라보던 운이 말없이 속도를 높여 내 앞을 가로막았다.

놀라서 말을 멈추고 운을 바라보니 그가 웃으며 말에서 내리고 있었다.

"조금 앞으로 가."

"예?"

"등자에서 발 빼고, 조금 앞으로 가 보라고."

발목 상태를 봐 주려는 것인가 싶어 운의 말대로 등자에서 발을 빼자마자 그 자리에 운의 발이 걸렸다.

"지금 뭐 하는……."

상황을 파악하기도 전에 운이 고삐를 붙잡고 한 번에 말 위로 올라 탔다. 등 뒤로 고개를 돌리니 내 몸이 운의 두 팔에 갇힌 채였다.

"……지금 뭐 하는 겁니까?"

미처 하지 못했던 질문을 다시 했더니 운이 어깨를 으쓱거렸다.

"발목 상태가 엉망인데 어찌 혼자 말을 몰아? 말은 내가 몰 테니 넌 얌전히 앉아 가거나 해라. 흔들릴 때의 통증은 어쩔 수 없겠지만 등자를 고정할 때 힘은 안 들어가니 아픈 게 덜할 거다."

확실히 등자를 고정하는 힘이 빠지니 통증이 덜하긴 했다. 하지만 사람을 두 명이나 태우면 말이 받는 피로가 곱절로 늘어났다. 가륜이 금세 지치게 될 터였다.

"말 하나가 사람 두 명의 무게를 어찌 견딥니까."

"애초에 조그만 너 하나 태우기에는 과한 말이었다. 나와 너까지 태 워도 생생할 놈이니 걱정 마라."

운이 가륜의 옆구리를 쓰다듬으며 말했다. 운의 말에 대답하기라도 하듯 가륜이 기분 좋은 투레질을 했다.

"이것 봐라. 이놈도 괜찮다잖아."

운이 턱을 치켜들며 젠체했다. 그의 말처럼 원래부터 가륜은 가벼 운 내가 홀로 타기엔 크고 건장한 편이었다.

"뭐…… 그건 그렇겠지만……."

더 이상 내가 반박이 없자 운이 기특하다는 듯 내 머리를 쓰다듬었다.

"태림 님께는 제 말을 부탁해도 되겠습니까?"

"걱정하지 마십시오. 제가 잘 몰고 가겠습니다."

태림이 주인 잃은 말의 고삐를 틀어쥐었다. 순한 말인지 낯선 사람이 줄을 끄는데도 얌전했다.

"말이 참 순하네요."

"너무 순해서 문제다. 아무한테나 등을 내주는 통에 잠깐만 정신을 놓으면 사라진다니까."

"주인과는 영 딴판이네요."

"그러는 그대의 말도 주인과는 영 다른데? 참으로 순하고 말을 잘 들어. 이름이 뭐야?"

"가륜입니다."

"가륜?"

　별생각 없이 대답했더니 운이 놀라서 되물었다. 나는 의아해져 고개를 갸웃거렸다.

"예. 왜 그리 놀라세요?"

"아, 별거 아니다. 어디서 많이 들어 본 이름이라."

"흔한 이름은 아닌 줄 알았는데……. 어디서 들으셨습니까?"

"국내성에 유녀들 사이에서 유명한 난봉꾼이 있어. 잘난 얼굴로 여러 유녀를 울린다는데, 그자의 이름이 가륜이라더군."

　난봉꾼 가륜이라. 나는 담덕의 얼굴에 난봉꾼의 행색을 입혀 보았다. 그러자 꽤 우스운 꼴이 그려졌다.

"……안 어울려."

"뭐가 안 어울린단 말이야?"

　내 혼잣말에 운이 물었다. 나는 서둘러 고개를 저으며 화제를 돌렸다.

"아무것도 아닙니다. 제가 생각하는 가륜의 느낌은 난봉꾼이 아니라서요."

"이름에도 느낌이 있나?"

"그럼요. 얼굴을 모르고 이름만 들어도 그 사람의 분위기를 상상하게 되는걸요."

"그럼 내 이름은 어땠어?"

"그쪽이요?"

"그래. 만나기 전에 내 이름은 많이 들었을 거 아니냐."

제신의 가장 친한 친구인 탓에 어려서부터 나는 운의 이름을 참 많이도 들었다. 늘 제신이 '운이'라고 부르는 탓에 해씨 집안의 도련님인 건 몰랐지만, 이름만 듣고서는 소리가 참 예쁘다 생각했었다.

"운이라는 이름은……."

"운이라는 이름은?"

운이 내 말을 따라 하며 평가를 재촉했다. 고개를 돌려 슬쩍 운의 얼굴을 보니 내 입에서 무슨 말이 나올지 기대하는 기색이 역력했다.

"변화무쌍하고 자유로운 사람이겠지 생각했습니다. 운이라는 이름이 구름을 뜻하지 않습니까? 구름은 매일 모양이 변하고 하늘을 자유롭게 떠다니니 그런 분위기가 떠올랐죠."

"변화무쌍하고 자유로운 사람이라. 직접 만나니 어떻더냐?"

"그쪽은 종잡을 수 없고 제멋대로니 어느 정도는 제 예상과 비슷합니다."

"뭐라고? 변화무쌍하고 자유롭다는 게 그리도 해석이 되더냐?"

운이 웃음을 터트렸다. 제법 신랄하게 말했다고 생각했는데 기분이 나쁘지도 않은 모양이었다.

"난 네 이름을 듣고 우아하고 조용한 미인을 생각했지. 밝아 오는 햇살을 만난다는 뜻이라, 새벽녘의 고요함을 생각했다. 한데 직접 만나 보니 새벽녘 고요한 볕이 아니라 한낮의 태양이더구나."

"……제가 산만하다는 것을 그리 돌려 말씀하시는 거죠."

"기운이 넘친다는 게지. 나로서는 칭찬을 한 것인데 마음에 들지 않는가 보다?"

내가 불만스럽게 입을 비죽이니 운이 웃으며 내 어깨를 끌어당겼다. 등자에 발을 걸지 않은 탓에 몸이 쉽게 뒤로 기울어 등이 그의 가슴팍에 닿았다.

"편하게 기대라. 그리 뻣뻣하게 가다가 또 떨어지겠다."

"안 떨어집니다. 조금 전엔 갑자기 사람이 뛰쳐나와서 그런 거예요."

"보는 내가 불안하다. 그냥 기대서 가지?"

나는 몸을 앞으로 숙이고, 운은 나를 제 앞으로 끌어당겼다. 한참이나 실랑이를 한 끝에 두 손을 든 쪽은 결국 나였다.

"제가 졌습니다. 제 고집이 진 건 이번이 처음이에요. 정말 대단하십니다."

"그래, 내가 고집이 좀 대단하다."

"칭찬한 거 아닙니다."

나는 길게 한숨을 내쉬며 몸의 힘을 풀었다. 어려서부터 말에 익숙했던 탓에 이런 식으로 누가 태워 주는 것은 처음이었다. 다른 사람과 함께 말을 타다니 거치적거려 불편할 줄만 알았는데 생각보다 몸이 편했다.

"자, 그럼 속도를 내 볼까?"

머리 위에서 운의 만족스러운 목소리가 들려왔다.

고집으로 날 이긴 게 그리 좋은가?

나는 평소보다 더 기분이 좋은 듯한 운을 보며 고개를 갸웃거렸다.

❖ ❖ ❖

"……희야."

희미한 의식 속으로 익숙한 목소리가 들려왔다.

"우희야."

무거운 눈꺼풀을 애써 들어 올리자마자 눈앞에 제신의 얼굴이 있었다.

"오라버니. 이제 마을입니까?"

"그래, 조금 전에 도착했다."

깜빡 잠이 든 것일까. 눈을 비비며 제신을 불렀더니 그가 어색한 얼굴로 내 등 뒤를 바라보았다.

"운아, 이제 일어났다."

그제야 내 등 뒤를 편하게 받쳐 주는 따뜻한 기운의 존재가 느껴졌다. 화들짝 놀라 몸을 바로 세우며 고개를 돌리니 운이 장난스럽게 웃고 있었다.

"내 품이 그리 편하더냐?"

"제가 잠들었습니까?"

"그래. 잘도 자더라."

믿을 수 없어 멍하니 앉은 나를 보며 피식 웃음을 흘린 운이 먼저 말에서 내려 내 몸을 아래로 내려 주었다. 생각 없이 디딘 발에 무게가 실려 미간을 찌푸리자 그가 빠르게 나를 부축했다.

"혼자 걸을 수 있겠어?"

운의 질문에 가볍게 발을 굴러 보니 통증이 대단했다. 아무래도 혼자 걷기는 무리일 것 같았다.

이거 내일에도 혼자 말 타는 건 힘들겠는데?

다친 다리를 보며 걱정하는 내 귀로 담덕의 목소리가 들려왔다.

"다쳤어?"

고개를 들어보니 어느새 담덕이 내 앞에 다가와 있었다.

"전하."

다가온 담덕을 보고 제신과 운이 고개 숙여 인사했다. 담덕은 고개를 끄덕여 그들의 인사를 받고는 조금 굳은 얼굴로 내 앞에 섰다.

"다른 사람과 함께 말을 타고 오던데."

담덕의 시선이 운에게 슬쩍 닿았다가 떨어졌다. 내가 운과 함께 말을 타고 온 것을 담덕도 본 모양이었다.

"아까 말에서 떨어졌을 때 발목을 접질렸어. 혼자 말을 타기 어려워 보였는지 해씨의 도련님이 도와주신 거야."

"말에서 떨어졌을 때?"

그렇지 않아도 굳어 있던 담덕의 얼굴이 더 딱딱해졌다. 그는 망설임 없이 무릎을 굽혀 몸을 낮추고는 치마를 들고 내 발목을 살폈다.

"전하!"

"담덕!"

다른 의미의 외침이 동시에 흘러나왔다. 제신은 내 앞에서 무릎을 굽히는 태자의 모습을 보고, 나는 고민도 없이 치마를 들치는 손길에 놀라 그를 불렀다.

"완전히 부어서는."

하지만 담덕은 우리 두 사람의 외침이 전혀 들리지 않는 모양이었다. 진지한 얼굴로 내 발목을 살피던 그가 곧 몸을 일으켰다. 다시 일어선 담덕의 얼굴은 완전히 일그러져 있었다.

"왜 말 안 했어? 다쳤을 때 말을 했어야지."

"나 때문에 늦어질까 봐 그랬어. 해가 떨어지기 전에 이 마을에 닿아야 한다고 들어서."

"내가 다친 사람을 무시하고 길을 서두를 사람으로 보였어?"

"그게 아니니 말하지 않았던 거야. 내가 다쳤다고 했으면 일행을 멈췄을 거잖아."

내 지적에 담덕은 말이 없었다. 잠시 나를 무겁게 바라보던 담덕이 내게로 손을 뻗었다. 덩그러니 들이밀어진 손의 의미를 알 수 없어 멀뚱히 바라보니 담덕이 한숨을 내쉬었다.

"이리 와, 그쪽에 있지 말고."

나는 담덕이 말하는 '그쪽'이 운이라는 것을 깨달았다. 아직까지 운에게 완전히 마음을 열지 못한 것일까? 담덕은 못마땅한 눈으로 그를 바라보고 있었다. 담덕의 기분이 더 나빠지기 전에 나는 재빨리 그의 손을 붙잡았다. 담덕의 손을 쥐자마자 그가 더 강한 힘으로 나를 붙잡아 자신의 쪽으로 끌어당겼다.

맥없이 담덕에게 끌려가는 나를 보며 제신이 의미심장한 눈을 했다. 다시 만나 함께 이야기를 나누었던 밤 이후 제신은 틈만 나면 저런 눈이었다.

"전하, 잠시 자리를 피해 드리겠습니다. 이야기 나누시지요."

담덕이 아직 대답도 하지 않았는데, 제신은 여전히 의미심장한 눈으로 웃으며 운을 잡아끌었다. 우악스러운 제신의 손길에 운이 미간을 찌푸리며 그의 손에 끌려갔다. 두 사람은 순식간에 멀어져 나와 담덕만 덩그러니 자리에 남았다.

"도대체 무슨 이야기를 하라는 거야?"

나는 제신의 의미 모를 말에 불만을 토로하며 가룬이 매여 있는 나무 아래에 주저앉았다. 흙바닥이 신경 쓰였지만 계속 서 있기에는 발목이 너무 아팠다.

나는 치마를 걷어 올려 신발을 벗어 던진 뒤 본격적으로 발목을 살피기 시작했다. 천으로 단단히 고정한 뒤 냉찜질을 하면 좋을 것 같았다. 발목을 감쌀 붕대 대용으로 쓸 천이 필요했다.

오래전 머리끈으로 붕대를 대신한 기억이 있어 머리로 손을 뻗는데, 그보다 담덕이 자신의 허리끈을 푸는 것이 먼저였다.

"그걸 쓰면 네 머리가 다 흐트러지잖아."

담덕은 몸을 숙여 하얗게 드러난 내 발목을 붙잡았다. 그의 손이 어찌나 큰지 퉁퉁 부은 발목이 한 손에 붙잡혔다. 내 손과는 전혀 다른 투박한 손이 발목을 붙잡으니 기분이 묘했다. 나는 담덕의 손을 밀어내며 그의 손에 있는 끈을 잡아당겼다.

"내가 할게. 이런 건 내가 더 잘해."

"나도 잘해."

담덕이 다시 내 손에서 끈을 뺏어 갔다. 실랑이를 벌였다가는 끝이 없을 것 같았다. 나는 담덕을 저지하길 포기하고 나무에 등을 기댔다. 편안하게 몸을 늘어트리고 있으니 담덕이 꼼꼼하게 천으로 내 발목을 감싸 주었다.

"정말 잘하네."

"검을 다루다 보면 이런 식으로 많이 다치니까. 이 정도는 할 줄 알아야지."

고개를 숙인 담덕의 머리카락이 다리를 간질였다. 이게 뭐라고 잔뜩 집중한 그의 얼굴이 우스웠다.

◆ ◆ ◆

다음 날부터 나는 담덕의 말에 함께 탔다. 두 사람을 동시에 태울 수 있을 만큼 좋은 말이 가륜과 담덕의 말뿐이었기 때문에 어쩔 수 없는 선택이었다. 모두들 상황을 납득했다. 깐깐한 지설마저도 내 다리 상태를 보더니 '혼자 말을 타기는 어려우니 태자 전하께 신세를 지셔야겠군요'라고 말했을 정도였다.

하지만 하루 만에 짐짝 신세로 전락한 나는 아주 침통했다. 기마는 내가 자랑할 수 있는 몇 안 되는 재주였다. 헛것을 보는 바람에 낙마해서 짐짝 신세가 되어 버렸으니 시무룩해지는 건 어쩔 수 없었다.

나는 힘없이 담덕의 가슴에 기댄 채 주변 풍경을 바라보았다. 국내성을 떠나 보았던 풍경들과는 사뭇 차이가 있었다. 지금까지는 산맥을 타고 내려오는 길이었다면 수곡성에서 도압성까지의 길은 예성강(禮成江)의 지류를 따라 움직이는 여정이었다.

이 시대에는 마실 수 있는 물을 따라 마을이 형성되는 경우가 많았으므로 전반부의 여정과 달리 쉬어 갈 수 있는 마을이 많았다. 덕분에 속도도 제법 붙어 우리 일행은 예상보다 하루나 빠르게 목적지인 도압성에 도착할 수 있었다.

그동안 내 발목 상태도 혼자 말을 탈 수 있을 정도로 나아졌다. 아버지와 만날 때 건강한 모습을 보여 드릴 수 있게 되었으니 퍽 다행스러운 일이었다.

백제와 늘 격진을 벌이는 남부 전선의 요지답게 도압성 입구 곳곳에는 전투의 흔적이 남아 있었다.

치열한 전쟁의 단상을 눈으로 확인하니 가슴이 덜컥 내려앉았다. 이런 곳에 지내면서도 아버지와 제신의 편지는 늘 안전한 곳에 머무르고 있으니 안심하라고만 했다.

"안전한 곳이라면서?"

내 눈이 화살 박힌 흔적으로 가득한 성벽을 훑고 있는 것을 본 제신이 멋쩍은 얼굴로 머리를 긁적였다.

"저 안에 숨어 있었으니 안전한 곳에 있었던 것이 맞지."

"안에 숨어 있긴 뭘 숨어 있어? 선봉에서 검을 휘두르는 아버지를 따르느라 누구보다 앞에 있었을 거면서."

아버지와 제신의 성격을 모르는 내가 아니었다. 눈 하나를 잃고도 전쟁터에 자원해서 뛰어든 사람이니 더 말할 것도 없었다.

"국내성에서 온 사자요! 태왕 폐하께서 도압성의 병사들을 위로하고자 태자 전하를 보내셨으니 지금 당장 성문을 여시오!"

성문 앞에 선 일행을 대표해 지설이 외쳤다. 그 소리를 듣고 성문 위의 망루가 분주해졌다.

얼마 지나지 않아 망루 위에서 갑옷을 차려입은 도압성주가 모습을 드러냈다.

"신분을 어찌 증명하시겠소!"

백제와 대치하고 있는 상황에서 말만으로 성문을 열어 줄 수는 없었다. 당연한 절차에 뒤쪽에 물러서 있던 제신이 앞으로 나섰다.

"성주! 저희가 수곡성에서 태자 전하와 일행을 모셔 왔습니다!"

그가 등 뒤에서 고구려군을 뜻하는 깃발을 들어 올렸다. 깃발과 제신의 얼굴을 모두 확인한 성주의 얼굴이 환해졌다.

"드디어 오셨군요!"

반가운 소리와 함께 거대한 성문이 열렸다. 천천히 열리는 문 사이로 소규모의 일행이 들어서자마자 등 뒤의 문이 굳게 닫혔다.

"먼 길 오시느라 고생이 많으셨습니다, 전하!"

속셈을 알 수 없던 수곡성주와 달리 도압성주는 확실한 태왕 측 사람이었다.

말에서 내린 담덕은 환대하는 그의 앞에서 다가섰다.

"오랜 전쟁으로 어려움이 많다고 들었소. 나 고구려의 태자 담덕, 어려움을 살피고 부족함을 채워 주라는 태왕 폐하의 명을 받고 여기 왔소."

"태왕 폐하의 높은 은덕에 감읍할 따름입니다."

성주가 고개를 숙여 감사를 표현했다. 그는 진심으로 담덕의 방문이 기꺼워 보였다. 하지만 담덕이 찾는 사람은 성주가 아니었다.

"연 장군은 어디에 있나? 먼저 그를 만나고 싶은데."

아버지의 위치를 묻는 담덕의 말에 심장이 두근거렸다. 곧 아버지를 만난다는 기대감에 절로 미소가 그려졌다. 하지만 그 마음도 오래가지 못했다. 난처한 표정으로 담덕의 눈치를 살피는 성주의 입에서 나온 말 때문이었다.

"저…… 연 장군은 성안에 없습니다."

"그게 무슨 말씀입니까? 제가 도압성을 떠나기 전까지만 해도 저택에 머무르셨잖습니까."

놀란 제신이 실례인 것도 잊은 듯 담덕을 제치고 성주에게 물었다. 제신의 얼굴을 확인한 성주는 더욱 난처한 얼굴이 되어 긴 한숨을 내쉬었다.

"자네들이 전하 일행을 마중하기 위해 떠났던 그날 밤, 백제군의 기습이 있었네. 그때 우리 병사 다섯이 백제로 끌려갔는데, 연 장군이 이들을 돌려받겠다고 남은 병사들을 이끌고 성 밖으로 갔어."

"성 밖이라면……."

"강이 있는 쪽에 병영을 차렸네."

"강이라면 백제의 바로 코앞 아닙니까! 어찌 그곳에!"

제신이 머리를 감싸 쥐며 소리쳤다.

"나는 말렸지만 연 장군이 어디 내 말을 들을 사람인가? 자네라도 있었으면 말을 들었을 터인데 하필 말릴 사람이 하나도 없던 때에 일이 터져서……."

"그리 성질머리를 죽이시라 말씀드렸는데……. 지금이라도 설득해야겠습니다. 강 앞은 백제와 가까워 빠르게 작전을 수행하긴 좋으나, 사방이 트여 있어 위치상으로 우리에게 너무 불리합니다."

당장에라도 말에 올라탈 기세인 제신을 운이 막아섰다.

"제신, 진정해라. 네가 차분하지 못하면 네 누이가 불안해하지 않겠어?"

운의 말대로였다. 큰일이라도 난 것처럼 펄쩍 뛰는 제신의 모습에 내 손은 이미 땀으로 축축해져 있었다.

"좋지 않은 상황이야?"

"……긴박한 상황은 아니다. 앞만 보는 아버지의 성격이 답답해서 그런 거야. 떠나기 전에도 무모하게 나서지 말고 성안에서 수성하셔야 한다 신신당부를 했었거든."

"그런 말을 들으실 아버지가 아니지."

"네 말이 옳다. 내가 우리 아버지를 너무 얕본 게지."

길게 한숨을 내쉰 제신이 이번에는 담덕에게 다가가 고개를 숙였다.

"도착하자마자 소란을 피워 송구합니다. 전하께서 먼 길을 오셨으니 제가 직접 모시는 것이 당연하지만, 바깥 병영의 상태가 걱정스러우니 그쪽에 먼저 가 볼까 합니다. 부디 무례를 허락해 주십시오."

"상황이 그렇다니 어쩔 수 없지."

"이해해 주셔서 감사합니다."

"그럼 출발하지."

"예?"

안심한 표정으로 고개를 들던 제신이 얼빠진 얼굴로 되물었다. 담덕은 자신의 말을 이해하지 못하고 있는 제신을 보며 그의 어깨를 가볍게 두드렸다.

"위치는 짐작하고 있겠지? 앞장서게."

"예? 그 말씀은……?"

"병사들이 어떤 환경에서 싸우고 있는지 궁금했는데 마침 잘되었어. 병영까지 함께 가지."

"안 됩니다."

제신을 향해 한 말에 지설이 빠르게 반박했다. 담덕은 그의 반대를 예상했다는 듯 대수롭지 않은 얼굴로 웃었다.

"내가 그 말을 들을 것 같은가?"

"아뇨, 전하께서 제 말을 들으실 리가 없죠. 그래도 전 말해야겠습니다. 그곳은 백제군과 너무 가까우니 전하께서는 성에 계십시오. 전 분명히 말씀드렸습니다."

"그렇게까지 말하는 걸 보니 내가 그냥 갈 거라는 것도 알겠군."

담덕이 지설을 지나쳐 다시 말 위에 올라탔다. 말에서 내려선 지 일각도 채 지나지 않은 시간이었다.

"우희, 너도 가겠어?"

말에 올라탄 담덕이 내게 손을 내밀었다. 나는 주저하지 않고 그의 손을 잡았다.

❖ ❖ ❖

병영은 생각보다도 더 백제 진영과 가까웠다. 강 하나를 사이에 두고 반대편에 백제군의 깃발이 선명히 보일 정도였다.

"세상에, 이렇게 가깝단 말이야?"

바로 눈앞에서 펄럭이는 깃발에 놀라서 입을 벌리니 담덕이 내 어깨를 꽉 쥐었다.

"걱정 마라. 너무 가까워서 오히려 섣불리 공격하기 힘든 거리니까."

병법에 아무런 지식이 없는 나로서는 담덕의 말을 믿는 수밖에 없었다.

주변을 살피는 사이 태자 일행이 병영에 왔다는 소식을 전해 들은 아버지가 황급히 우리 쪽으로 다가오고 있었다.

"전하, 어찌 여기까지 오셨습니까. 성에 계시지 않고요."

고개를 숙이는 아버지는 여전했다. 내게는 눈길도 주지 않고 담덕에게 고개를 숙이는 고지식함부터가 그랬다.

하지만 아버지도 세월의 흔적을 피할 수는 없었다. 나는 그의 얼굴 곳곳에 늘어난 주름을 보며 주먹을 꽉 쥐었다.

내 키가 조금 더 자란 탓인지 크게만 보였던 체구도 어쩐지 왜소하게 느껴졌다.

"태왕께서 도압성의 상황을 하나도 빠짐없이 보고 오라 하셨습니다. 부족한 것이 있으면 빈 곳을 채워 주라고요. 그러니 장군께서 계시는 곳도 놓칠 수가 없지요."

"이곳에는 부족한 것이 없습니다. 다들 그저…… 고향이 그리울 뿐이지요."

아버지의 시선이 병영 앞에 서서 경계 자세를 취하고 있는 병사들을 향했다. 그들의 눈은 백제를 향한 호승심으로 불타고 있었지만, 그 눈빛이 지친 행색을 가리지는 못했다.

"벌써 사 년째입니다. 조금씩 돌려보내고 새로운 병력을 충원하고는 있지만…… 전쟁이 길어질수록 피로감은 더해 갈 겁니다."

"해답은 언제나 종전이지요."

"남으로 백제, 북으로 후연이 우리에게 검을 겨누고 있는 지금 상황에서는 불가능한 이야기지만 말입니다."

아버지가 힘없이 웃었다. 이처럼 무기력한 그의 웃음은 처음이었다.

"막사 안으로 들어오시겠습니까? 전선 상황을 간략하게나마 보고 드리겠습니다."

"그리하지요."

아버지가 중앙 막사의 천을 들쳐 담덕을 안으로 들여보냈다. 그 뒤를 제신과 지설, 운이 따랐다. 나 역시 그들을 따라 들어서려 했으나 아버지가 손을 들어 나를 막아섰다.

"우희, 군사 기밀이 오가는 자리니 너는 들어올 수 없다."

단호하고 차분한 목소리였다. 나는 하나밖에 남지 않은 아버지의 눈동자를 바라보며 웃음을 흘렸다.

"그게 사 년 만에 만난 딸에게 처음 하신 말인 거 아십니까?"

내 말에 아버지의 입꼬리가 슬쩍 올라갔다.

"그간 잘 지냈느냐."

"예."

"많이 자랐구나. 떠나기 전에는 네 키가 겨우 내 가슴팍에 닿았지."

아버지가 눈동자를 움직여 내 몸을 훑었다. 자란 것은 키뿐만이 아니었다. 사 년의 세월 동안 나는 얼굴이며 체형도 완전히 달라졌다. 하지만 아버지는 많이 자랐다는 한마디로 그 세월의 변화를 일축했다. 아버지다운 말이었다.

"여전하신 것 같아 다행입니다."

"너 역시 여전한 것 같아 다행이다. 곧 이야기 나누자."

아버지가 작게 웃음을 흘린 뒤 막사 안으로 들어섰다. 그의 뒷모습을 바라보며 막사 앞에 우두커니 선 내 뒤로 태림이 다가왔다.

"원래 부녀의 재회가 이렇습니까?"

그는 의아한 얼굴로 아버지가 사라진 막사를 바라보고 있었다.

"우리 집은 이래요."

뒤에서는 딸 자랑을 그렇게 하고 다닌다면서 앞에서는 무뚝뚝한 아버지가 야속하지 않다면 거짓말이었다. 그래도 그게 아버지니 어쩔 수 없었다.

"태림과 아버지는 어떤 편인가요?"

나의 질문에 태림이 조금 곤란한 얼굴을 했다. 잠시 말을 아끼던 그가 어렵게 입을 뗐다.

"저는 아버지가 없습니다. 어머니도요."

나는 예상하지 못한 말에 당황했다. 태림에 대한 이야기는 많이 들었지만 그가 고아라는 소리는 처음이었다.

"미안해요. 몰랐어요. 아무도 이야기하지 않기에……."

"제가 고아라는 걸 모르는 사람이 없습니다. 너무 당연해서 아무도 입에 올리지 않았을 겁니다. 그다지 좋은 이야기도 아니니까요."

태림은 어떻게 부모를 잃은 것일까. 그를 바라보는 내 눈빛에서 의문을 읽어냈는지 태림이 입을 열었다.

"저는 전쟁터에서 태어나 전쟁터에서 자랐습니다. 기억이 시작된 곳에서부터 줄곧 혼자였으니 부모가 누구인지도 모르지요."

태림이 검 자루를 만지작거리며 눈을 내리깔았다.

"이 검도 살기 위해 배운 겁니다. 그래서 궁에서 검을 배우신 분들과 달리 제 검에는 법칙이나 논리가 없습니다. 그 점이 제 검을 강하게 만들었다니 우스운 일이죠."

"하면 어찌 담덕의 호위가 되었어요?"

"전쟁터에 나섰던 개마 부대(鎧馬部隊:중무장한 기병인 개마 무사들로 구성된 군대)의 선대 대장이 저를 거둬 주셨습니다. 검 쓰는 것을 보더니 쓸 만하겠다며 태왕께 추천했고, 그 뒤로 담덕 님의 호위를 맡고 있지요."

"……뭐라고 말해야 할지 모르겠어요."

몇 번이나 입을 오물거리다 결국 할 말을 찾지 못했다.

이번 생에서 나는 좋은 운을 타고 태어나 귀족가의 아가씨로 평온한 삶을 살았다. 주변 사람들도 처지가 비슷했다. 고구려에서 만난 사람들 중 태림과 같은 사정을 지닌 자는 처음이었다.

곤란해하는 나를 보며 태림이 평온한 얼굴로 고개를 저었다.

"위로나 격려는 필요 없습니다. 제가 특별히 불우한 사정을 가진 건 아니니까요. 이런 이야기는 이 땅에서 아주 흔합니다. 오히려 좋은 분께서 거둬 주셨으니 운이 좋은 편이지요."

"운이 좋은 편이라고요……"

전쟁터에서 고아로 태어나 지금도 전쟁터에 서 있는 자신의 처지를 두고 '운이 좋은 편'이라고 말하는 사람. 나는 이상한 기분에 사로잡혀 태림을 바라보았다. 자신의 불운을 불운이라 생각지 못하는 것도 이 세상이 만들어 낸 불행이었다.

"안쪽의 이야기가 길어질 것 같은데, 중요한 이야기가 오갈 테니 태림도 듣는 게 좋겠어요."

내가 막사를 가리키며 말했지만 태림이 고개를 저었다.

"전하께서 우희 님의 곁을 떠나지 말라고 하셨습니다. 그때 낙마로 다리를 다치셨을 때도 제가 우희 님을 놓쳐서 상황이 그리된 것이라 크게 꾸짖으셨습니다."

"뭐라고요?"

그건 처음 듣는 말이었다. 멋대로 달리다 혼자 떨어진 것을 왜 태림의 탓으로 돌린단 말인가.

"담덕도 참. 그게 왜 태림의 잘못이에요?"

"호위를 맡은 도중에 우희 님께서 다치셨으니 제 잘못이 맞습니다."

"내가 가만히 걷다가 돌부리에 걸려 넘어져도 태림의 잘못이란 건가요?"

"원칙적으로는 그렇습니다."

당연하다는 듯 돌아오는 대답에 할 말이 없어졌다.

"알고는 있었지만 태림도 상당한 원칙주의자네요. 주위에 그런 사람이 여럿 있어서, 내가 그런 성격을 잘 알지요."

"그런 사람 중 하나가 바로 우희 님의 아버님이시겠군요."

"바로 알아보았어요."

나는 웃으며 막사 앞에 흐르는 강을 가리켰다.

"나는 잠시 강변에 가 볼 생각인데, 혹여나 내가 발을 헛디뎌 물에라도 빠지면 큰일 나는 태림은 당연히 따라오겠죠?"

"물론입니다."

간결한 대답이 즉각 돌아왔다. 태림다운 반응에 잠시 웃음이 나왔다. 그러나 막사 쪽을 바라보자 괜히 마음이 가라앉는 듯해, 나는 강변 쪽으로 걸음을 옮겼다.

第八章

위협

하류로 이어질수록 강은 점점 넓어졌다.

끝이 보이지 않는 저 강의 끝에는 뭐가 있을까. 먼 곳을 바라보는 내 귓가로 태림이 속삭였다.

"저쪽으로 계속 내려가면 바다가 나옵니다."

"바다요?"

"예. 그 바다 너머에는 중원(中原)이 있지요."

중원이라면 중국 땅을 말하는 것이다.

저쪽으로 나가면 서해로구나.

대한민국의 소진일 때는 몇 번이나 바다를 보았지만, 우희가 된 후로는 단 한 번도 본 적이 없었다. 내륙에서 태어나고 자란 탓이었다.

편리한 교통수단이 없는 고구려에는 바다 구경이라는 게 존재하지 않았다. 고작 바다 하나를 보기 위해 그 먼 길을 힘들게 달린다고? 단순히 즐기기 위해 그 정도의 수고를 들인다는 개념을 이 시대 사람들은 이해할 수 없을 터였다.

이 시대 사람들은 여유가 없었다. 그들이 처한 환경이 그랬다. 곡식이 나기 힘든 탓에 먹고사는 문제가 제일 중요했다. 어찌해서 먹고살아 간다고 하더라도 전쟁이 터지면 말짱 도루묵이었다. 사람들은 검과 활을 단련해 목숨을 지킬 방법을 고민해야 했다.

살기 위해 애쓰는 사람들을 볼 때마다 나는 수 세기가 지난 뒤 이 땅 위에 세워질 수많은 빌딩과 그 속을 여유롭게 거니는 사람들을 떠올렸다.

평화로운 세상.

언젠가 이 땅에도 그런 날들이 온다. 지금의 사람들은 상상도 못 할 그 세상을 나는 알고 있었다.

"태림은 바다를 본 적이 있어요?"

"저도 아직까지 바다는 한 번도 보지 못했습니다."

"그래요? 하긴 태자의 호위였으니 계속 국내성에만 있었겠네요."

나는 강변에 걸터앉아 바다로 흐르는 강물을 바라보았다. 사진이라도 있으면 태림에게 바다를 보여 줄 수 있을 텐데. 현대 문명의 이기는 대단한 곳보다 이런 사소한 곳에서 그리워졌다.

"아주 깊고 넓어요."

툭 하고 던진 말에 태림이 나를 바라보았다.

"바다 말이에요."

"바다를 아십니까?"

"그럼요. 아무리 멀리 시선을 던져도 끝이 보이지 않아 마치 하늘을 땅에 옮겨 둔 것 같고, 색은 어디서도 본 적 없는 푸른빛에 발을 담그면 차가운 기운이 몰려오죠. 그게 바다예요."

"서책에 그런 것도 나옵니까?"

나는 대답 대신 웃으며 내 옆자리를 두드렸다.

"여기 앉아 봐요."

"옆자리에 말입니까?"

"네, 여기요."

태림은 잠시 망설이더니 내가 몇 번이나 더 재촉하자 어쩔 수 없이 자리를 잡고 앉았다.

"저기 멀리 봐요."

나는 강과 하늘이 맞닿는 지점을 손으로 가리켰다. 태림의 시선이 내 손끝을 따라 움직이는 것이 보였다.

"뭔가 마음에 걸리는 것이라도 있으십니까?"

"아뇨. 아무것도 없어요."

진지하게 손끝을 바라보던 태림의 얼굴에 당혹스러움이 감돌았다.

"한데 어찌 보라고 하십니까?"

"태림은 뭔가를 이유 없이 본 적 없어요?"

"이유 없이…… 말입니까?"

"네. 생각 없이 흐르는 강물을 보거나, 구름이 흐르는 하늘을 보거나. 그러다 보면 마음이 차분해지면서 복잡한 생각이 사라지는 거죠. 아, 밤하늘의 별도 좋아요. 여긴 별이 참 잘 보이더라고요."

"그렇습니까……."

그렇게 대답하면서도 태림은 이해하지 못한 눈치였다. 그의 시선이 내 손끝과 수평선을 난처하게 오가는 것을 보다가 결국 웃음이 터졌다.

"이 쉬운 이야기가 어렵다니 당신들도 참 안타까워요."

"당신들…… 이라고요?"

태림이 묘한 표정을 지었다.

"마치 우희 님은 '당신들'이 아니라는 듯한 말투로군요."

나는 종종 현대인 소진의 입장에서 말하는 경우가 있었다. 우희와 소진을 완전히 분리할 수 없는 나로서는 어쩔 수 없는 일이었다. 우희가 소진이고 소진이 우희였다.

"난 '당신들'이 아니죠. 머리가 딱딱하게 굳은 병사들과 날 똑같이 대하면 곤란하다고요."

능숙하게 말을 돌리며 나는 태연하게 웃었다.

멍하니 앉아 흐르는 강물을 바라보고 있으니 막사 쪽이 소란스러워졌다. 귀가 예민한 태림은 작은 소리가 들려오기 무섭게 자리에서 일어나 주변을 살피기 시작했다.

나는 순식간에 깨져 버린 여유가 아쉬워 미간을 찌푸리며 자리에서 일어섰다. 하지만 막사를 향해 돌아선 나는 곧 깨져 버린 여유에 아쉬워할 상황이 아니라는 것을 깨달았다.

"분위기가 이상하군요."

태림이 심각한 목소리로 중얼거렸다. 나도 그의 말에 동의했다.

성에서부터 맹렬한 기세로 달려온 전령이 하늘을 날다시피 말에서 뛰어내려 중앙 막사 안으로 들어갔다.

나는 별다른 생각 없이 전령이 달려온 도압성 쪽으로 시선을 돌렸다가 그대로 굳어 버렸다. 성에서 불길이 치솟아 연기가 피어오르고 있었다.

"태림! 성에 불이!"

놀라서 소리쳤지만 이미 태림도 성을 바라보고 있었다. 우리의 표정이 딱딱하게 굳었다.

"우희! 태림!"

그때 막사 안에서 담덕이 다급하게 걸어 나오며 우리를 불렀다.

"기습이다. 도입성에 백제군이 쳐들어왔어."

"백제의 진영은 여기서 훤히 보입니다. 어떻게 이쪽의 눈을 피해 성을 친단 말입니까?"

태림이 여전히 고요한 백제의 막사를 바라보며 말했다. 그의 말처럼 깃발이 휘날리는 백제의 막사는 여전히 평온했다.

"눈속임이다. 백제의 본진은 저 막사가 아니라 성에 쳐들어와 있는 쪽이겠지. 며칠 전의 기습도 우리 본진을 밖으로 끌어내려는 수작이었을 거야."

담덕이 이를 바드득 갈며 성을 노려보았다. 아버지의 얼굴 역시 심각했다.

"하지만 전조가 전혀 없었습니다. 그럴 가능성을 처음부터 염두에 두고 정찰을 게을리하지 않았습니다."

성에서부터 달려온 전령도 아버지의 말을 거들었다.

"장군님의 말씀이 맞습니다. 백제의 막사뿐만 아니라 성으로 향하는 길목에도 정찰대를 두었는데, 백제군의 움직임에 대한 보고는 전혀 없었습니다."

"정찰은 누가 맡고 있지?"

"이쪽 지리에 밝은 도압성 출신의 병사들과 백산말갈(白山靺鞨:백두산 근처에 살았던 말갈의 한 갈래)의 용병들입니다."

"말갈이라."

담덕이 미간을 찌푸리며 운을 바라보았다. 운 역시 말갈이라는 이름이 나올 때부터 담덕을 보고 있었다. 의미심장한 눈빛이 두 사람 사이를 오갔다.

"우선 성부터 구해야 합니다."

운이 앞으로 나서 의견을 냈다. 담덕도 그에 동의한다는 듯 고개를 끄덕였다.

"맞다. 성안에는 민간인들이 살고 있어. 성벽이 완전히 뚫리기 전에 돌아가 함락을 막아야 한다."

"게다가 도압성의 위치는 백제와의 전선에서 매우 중요합니다. 이곳이 뚫리면 그 위로 예성강 지류를 따라 수곡성까지 위험해집니다."

이어진 지설의 말에 담덕이 입술을 질끈 깨물었다.

"연 장군, 이곳의 병력이 얼마나 됩니까."

"이천의 병력이 나와 있습니다."

"성에는 몇이나 남아 있습니까?"

"일천 정도입니다."

"그중에 백산말갈의 용병들 수는요?"

"오백은 족히 넘습니다."

아버지의 말에 담덕이 턱을 매만졌다.

"제신."

"네."

"백제의 병력은 얼마나 된다 했지?"

"본진이 왔다면…… 사천은 될 겁니다."

우리 병력을 모두 합쳐도 부족한 수였다. 거기에 말갈을 제하면 더 부족해진다.

"전하."

아버지가 고민하고 있는 담덕을 불렀다.

"전하께서는 몸을 피하시지요."

"뭐라고요? 지금 내게 피하라 했습니까?"

"예, 그리 말씀드렸습니다."

"연 장군."

담덕이 미간을 찌푸렸다.

"나 고구려의 태자 담덕, 용맹한 용사들의 가장 앞에 서야 할 자, 그 런 내게 전쟁을 피하라 하는 겁니까?"

"처음부터 전하의 전투가 아니었습니다. 이 전장의 지휘자는 저지 요. 저는 지휘자로서 전하께서 이 전투에 참여하는 것을 허락지 않겠 습니다."

"지금 한 명의 병력이 아쉬운 상황에서 무슨 소리를 하는 겁니까?"

"전하의 목숨을 한 명의 병력과 비교할 수 없습니다. 당장의 승 리를 얻고자 전하의 목숨을 담보로 거는 어리석은 짓은 할 수 없 습니다."

아버지의 태도는 단호했다. 흔들림 없는 말에 담덕이 두 주먹을 꽉 쥐었다.

"미안하지만, 그 말은 따를 수 없습니다."

"눈앞에 전장을 두고 피하는 것이 분하시겠지요. 이해합니다만 그 래도 그리하셔야 합니다."

아버지는 벗어 둔 투구를 쓰며 담덕을 바라보았다. 투구 사이로 형 형한 눈빛이 담덕을 향했다.

"저 같은 칼잡이들은 죽을 때까지 자존심을 세워도 됩니다. 하지만 군주는 다르지요. 군주에게는 자존심을 굽혀야 할 때가 있어요. 그것 을 두려워하지 않아야 이 땅을 지킬 수 있습니다. 전하, 부디 자존심 을 굽히세요."

아버지는 담덕의 대답을 기다리지 않았다.

"도압성에서 온 병사들은 나를 따라라. 성을 지키러 간다."

"예!"

아버지가 말에 올라타 외치자 병사들이 그 뒤를 따랐다. 제신과 운도 함께였다.

흙먼지를 일으키며 성으로 달려가는 병사들의 선두에 선 아버지의 시선이 내게 닿았다. 국내성에서 출병하는 순간에도 나를 보지 않았던 아버지였다. 그런데 어째서 지금 순간 내 얼굴을 보신단 말인가.

불길함이 스쳐 갔다. 나는 생각할 것도 없이 달려가 눈에 보이는 말 위에 올라탔다.

"우희 님!"

태림이 놀라서 나를 따라왔지만 이미 말에 오른 나를 따라잡기는 역부족이었다. 나는 거세게 말의 옆구리를 걷어차 성으로 향하는 병력의 뒤를 쫓았다.

❖ ❖ ❖

성벽에 가까워지니 고구려군의 깃발을 확인한 아군이 문을 열어 병력을 안에 들였다. 아군이 들어오자마자 성문은 다시 굳게 닫혔다. 나는 귀환하는 병력의 끝을 따라 아슬아슬하게 성안에 들어올 수 있었다.

말에서 내려 주변을 살피니 성안은 아수라장이었다. 바깥에서는 안으로 불화살이 쏟아졌고, 그걸 피하겠다고 사람들이 소리를 지르며 뛰어다녔다. 간접적으로 전쟁을 보기는 했지만 눈앞에서 이런 풍경을 보는 건 처음이었다. 나는 두려움에 손이 덜덜 떨리는 것을 애써 진정시키며 안쪽으로 걸음을 옮겼다.

성문 앞에는 가륜이 묶여 있었다. 병영으로 향할 때 담덕의 말을 함께 타고 갔기 때문에 가륜은 이곳에 남겨진 것이다. 소란에 놀랐는지 앞발을 들며 흥분한 가륜에게 다가가 그의 목을 쓰다듬었다. 그러자 익숙한 냄새를 맡은 가륜이 점차 진정했다.

나는 가륜의 등에 얹어 두었던 가방 두 개 중 약재가 든 것을 챙겨 옆으로 멨다. 나머지 하나에는 내 옷이 들어 있었는데, 이 상황에 그것까지 챙길 필요는 없을 것 같았다.

무기도 필요했다. 나는 가륜의 옆구리에 걸어 둔 활과 화살통을 등에 멨다. 제대로 쏠 수 있을지는 모르겠지만 빈손으로 돌아다니는 것보다는 사정이 나을 터였다.

"으아악!"

발걸음을 옮기려는 순간 성벽으로 올라가는 계단 위에서 화살을 맞은 병사가 쿵 하고 떨어졌다.

화살을 맞은 가슴을 움켜쥔 채 발작하는 병사를 보며 나도 모르게 화들짝 놀라 뒷걸음질 쳤지만 그건 시작일 뿐이었다. 쏟아지는 화살 비에 여기저기서 화살 맞은 병사들이 떨어져 내렸다. 매캐한 연기와 비명이 뒤섞여 마치 지옥의 풍경을 보는 것 같았다.

"사, 살려…… 크억!"

그때 바닥을 뒹굴던 병사 하나가 내 치맛자락을 잡아끌었다. 복부에 화살을 네 발이나 맞은 병사였다. 나는 괴력을 뿜어내는 그의 손에 이끌려 바닥에 처박혔다. 앞으로 넘어진 채 손으로 바닥을 짚었더니 무엇인가 축축한 것이 닿았다. 사람들이 흘린 피였다. 비릿한 냄새에 정신이 번쩍 들었다.

이러고 있을 때가 아냐. 정신 차리고 할 수 있는 걸 해야지. 이렇게 멍청하게 있으려고 한의학을 공부했어?

나는 다급하게 가방을 뒤져 초오산을 꺼내 들었다. 화살을 네 발이나 빼려면 맨정신으로는 고통이 심해 견디기 힘들 테니 마취가 필요했다.

초오산은 원래는 술에 타서 먹여야 효과가 빠르지만 지금은 술을 구할 수가 없었다. 나는 고통에 몸을 뒤트는 병사의 입을 억지로 벌려 초오산을 털어 넣은 뒤 입을 틀어막았다.

"조금만 참아요!"

초오산이 몸 안에서 퍼지기 시작하자 점차 병사의 움직임이 잦아들었다. 나는 그가 완전히 발작을 멈추길 기다렸다. 술에 섞어 마셨다면 흡수가 더 빨랐을 테지만…… 지금은 마취가 되는 것만으로도 감지덕지했다.

곧 병사가 완전히 늘어졌다. 나는 눈을 뒤집어 그의 의식이 사라졌다는 것을 확인하고는 그의 배에 꽂힌 화살을 뽑아냈다. 화살을 뽑아내자마자 피가 솟구쳐 얼굴에 튀었다. 나는 재빨리 겉옷을 벗어 병사의 복부를 눌렀다. 지혈을 위해서였다.

어느 정도 피가 멈추면 이제 병풀을 쓸 차례였다. 나는 가방을 뒤져 병풀 가루를 꺼내 상처 부위에 올렸다. 병풀은 살균과 지혈, 염증 완화에 효과가 있어 상처 치료에 효과적이었다. 현대에서 쓰는 상처 연고에도 병풀 성분이 들어가 있을 정도였다.

마지막으로 병사의 옷을 찢어 붕대를 대신해 상처 부위를 압박하니 대충 상황이 마무리되었다. 마취되어 한동안 정신을 차릴 수 없을 병사를 끌어 성문 구석에 둔 뒤 허리를 펴자 조금 전보다 더 참혹해진 풍경이 눈에 들어왔다.

나는 심호흡을 하고 눈에 보이는 부상자들을 닥치는 대로 치료하기 시작했다. 아버지와 제신을 위해 가져온 약재들을 모조리 털어 넣었지만 하나도 아깝지 않았다. 이들을 치료해야 도압성을 지키는 전력에 도움이 될 수 있다. 병법이나 무예에 재주가 없는 나로서는 유일하게 이것만이 이 성을 지키는 길이었다.

정신없이 부상자들을 치료하고 있는데 성문 쪽에서 요란한 소리가 들려왔다. 무엇인가 부서지는 소리였다.

"성문이 부서졌다!"

"도망치지 마라! 끝까지 버텨!"

필사적인 외침 사이로 백제군이 함성을 지르며 쏟아지기 시작했다. 검과 검이 맞부딪히는 소리와 비명이 복잡하게 귓가를 울렸다.

나는 다리에 크게 화상을 입은 병사의 다리에 자운고(紫雲膏)를 바르며 소리에 귀를 기울였다. 자운고는 지치와 당귀로 만든 연고인데 피부의 열을 내려 주고 진정 효과가 있어 화상에 특히 좋았다. 혹시나 싶어 소량만 만들어 왔는데 실제로 쓰게 될 줄은 몰랐다. 그러는 동안 검 부딪히는 소리가 점점 가까워지고 있었다.

"고맙, 고맙습니다, 고맙습니다."

끝까지 다리에 연고를 발라 주는 나를 향해 병사가 연신 고맙다는 인사를 했다. 나는 웃으며 그를 일으켜 세웠다.

"연고를 발랐으니 좋아질 겁니다. 이 상태로 싸우는 건 무리니 몸을 피해요."

"예, 예! 알겠습니다! 고맙습니다! 정말 고맙습니다!"

끝까지 인사를 하는 병사의 등을 떠밀고 다시 주변을 살피는데 누군가 내 뒷덜미를 낚아채 말 위에 태웠다. 화들짝 놀라 뒤를 바라보니 제신이 화난 얼굴로 나를 보고 있었다.

"네가 어찌 여기 있어! 전하의 곁에 남은 것이 아니었어?"

"또 아버지와 오라버니만 보내라고? 내가 어찌 그래?"

"네가 여기 있는 걸 알면 아버지께서 맘 편히 싸우실 수 있겠어?"

"그래서 온 거야! 내가 있으니 몸을 좀 아끼시라고! 내 얼굴을 보아야 몸을 사리실 것 아냐!"

나의 외침에 제신이 입을 꾹 다물었다.

"······그래도 넌 여기 있어선 안 돼. 성을 빠져나가자. 상황이 좋지 않아. 결국 퇴각 명령이 떨어졌다."

제신이 말을 몰아 성의 더 깊은 곳을 향해 달리기 시작했다. 나는 불안한 얼굴로 성문 쪽을 살폈다.

"아버지는?"

제신은 말이 없었다. 입을 꾹 다문 것이 일부러 대답을 피하는 것이 분명했다.

"아버지는!"

"나도 모른다!"

나의 외침에 제신이 소리쳤다. 어느새 그의 눈이 빨갛게 충혈되어 있었다.

"하지만 널 지키라 하셨어. 난 아버지 말씀을 따를 거야."

제신의 말이 묘했다. 나는 주먹을 꽉 쥐며 고개를 숙였다. 차마 제신의 얼굴을 볼 수가 없었다.

"······돌아가셨어?"

"······화살을 맞으셨어. 내가 마지막으로 본 모습은 그게 전부야. 그러니 아직 나쁜 생각은 말자."

나와 제신은 성 뒤편의 작은 문을 통해 가까스로 도압성을 빠져나왔다. 멀리서 바라본 도압성은 완전히 불길에 휩싸여 있었다. 처음 도착했을 때의 평화로운 분위기는 이제 생각도 나지 않았다. 일행을 반겨 주던 성주의 얼굴로 희미하게 머릿속을 스쳐 갔다.

"무사히 퇴각하면 접선하기로 한 장소가 있다. 살아남은 자들은 전부 다지홀(多知忽)에 모일 거야. 아버지께서도 거기로 오실 거다."

제신이 그렇게 말하며 도압성 반대 방향으로 말머리를 틀었다. 강의 지류를 따라 올라가 수곡성 방향이었다.

"아주 꼴이 엉망이구나."

머리 위에서 제신의 한숨 소리가 들려왔다. 정신없이 부상자들을 치료하느라 꼴이 말이 아니었다.

"다친 사람들을 치료하느라……. 그 사람들도 무사히 빠져나왔으면 좋을 텐데."

"무사히 빠져나왔을 거야. 그러지 못했더라도 항복하면 무참히 죽이진 않을 테니 걱정 마라."

나는 제신의 말이 진실이길 바라는 마음으로 고개를 끄덕였다.

우리가 향할 다지홀은 도압성이나 수곡성에 비해 규모는 작았지만 두 성의 사이에서 중간 역할을 한다는 점에서 중요한 곳이었다. 도압성에 향하는 모든 물자와 병력이 수곡성에서 다지홀을 거쳐 왔으므로, 도압성이 함락될 경우 다지홀이 그다음 방어선이 되는 것은 자연스러운 수순이었다. 큰 성에 비하면 적은 수였지만 다지홀에도 방

어를 위한 병력이 주둔하고 있었다. 여기에 수곡성의 병력이 추가로 합류한다면 도압성의 탈환도 노려 볼 수 있는 상황이었다.

"하면 백산말갈이 소노부와 손을 잡았다는 거냐?"

"내가 듣기로는 그래."

다지홀로 향하는 동안 나는 제신에게 말갈과 소노부의 관계를 전해 주었다. 제신은 처음부터 말갈이 소노부와 연결되어 있었다는 것에 크게 놀란 눈치였다. 그간 백산말갈과의 관계를 생각하면 당연한 일이었다. 말갈의 여러 부족 중에서도 백산과 속말은 태왕에 우호적인 집단이었다.

"백산이 어째서 소노부와 손을 잡은 것이지?"

"소노부가 그들에게 필요한 것을 주지 않았을까? 말갈은 본디 한곳에 정착하지 않는 자들이니 그들에게 영원한 의리를 기대할 수는 없어. 그건 태왕께서도 알고 계셨을 거야."

말갈처럼 정착하지 않는 자들의 가장 큰 관심사는 하루를 사는 일이었다. 그들에게는 의리보다 실리가, 과거의 인연보다는 미래의 이익이 더 중요했다.

"지금의 태왕께선 믿음이 많은 분이시다. 그간 백제와의 전쟁에서 큰 공을 세운 백산이니, 그들을 깊게 믿으신 것도 당연해. 나조차도 지난 사 년간 그들을 믿었으니."

제신이 한숨을 내쉬었다.

"말갈이야 원래부터 그런 습성을 가졌다 하나 소노부가 무슨 생각인지 모르겠구나. 도압성을 내주면 백제와의 전선 전부가 위험해지는데, 고작 태왕 폐하를 흔들겠다고 백제에 도압성을 내줘?"

"단순히 태왕 폐하를 흔드는 것이 목적이 아니라……."

나는 차마 말을 마치지 못하고 입을 꾹 다물었다.

소노부는 과거의 영광을 되찾기를 원하고 있었다. 그 구심점은 계루부와 소노부의 피를 모두 이어받은 운이었다.

억지로라도 그를 데려오겠다는 건 이런 의미였나.

나는 의미심장했던 수곡성주의 말을 떠올렸다.

"언제까지 기다려 드릴 수만은 없습니다. 저희는 무슨 수라도 쓸 생각이니 웬만하면 제 발로 걸어오는 것이 서로에 좋지 않겠습니까? 돌이키기엔 이미 늦었는지도 모르겠지만 말입니다."

운은 자신이 도압성에 있는 한 모두가 안전할 거라 믿었다. 하지만 사 년이라는 긴 시간을 기다리는 동안 소노부는 다른 작전을 세우고 있었다.

앞으로는 무슨 일이 일어날까? 도무지 상상이 되지 않았다.

머릿속이 복잡해져 한숨을 내쉬는 그때 제신이 황급히 말의 고삐를 잡아당겼다.

"히이이잉!"

놀란 말이 요란하게 울며 앞발을 들었다. 도압성으로 가는 길에 낙마했던 상황과 비슷했다. 하지만 제신이 떨어지지 않게 잘 붙잡은 덕분에 다시 말에서 떨어지는 불상사는 없었다. 나는 놀란 마음을 진정시키며 제신을 바라보았다.

"갑자기 무슨 일이야?"

"앞에 사람이……."

서둘러 정면을 바라보니 말 앞에 어린 소년이 주저앉아 있었다.

"애, 괜찮니?"

상태를 살피기 위해 나는 재빨리 말에서 내려 소년의 곁으로 다가갔다. 그런데 가까이에서 보니 소년의 모습이 묘하게 눈에 익었다.

"어, 너는 그때……."

옷차림이며 생김새가 말을 몰던 내 앞에 뛰어들었다 사라진 사람과 똑같았다. 그것을 깨닫자마자 고개를 든 소년과 눈이 마주쳤다. 그 순간 주저앉아 끙끙대던 소년이 자리에서 벌떡 일어섰다.

"도, 도망쳐야 해요!"

"뭐?"

"빨리, 빨리 도망가야 한다고요!"

소년이 황급하게 말하며 초조한 얼굴로 숲속을 바라보았다. 소년의 눈을 따라 숲속으로 고개를 돌리니 그 속에서 한 무리의 사람들이 뛰어나왔다. 검으로 무장한 병사들이었다. 그 수가 열 명. 적지 않았다.

"도망은 늦은 것 같구나, 꼬마야."

소년의 눈이 절망으로 물들었다. 나는 소년을 내 등 뒤에 숨기며 앞으로 나섰다.

"당신들, 누구인데 이리 어린 아이에게 검을 겨누는 거죠?"

"그러는 아가씨는 누군데 겁도 없이 우리 앞에 섰어?"

병사들 사이에서 와하하 하고 웃음이 터졌다. 그들이 검을 질질 끌며 앞으로 다가오자 소년이 내 옷자락을 꽉 쥐며 벌벌 떨었다.

"멈춰."

병사들이 내 앞으로 다가오기 전 제신이 그들의 앞을 막아섰다. 자신들을 향해 검을 겨누는 제신을 보면서도 병사들은 여유를 잃지 않앗다. 수적으로 그들이 우세했다.

"우리와 싸우려고?"

그들의 질문에 제신이 입술을 질끈 깨물었다. 아무리 제신이라도 열 명을 이길 수는 없었다.

"무기를 버려라. 그럼 죽이지는 않겠다."

제신의 눈이 나를 향했다. 어차피 싸워서는 승산이 없었다. 나는 제신이 무리하게 싸우지 않기를 바랐다. 검을 버리라는 의미로 고개를 끄덕이니 제신의 손에서 검이 떨어졌다.

그 모습에 무리의 대장으로 보이는 자가 한숨을 내쉬며 바닥에 떨어진 제신의 검을 멀리 발로 찼다.

"허탕만 쳤구먼. 어쨌든 저놈들도 모두 데려가자. 인질은 많으면 많을수록 좋으니."

인질? 나와 제신의 눈이 허공에서 부딪쳤다.

❖ ❖ ❖

병사들의 손에 끌려온 곳에는 벌써 많은 사람들이 잡혀 와 있었다. 병사로 보이는 자들도, 평범한 주민으로 보이는 자들도 있었다. 우리는 양손이 묶인 채 그 속으로 아무렇게나 던져졌다. 바닥에 넘어져 손에 묻은 흙을 털어 내고 있으니 제신이 내게 속삭였다.

"아무래도 백제의 병사들에게 잡혀 온 것 같다."

제신의 눈이 주변을 둘러싼 병사들을 살피고 있었다.

"자세히 보니 갑옷이며 무기가 백제의 것이야."

"왜 이렇게 사람들을 잡아 두는 걸까? 이미 도읍성을 얻었는데 인질까지 잡아 둘 필요가 있어?"

"도압성 말고 또 원하는 게 있다는 뜻이겠지. 그게 뭔지는 모르겠지만."

나는 조심스레 주변을 둘러보았다. 잡혀 있는 사람의 수가 족히 이백은 되는 것 같았다.

주변에는 무장한 병사들이 우리가 도망가지 못하도록 지키고 있었다. 일부러 무기를 잘 보이도록 드러내고 사납게 눈을 부라리는 병사들에 사람들은 잔뜩 겁을 먹었다. 금방이라도 병사들의 검이 자신의 목을 치지 않을까 걱정하는 것 같았다.

그때 주변을 지키고 있던 병사들이 소란스러워졌다. 작은 소란에도 사람들은 깜짝 놀라 소란의 중심지를 바라보았다.

"어찌 되었나? 보고해라."

풍채가 대단한 장군 하나가 안쪽으로 다가오고 있었다. 그는 병사들에게 자연스럽게 하대하고 명령했다. 그 태도 덕분에 나는 그가 이 병사들을 지휘하는 장군이라는 걸 금세 눈치챘다.

"말씀하신 대로 주변을 수색했습니다, 달솔(達率)."

달솔이라면 백제 십육관등 중에서 두 번째에 해당하는 높은 자리였다.

"진가모다."

제신이 옆에서 작게 속삭였다.

"백제의 예성강 방어선을 책임지는 자인데, 이리 가까이에서 보는 건 나도 처음이다."

제신의 말에 고개를 끄덕이고 있으니 곧 병사의 입에서 놀라운 말이 흘러나왔다.

"수색하며 눈에 보이는 자들은 죄 잡아들였습니다만…… 그중에 담덕 태자는 없었습니다."

태자.

나와 제신은 놀란 마음을 애써 감추며 눈빛을 교환했다. 백제군의 목적은 인질을 잡는 것이 아니었다. 그들은 태자인 담덕을 찾고 있었다. 태왕군 사이에서 담덕이 도압성에 온다는 건 비밀이 아니었지만 그 소식이 백제에까지 알려졌다면 문제가 있었다.

"정말 주변을 다 뒤졌나?"

"물론입니다. 다지홀로 가는 길목까지 지키고 있다가, 지나가는 놈들은 하나도 빼놓지 않고 모두 잡아들였습니다."

"그런데도 잡지 못해? 성을 칠 때 태자가 강변 병영에 있다 하지 않았나. 빠져나갈 시간이 부족했어."

"어쩌면 병영에 태자가 있었다는 정보가 잘못된 건 아니었을까요?"

"고문한 병사들 입에서 나온 이야기다. 태자는 분명 여기에 있어. 더 수색한다."

"하지만 달솔, 도압성에 오래 머물 수는 없습니다. 곧 석현성(石峴城)으로 돌아가셔야 합니다."

병사의 말에 진가모가 짜증스럽다는 듯 미간을 찌푸렸다.

"아신 태자가 거기 와 있다 했던가?"

"예."

"무슨 일로?"

"그것이…… 사냥을, 하셔야겠다고……."

망설이며 흘러나온 병사의 말에 진가모가 코웃음을 쳤다.

"고구려와 대치하고 있는 이 상황에 사냥? 어이가 없군."

"달솔."

병사가 진가모를 달래듯 그를 불렀다. 결국 그의 입에서 긴 한숨이 흘러나왔다.

"마지막으로 동음홀(冬音忽)을 수색하고 돌아가지."

"동음홀은 수곡성과 반대 방향입니다. 담덕 태자가 피신하려 했다면 그쪽으로는 가지 않았을 겁니다."

"우리가 이런 생각을 할 거라는 걸 알고 동음홀로 향했을 수도 있다. 밑져야 본전이니 그쪽도 수색한다."

"예."

고개를 숙인 병사가 진가모의 뜻을 알리기 위해 몸을 돌리자, 이번에는 그 뒤에서 대기하고 있던 다른 병사가 앞으로 나섰다.

"달솔, 여기 잡아들인 자들은 어찌할까요?"

진가모의 시선이 우리에게 향했다. 그의 무심한 시선이 벌벌 떨고 있는 각양각색의 사람들을 훑었다.

"인질을 잡아 두면 어떻게든 쓸모가 있겠지. 모두 석현성으로 데려간다."

"전부 말입니까?"

"그래, 전부."

병사의 질문에 진가모의 목소리가 조금 커졌다.

"하지만 저항하거나 도망치려는 자가 있다면 그 자리에서 죽여도 좋다."

마지막 말은 병사가 아닌 인질들에게 하는 말이었다. 그 말에 나와 함께 끌려온 소년이 두려움에 소리 없는 눈물을 터트렸다. 공포에 질려 울음소리도 낼 수 없는 모양이었다.

그것을 발견한 진가모가 비죽 웃었다.

"고구려 놈들은 전부 겁쟁이로군. 겁먹은 개새끼처럼 벌벌 떠는 꼴을 보라지."

진가모의 모욕에 제신이 입술을 질끈 깨물었지만 지금은 할 수 있는 일이 없었다. 무력한 인질들의 반응에 백제 병사들이 웃음을 터트렸다.

❖ ❖ ❖

다행히 백제군은 담덕을 찾아내지 못했다. 동음홀 수색을 떠났던 병사들이 소득 없이 돌아오는 것을 보고 나와 제신은 안도의 한숨을 내쉬었다. 담덕이 어디로 갔는지는 몰라도 무사히 몸을 피한 것 같았다. 몰아치는 불행 중에 그나마 다행스러운 일이었다.

동음홀 수색이 무위로 돌아가자 백제군은 곧장 석현성으로 방향을 잡았다. 석현성으로 향하는 길은 힘들었다. 손이 앞으로 단단히 묶인 채 물 한 모금 제대로 마시지 못하고 며칠을 걸었으니 당연했다.

백제 병사들은 사정을 봐주지 않았다. 체력이 약한 노인과 어린아이 몇몇이 뒤처지자 망설임 없이 그들을 베었다. 그렇게 사람이 두엇 죽고 나자 남은 인질들은 이를 악물고 행렬에 따라붙었다. 죽고 싶지 않다면 뒤처지지 않는 수밖에 없었다.

처음에는 자신의 처지를 한탄하며 울던 사람들도 갈수록 눈물이 줄었다. 울면 체력이 떨어지고, 체력이 떨어지면 뒤처져 죽임을 당한다는 걸 깨달은 탓이었다. 사람들은 갈수록 말이 없어졌다. 입이 바싹 마르고 눈에 생기가 사라졌다.

내 사정도 크게 다르지 않았다. 아버지가 싸고도는 통에 집에서만 곱게 자란 내게 대단한 체력이 있을 리 없었다. 그런 나를 제신이 받쳐 주었다. 혼자 걷는 것도 힘들 텐데, 그는 나를 부축하며 내 무게까지 감당했다.

"이러다 오라버니까지 지치겠어."

"난 단련된 몸이니 괜찮아. 어서 내게 더 기대."

제신은 대수롭지 않게 말했지만 그의 얼굴도 창백했다. 내가 고개를 저으며 홀로 서려 해도 제신이 나를 끌어당겨 억지로 자신에게 기대게 했다. 내게는 그 손길을 거부할 힘도 없었다.

나와 제신 모두 이러다 죽겠다 싶을 즈음 행렬이 석현성에 도착했다. 우뚝 솟은 백제의 성을 보고 인질들이 안도의 한숨을 내쉬었다. 적국의 성에 도착했다는 사실이 이처럼 기쁘다니 참으로 우스웠다.

석현성에 도착하자마자 병사들은 인질들을 분류하기 시작했다. 먼저 여자와 남자를 구분하고, 남자들 중에서도 젊은 자들을 다시 가려냈다. 그렇게 총 세 무리로 나눠진 인질은 각각 다른 장소로 끌려갔다. 제신과 나도 병사들의 손에 의해 다른 무리로 편입되었다.

헤어지는 순간 제신과 나는 무사히 버티자는 눈빛을 주고받았다. 죽이지 않고 데려왔다는 것은 고구려와의 협상에 이용하겠다는 뜻이니, 죽지만 않고 버틴다면 다시 고구려로 돌아갈 수도 있을 터였다.

여자들이 끌려온 곳은 어두운 감옥이었다. 맞은편 감옥에는 나이 든 남자들이 갇혔고, 제신이 포함된 젊은 남자 무리는 보이지 않았다. 눅눅한 볏짚이 깔린 감옥의 벽에 등을 기대고 있으니 누군가가 훌쩍거리며 울음을 터트렸다. 여태껏 억눌러 왔던 울음이었다. 한 사람이 울기 시작하사 감옥은 금세 울음바다가 되었다. 세상이 끝난 것처럼 울기 시작하는 사람들 틈에서 나는 현실을 실감했다.

여기서 죽을 수도 있는 걸까? 석현성까지 오는 동안 인질들을 대했던 백제군의 태도를 생각하면 이곳에서 죽을지도 모르겠다는 생각이 들었다. 나는 두 다리를 끌어안아 무릎 위에 턱을 괴었다. 소진으로서 이미 한 번 죽어 봤기 때문인지 내게는 죽음이 익숙했다. 하지만 익숙한 것과 괜찮은 것은 전혀 다른 문제였다.

나는 죽기 싫었다. 첫 번째 생을 어이없는 화재 사고로 마감하고 두 번째 생을 맞이하며 이번만은 제대로 살아 보자 결심하지 않았나.

나는 천천히 주변을 둘러보았다. 울고 있는 사람들을 살피고 입술을 질끈 깨물었다.

난 안 울어. 죽지 않을 거니까.

❖ ❖ ❖

백제는 인질들을 그냥 두지 않았다. 낮에는 밖으로 끌고 나가 일을 시키고, 날이 저물면 다시 감옥에 집어넣었다. 여자들은 주로 백제 병사들이 벗어 둔 옷과 더러워진 이불 따위를 세탁하는 일을 맡았다. 겨울로 접어들며 싸늘해진 날씨에 차가운 강물로 빨래를 하니 손이 깨질 것 같았다. 젊은 남자들은 성의 보수에 동원됐고, 노인들은 짚신을 엮는다고 했다.

일이 끝나면 백제군들은 어린아이 주먹만 한 작은 주먹밥을 나눠 주었다. 아무런 간도 되어 있지 않은 주먹밥이었지만 사람들은 그것도 아쉬워 순식간에 먹어 치웠다.

여기에 끌려온 것도 벌써 나흘째인가?

나는 날짜를 가늠하며 강물에 옷을 담갔다. 누구의 것인지 모를 옷에는 흙이 잔뜩 묻어 있었다. 누렇게 변색된 것은 분명 땀이 말라비틀어진 흔적일 것이다. 나는 미간을 찌푸리며 옷을 박박 문질렀다. 그 손길이 어색해 보였던지 옆에서 빨래하던 단아한 인상의 여인이 슬쩍 충고를 건넸다.

"그렇게 말고, 이렇게 해요."

"이렇게요?"

"금방 따라 하시네요."

친절하게 시범까지 보이는 여자를 따라 손을 움직였더니 그녀가 피곤한 얼굴로 웃었다.

"보아하니 귀한 집 아가씨 같은데 어찌 여기 끌려왔어요?"

여인이 나의 모습을 살피며 물었다. 며칠 감옥에서 뒹굴며 더러워지긴 했어도 입은 옷의 질이 달랐다. 여인은 여전히 색이 고운 내 옷차림을 보며 신분을 짐작한 것 같았다.

"그렇게 쉽게 보이나요?"

"뭐가요?"

"귀한 집 아가씨라는 거 말이에요. 옷 때문인가……."

목숨을 오래 보전하려면 인질들 사이에서 눈에 띄지 않는 것이 중요했다. 괜히 병사들 눈에 띄었다가 곤란한 일에 휘말릴 수도 있었다. 고급스러운 문양이 박힌 겉옷이라도 벗어 버려야 하나 고민하고 있으니 여인이 웃으며 고개를 저었다.

"아니요. 옷 때문이 아니라 말투며 행동이 그래요. 딱 봐도 귀한 집 아가씨인걸요."

말투야 그렇다고 해도 행동이 뭐가 다르다는 거지? 이해할 수 없다는 듯한 내 표정에 여인이 다시 미소를 지었다.

"원래 자기는 자기 행동이 안 보이는 법이니까요."

"하지만 그쪽도 말투며 행동이 예사롭지 않은걸요."

"전 성주님 댁의 하녀였어요."

"도압성의?"

"예."

여인은 성안에 있다가 끌려온 모양이었다. 나는 여인에게 조금 더 가까이 다가가 자리를 잡았다.

"이렇게 인질로 잡혀 온 사람들은 우리가 처음인가요?"

"아뇨. 예전에도 몇 번 있었죠."

"그 사람들은 어찌 되었어요?"

내 질문에 여인이 난처한 표정이 되었다.

"알고 싶은가요?"

그 난처한 표정이 모든 것을 말해 주었다.

"······결과가 좋지 않았군요."

"돌아온 사람이 있기는 했어요. 대부분 반병신이 되어 사람 구실을 못 했지만."

"그게 더 절망적이네요."

절로 한숨이 나왔다.

"그럼 그렇게 돌아온 사람들은······."

다시 한번 여인을 향해 입을 뗄 때는 순간 뒤에서 우리를 감시하고 있던 병사가 위협적인 얼굴로 눈을 부라렸다.

"조용히 일에 집중해."

절로 입이 꾹 다물렸다. 검을 들고 있는 병사를 거역하면서까지 수

다를 떨 이유는 없었다. 나와 여인은 작게 미소를 주고받으며 다시 빨래에 집중하기 시작했다.

그때 갑자기 가장 끝에서 빨래하던 여자 하나가 힘없이 강을 향해 고꾸라졌다. 여자는 강에 처박히고서도 움직임이 없었다. 당황한 병사 하나가 놀라서 여자를 향해 뛰어갔다.

"뭐야! 무슨 일이야?"

병사가 여자의 목덜미를 잡아 물 밖으로 그녀를 끌어냈다. 물 밖으로 드러난 여자의 입에서 연신 토사물이 쏟아져 나왔다.

"이건 또 왜 이래?"

병사가 더러운 것을 만졌다는 양 기분 나쁜 얼굴로 여자를 바닥에 던졌다. 거친 행동에 빨래하던 여자들이 숨을 들이켰다.

바닥에 내던져진 여자의 몸이 뻣뻣하게 경련을 일으켰다. 낯빛은 창백했고, 눈과 볼이 움푹 패었다.

"으악! 이 여자 똥을 지렸잖아?"

병사의 말처럼 여자의 하의에 갈색으로 변이 묻어난 자국이 있었다. 물기가 많은 설사였다. 병사가 질린 얼굴로 여자를 걷어찼다.

구토, 설사로 인한 탈수 증상, 몸의 경련, 창백하고 퀭한 얼굴. 여자의 상태를 눈으로 살피던 나는 자리에서 벌떡 일어나 그녀에게로 달려갔다.

"뭐 하는 거야!"

병사가 사납게 소리쳤다. 하지만 나는 그대로 쓰러진 여자의 손목을 잡았다.

"이년이 도대체 뭐 하는 거야? 자리에 돌아가!"

병사가 소란스럽게 떠드는 와중에도 나는 여자의 맥에 집중했다.

평범한 맥이 아니었다. 맥을 확인한 뒤 이번엔 이마로 손을 뻗었다. 과연 열이 펄펄 끓었다.

"이년이!"

어떤 확신이 머리를 스치는 순간 병사가 다가와 내 어깨를 걷어찼다. 강한 힘에 몸이 맥없이 넘어갔다.

"이 사람, 의원에게 보여야 해요."

나는 바닥을 짚고 몸을 일으켜 병사를 향해 말했다. 병사는 별 우스운 소리를 다 듣는다는 양 코웃음을 치며 몸을 숙이더니, 손가락으로 내 뺨을 툭툭 쳤다.

"의원? 고작 인질 따위에 의원? 하도 오래 잡혀 있었더니 정신이 아주 돌아 버렸구나? 응?"

"다 죽고 싶지 않으면 지금 당장 의원을 부르는 게 좋을걸요."

"뭐?"

단호한 내 말에 병사가 얼이 빠진 얼굴이 됐다. 사납게 굴면 겁을 먹을 줄 알았는데 이처럼 당당하게 나오니 황당한 모양이었다.

나는 뺨을 두드리는 병사를 올려다보며 여자를 가리켰다.

"저 사람 괴질(怪疾)이에요."

비위생적인 환경에서 잘 발생하는 병이었다. 더러운 감옥에 지낸 데다, 음식도 바닥에 구르는 것을 주워 먹었으니 이런 병이 걸리지 않으면 더 이상하지. 게다가 고된 노동으로 면역력이 떨어져 있는 상황이니 병이 생기기엔 더없이 좋은 환경이었다.

이런 병은 한 사람이 걸리면 비슷한 환경에서 생활하거나 같은 물과 음식을 먹는 자들 사이에 삽시간에 퍼지니 초기에 잘 다루는 게 중요했다.

하지만 병사는 한 번에 내 말을 알아듣지 못했다.

"괴질?"

이 시대에는 괴질이라는 말이 없나? 나는 신경질적으로 머리를 헤집었다. 여자의 병을 뭐라고 설명해야 할지 알 수 없었다. 결국 나는 내가 아는 이름을 전부 쏟아 내기 시작했다.

"호역(虎疫:구토와 설사, 근육 경련이 동반된 소화 계통의 전염병), 호열자(虎烈刺:콜레라), 뭐, 아무튼 전염병이라고요."

"전염병이라고?"

다행히 마지막 말은 통한 것 같았다. 병사의 얼굴이 하얗게 질렸다.

"당장 의원을 불러요. 이 사람 격리해서 빨리 치료해야 해요. 아니면 여기 있는 사람들, 아니, 석현성에 있는 사람들 다 죽어요."

"……뭐?"

조금 더 강해진 말에 병사가 주춤거렸다.

"갑자기…… 이게 무슨……."

당황한 병사들이 서로를 바라보았다. 눈짓으로 의견을 공유하던 그들이 곧 결론을 내렸다.

"거짓말이면 네년은 죽을 줄 알아!"

병사 하나가 하얗게 질린 얼굴로 나를 위협한 뒤 몸을 돌려 어디론가 뛰어가기 시작했다. 아마 상부에 보고라도 하려는 것 같았다.

백제군이 인질의 병까지 고쳐 줄까? 나는 불안한 얼굴로 쓰러진 여자를 바라보았다.

❖ ❖ ❖

전염병이라는 이야기를 들은 탓인지 백제군의 대처는 발 빨랐다. 군대 안에 전염병이 돌기 시작하면 사람이 쉴 새 없이 죽어 나가 병력 손실이 컸다. 그 때문인지 진가모가 직접 나섰다. 다급하게 달려온 그의 옆에는 숨이 턱 끝까지 닿은 의원도 있었다.

"맞습니다. 몇 해 전 비사성(比史城)에 돌았던 전염병과 증상이 똑같습니다."

쓰러진 여자를 한참이나 살피던 의원은 참담한 목소리로 여자의 병이 전염병이라는 결론을 내렸다. 진가모의 얼굴이 그대로 굳었다.

"그해 비사성에서 사람이 몇이나 죽었지?"

"살아남은 사람을 세는 것이 더 빠를 것입니다."

"곤란하군. 하필 지금 이 시기에……."

쓰러진 여자를 짜증스러운 눈으로 바라본 진가모가 의원에게 지시했다.

"병사들 중에 같은 증세를 보이는 자가 있는지 살피고 병이 퍼지지 않게 하게. 인질들과 접촉했던 병사들부터 그들과 어울려 지낸 병사들 모두 철저히 살펴."

"예, 그리하겠습니다. 저 계집은 어찌할까요?"

"인질에 수고를 쏟을 필요가 있겠나. 병사들에게 옮기지 않게 멀리 갖다 버려."

진가모가 고민 없이 답하며 등을 돌렸다.

버린다고? 믿을 수 없는 말에 눈을 크게 떴다. 그는 인질의 병을 고쳐 줄 생각이 전혀 없었다.

이 시대에 전염병이 얼마나 무서운지는 안다. 기본적인 위생 수준이 떨어지기 때문에 병이 순식간에 퍼져 막는 것도, 치료하는 것도 어려웠다. 그렇다고 사람을 갖다 버리라니? 절대 이해할 수 없는 말이었다.

하지만 의원은 아주 쉽게 진가모의 지시를 받아들였다.

"이대로 두면 안 됩니다. 빨리 치워야 합니다."

의원의 지시에 눈치를 보던 병사 두 명이 나섰다. 한 명은 여자의 팔을, 다른 한 명은 여자의 다리를 들어 그녀를 옮기기 시작했다.

"뭐 해? 너희들은 빨리 움직여! 날이 새도록 빨래를 할 생각이야?"

끌려 나가는 여자를 바라보던 우리를 향해 병사가 외쳤다. 사나운 기세에 인질들은 다시 자리로 돌아가 수북하게 쌓인 옷을 집어 들었다. 손은 평소처럼 움직이기 시작했지만 얼굴은 모두 하얗게 질려 있었다. 그들의 눈에서 병에 걸리면 자신도 저렇게 버려질 것이라는 공포가 느껴졌다.

❖ ❖ ❖

바로 다음 날부터 문제가 터졌다. 어제 쓰러진 여자와 비슷한 증상으로 앓아누운 이들이 생겨난 것이다. 그 수가 한둘이 아니었다. 거대한 감옥의 여러 수용동에서 이상 신호가 감지되기 시작했다. 맞은편 수용동에 갇힌 인질들은 전염병에 취약한 노인으로 구성되어 더욱 문제였다. 빨래터를 감시하던 병사 중에도 증상자가 있었다. 열 명이 넘는 사람이 한 번에 구토와 설사를 해 대니 모두가 혼란에 빠졌다.

하지만 나로서는 어느 정도 예상했던 부분이었다. 괴질은 잠복기가 길었다. 한 명이 눈에 드러나는 증상을 보일 때는 이미 많은 사람이 병에 걸려 있을 확률이 높았다.

백제군은 병에 걸린 인질과 그렇지 않은 이들을 분리하지 않았다. 병에 걸린 자들을 치료하려는 노력도 당연히 없었다. 그들은 모든 것을 방치했다. 병에 걸리면 어쩔 수 없고 아니면 운이 좋다는 식이었다.

아침에 눈을 뜰 때마다 또 환자가 발생했다는 이야기가 들려왔다. 이대로라면 꼼짝없이 인질들 모두가 죽을 판이었다. 무슨 수라도 써야 했다.

나는 제일 먼저 감옥 안의 사람들을 불러 모았다.

"이대로 있다간 우리도 병에 걸려 죽을 거예요. 그러지 않으려면 지금부터 제 말을 잘 들어야 해요. 잘만 하면 우리 모두 병에 걸리지 않고, 병에 걸린 사람들도 나을 수 있어요."

절망에 빠진 눈들이 힘없이 고개를 끄덕였다. 나를 믿는 것은 아니지만 지푸라기라도 잡는 심정으로 귀를 기울이는 듯했다.

"먼저 병에 걸린 사람들을 한쪽으로 옮겨 둬요. 병에 걸린 사람과 뒤섞여 지내면 금방 병이 옮으니까요. 그리고 옮길 때는 천으로 코와 입을 막아요."

망설이는 사람들 사이에서 도압성에서 하녀로 일했다던 여자가 먼저 움직였다. 한쪽 팔로 코와 입을 막고 환자들을 한쪽 구석으로 끌기 시작하는 그녀의 모습에 다른 사람들도 하나둘 환자 옮기기에 합류했다. 그러자 순식간에 감옥 안의 구역이 나뉘었다. 한쪽 벽은 환자들, 반대편 벽은 건강한 사람들의 구역이었다.

나는 환자들의 구역에 서서 사람들에게 당부했다.

"이쪽으로는 가까이 오지 말아요. 병 걸린 사람들의 침, 토사물, 변에 접촉하면 백이면 백 병에 걸려요."

내 말이 끝나기 무섭게 멀쩡한 사람들이 고개를 주억거리며 뒤로 물러섰다.

병에 대한 공포심을 심어 주는 건 좋지 않았으나 이렇게 단호하게 말해야만 환자와의 접촉을 조심할 것 같았다. 이 시대에는 병균에 대한 개념이 없어 사람들은 어떤 식으로 병이 전염되는지 알지 못했다. 그렇다면 차라리 아예 손을 대지 못하게 하는 쪽이 편했다.

"같은 공간에 있는 건 어쩔 수 없으니 몸을 자주 씻어요. 매일 빨래를 하러 강에 나가니 이건 어렵지 않을 거예요."

개인위생에만 신경 써도 막을 수 있는 병이 많았다. 특히 전염병에는 몸을 청결하게 유지하는 것이 가장 중요했다.

"식사와 물도 공유해선 안 돼요. 병에 걸린 사람과 최대한 접촉을 줄여야 하니 이를 명심하세요."

사람들에게 설명을 마친 뒤 나는 환자들에게로 걸음을 옮겼다. 환자는 총 넷이었다. 진행 정도는 달라도 증상 자체는 동일했다. 써야 할 약 몇 가지가 떠올랐지만 지금은 필요한 약재를 구할 수 없는 상황이었다. 약재를 구한다고 하더라도 약을 달일 환경이 아니었다.

하지만 그렇다고 손을 놓고 있을 수는 없었다.

우선은 구토와 설사를 멈추게 해서 탈수 증상이 오는 것을 막아야 해. 아쉬운 대로 침을 사용하면 구토와 복통을 진정시킬 수 있었다. 다행히도 침은 가지고 있었다. 백제군이 가지고 있던 가방을 뺏어 가지 않은 덕분이었다. 도압성에서 부상병들을 치료하느라 약재를 거의 다 써 버렸지만, 침이라도 있으니 다행이었다.

나는 침을 꺼내 환자 앞에 자리를 잡았다. 구토와 설사를 잡으려면 비장과 위의 기능을 잡아야 한다. 나는 머릿속으로 혈 자리를 정리했다. 태백혈(太白穴), 이내정(裏內庭), 활육문(滑肉門), 거기에 열을 잡아 줄 침혈(枕穴)까지.

나는 먼저 환자의 신발을 벗겨 엄지발가락 안쪽의 뼈가 튀어나온 부분에 침을 놓았다. 태백혈이었다.

이내정은 두 번째 발가락 아래쪽에, 활육문은 복부로 올라와 배꼽에서 위로 한 치, 옆으로 두 치를 가면 있다.

마지막으로 침혈은 귀다. 귓불과 뼈의 경계 부분이었다.

빠르게 혈 자리를 찾아 침을 놓는 나를 보더니 도압성 하녀가 내 옆으로 다가왔다.

"뭔가 도와 드릴 게 있을까요?"

"옆에 오면 병이 옮을지도 몰라요."

"알아요, 말씀하셨잖아요. 그런데 아가씨도 여기 있잖아요."

하녀가 살포시 웃었다.

"혼자서는 힘드실 거예요. 시킬 일이 있으면 제게 시키세요."

"……고마워요. 이름이 뭐죠?"

"소람입니다."

"그래요, 소람. 그럼 부탁할게요."

나는 토사물로 얼룩진 환자들의 얼굴을 가리켰다.

"토사물에 목이 막히면 병으로 죽기 전에 숨이 막혀 죽어요. 그러니 환자들을 옆으로 누이고 토사물을 닦아 줘요. 토사물을 닦은 천은 깨끗하게 씻거나 태워 버려야 해요. 할 수 있겠어요?"

"어렵지 않네요. 할 수 있습니다."

"좋아요. 그럼 먼저 천으로 코와 입을 가려요."

소람이 비장한 얼굴로 고개를 끄덕였다.

◆ ◆ ◆

노력했지만 손쓰기에 늦을 정도로 병이 발현한 세 명이 차례로 숨을 거두었다. 백제군은 매일 아침 우리를 빨래터에 데려가러 올 때마다 시체를 치웠다. 빨래를 하는 동안 멀리서 매캐한 냄새가 난 것을 보면 시체를 태워 버린 것 같았다.

그나마 다행이라면 남은 한 명의 상태가 나빠지지 않고 있다는 것과 다른 사람들에게 병이 번지지 않고 있다는 것이었다.

아침마다 시체를 치우던 백제 병사들은 어느 날부터 시체가 나오지 않자 놀란 눈치였다. 병사들은 심각한 얼굴로 자기들끼리 무어라 수군거리더니, 다음 날 의원과 함께 감옥에 나타났다.

"정말로 멀쩡하군."

의원은 놀란 얼굴로 감옥 안을 살폈다. 구석에 한 명 남아 있는 환자를 제외하면 나머지는 오랜 감옥 생활에 지쳤을 뿐 멀쩡한 얼굴이었다.

"분명 처음 병을 알아봤다는 자의 솜씨겠군. 누구지?"

의원의 질문에 모두의 시선이 내게로 향했다. 내 얼굴을 확인한 그가 나를 불렀다.

"잠시 나와 이야기를 좀 하지."

나는 자리에서 일어서 감옥 입구로 다가섰다. 그러자 병사가 문을 열어 나를 밖으로 내보내 주었다. 빨래가 아닌 다른 이유로 감옥에서 나온 건 처음이었다. 어색해서 주변을 둘러보고 있으니 의원이 고갯짓으로 바깥을 가리켰다.

"따라오게."

감옥을 벗어난 의원은 건물 밖으로 나와서야 길게 한숨을 내쉬었다. 한숨에는 근심과 걱정이 가득했다.

"내가 자네를 왜 불렀는지 알겠나?"

"한 공간에 있는데도 전염병이 더 번지지 않은 까닭이 궁금하신 거 아닙니까?"

"정확하네."

고개를 끄덕인 의원이 입술을 질끈 깨물었다.

"지금 석현성은 전염병으로 골치를 썩고 있네. 처음 병에 걸렸던 여인을 옮겼던 병사 둘이 증상을 보였는데, 그 뒤로 빠르게 병사들 사이에 병이 퍼졌지. 벌써 몇 명이 죽어 나갔는지……."

병사들은 늘 붙어 다니고 위생 상태가 대체로 좋지 않다. 생활 환경도 청결하지 않았다. 병이 빠르게 퍼지는 건 당연했다.

"그런데 감옥을 지키는 병사들이 말하기를, 고구려의 인질들 사이에 병이 퍼지지 않더라 하더군. 무슨 수를 쓴 것인가?"

"알려 드리는 건 어렵지 않으나, 그 대가로 받고 싶은 것이 있습니다."

"무엇인가? 뭐든 말해 보게. 전염병을 잡을 수만 있다면 뭐가 대수겠나."

"인질로 잡혀 있는 몸이니 바라는 것은 하나뿐입니다. 제가 전염병을 잡는 데 도움이 되면, 인질들을 다시 고구려 땅으로 보내 주십시오."

내 말에 의원이 미묘한 얼굴을 했다.

"고구려 땅으로 다시 보내 달라니 그게 무슨 소리인가? 이미 자네들의 귀환은 결정되었잖은가."

"네? 귀환이 결정되어요?"

"인질의 반환을 논의하고자 고구려에서 사신이 와 있네. 아직 확정은 아니지만 협상이 시작된 이상 귀환은 기정사실이지."

예상하지 못한 말이었다. 고구려 사신이 왔다니! 감옥과 빨래터만 오가느라 전혀 이야기를 듣지 못했다.

그럼 그렇지. 태왕께서 인질을 그냥 버려둘 리 없지!

애국심이 차올라 고구려 만세, 태왕 폐하 만세를 외치고 싶은 기분이었다.

"그러니 전염병을 잡을 방법을 말해 보게."

의원이 놀라움과 반가움으로 들뜬 나를 재촉했다. 하지만 나로서도 순순히 말해 줄 수는 없었다.

"하면 고구려에서 왔다는 사신을 만나게 해 주세요."

나의 말에 의원의 얼굴이 굳었다.

"그건 내가 결정할 수 있는 사안이 아니네."

처음부터 그에게 확답을 얻고자 한 말이 아니었다. 일개 의원에게 그런 일을 결정할 권한이 없다는 건 진즉에 알고 있었다.

"알고 있습니다. 결정은 달솔께서 하셔야겠지요. 제 의견을 전해 주십시오."

기다렸다는 듯 나온 말에 의원이 잠시 생각하더니 곧 고개를 끄덕였다.

"······좋다. 내 달솔께 의견을 여쭙지."

심각한 얼굴로 감옥을 떠났던 의원은 이틀이 지나도 소식이 없었다. 금세 답을 들을 수 있으리라 생각했던 나는 실망을 감출 수 없었다.

나는 강물에 더러운 옷을 휘휘 저으며 우리를 감시하는 병사들을 살폈다. 처음 잡혀 오던 날에는 네 명이 우리를 감시했는데 지금은 하나밖에 남지 않았다. 첫날 전염병에 걸린 여자를 옮긴 두 사람이 병에 걸렸고, 남은 둘 중 하나도 며칠 전 병에 걸린 것이 확인되어 자취를 감추었다.

일이 그렇게 되자 백제군은 인질을 감시하는 인력을 재투입하지 않았다. 인질들을 가까이하면 병이 옮을 수도 있다는 판단을 한 것 같았다.

어쩔 수 없이 홀로 남은 병사 하나는 곧 죽을 듯 불안한 얼굴로 한참 떨어진 곳에서 우리를 감시했다. 상부에서 시키니 감시는 하지만 다른 동료들처럼 병에 걸릴까 봐 두려운 눈치였다.

여태까지는 우리를 감시하던 자들만 병에 걸린 줄 알았는데, 어제 의원의 태도를 보면 석현성을 지키는 병사들 사이에서도 병이 돌고 있는 것이 분명했다. 그것도 한둘이 아닌 것 같았다.

전염병이 심각한 것인가?

의문과 함께 시작된 생각은 결국 석현성에 왔다는 고구려 사신에까지 흘렀다.

사신으로는 누가 왔을까?

빠르게 사신이 온 것을 보면 국내성에서 직접 파견된 자는 아닐 것이다. 석현성과 예성강 하나를 두고 마주하고 있는 수곡성에서 태왕의 명을 받아 사람을 보냈을 가능성이 높았다. 고구려 측 사신이 수곡성 사람이라면 인질 반환 협상도 마냥 낙관할 수는 없었다.

백제에 도압성이 함락된 것은 태왕의 입지를 흔드는 큰 악재였다.

여기에 백성 수백이 인질로 잡혀가기까지 했으니 태왕의 능력에 의문을 품는 자들이 많을 터였다.

상황을 타개할 방법은 두 가지였다. 도압성을 다시 탈환하거나, 그것이 불가능하다면 인질이라도 되찾아 와야 했다.

인질을 되찾는 것이 태왕 쪽에 긍정적인 일이라면 소노부의 영향력 아래 있는 수곡성주는 적극적으로 협상에 나서지 않을 터. 사신 역시 변변찮은 사람을 보냈을 것이다.

그러니 파견되었다는 사신을 만나 나와 제신이 석현성에 있다는 사실만이라도 알리려고 했던 것인데……. 나와 제신이 이곳에 잡혀 있다는 것을 알게 된다면 태왕과 담덕, 절노부의 고추가인 백부까지 나서서 인질의 반환을 도와줄 것이다.

하지만 지금까지는 그 사실을 알릴 방법이 없었다. 고구려에서는 나와 제신이 도압성에서 죽었을 것이라 생각하고 있을지도 몰랐다.

담덕도 그리 생각하고 있을까? 내가 죽었다고?

문득 담덕의 얼굴이 떠올랐다. 아버지와 제신의 뒤를 따르는 나를 말리려 다급하게 다가오던 태림의 목소리도 선명했다.

그때는 일이 이렇게 될 줄 몰랐다. 도압성이 함락되지 않을 거라는 낙관적인 생각을 했기 때문이 아니었다. 그때의 나는 앞으로 일이 어떻게 되든 아버지와 제신을 놓치지 않겠다는 생각밖에 하지 않았다. 지금도 아버지와 제신을 뒤따른 일에는 후회가 없었다.

그래도 담덕을 그리 두고 온 것은 미안했다. 담덕에게 친구가 얼마나 큰 의미인지 알면서 너무 쉽게 등을 돌려 버렸다.

태자가 된 이후 담덕은 여러모로 고립되어 있었다. 그런 그에게 나는 유일한 친구였다. 그때의 인연으로 나는 지금 태자와 맞먹을 수 있는 유일한 사람이 되었다. 그에게 편하게 반말을 하는 것도, 약속도 없이 찾아갈 수 있는 것도 나 하나뿐이었다.

그 특권을 모두 누리고 있었으면서 정작 중요한 순간에는 그를 생각조차 하지 않았다. 이기적이지만 그게 나였다.

결국 나는 내가 제일 중요했다. 나의 신념이 중요했고, 내 신념에서 가장 중요한 것은 가족이었다. 전생에서는 가져 본 적 없는 소중한 존재들. 지금의 내게는 가족이 우선이었다.

화났겠지? 아마 크게 화났을 거야. 이제는 친구 같은 거 안 한다고 할지도 모르지.

그런다면 퍽 서운할 것이다. 소진일 때와 우희일 때 모두를 합쳐도 담덕처럼 가까이 지낸 친구는 처음이었다.

아니, 그보다는 친구가 처음이지.

민망하지만 소진일 때의 나는 친구가 많은 편이 아니었다. 조금 더 솔직해지자면 친구라고 부를 만한 사람이 없었다.

그때 나는 세상에 예민했다. 부모도 친척도 없이 불친절한 세상을 살아가느라 모든 것에 날을 세웠다. 그런 사람에게 먼저 손을 내밀어 줄 사람은 많지 않았다. 간혹 내게 손을 내밀어 준 사람도 금세 곁을 떠났다. 자업자득이었다. 내가 먼저 손을 내밀 수도 있었지만 나는 독기로 가득 차 혼자 살아가기로 결정했다.

그렇게 살아온 인생의 결말이 화재 사고로 인한 허무한 죽음이었다. 시신을 수습해 줄 사람도 없으니 장례식도 제대로 열리지 않았겠지.

지난 삶을 생각하니 기운이 빠졌다. 하지만 계속 땅을 파고 있을 수는 없었다.

이번만큼은 제대로 살아 보자고 결심하지 않았어? 시무룩하게 기운 빠져 있을 시간에 방법을 생각하자.

하지만 열심히 머리를 굴린다고 쉽게 생각이 떠오를 리 없었다. 애초에 내 머리는 한의학 지식에 특화되었기 때문에 '어떻게 해야 인질로 잡힌 상태에서 무사히 본국으로 돌아갈 수 있을까요?' 같은 질문에 대한 답은 찾기 힘들었다.

"아가씨!"

옆에 있던 소람이 놀란 목소리로 나를 불렀다. 무슨 일인가 싶어 소람을 보니 그녀의 손가락이 강물을 가리키고 있었다.

조금 전까지만 해도 내 손에 있던 빨래가 왜 저기 떠내려가고 있지?

생각에 빠져 있는 사이 손에서 힘이 빠진 모양이었다. 나는 자리에서 벌떡 일어나 멀어져 가는 빨래를 향해 뛰었다. 평소라면 자리에서 이탈하지 말라며 큰소리를 쳤을 병사는 조용했다. 동료들이 전염병으로 모두 떠나고 홀로 남은 뒤로 그는 썩 의욕을 잃은 것처럼 보였다.

다행히 물살이 빠르지 않았다. 덕분에 한참 멀어 보이던 빨래를 금세 따라잡을 수 있었다. 이제 손만 뻗으면 빨래가 잡힐 것 같았다. 하지만 내가 손을 뻗기도 전에 누군가 내 앞을 막아섰다.

"너인가? 병을 다스릴 줄 안다는 계집이?"

들어 본 기억이 있는 목소리였다. 나는 고개를 들어 앞을 막아선 사람의 얼굴을 확인했다.

"달솔 진가모……."

예상하지 못한 인물의 등장에 내가 멍하니 중얼거리자 진가모가 미간을 찌푸렸다.

"나를 알고 있군."

"……적장의 이름도 모르는 사람이 있습니까? 인질로 잡혀 오기까지 했는데."

"얼굴까지 아는 자는 드물지. 병사가 아닌 일반인이라면 더욱."

신기한 눈으로 나를 바라보는 진가모를 옆에 서 있던 의원이 재촉했다.

"달솔, 지체하실 시간이……."

"그래, 이럴 시간이 없지."

진가모가 빠르게 납득했다. 그는 손을 들어 의원의 말을 막고는 나를 빤히 보았다. 그러는 동안 내가 열심히 쫓던 빨래가 강의 물살을 따라 저 멀리 멀어져 갔다.

"네가 병을 다스릴 줄 안다지? 감옥에 병이 퍼지는 걸 막았다던데. 그게 사실이냐?"

"그렇습니다."

"그 방법을 말하라 했더니 고구려 사신과 만나게 해 달라는 맹랑한 거래를 청했고?"

"……예."

내 대답에 진가모가 피식 웃음을 흘리더니 허리춤에 찬 검을 빼 들었다. 검이 순식간에 내 목을 향했다. 서늘하게 닿은 검에 목덜미가 베여 쓰라렸다.

지금의 기 싸움에서 밀리면 원하는 것을 얻지 못한다. 나는 그것을 본능적으로 알아챘다.

'동요하면 안 돼.'

치맛자락을 꽉 쥐며 떨지 않으려고 애썼지만 쉽지 않았다. 진가모가 떨고 있는 내 손을 보며 다시 한번 비죽 웃었다.

"감히 거래를 청하다니 우습구나. 네가 인질이라는 사실을 잊은 것 아니냐?"

"저희를 두고 고구려와 협상을 하고 계신 걸로 압니다. 아무리 인질이라도 함부로 죽이실 수 없습니다."

"협상 중인 것은 사실이다. 하지만 하나 정도는 그 수가 줄어도 상관없겠지."

검을 쥔 진가모의 손에 힘이 들어갔다. 그러자 검날이 조금 더 목덜미 깊숙이 파고들었다.

"말해라. 병이 퍼지지 않도록 무슨 수를 쓴 것인지."

"고구려 사신을 만나게 해 주십시오. 그럼 알려 드리겠다고 했습니다."

"정말 죽고 싶은 것이냐?"

"제가 죽으면 방법도 알 수 없습니다. 전염병으로 병사들을 죄 잃고 싶은 건 아니겠지요?"

기죽지 말고 할 말을 하자. 아쉬운 건 저쪽이야.

인질이라는 입장은 불리했지만, 내게는 지식이라는 강한 무기가 있었다.

"저는 수많은 인질 중 하나입니다. 당신의 말처럼 저 하나쯤 죽인다고 해도 상관없겠죠. 다른 인질들도 많으니 고구려와 충분히 협상할 수 있을 겁니다. 하지만 전염병을 막는 방법은 오직 저만이 알고 있습니다. 제 목숨은 아쉽지 않아도, 이 머리에 든 지식은 크게 아쉬울 겁니다."

"허."

쏟아지는 말에 진가모의 입에서 헛웃음이 흘러나왔다. 나는 차마 그의 눈을 볼 수 없어 눈을 질끈 감았다.

진가모는 한동안 말이 없었다. 내 목을 향한 그의 검도 여전했다.

"거래를 청할 때부터 알아챘어야 했어."

한참 만에 진가모의 입이 열렸다.

"생각보다 머리가 잘 돌아가는 계집이구나."

못마땅한 목소리와 함께 목에 닿았던 서늘한 검이 멀어졌다. 나는 참았던 숨을 내뱉으며 눈을 떴다.

진가모는 목소리만큼이나 못마땅한 얼굴로 검을 정리하고 있었다. 조금 전까지 내 목에 닿았던 검을 보니 양팔에 소름이 돋았다.

"따라와라."

검을 완전히 정리한 진가모가 딱딱하게 굳은 얼굴로 지시했다.

❖ ❖ ❖

진가모는 나를 석현성 안의 저택으로 데려왔다. 도착한 곳은 감옥과는 완전히 다른 분위기의 안락한 방이었다. 크기는 작았지만 감옥에 비하면 천국이나 다름없었다.

"석현성에 퍼진 전염병을 치료하는 동안 넌 여기서 지낸다."

"제가 치료까지 합니까? 전 방법만 알려 주면……."

"그 방법이 제대로 됐다는 걸 어찌 믿지? 이곳에 퍼진 전염병을 해결하기 전까지 네 목숨은 보류 상태다. 혹 전염병을 다스릴 수 있다는 말이 거짓일 경우에는 즉시 목을 벨 것이다."

진가모의 말도 틀린 것은 아니었다. 내가 정말 전염병을 막을 수 있는지, 단순히 허세를 부리고 있을 뿐인지 가려낼 능력이 없으니 결과를 보고 판단할 수밖에 없을 것이다.

"좋습니다. 그리하세요. 하지만 고구려 사신은 바로 만나게 해 주셔야 합니다."

진가모가 말없이 나를 바라보다 고개를 끄덕였다.

"좋다. 사신을 만나는 것만으로 도망갈 수는 없을 테니 그것까지는 해 주지."

짧게 대답한 뒤 진가모가 밖으로 나섰다. 살짝 밖을 살피니 입구를 지키는 병사가 둘 있었다.

장소만 바뀌었다뿐이지 갇혀 있는 신세라는 건 똑같구나.

나는 한숨을 내쉬며 침상에 걸터앉았다. 여러모로 머릿속이 복잡했다. 사신을 만나게는 되었으나 혹 전염병을 막지 못하면 목이 달아나게 생겼다.

이 시대에는 전염병을 잡기가 힘들어. 위생 관리나 청결에 대한 개념이 너무 없지. 힘든 일이 될 거야.

그렇게 생각하니 앞날이 막막했다.

그래도 해야지. 해내야 해.

주먹을 꽉 쥐며 다짐을 하는 그때 굳게 닫혀 있던 문이 열렸다. 진가모가 약속했던 대로 고구려 사신을 보내 준 모양이었다. 나는 자리에서 벌떡 일어나 안으로 들어오는 사신을 맞이했다. 마주한 사신의 얼굴은 내가 전혀 상상하지 못했던 인물이었다.

내가 헛것을 보나? 나는 두 손으로 눈을 비비며 고개를 저었다. 하지만 몇 번이나 눈을 비벼도 눈앞의 사람은 여전했다.

"담……."

"가륜."

내가 멍한 얼굴로 입을 열기도 전에 상대방이 먼저 제 이름을 말했다.

"고구려 사신으로 온 가륜이다. 날 보자 청했다고?"

담덕이 열두 살 때의 그날처럼, 우스운 가짜 이름을 대며 내 앞에 서 있었다.

이게 도대체 어떻게 된 일이지? 도무지 상황 파악이 되지 않았다. 너무나 비현실적인 상황에 순간 제자리에 선 채로 꿈을 꾸는 것은 아닌지 의심했을 정도였다.

하지만 눈앞의 담덕은 현실이었다.

"꼴이 참으로 우습구나."

앞에 선 담덕의 얼굴이 서늘했다. 함께 도압성으로 향하던 때, 동굴에서 늑대를 만나 화살을 날렸던 나를 보며 이런 얼굴을 했었다.

"잠시 기다리십시오."

담덕의 뒤에는 사람이 더 있었다. 지설과 태림이었다. 두 사람은 싸늘한 담덕의 얼굴을 바라보며 한숨을 내쉬더니 그대로 밖으로 나섰다. 곧 문밖에서 무어라 이야기하는 소리가 들려오더니, 지설이 안으로 빼꼼 고개를 내밀었다.

"지키고 있던 병사들에게 돈을 쥐여 줬습니다. 일각(一刻:15분)은 지나야 돌아올 겁니다. 그동안 편히 이야기 나누십시오. 밖은 저희가 지키고 있겠습니다."

"알았다."

담덕의 대답에 다시 문이 닫혔다.

굳게 닫힌 문만큼이나 우리 사이의 침묵은 무거웠다. 담덕은 말이 없었고, 나는 무슨 말을 해야 할지 몰랐다.

"너는."

싸늘하게 서 있던 담덕이 내게로 다가왔다. 점점 거리가 가까워질수록 그의 얼굴이 선명하게 보였다. 그건 담덕도 마찬가지인 것 같았다. 나와 가까워질수록 담덕의 얼굴이 일그러졌다. 엉망으로 더러운 꼴을 보았으니 당연히 그럴 수밖에 없을 터였다.

"너는 참으로."

내 앞에 선 담덕이 입술을 질끈 깨물었다. 그는 목구멍으로 울컥 올라온 말을 애써 삼키는 듯 보였다. 입술을 잘근잘근 씹던 담덕이 피가 말라붙은 내 목덜미로 손을 뻗었다.

"참으로 고약한 녀석이다. 내가 아는 그 어떤 사람보다 못돼 처먹었어 너는."

담덕답지 않게 저속하고 거친 말이 흘러나왔다. 하지만 거친 말투와 달리 상처를 만지는 그의 손은 떨리고 있었다.

"뒤도 돌아보지 않고 가더라. 어떻게 넌 단 한 번을 돌아보지 않아? 어떻게 단 한 번을."

"……미안해. 걱정 많이 했니?"

"하."

서늘한 담덕의 눈을 보기 힘들어 고개를 푹 숙이며 물었더니 그의 입에서 헛웃음이 흘러나왔다.

"걱정? 걱정 많이 했냐고 묻는 거야, 지금?"

목덜미를 만지던 담덕의 손이 어깨에 내려앉았다. 어깨를 붙잡는 손에는 힘이 실려 있었다.

"네가, 거기서, 죽어 버린 줄 알았다."

담덕이 이를 바드득 갈았다.

"도압성이 불타고, 백제군의 깃발이 걸리고, 겨우 살아남아 다지홀에 왔다는 자들 중에 네 모습은 없고!"

차분하던 담덕의 목소리가 갈수록 높아졌다. 그 소리가 제법 컸는지 밖에서 지설이 '흠흠!' 하고 헛기침하는 소리가 들렸다. 목소리를 낮추라는 뜻이었겠지만 담덕은 지설의 경고마저 들리지 않는 모양이었다. 그의 두 눈은 흔들림 없이 나만을 향하고 있었다.

"내가 어찌 생각했을까? 당연히 네가 죽었겠다, 그리 생각하지 않았겠어?"

"그렇게 걱정할 것 같아서 소식을 전하려고 했어. 하지만 아무리 찾아도 인질로 잡혀 있는 상황에서는 방법이 없어서……."

"애초에 그 위험한 곳으로 가지 말았어야지! 내가 말했잖아. 다치지 말라고, 내 옆에 있으라고!"

담덕이 눈을 질끈 감으며 소리쳤다.

"거기가 어디라고 네가 따라가? 전쟁터에서 날고 기는 자들도 위험한 그곳에, 활 하나 제대로 못 다루는 네가 뭐라고 따라가느냐고. 죽고 싶었어? 눈먼 화살에 맞아, 무자비한 검에 베여, 그렇게 죽고 싶었느냐고."

"하지만 아버지와 오라버니가 거기에……."

"너만 그 사람들을 걱정했다고 생각해?"

담덕이 심호흡을 하며 다시 눈을 떴다. 그의 눈에는 여전히 화가 담겨 있었다.

"나라고 도압성에 안 가고 싶어서 안 갔어? 지설은, 또 태림은 어떻고. 그들이라고 도압성에 가는 그 사람을 돕고 싶지 않았을 거라 생각해? 마음 편히 보냈던 것 같아?"

당연히 그렇지 않았을 것이다.

담덕은 자기 사람을 누구보다 소중하게 여기는 녀석이다. 도압성으로 향한 병사들은 모두 태왕에게 충성을 맹세한 그의 사람이었다. 그들만 보내고 담덕의 마음이 편했을 리 없다.

그럼에도 그 뒤를 따르지 않은 것은 그가 자신의 위치를 잘 알기 때문이다. 제 목숨의 무게. 자존심보다, 염려보다 중요한 그것.

하지만 나는 달랐다. 일개 귀족 가문 여식인 내 목숨의 무게는 태자인 담덕의 것처럼 무겁지 않았다.

"네 목숨은 무거워. 하지만 난 아니잖아. 기꺼이 내 소중한 것을 지키러 따라갈 수 있어."

"소중한 것."

담덕이 내 말을 따라 하며 비죽 웃었다.

"그럼 나는? 네게 나는 소중하지 않아? 망설임 없이 돌아설 정도로 그리 가벼워?"

"그런 게 아니라는 걸 알잖아."

"아니, 몰라. 네가 그런 식으로 가 버렸는데 내가 어떻게 알아?"

내 어깨를 쥔 담덕의 손이 파르르 떨렸다.

"불타는 성을 향해서 네가 떠나고, 난 그런 너를 따라갈 수 없고, 그 상황이 너무 지독해서 내가!"

소리친 담덕이 내 어깨를 붙잡지 않은 손으로 주먹을 꽉 쥐었다. 얼마나 손을 꽉 쥐었는지 손톱이 파고들어 그의 손에 피가 맺혔다.

"그렇게 가 버린 네가 미웠으면 차라리 좋았을 텐데."

내 어깨에 간신히 걸려 있던 담덕의 손이 아래로 툭 떨어져 내렸다.

"나도 너처럼 망설임 없이 뒤따르고 싶었어. 하지만 그럴 수가 없었지. 난 태자니까, 절대 죽어서는 안 되는 사람이니까, 그걸 너무 잘 아니까. 그럴 수가 없었다고."

"담덕."

"소중한 사람의 뒤를 마음대로 뒤따를 수 없는 게 태자라면 하기 싫다고 생각해 버렸어. 네 뒷모습을 보면서 몇 번이고 그런 생각을 했어. 네가 밉기보단 내가 미웠어."

담덕이 두 손을 들어 제 얼굴을 쓸어내렸다. 손바닥에 묻었던 피가 그의 뺨에 묻어났다. 나는 손을 뻗어 담덕의 뺨에 묻은 피를 닦아 냈다. 힘없이 바닥을 향했던 그의 눈동자가 천천히 위로 올라와 내 눈동자 앞에 멈추었다.

담덕이 나를 보고 있었다. 나는 살짝 미소를 지었다. 그 순간 담덕의 얼굴이 일그러졌다.

"우희야."

담덕이 내 이름을 부르며 나를 끌어안았다. 내가 빠져나가기라도 할까 봐 단단히 끌어안은 담덕의 품에서 나는 익숙한 향기에 마음이 놓였다.

"네 얼굴을 보며 이 이름을 다시 부르고 싶었어. 몇 번이고 계속."

"담덕. 나 역시 네 얼굴을 보며 이 이름을 부르고 싶었어."

"거짓말이다. 정말 그러고 싶었다면 어찌 그리 떠났겠어?"

나를 안은 담덕의 팔에 더욱 힘이 들어갔다. 숨이 턱 막히는 것 같았지만 그 손을 거부할 수가 없었다.

"넌 내가 얼마 두려웠는지 모를 거다."

"알아. 걱정 많이 했을 거라는 거."

"아니, 넌 절대 모른다. 내 마음이 어땠는지."

한숨을 내쉰 담덕이 고개를 숙여 내 어깨에 얼굴을 묻었다. 목덜미에 그의 긴 한숨이 닿자 온몸이 간지러웠다.

"내가 너 때문에 제 명대로 못 살겠다. 도대체 몇 번이나 심장이 덜컥 내려앉았는지……. 줄어든 내 수명은 네가 꼭 책임져야 할 거야."

"그래, 그렇게 할게. 내가 어찌 책임지면 돼?"

"글쎄, 어찌 책임을 물을까?"

어느새 담덕의 목소리에는 서늘함이 사라졌다. 평소처럼 돌아온 담덕을 보며 나는 마음속으로 안도의 한숨을 내쉬었다.

"한데 여긴 어찌 왔어? 고구려 사신이 왔다기에 다른 사람인 줄로만 알았어. 사신에게 나와 오라버니가 여기 잡혀 있다는 걸 전할 생각이었는데……."

"다지홀에 가니 생존자들이 석현성에 인질로 잡혀갔다는 소식이 들려왔어. 그중에 네가 있을지도 모른다 생각해 곧장 협상하려고 왔다."

"협상이야 할 수 있지만, 네가 직접 백제군의 성으로 오는 걸 태왕 폐하께서 어찌 허락하신 거야?"

담덕은 대답이 없었다. 침묵이 뜻하는 바가 명확해 나는 놀라서 그를 밀어냈다.

"설마 폐하는 모르셔?"

이번에도 대답이 없었다. 그제야 담덕이 이 방으로 들어올 때 자신을 '가륜'이라고 소개한 것이 떠올랐다.

"모르시는구나."

"정확히 말하면 내가 여기에 온 것뿐만 아니라 고구려인이 인질로 잡힌 것도 모르셨어. 뭐, 이제는 시일이 많이 지나 다 알게 되셨을 테지만…… 이미 일이 벌어졌으니 폐하께서도 어쩔 수 없으실 테지."

"······지금 그 말이 내가 아는 태자 담덕에게서 나온 것 맞니? 폐하의 말을 하늘의 뜻으로 아는 네가 어찌 그분이 싫어할 일을 해?"

"생각할 겨를이 없었어."

담덕이 머쓱한 얼굴로 미간을 찌푸렸다.

"인질 중에 네가 있을지도 모른다고 생각했더니 다른 건 아무것도 떠오르지 않았어. 정신을 차려 보니 이미 석현성 앞에서 날 고구려 사신 가륜이라고 소개하고 있었지."

"······지설이 말리지 않았어?"

담덕이 제정신이 아니었더라도 지설이 있었다. 그러면 담덕의 돌발 행동을 무슨 수를 써서라도 말렸을 터였다.

"당연히 말렸습니다."

내 예상이 맞았는지 지설이 투덜거리며 불쑥 방 안으로 들어왔다.

"하지만 반쯤 정신이 나가셔서는 제 말을 들어 먹지 않으셨죠. 그렇게 고집을 부리며 막무가내로 나오시니 별수가 없잖습니까. 전하의 거짓말이 더 그럴듯하게 도와 드릴 수밖에."

"······정신이 나가진 않았어."

지설의 투덜거림에 담덕이 소심하게 반박했다. 물론 지설에게는 전혀 먹히지 않았다.

"아, 예, 그러셨습니까?"

어이없다는 듯 헛웃음을 흘린 지설이 담덕을 바라보며 문밖을 가리켰다.

"곧 돈을 주고 보냈던 병사들이 돌아올 겁니다. 그전에 중요한 이야기를 정리하셔야죠."

지설의 말에 담덕의 얼굴이 다시 진지해졌다. 가볍게 고개를 끄덕인 담덕의 시선이 나를 향했다.

"지금 상황이 어찌 돌아가는지는 알아?"

"아니. 감옥에만 갇혀 있어서 바깥 상황은 전혀 몰라."

"감옥? 그간 감옥에 있었어?"

내 말에 담덕의 눈썹이 꿈틀거렸다.

"백제 놈들은 도대체 어찌……."

"전하."

지설이 무어라고 말하려는 그의 옆구리를 찔렀다. 연신 문밖을 바라보며 눈을 부라리는 것이 시간이 없다는 재촉인 것 같았다.

"알았어, 알겠다고."

결국 담덕이 항복하고 한숨을 내쉬었다.

"우선 상황이 좋지만은 않아. 인질을 풀어 달라 했더니, 그들이 수곡성을 요구했어."

"수곡성? 너무 과한 요구 아니야?"

"맞아. 그러니 정말 수곡성을 원하는 건 아닐 거야. 큰 것을 먼저 말하고 점차 요구를 줄이겠지. 한데 그 협상을 하려는 와중에 갑자기 전염병이 돌아 이야기에 진전이 없다. 진가모는 지금 전염병을 잡는 데 온 정신을 쏟느라 인질 협상에는 전혀 관심이 없어."

"전염병이 그리 심각하게 퍼진 거야?"

"석현성에 있는 병사들의 삼분지 일이 병에 걸렸어."

삼분의 일이나 전염병에 걸렸다면 확실히 위험한 상황이었다.

진가모도 갑갑하겠구나. 전투를 잘해 도압성을 얻고도 병으로 병사들을 모두 잃는다면 지금까지 세운 공도 무위로 돌아갈 것이다.

"그렇다면 정말 상황이 심각하구나."

"그래. 하지만 상황이 심각한 건 그것 때문만이 아니야."

"여기서 뭐가 더 문제야?"

"백제의 아신 태자를 알아?"

"이름이야 들어 봤지."

아신 태자라면 선왕인 침류왕의 아들로 원래라면 진즉에 왕위에 올랐어야 할 사람이다.

하지만 선왕이 죽을 때 나이가 어리다 하여 그의 숙부가 대신 왕위에 올라 지금의 진사왕이 되었다.

"지금 그 아신 태자가 이곳 석현성에 와 있어."

"잡혀 올 때 그런 이야기를 들은 기억이 나. 사냥을 하러 왔다던데."

"맞아. 그리 온 아신 태자가……."

잠시 말끝을 흐린 담덕이 한층 낮아진 목소리로 남은 말을 이었다.

"전염병에 걸렸어."

"뭐? 아신 태자가?"

나는 믿을 수 없어 담덕의 말을 되물었다. 그는 나의 이런 반응을 예상했다는 듯 태연하게 고개를 끄덕였다.

"그래."

"태자가 병사들 사이에서 어울리지는 않았을 거 아냐? 어찌하다 병에 걸려? 말이 안 되잖아."

"그러니 진가모도 미칠 노릇인 거지."

도압성을 얻어 놓고도 전염병으로 병사들을 다 잃게 생겼고, 그 병을 얻은 자들 중에 태자가 있다.

진가모가 처한 상황이 어떤지 순식간에 이해되었다.

"그래서 전염병을 막는 데 진가모가 직접 나선 거구나."

"그래. 하지만 의원이 제대로 병을 못 잡고 있어. 병사들도 병사들이지만, 아신 태자 쪽도 차도가 전혀 없이 더 심해지기만 하는 듯하다."

"그런……."

신나게 사냥을 하러 왔다가 전염병에 걸리다니. 운이 나빠도 이렇게까지 나쁠 수가 있나. 얼굴도 모르는 아신 태자에게 동정심이 들었다. 하지만 그것도 오래는 아니었다.

지금 내가 누굴 동정할 처지가 아니잖아.

아신 태자야 진가모가 무슨 수를 써서라도 살리겠지만, 나는 적국에 인질로 잡혀 있는 몸이었다. 병에 걸렸어도 아신의 처지가 훨씬 나았다.

"중요한 이야기는 지금부터입니다."

내 처지를 생각하며 한숨을 내쉬고 있으니 지설이 앞으로 나섰다. 어서 말하라는 듯 재촉하는 그의 눈에 담덕이 미간을 찌푸리며 입을 열었다.

"그런 이유로 진가모가 우리에게 제안을 하나 했다."

"무슨 제안?"

"네가 아신의 병을 잡아 준다면 다른 어떤 것도 받지 않고 인질을 풀어 주겠다는군."

놀라운 제안이었다. 수곡성을 내놓으라고 배짱을 부리던 진가모가 한발 물러섰으니 그만큼 사정이 급하긴 한 모양이었다.

"진가모는 나를 어찌 믿고 그런 제안을 한 거야?"

"네가 인질들 사이에 병이 퍼지지 않도록 막았다며? 이미 병에 걸린 자도 더 심해지지 않게 돌보았고."

"그러긴 했지만 대부분 죽었어. 함께 갇혀 있던 사람들 중에도 넷이 병에 걸렸었는데, 이미 늦었던 건지 겨우 한 명만 숨을 붙여 놓을 수 있었는걸."

"어떤 약도 없이 그 정도까지 해낸 것을 높이 산 모양이야. 진가모의 곁에 붙어 있던 의원이 아주 감탄했다는군. 그 의원은 약을 쓰고도 누구 하나 제대로 살리지 못했으니까."

의원이 환자를 살리지 못한 것은 그의 탓이 아니었다. 아마도 그는 최선을 다해 환자들을 살리려고 노력했을 것이다.

다만 이 시기에는 감염에 대한 개념이 없어 전염병에 대처하는 사고나 방법이 현대와 완전히 달랐다. 문제가 있다면 그 부분이었다. 균이니 바이러스니 하는 것들을 몰랐던 고대 사람들은 전염병의 원인을 사람이 감히 하늘을 노하게 해서 벌을 받은 것이라고 생각했다.

의학이 조금 발전한 미래에도 정확한 원인을 찾아내지 못해서, 두루뭉술하게 몸에 나쁜 기운이 들어 그런 것이리라 생각했다. 그 가정에도 한계가 있어서, 동시에 많은 사람들에게 나쁜 기운이 드는 원인은 알아내지 못했다. 그저 지내는 환경이 문제일 것이라 짐작만 했을 뿐이다. 그러니 원인을 알고 대처하는 나와는 결과에 많은 차이가 있었겠지.

상황을 정리하는 내게 담덕이 물었다.

"그래서 네 생각은 어때?"

"내 생각?"

"아신 태자의 병을 고칠 수 있을 것 같아? 그자의 병을 고칠 수만 있다면 일이 아주 쉽게 풀릴 거야."

"백제에 다른 것을 내주지 않고도 인질들을 돌려받을 수 있으니까?"

"그래. 게다가 태자를 살려 주었으니 인질을 돌려받는 것 이상의 은혜를 베푸는 셈이야. 후에 보답받을 일이 있겠지. 하지만……."

희망적인 이야기를 이어 가던 담덕이 미간을 찌푸리며 반대의 이야기를 꺼냈다.

"만약 태자를 고쳐 주겠다고 나섰다가 실패하면 여러모로 곤란해진다. 태자의 죽음에 대한 책임을 우리 쪽에서 죄 뒤집어쓰게 될 테니까."

"책임을 뒤집어쓰면……."

"인질을 돌려받지 못하는 것은 물론 네 목숨까지 위험하겠지."

담덕의 말에 나는 숨을 들이켰다.

"이건 엄청난 도박이야. 성공하면 한없이 좋지만, 실패하면 한없이 나쁘지. 하지만 난 이 도박의 성공률을 파악할 능력이 없어. 그래서 네게 묻는 거야."

담덕이 다시 한번 나를 똑바로 바라보며 질문을 던졌다.

"네 생각은 어때? 우리가 이 도박에 이길 가능성이 얼마나 되겠어?"

전염병을 잡을 자신이 있느냐 묻는다면 솔직히 없었다. 이 시대의 상황은 전염병을 차단하기에 너무나 열악했다.

병이 퍼지는 걸 막는 건 상대적으로 쉽다. 하지만 이미 병에 걸린 사람을 치료하는 건 지극히 어려웠다. 내가 감옥에서 세 명의 목숨을 허무하게 보내 버린 것도 그런 이유 때문이었다. 만약 약재를 비롯한 다른 상황이 풍족했다 하더라도 그들을 온전히 살릴 수 있다 장담할 수는 없었다.

하지만 그럼에도 담덕에게 쉽게 '이 도박이 이길 확률이 낮다'고 말할 수 없는 이유는…….

"우리가 진가모의 제안을 거절할 수 있는 상황이기는 해?"

내 질문에 담덕이 입을 꾹 다물었다.

"진가모는 여러모로 곤란할 거야. 태자가 병에 걸리다니, 그것도 자신이 지휘하는 병사들로부터 얻은 병이시. 그가 죽으면, 전쟁에서 공을 세웠는데도 외려 모든 책임을 지고 벌을 받게 생겼어. 그러니 이 상황을 타개할 희생양이 필요하지 않겠어? 그 희생양이 백제 의원이 아니라 고구려인 계집애라면 비난의 화살을 돌리긴 더 쉽겠지."

"……맞아. 이미 진가모는 네게 태자의 병을 맡기리라 마음의 결정을 내렸을 거다."

"그렇다면 내게 가능성을 묻는 게 무슨 의미가 있겠어? 어차피 하게 될 일인데."

"만약 네가 태자를 고칠 수 있는 확률이 낮다고 한다면……."

담덕이 슬쩍 문밖을 바라보며 목소리를 낮췄다.

"이대로 널 빼낼 생각이다. 태림과 함께 여길 빠져나가면 돼."

"뭐?"

"이미 도주할 길은 봐 두었어. 제신에게도 태림을 보내 데려올 것이고."

"하지만 이대로 떠나면 담덕 넌? 다른 인질들은 또 어쩌고?"

"다른 인질들도 포기하지 않아. 난 지설과 함께 여기 남아 협상을 계속할 거다."

"날 도주시킨 걸 알면 진가모의 분노가 대단할 거야. 협상이 잘될 리 없어."

내 말에 담덕이 슬쩍 미소를 흘렸다.

"그래. 하지만 그런 것도 제대로 다룰 줄 알아야 대고구려의 태자로서 체면이 서지."

담덕은 가볍게 말했지만 결코 쉬운 일은 아니었다. 나는 입을 꾹 다물고 미간을 찌푸렸다.

전염병에 걸린 태자를 살릴 자신? 전혀 없다. 하지만 이대로 담덕에게 모든 것을 맡길 수는 없었다. 현대에서 온 한의사로서의 자존심도 있고 말이지.

"우선…… 해 보자."

나의 말에 담덕의 얼굴이 금세 심각해졌다.

"가능성이 있겠어?"

"확신은 못 해. 하지만 아무것도 하지 않고 도망가 버리는 건 아닌 것 같아. 정말 도망치고 싶다면 나중에라도 기회가 있잖아."

"지금만큼 좋은 때는 없을 수도 있어. 태자의 병을 고치지 못하고, 적절한 때도 찾지 못한다면 네가 위험해진다."

"알아. 그래도 할래. 그래야 할 것 같아."

담덕은 잠시 말이 없었다. 내가 자신 있게 태자를 고쳐 보겠다고 말했다면 그도 쉽게 도박을 해 보자 했겠지만, 나는 확신을 주지 못했다. 그로서도 고민스러운 상황일 터였다.

대답은 의외의 곳에서 튀어나왔다. 지설이었다.

"한번 해 보죠."

예상하지 못한 지설의 말에 나와 담덕이 의아한 눈으로 그를 바라보았다.

"이대로 아무것도 안 하고 진가모에게 휘둘리는 건 짜증 나지 않습니까. 도압성도 뺏긴 마당에 그놈의 뜻대로 휘둘리기만 해서는 자존심이 상하지요. 게다가 아가씨의 말대로 중간에 상황을 봐서 정 안 되겠다 싶으면 다시 도주 기회를 만들어도 되고요."

"……지설이 그렇게 말하니 상황이 너무 쉽게 느껴지는데요."

"어려울 건 또 뭐가 있겠습니까? 전하께서는 결정만 내리십시오. 상황을 쉽게 만드는 건 참모인 제 몫이니 전하께서 고민하실 필요는 없습니다."

지설이 담덕을 바라보며 말했다. 담덕은 말없이 지설의 두 눈을 바라보다, 흔들림 없는 그 눈빛에 피식 웃음을 흘렸다.

"내가 참으로 대단한 참모를 두었구나. 미처 몰랐어."

"이제라도 알게 되셨으니 다행입니다."

지설이 담덕의 말을 얄밉게 받아넘기며 어깨를 으쓱거렸다.

❖ ❖ ❖

제안을 받아들인 후 일은 일사천리로 진행되었다. 나는 의원에게 내가 알고 있는 전염병의 예방법과 치료법을 모두 알려 주었고, 그는 아주 놀라며 연신 '왜?'라는 물음을 반복했다.

하지만 나로서도 대답해 줄 수 있는 부분이 한정적이었다. 지금의 그에게 대고 바이스러니 세균이니 하는 것을 말한다고 해도 이해할 수 있을 리도 없었다. 내가 할 수 있는 말은 하나뿐이었다.

"이해하지 못하면 그냥 그러려니 하고 외우세요."

고등학교 시절 선생님들이 하던 말을 내가 삼국시대에 와 백제 의원에게 하게 될 줄은 몰랐다.

고등학생이던 내가 불만스러우면서도 선생님들의 말을 받아들여 열심히 그들의 말을 필기하고 암기했던 것처럼, 백제 의원도 비록 얼굴에 불만은 가득했지만 열심히 내 말에 고개를 주억거렸다.

'왜'라는 질문이 사라지니 그 뒤부터는 편했다. 나는 쉴 새 없이 말하고, 의원은 내 말을 받아 적었다.

"세상에 이런 이론이 존재한다니……. 전혀 생각지도 못했어."

내가 한 말을 정리한 종이를 보며 의원이 믿을 수 없다는 듯 고개를 저었다.

"중원에서는 이미 널리 퍼진 이야기예요."

사실은 이 시기의 중국 의학이 얼마나 발전했는지는 나도 몰랐다. 하지만 설명이 막히는 부분이 생기면 '중원에서는 다 그래요' 하고 말하면 모든 것이 해결됐다. 중국과의 교역을 통해 다양한 선진 문물을 받아들이고 있던 시기라 그런 변명은 꽤 잘 먹혔다. 이번에도 마찬가지였다.

"허, 중원은 도대체 어떤 세상이기에 이런 이야기들이 오간다는 거지? 게다가 아가씨는 중원에서 오가는 이야기를 어찌 알았고?"

"고구려는 중원과 맞닿아 있으니까요. 백제보다는 중원의 것을 받아들이기 쉽지요."

"우리도 중원과 활발히 교류하고 있단 말일세……."

의원이 자존심 상한다는 듯 미간을 찌푸렸다. 의원으로서도 그렇지만 백제인으로서 고구려보다 지식 보급 속도가 느리다고 말한 것이 자존심을 건드린 것 같았다.

"아무튼 이제 태자 전하의 병에 대해 이야기할 시간이에요."

나는 재빨리 화제를 돌렸다. 어쨌거나 그에게 많은 정보를 얻어야 하는 입장이었으니, 그가 내게 좋지 않은 인상을 가지면 여러모로 피곤해진다.

다행히 내 화제 전환이 통했다. 의원은 금세 침통한 얼굴이 되어 고개를 끄덕였다.

"그래. 전하의 병환이 무엇보다 중요하지."

"태자께서 병에 걸린 병사들과 어울리시지는 않았을 것 아닌가요? 제가 고구려에 있을 때 소문을 듣기로는…… 병사들과 격 없이 어울리는 그런 성품은 전혀 아니시라고 했거든요."

"소문이 제대로 돌았군."

의원이 머쓱한 얼굴을 했다.

숙부에게 왕위를 빼앗긴 아신 태자가 망나니처럼 굴며 사고를 치고 다닌다는 건 유명했지만, 역시 다른 나라 사람의 입에서 그 이야기를 듣는 건 민망할 것이다.

나라도 백제 사람들에게 담덕이 망나니 태자라는 소리를 들으면 만약 그것이 사실이라 하더라도 기분이 이상할 것이다. 나는 욕해도 너는 안 된다, 까도 내가 깐다, 뭐 이런 기분이려나.

내가 의원의 기분을 홀로 납득하는 사이 그가 답답한 얼굴로 고개를 저었다.

"병에 걸린 병사들은 물론이고 그렇지 않은 이들과도 접촉한 적이 없으셔. 그런데 병에 걸리셨으니……. 게다가 아무리 약을 써도 나아지기는커녕 심해지기만 하니 나로서는 답답한 노릇이지."

"이상하군요. 전염병은 접촉하지 않으면 걸리지 않는데…… 아랫사람들과 거리를 두고 지내시는 전하께서 그런 병에 걸리다니."

의문스러웠지만 내가 할 일은 하나뿐이었다. 아신 태자를 고쳐 내 인질들을 무사히 집으로 돌려보내고, 오라버니와 함께 고구려로 돌아간다. 그러려면 먼저 아신 태자의 상태를 보아야 했다.

"지금 바로 전하를 살필 수 있을까요?"

내 말에 의원이 어색하게 웃었다.

"그거야 어렵지 않네만…… 먼저 그 꼴을 어떻게든 하는 것이 좋겠군."

그의 말에 나는 내 몰골을 내려다보았다. 갈아입지 못해 며칠을 땀에 전 옷을 입은 데다 목욕도 한동안 못했으니 냄새까지 나는 것 같았다.

잠깐, 담덕은 이런 나를 껴안은 거야? 나는 경악에 찬 머리를 부여잡았다.

냄새났겠지? 분명 났을 거야.

내가 민망함에 몸서리치는 것을 두고 의원이 못 볼 것을 보았다는 양 고개를 내저었다.

"거참, 자네도 사람이 참 특이하군."

그런 뒤 의원은 말을 해 두겠다며 감옥 밖으로 나갔다.

바깥에서 흘러드는 말소리에 간간이 '태자'라는 단어가 섞여 들려왔다. 나는 그 말에 정신을 바짝 차렸다. 목숨 여럿이 걸린 큰 판이었다. 마음을 다잡을 때였다.

〈낙화유수〉 2권에서 계속